镜头看世界

叶永烈 著

中国发展出版社
CHINA DEVELOPMENT PRESS

图书在版编目（CIP）数据

镜头看世界/叶永烈著 . —北京：中国发展出版社，
2012. 8

ISBN 978-7-80234-817-2

I. 镜… II. 叶… III. 游记—作品集—中国—当代
IV. I267. 4

中国版本图书馆 CIP 数据核字（2012）第 178985 号

书　　　名：镜头看世界
著作责任者：叶永烈
出 版 发 行：中国发展出版社
　　　　　　（北京市西城区百万庄大街 16 号 8 层　100037）
标 准 书 号：ISBN 978-7-80234-817-2
经 　销 　者：各地新华书店
印 　刷 　者：北京慧美印刷有限公司
开　　　本：710×1000mm　1/16
印　　　张：21.25
字　　　数：370 千字
版　　　次：2012 年 11 月第 1 版
印　　　次：2012 年 11 月第 1 次印刷
定　　　价：34.00 元

联 系 电 话：(010) 68990630　68990692
网　　　址：http://www.develpress.com.cn
电 子 邮 件：bianjibu16@vip.sohu.com

序：我喜欢自由行

从"小溜溜"到"大溜溜"

　　小时候特别羡慕父亲出差，看着他拎了一只外边套着灰色布套的皮箱去码头，踏上温州到上海的轮船，随着东流而去的瓯江水消失在天际，从来没有出过远门的我，真想跟随父亲去看看上海是什么样的。可是，小小年纪的我，哪来"出差"？父亲称我是"小溜溜"——温州话的意思是喜欢到处溜达的孩子。父亲摸着我的脑门说，在这里给你贴上一张邮票，把你从邮局寄出去，你就可以到处溜达了。后来，我长大了，写了一部长篇童话，叫《"小溜溜"溜了》，写的是一个孩子在脑门上贴了一张邮票，游遍各种各样、奇奇怪怪的王国。其实，这"小溜溜"就是童年的我。

叶永烈的长篇童话《小溜溜溜了》

　　我第一次出远门，是在高中毕业之后，考上北京大学。17岁的我从温州乘坐长途汽车来到金华，我见到冒着黑烟、呼哧呼哧喘着粗气的火车头驶过来，连行李都扔在一边，奔过去看这从未见过的庞然大物。我途经上海前往北京。记得，父亲曾经笑着叮嘱过我，看上海国际饭店的时候，千万要把帽子戴好，因为仰起头看高高的国际饭店，帽子会掉下来！幸亏我来到国际饭店前没有戴帽子。在温州我从来没有见过这样的高楼，尽管现在国际饭店在上海的高楼大厦之中只是个小弟弟而已。

我终于也开始出差。大学毕业之后,我在电影制片厂工作,天南地北地跑,出差成了家常便饭。我几乎跑遍全国。不过,毕竟公务在身,总是来去匆匆,何况那时候把旅游说成是"游山玩水",是"资产阶级生活方式"。妻则忙于上班和照顾婆婆、孩子,很少有机会旅游。

一直到妻退休之后,我们才有机会组成"两人团"自由自在地旅游——自由行。我也就从"小溜溜"变成"大溜溜"。我们7次前往美国,7次前往台湾,我们的足迹遍及全中国以及30多个国家和地区。

如今的我,虽然年已花甲,虽说已经去过那么多的国家和城市,但是对于没有去过的地方永远充满好奇。旅游成为我的兴趣和乐趣。我制订了"世界自由行"的整体计划,还将前往更多的国家……

一图在手,走遍天下

2007年夏天,从芝加哥飞往奥克兰的时候,我乘坐的是美国西南航空公司班机。喝完饮料之后,空中小姐递给我一张餐巾纸,我却舍不得用掉,因为餐巾纸上印着一幅美国地图,上面标明这家航空公司航线所及的所有城市,其实

纽约的地铁站

也就是美国的主要城市。

对于地图，我仿佛有一种特殊的癖好。在旅行中，我来到一个新的城市，第一件事就是买一张当地的地图。在美国的机场、地铁站以至公共汽车上，都有免费赠送的交通路线图，我都一一收集。我曾说，一张地图在手，走遍天下不愁。

在我到过的城市之中，要算纽约的地铁线路最多、最复杂，对于不熟悉的人来说，简直像个地下迷宫。纽约地铁是隐藏在地下的一张密密麻麻的蜘蛛网，把触角伸向纽约的每一个角落。在纽约街头，常可以见到标明"Subway"的入口，走下去便是地铁。纽约的地铁之所以如同地下迷宫，是因为纽约的地铁总共有27条线路，即1、2、3、4、5、6、7、8、9以及A、B、C、D、E、F、G、H、J、L、M、N、Q、R、S、V、W、Z。如此众多的线路，分别用红、橙、黄、绿、青、蓝、紫、黑、灰、棕等十种不同的颜色标识。五颜六色的标志，挂满纽约地铁的各个通道口。此外，每条线路又分快车（Express）和慢车（Local），快车只停大站，慢车站站都停。

我第一次在纽约乘地铁，是在1993年。我的住在纽约的堂妹带我乘坐地铁。那时候，纽约地铁的治安很不好，她叮嘱我，要在上衣口袋里放20美元现金，倘若在地铁里有人突然从背后勒住你的脖子，你赶紧从上衣口袋里掏出20美元现金，他就会放过你。她这么一说，我未免"吓势势"。走进纽约地铁，迎面是昏暗的灯光，斑驳的墙壁，随处可见的乱涂乱画和垃圾，裸露的纵横交错的黑色管道，没有任何装饰的月台，从铁轨间窜过的老鼠……说实在的，纽约地铁给我的第一印象很差。和堂妹、妻子一起在车站等地铁的时候，我真担心有人突然从背后扼住我的喉咙。

后来，纽约市政府出重拳打击地铁黑帮，使纽约地铁不再成为犯罪的场所，大大提高了安全度。这样，我进入纽约地铁，不再有那种恐怖感。我和妻一次又一次来到纽约，我学会了如何识别纽约地铁五花八门的标志，凭借一张地铁交通图，游遍纽约各个角落。即便是"9·11"事件爆发那样紧张的时刻，我仍在纽约乘地铁四处采访。这时，纽约地铁给我的印象完全改观了，那就是便捷和高效。纽约地铁虽然远不及我所见到的莫斯科地铁那样豪华，到处是雕塑和画像，却是那么简朴、实用。

2007年5月，我在悉尼和墨尔本举行讲座，两地都有朋友接待。堪培拉是个例外。堪培拉是澳大利亚的首都，我很希望到那里一看。然而，在堪培拉我没有一个朋友，无人接待，我又不爱参加旅游团，喜欢"自由行"，于是便和妻凭借地图游览堪培拉。我们在清早五时起床，乘坐从阿什菲尔德到中央火车站的公共汽车头班车，赶上了六时五十分从悉尼开往堪培拉的火车，游遍了堪培拉。

▲洛杉矶市中心

◀星条旗下的波士顿

▼拉斯维加斯之夜

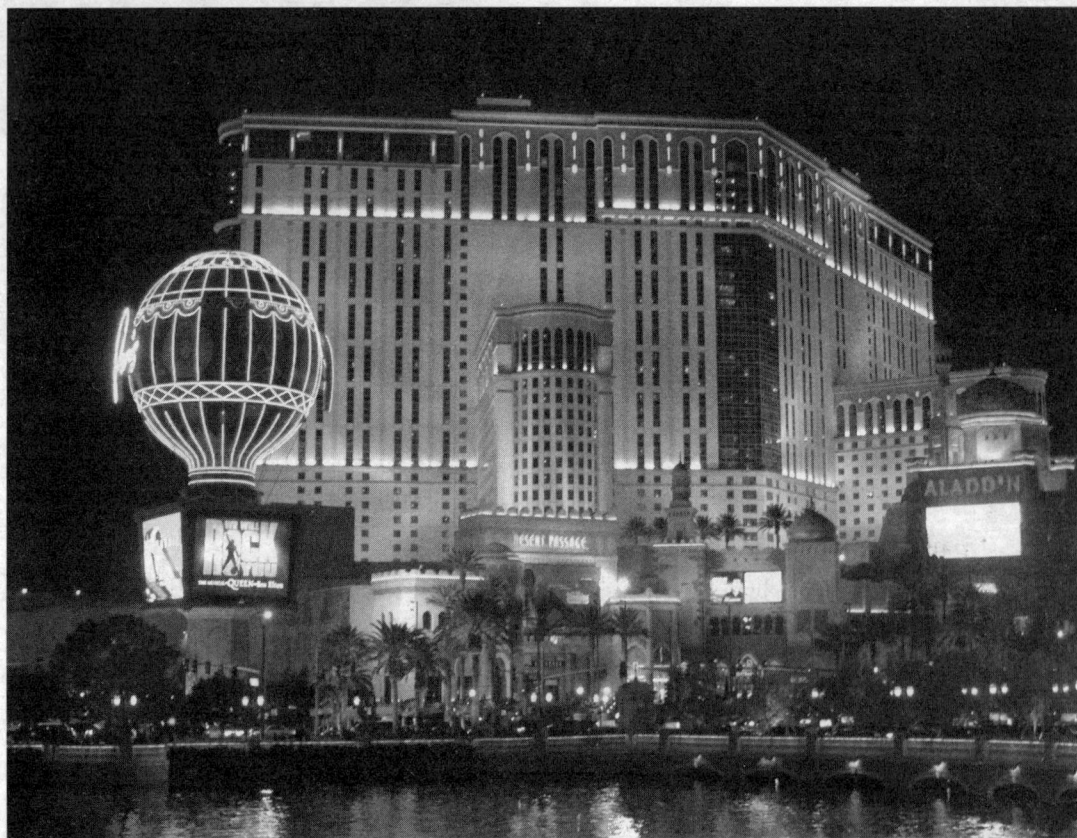

去俄罗斯的时候,临行前在上海买到一本俄罗斯地图集。到了俄罗斯,打开地图集,才发现那些地图几乎没有派上用场,因为地图上只标中文地名,却没有俄文地名。我赶紧在莫斯科买了俄文版地图,这才不至于迷路。

"好摄之徒"

1961年,21岁的我写出了《小灵通漫游未来》。我笔下的小灵通,是一位小记者,胸前挂着一架大照相机。其实,小灵通也是我的化身。如今,我的胸前也挂着一架大照相机,漫游世界。

摄影记录了旅途的见闻,凝固了难忘的瞬间。每逢外出旅游,我成了"好摄之徒"。一见到值得拍摄的景物,立即掏出相机,咔嚓咔嚓,那"时刻准备着"的架势就像一位很专业的摄影记者。

最初,我用的是胶卷照相机。自从用上数码相机,那些胶片照相机就"退休"了。我跟数码相机交上朋友,是在2001年。作为"电脑迷"的我,平日爱逛上海的"百脑汇"。那一回,我见到了"好E拍",小小的像只微型手电筒,却可以拍照。600元一只。喜欢新奇的我当即买了一个。回家之后,把说明书"研究"了一番,把软件装进手提电脑,很快就掌握了拍摄和输入技术。

买了"好E拍"不久,正巧我和妻去美国探亲。一下飞机,小儿子和儿媳前来接机,我拿起手里的"微型手电筒",他们居然不知道我在给他们拍照。到了旧金山家里,我把一帧帧照片像变魔术似的从"好E拍"里输入手提电脑,显示在电脑屏幕上,他们"傻帽"了。小儿子毕竟是电脑专业人士,笑道:"哦,什么'好E拍',不就是'最最傻瓜'的数码相机!"那时候,数码相机

作者2001年用的"好E拍"

在美国还不大普及,而且没有"好E拍"这玩意儿,所以我居然能够用这"微型手电筒"把他们"镇住"。

"好E拍"拍摄的数码照片,只有30万像素,一放大就"糊"了,而且一次只能拍20多张,充其量算是个高级电子玩具罢了。小儿子、儿媳见我对数码相机情有独钟,就花500美元买了一台数码相机送我。这下子,"鸟枪换炮"了:每张照片的像素300万,在电脑上即便"全屏显示",也很清晰。配了一张128M存储卡,一次可以拍400来张照片。这台照相机有变焦镜头,取景自如。另外,还可以拍摄录像,虽然摄像的时间只有一分多钟,毕竟多了一个重

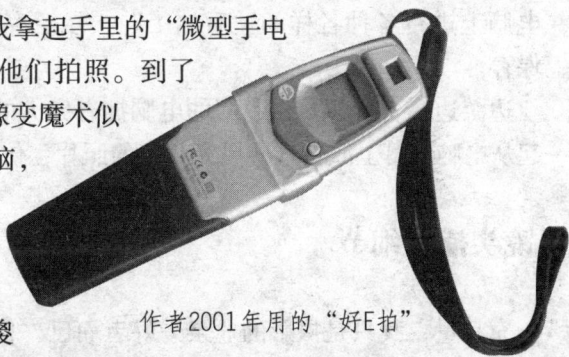

要功能。

从此，数码相机成了我的亲密伙伴。我发现，使用数码相机比传统的胶卷相机要方便多了。比如，冲印胶卷最快也得一个小时，而数码相机"拍立得"。倘若不满意，当即删去，重拍。数码相机不用胶卷，拍摄几乎无"成本"。我最感方便的是，用胶卷拍摄必须等36帧拍完才能拿去冲印，而数码相机哪怕是只拍了一帧，也可以随时输入电脑，显示出来。我用刻录机把数码照片刻在光盘上保存，一张光盘可以保存上千幅数码照片，拷贝也极方便，免去了厚厚的照相册、底片册。往日用胶卷拍摄，我必须用扫描仪扫描之后，才能用电子邮件发出去。其中，启动扫描仪以及扫描之后压缩照片文件，要花好几分钟。如今，我轻点鼠标，须臾之间便可以把数码照片"E"出去，让儿子、儿媳共享旅途胜景。

我不断改善我的"装备"，后来又买了更新更好的数码相机，还买了数码伴侣，每一次出国都能带回几千张数码照片。

最近，我买了一个2T的移动硬盘。营业员感到很惊讶，问我买这么个大容量的移动硬盘干什么？我笑道，储存数码照片呗！"你是摄影师？"在她看来，普通的顾客不可能有那么多的数码照片。

在写作之余，我有三大爱好，一是旅游，二是摄影，三是玩电脑。

这三大爱好成了"铁三角"：在旅游中边游边摄，回家之后把数码照片在电脑上进行各种各样的"后加工"，然后存入移动硬盘，还刻在DVD光盘上保存。

边游边摄，日积月累，我的电脑拥有庞大的照片资料库。在闲暇时，与妻一起从电脑屏幕上欣赏这些风光旖旎的照片，仿佛又回到美好的旅途。

用镜头捕捉细节

充其量，我只是摄影的业余爱好者而已。使我与摄影结缘，最初由于我在北京大学学的是光谱分析专业，经常进出于暗室冲洗光谱片，使我熟悉了黑白胶片的洗印技术；后来，在电影制片厂干了18年编导，耳濡目染于摄影艺术的氛围之中。

我最初的摄影作品，无非是两大类：一是为采访对象拍摄人物照片，作为我的文字作品的"插图"；二是拍摄了"到此一游"式的旅游照，作个纪念而已。随着我的纪实文学创作的深入，渐渐地，我以纪实文学作家的目光观察社会，拍摄了一系列纪实风格的摄影作品，姑且称之为"纪实摄影"。

纪实摄影与新闻摄影相近，但是不像新闻摄影那样强调新闻性。在我看来，纪实摄影的关键，在于作者敏锐的目光和特殊的视角，善于捕捉细节，捕捉到

作者在北京大学做光谱实验

手持电影摄影机的作者

1976年5月作者担任导演在拍摄《驯兽》

1980年3月作者导演的《红绿灯下》
荣获第三届电影"百花奖"

1976年作者导演电影《驯兽》（赤足背心者为作者）

越南商场里的越南、美国、法国国旗

"人人眼中有、个个笔下无"的镜头。

比如，在越南首都河内的一家大型商场，我见到一个柜台上并排插着越南、美国、法国三国国旗，便端起了照相机。营业员见到我连这样的旗帜也要拍摄，在一旁笑了，我把笑嘻嘻的她也摄入了镜头。显然，营业员以及来来往往于商场的顾客对这三面旗帜已经熟视无睹，然而在我看来，这三面国旗能够并排插在一起，却深刻地反映了越南的巨大变化：在20世纪，越南先与法国、后与美国，各进行了一场为期八年的反殖民、反侵略战争。那时候，越南与法国、美国是交战国，是敌国。自从1986年越共"六大"实行"革新开放"路线以来，越南打开国门，法国、美国的商品和资本涌入越南，这才在河内的商场里出现法国巴黎香水和美国电器，出现越南、美国、法国三国国旗并列于柜台的场面。

在越南芒街，当我见到"友谊商场"里挂着毛泽东主席和胡志明主席的合影时，正要拍摄，一个小女孩跑了过来，高举左臂，在照片前做了个"V"的手势。这帧照片有了小女孩的"自动"加入而变得非常生动。用胡志明主席的话来说，中国和越南是"同志加兄弟"。然而，在1979年中越之间却发生了那场本来不该发生的战争。好在不愉快的一幕已经过去，小女孩这"V"的手势清楚地表明，如今中国和越南依然是"同志加兄弟"。

在美国发生举世震惊的"9·11"恐怖袭击事件，人们纷纷逃离纽约之际，我却从上海飞往纽约进行采访。我除了写出50万字的纪实长篇《受伤的美国》之外，也拍摄了许多照片，包括惨不忍睹的世界贸易中心大厦废墟、哀悼的人群等等。我注意到街头的公用电话，把镜头推近，拍摄了上面的"911"——在美国每一部公用电话上，都印着报警电话号码"911"。恐怖分子正是选择了"9·11"，发动了"9·11"事件。我也拍摄了纽约洛克菲勒广场上迎风飘扬的几十面星条旗，拍摄了包裹着星条旗头巾或者戴着星条

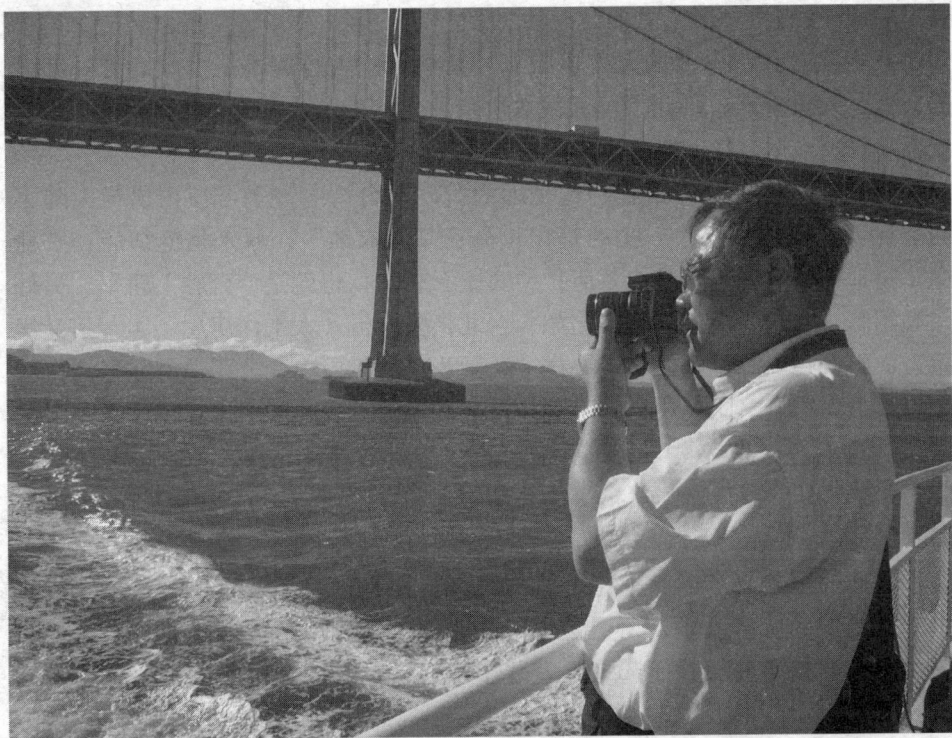
作者的镜头对准旧金山海湾大桥

旗领带、穿着星条旗外衣的美国人，还拍摄了华尔街餐馆里星条旗长方形蛋糕以至穿着星条旗礼服的新娘，借以表现美国受到恐怖袭击时举国上下高涨的爱国主义情绪。

我曾多次到过旧金山的金门大桥，从空中、从海上、从桥头多角度拍摄过这座跨海的红色雄伟大桥。这一回，我守在桥头，终于拍到骑着自行车的全副武装的警察从桥上驶过。因为自从金门大桥被列为恐怖分子可能袭击的目标之后，美国加强了对金门大桥的守卫，警察们戴着头盔、骑着自行车巡视大桥。

在台北，我拍到了一帧几十辆摩托车在市中心马路呼啸而过的照片，就连台湾朋友见了，都笑道："这简直是在举行摩托车奥林匹克比赛！"那是我一到台北，就注意到台北自行车少而摩托车多，街道两侧往往堆满成排的摩托车，一群群戴着头盔的摩托车手从街上飞驰而过。拍摄停放在那里的摩托车好办，但是拍摄"飞车"就不那么容易。经过观察，我发现每当红灯亮起来的时候，一辆辆摩托车总是挤到最前面。一旦红灯变成绿灯，摩托车就抢在汽车之前嘟嘟而过。越是红灯时间长的路口，"积累"起来的摩托车群越多，绿灯亮了，那摩托车队便越"浩大"。这样，我守候在八德路的红绿灯附近，果真拍到了非常"壮观"的摩托车群。

我也注意到，台北的人行道颇有"特色"：人行道不是由政府统一铺设的，而是各家自铺，因此不仅五颜六色杂乱无章，而且高高低低，行人不小心就会摔跤。当然，我也把这一"特色"摄入镜头。

我拍摄了不少台湾招牌。这是因为我发现台湾的许多习惯用语与大陆不同。比如"美体小铺"，卖的是化妆品；"医衣铺"，原来是缝纫店；"捷运"是地铁；"便当"是快餐店；"宾士"轿车，也就是"奔驰"轿车。另外一类招牌，则给我眼熟之感。比如，台北街头常见"太平洋房屋"、"信义房屋"，跟我在上海见到的一模一样——因为这些房屋中介公司总部在台湾，如今打入上海市场。同一块招牌出现在台北和上海，反映了两岸经济联系越来越密切。在上海，我喜欢喝永和豆浆，这一回我来到台北县永和镇永和豆浆老店，倍感亲切。我理所当然拍摄、采访了永和豆浆老店，了解他们打入上海市场的经过。

迪拜的公共汽车漂漂亮亮，清清爽爽，而且也有个子高高的双层的公共汽车。双层的旅游巴士，顶层是敞篷的，便于观光。不可思议的是，迪拜的公共汽车站是用玻璃封闭起来，安装了冷气空调，这在世界上恐怕是独一无二的。

我把旅游作为观察生活、深入生活的好机会。这样，在旅游之中，要拍摄

在迪拜连公共汽车站也安装了冷气机

大量的照片。不过，我的视角往往与专业摄影师不同，他们注重于风光摄影，而我则偏重于纪实摄影。由于长年从事纪实文学创作，我的镜头对准了社会焦点。当然，我也不会放过任何美景，青山绿水，海浪沙滩，朝霞夕阳，蓝天白云，车水马龙，跨海大桥，古堡宫殿，壁画雕像，一一被我摄入镜头。

《镜头看世界》最初是一次讲座

我的职业毕竟是作家，我往往一边旅行，一边把见闻记在笔记本上或者输入手提电脑。我常常把写作与"铁三角"相结合，写出了一系列"行走文学"。不过，那样的书，往往是单打一的，纵向的，比如《美国自由行》，写的就是美国；《澳大利亚自由行》，写的就是澳大利亚。

然而，这本《镜头看世界》却是横向的，综合性的，而且是图文并重的。

写作这本《镜头看世界》，最初源于一次讲座。

那是2007年8月初，我刚从美国回来不久。上海文艺出版社的朋友约我为上海市的"东方讲坛"作一次讲座。"东方讲坛"是由中共上海市委宣传部、上海市社会科学界联合会、上海市文学艺术界联合会共同主办的。知道我在美国拍摄了许多照片，他们就把讲座的题目定为《镜头看世界》。这一讲座被列为"东方讲坛·经典艺术系列讲座之六十二"。

于是，我开始准备讲座。从我的电脑中的照片库里，选出一张张照片，同时把讲稿写好。2007年8月13日上午，我在"东方讲坛"主讲了《镜头看世界》。

"东方讲坛"讲座作了这样的介绍。

叶永烈教授到过美国、俄罗斯、法国、德国、奥地利、加拿大、墨西哥、澳大利亚、朝鲜、越南等许多个国家，用照相机记录了自己的所见所闻。这次讲座他特地从数万张摄影作品中精选部分佳作，与听众分享他的"行走"乐趣。

作为作家，对叶永烈来说写作就是捕捉细节，他的镜头也是如此——捕捉人们眼中司空见惯却又能反映当地社会民风的细节。他的照片不求完美的构图与色彩，但希望反应那个地方的历史与文化，为观众打开一个接触不同世界的窗口，体会一个地区的生活与人文特色。

作为旅行者，他在美国看到了中国变化，也看到了"9·11"后美国所经历过的变化；而在与美国朋友的交往中，他们对生活积极乐观的态度及对待友人的好客热忱也给他留下了深刻印象。这些他都用镜头记录了下来，让读者和他一起见证两个正在不断成长的国家，和它们的人民之间日益加深的友谊。

叶永烈在上海"东方讲坛"作《镜头看世界》讲座

作为居民，他深入接触了美国生活的方方面面。在美国，他有个习惯就是在口袋里放一个照相机，见到有意思的场景就按动快门：菜场上的物价牌，旧金山的同性恋大游行，国庆节满街的星条旗……不同的生活方式与生活理念都化作具象的瞬间展现在读者的面前。

取材多样的照片配合叶永烈教授生动轻松的讲述，讲座为听众打开一扇窗，一扇通向外面的精彩世界与缤纷生活的窗户，听众也从主讲人的讲述中，感受到了一种健康的生活方式。

一位名叫贝贝的听众，听了讲座之后，在自己的博客里写了《叶永烈的镜头世界》一文，谈自己的感受。

今天有幸听了叶永烈先生主讲的讲座《镜头看世界》。叶永烈先生作为一名纪实文学作家而闻名，其摄影和旅行方面的爱好也在近年来为人们所知。叶老师精心挑选了上百张他在旅行中拍摄的照片，与大家一起分享自己且行且思的体验和感受。

叶老师说，自己并不是一个专业的摄影家，但却知道要用心去摄影。他用自己的镜头记录下了旅行中的所见所闻和所思所想。叶老师的照片既有纪实派的，也有印象派的，甚至有些照片还会给人"意识流"的感觉；既有气势如虹、林林总总的各国建筑群，也有如梦如幻、清静幽丽的异国风光；既有"美国同性恋大游行"这样影响深远的社会事件，也有"街头艺人的搞怪演出"这样日常生活中的点滴细节；既有从机舱中拍摄的城市俯瞰图，也有人们微笑的近距离特写……叶老师的照片角度各异、内容迥然，犹如一部由图片组成的纪实小说，记录了他在旅行中边走边看的行走生活。

漂亮的照片配上叶老的生动讲述，让在座的听众们都跟随叶老一起畅游了美国。短短的两个小时，依然意犹未尽，这种愉快的分享在叶老对"9·11"后美国民众的生活状态的解析中接近了尾声……

讲座虽然结束了，但是带给我的思考却刚刚开始。

我们每个人都会去旅游，旅游中也总会拍些照片，可是为什么我们的照片都是"人拍我拍"，大家的照片都似曾相识，只是人物和POSE不同罢了？做新闻的人有一句话"角度决定深度"，有一段时间也成了社会流行语，而现在这句话恐怕是这个问题最好的答案了。有人说，思考应当成为一种自然而然的生活习惯，可是生活中又有多少人能够真正做到时时思考、事事思考这一点呢？快节奏的生活让我们疲于奔命，对于周遭的各种变化开始变得迟钝起来，甚至有些麻木。也许正是这种司空见惯和习以为常的心态阻碍了我们对于生活的思考，在我们的眼睛里，看到的任何事物都只有它本身，而不会去思考它之所以会成为现在这样的原因，景色只是景色，现象只是现象而已。而叶老师比我们多的就是一颗善于发现、善于思考的心，永远带着一份质疑和探索的心态来看待这个社会，并用镜头加以记录下来，变成他镜头中的世界。

对于美国和中国，这两个大国之间的国际关系一直是近些年来的热点问题，各类新闻媒体不断播放着相关的新闻和专题报道，但是叶老师却带我们走进了一个更加真实的，至少比新闻报道中更加全面、更加立体的美国。他用一

作者在印度斋浦尔琥珀宫拍摄

张张生活照记录了美国最普通民众的日常生活，让我们从一个全新的角度认识美国。其实回想我们对于各个国家的看法多是来源于新闻和电影，往往会受到刻板印象的影响，这样的感受多少会有些失真。我们经常会说，国际社会对于中国的认识还很片面，但是我们自己呢？不也正是这样吗？镜头中的美国并不是我们通常认识到的一个强势的、发达的美国，而是一个恬静的、美丽的国度，尽管这样的认识也许也并不是美国的全部。

叶老师的讲座就是这样，用自己的镜头向大家展示自己看到的美国。

我没有想到，这次讲座竟然成了"保留节目"。许多地方邀请我作讲座，点名要讲《镜头看世界》。我不断对讲座的内容加以补充。

我更没有想到，在朋友们的提议和催促之下，我把这一讲座变成了一本书。当然，出书要比讲座细致得多，深入得多，内容也要广泛得多。我重新整理我的思绪，把讲稿推倒重新写过，并对照片精挑细选，一一配上说明词，终于写成了这本图文并茂的《镜头看世界》。

第一章 以小见大看世界

第二章 空中看世界

第三章　镜头的角度

第四章　寰球无处不飞花

第五章　面对大海

第六章　形形色色的桥

第七章　故宫承载历史

第八章　城市的"名片"——雕塑

第九章　瑰丽的宗教圣殿

第十章　唐人街巡礼

第十一章　走进名牌大学

第十二章　叩开名人的门扉

第十三章　不同特色的宾馆

第十四章　饮食文化趣闻

第十五章　在外国过"洋节"

第一章　以小见大看世界

从小小邮筒看世界

我是一个经常要寄信、跟邮局关系十分"密切"的人。在没有出国之前，我以为全世界的邮局、邮筒都跟中国一样，都是绿色的。

到了美国，寄信到中国，找不到绿色的邮筒。我这才注意到，美国的邮筒是蓝灰色的。

虽说邮筒的颜色是小事，我却开始深究。邮筒的颜色，准确的说法是"邮政专用色"。世界上有"万国邮政联盟"，规定各成员国可以自由选择"邮政专用色"。中国选择了绿色，美国选择了蓝灰色。

于是，我开始注意各国邮筒的颜色。每到一个国家，看见邮筒，就顺手拍一张照片。我发现，选用红色或者黄色作为"邮政专用色"的国家颇多，这可能是因为这两种颜色十分醒目的关系。

比如，意大利、日本、澳大利亚、加拿大的邮筒是红色的，奥地利、卢森堡、乌克兰的邮筒是黄色的。墨西哥的邮筒很特殊，是咖啡色的。

应当说，中国选用绿色为"邮政专用色"，也很特殊，因为我没有见到别的国家的邮筒也是绿色的。

细细追溯，中国曾经用过红色为"邮政专用色"。中国自古设有驿站，用来传递军事情报、公文书信，驿递——以骑马送递公文是中国最早的邮政。汉朝时，驿卒戴红头巾，穿红袖衣服，而信袋为红、白色两色相间。当时用如此鲜明的颜色，为的是老远就能见到纵马飞奔的驿卒，大家为驿卒让路。

在1840年的鸦片战争之后，外国势力进入中国，在租界设立邮局。

1896年3月20日，光绪皇帝正式批准开办大清邮政官局。总理衙门委任总税务司英国人赫德负责大清邮政官局事务。赫德规定，信差穿海军蓝马褂，胸前有"大清邮政"四个红色大字。也就是说，这时中国的"邮政专用色"改为蓝色和红色。

法国人帛黎从1874年开始进入中国海关工作。1901年，帛黎取代了英国人赫德，被任命为大清邮政局总办。此人在1911年辛亥革命之后，担任中国邮政

台湾邮局也以绿色为标志色，台湾的邮车是绿色的，邮局工作人员也是"绿衣人"

局总办，直至1928年。

帛黎在1905年提出，采用黄绿两色为大清邮政专用颜色，以绿色为主要基色。从此，大清的邮筒为绿色，镶着黄边。1914年3月1日，中国正式加入万国邮政联盟，便以绿色为中国邮政专用色。从此，中国的邮局、邮筒、邮车、邮政工作服均为绿色。

新中国成立以后，在1949年12月第一次全国邮政会议上，讨论了邮政专用颜色问题，决定仍然采用绿色，理由是"绿色象征和平、青春、茂盛和繁荣"。

我来到台湾，在街头拍摄了这样一张照片：一个穿着绿色工作服的邮差（大陆叫邮递员）正在从绿色的邮筒里取信，旁边停着一辆绿色的邮车。这张照片清楚表明，台湾的邮政专用颜色同样是绿色。

在1945年之前，台湾被日本统治了半个世纪。那时候台湾的邮筒跟日本一样，是红色的。1945年抗战胜利之后，台湾回归祖国，理所当然采用绿色为邮政专用色。这绿色作为邮政专用色在台湾一直沿用至今。小小的邮筒的颜色也表明，海峡两岸同属一个中国，都用绿色为邮政专用色。

在台北，我见到航空邮件、限时邮件的邮筒是红色的，以区别于投寄本市邮件的绿色邮筒。

香港的邮筒在1997年回归前是红色的，有的邮筒上还有英国女皇头像的标志。这是因为香港当时是被英国租借，沿用英国邮政专用颜色，即红色。英国是一个四周被蓝色海水包围的岛国，英国人喜欢鲜艳的红色。英国的电话亭、加油站都是红色的，英国商店的橱窗、酒吧的门脸、宾馆的厅堂也往往以红色为主色调。正因为这样，英国选择了红色作

瑞典的邮车、邮箱是黄色的

为邮政专用颜色。所有英联邦国家，也都采用红色作为邮政专用颜色。我在澳大利亚、加拿大见到的邮筒都是红色，便因为他们是英联邦国家。

香港在1997年回归中国之后，采用中国的邮政专用颜色——绿色。这样，我在香港街头拍摄到的邮筒均为绿色，只是跟内地相比，那绿色更嫩些。

至于澳门，原本是被葡萄牙租借，而葡萄牙的邮政专用颜色是红色的，所以澳门在回归之前的邮筒是红色的。我在澳门回归之前前往澳门，不仅拍到了高高飘扬着葡萄牙国旗的总督府，也拍到了红色的邮筒。

澳门在回归之后，仍然沿用原先的邮政专用颜色，所以我在澳门回归后几度去澳门，见到的邮筒都是红色的。2008年6月30日，我在澳门关闸还见到一个比公用电话亭还大的红色邮筒，赶紧拍了一张照片留念。

透过邮筒看世界，世界是那么丰富多彩，有着那么多历史可以探讨。

从汽车牌照看世界

我关注世界上各种邮筒的颜色，也关注世界上各种各样的车牌。

在欧洲旅行时，我注意到大多数车牌上都印着欧盟标志——蓝地方块上十二颗围成圆圈的小黄星。蓝地十二颗白星标志。标志下方，则用一个大写字母，标志汽车所在国的名称。例如"F"代表法国，"D"代表德国。这表明，在欧盟成员国之中，连汽车车牌也开始"一体化"。

进入瑞士之后，我见到许多轿车挂了标着"CH"的车牌。"CH"是瑞士拉丁文的开头字母。我注意到，车牌上没有在欧洲常见的欧盟标志。瑞士车牌不挂欧盟标志，是因为瑞士不参加欧盟。

在政治上、外交上，最为独特的欧洲国家是瑞士。如今，申请加入欧盟的国家越来越多，欧盟成员国的数字正在不断扩大。然而，地处欧洲中心的瑞士却保持独立思考，从一开始就宣布不参加欧盟！

须知，瑞士的邻国总共有四国，即奥地利、德国、法国、意大利，这四国都是欧盟的成员国。也就是说，瑞士地处欧盟成员国的包围之中，却坚定地宣布不参加欧盟。

瑞士的独立思考精神还不仅仅于此。联合国号称"世界大家庭"，瑞士居然也不参加。在很长的时间里，瑞士不是联合国的成员国。

瑞士根据自己的国家利益，作出独立思考的决定，从不人云亦云。何况，瑞士是个小国，面积只有四万平方公里，人口不过七百万。瑞士敢于顶住强大的压力，作出自己的决定，是很不容易的。就这一点来说，瑞士精神是很可敬的。

瑞士为什么不参加欧盟呢？

车牌上"台湾省"的那个"省"字，清楚表明台湾是中国的一个省——小小车牌也反映大问题

高雄车牌

台北市和高雄市的汽车分别挂"台北市"、"高雄市"车牌，其他县市的汽车则都挂"台湾省"

澳门·珠海通用车牌

据说，因为瑞士乃欧洲"首富"，瑞士法郎非常坚挺，担心参加欧盟之后，瑞士法郎被统一于欧元之中，会影响自己经济的发展。

瑞士为什么不参加联合国呢？

据说，瑞士为此进行过全民公决。大多数瑞士人以为，联合国整天吵吵闹闹，只是个"吵架的场所"而已。瑞士几乎不跟别国"吵架"。参加联合国，每年要交会员费。虽然瑞士人很富，但是不愿花费这笔"无用的钱"。

经过又一次全民公决，瑞士终于在2002年加入联合国。

瑞士如此"不合群"，在世界上反而赢得了尊重。常常两国交战，要请瑞士充当中间调停人。

瑞士是世界上著名的中立国。早在1815年，在维也纳协议上，欧洲各国就承认瑞士为中立国。这样，当第一次世界大战和第二次世界大战在瑞士周边国家你死我活地进行的时候，瑞士静悄悄，没有枪声，没有硝烟。

那个战争狂人希特勒曾经想一口吞下瑞士这个小国，但是也顾忌瑞士的中立国地位，最终没有把坦克车的履带压过瑞士。

在台湾，我注意到车牌只有三种：有的标"台湾省"，有的标"台北市"、"高雄市"。

据台湾朋友告诉我，台湾只有台北市和高雄市是省辖市，这两市的汽车分别挂"台北市"、"高雄市"车牌，其他县市的汽车则都挂"台湾省"。

我拍摄了各种汽车的车牌。对于我如此注意拍摄台湾的车牌，台湾朋友大惑不解，以为车牌有什么可拍的？我说，台湾的车牌只有三种，表明台湾很小，而车牌上"台湾省"的那个"省"字，则清楚表明台湾是中国的一个省——小小车牌也反映大问题。

在2007年，台中县的台独分子把自己的车牌上的"台湾省"擅自改为"台湾国"，立即受到台中县警局交通队开出的罚单："毁损或变造汽车牌照，处2400元以上4800元以下罚款！”

我还颇有兴味地参观了蒋介石座车。蒋介石喜欢豪华轿车。其中一辆是他20世纪50年代乘坐的凯迪拉克轿车，装有厚厚的防弹玻璃，车牌号为"0888"，可见蒋介石也很喜欢"8"。

在珠海，我拍到一个特殊的车牌：左边是个"粤"字，右边是个"澳"字，车牌上有两个车号。这个车牌表明，这辆车可以往来于澳门特别行政区与中国内地之间。

到了日本，我发现车牌上标明的地名特别琐碎，我既拍到有着名古屋、大阪、京都这样大城市的车牌，也拍到写着"习志野"、"尾张小牧"这样小地方的车牌。

原来，日本的车牌是按照车辆登录地点的运输支局的名称来标注的，也就是发证机关的名称。这么一来，日本车牌上标名的地名竟然多达上百种！

在美国，我注意到纽约的出租车车牌，从1937年至今，一直是12187个。

为什么纽约的出租车车牌不允许增加呢？原来，这是在1937年，纽约市议会为了抑制由于出租车过多而加剧道路堵塞，以立法手段确定纽约的出租车限制于当时的12187辆，不再增加。这个法令一直延续到今日。美国的其他城市，诸如波士顿、芝加哥、费城等，也都有类似的出租车数量限制。

在上海，同样出于减缓道路堵塞的考虑，每月限制发放新的车牌（通常每月限于7000至8000个车牌），这样上海的发放新车牌的费用也就一路看涨，现在已经涨到每个新牌照四万元人民币。在纽约，由于出租车的牌照一直限定于12187辆，所以无法申领新牌照，只有等待出让旧牌照。于是，纽约出租车牌照的转让价同样一路看涨。2001年，涨到一个牌照20万美元。2004年，涨到30万美元。到了2007年，甚至创下一个出租车牌照60万美元的天价！

在纽约开出租车，不仅入门的"门槛"高，而且还要求用来做出租车的汽车必须是全新的，并且

日本名古屋车牌

日本大阪车牌

日本京都车牌

日本尾张小牧车牌

日本习志野车牌

日本三重车牌

要求行驶了五年必须更换新车；对那些没有固定人员驾驶的出租车，则规定过三年必须更换新车。纽约对出租车限时要求更换新车，为的是保障交通安全。另外，纽约还对出租车司机作出规定：载客时吸烟或者粗暴对待乘客的，罚款150美元；司机在营运中打手机的，罚款250美元。

由于纽约把出租车的数量限定为12187辆，所以出租车的空驶率不高。纽约出租车年载客约二亿五千万人次，营业额超过十亿美元。

我感到奇怪，纽约出租车的"门槛"那么高，为什么在纽约开出租车的大都是外国移民？纽约的朋友告诉我，纽约的出租车司机通常并不自己拥有车辆和车牌，而是受雇于出租车公司。外来移民通过纽约的出租车司机考核之后，获得执照，就可以成为出租车公司的雇员。

纽约的出租车分为独立车主和公司车队两种。所谓独立车主，是指那些只拥有一辆出租车的人。通常，纽约的出租车分两班，由两名司机承包。每位出租车司机向公司每天交纳100美元的承包金，还要负担大约50美元的汽油费。出租车公司则承担车辆保险、维修等费用。纽约出租车司机的月收入不足5000美元。这样的收入在纽约的工薪阶层中算是中等偏下。由于纽约车多路挤，车况复杂，出租车司机工作辛苦，所以本地人不大愿意做这份工作，大批外国移民也就加入了这支队伍。

在2008年5月12日发生的中国四川大地震中，一辆银色轿车被严重砸伤，但仍能放着音乐颠簸前进。这辆轿车的车牌是"川FA8512"，正好与"四川2008年5月12日"巧合。这辆汽车的车主把轿车连同车牌捐赠给四川地震博物馆收藏。

各国不同的"厕所文化"

在陌生的国度，在陌生的城市，遇上内急，总要寻找厕所的指示牌。

台湾曾经长期沦为日本殖民地，文化上深受日本影响，比如，把厕所称为"化妆室"便源于日语

记得，2008年4月，我在洛阳"大不同"饭店里，见到指示牌上写着"轻松花园"四个字，起初不明白是何意。后来看到旁边的两个英文字母"WC"，不由得被这富有幽默感的指示牌逗得扑哧一笑。

到了台北，我发现，很多厕所的指示牌上写着"化妆室"。后来，在日月潭畔、在高雄的爱河边上，都见到醒目地竖着"化妆室"指示牌。

台湾把厕所称为"化妆室"，源于日本。在日本，我经常见到厕所的指示牌上写着"化妆室"。

这小小的细节，反映出日本统治台湾50年所留下的深刻的影响。然而，当我把照相机的镜头对准那"化妆室"指示牌时，台北的朋友见了，觉得奇怪，这有什么可拍的？因为他们从小就叫厕所为"化妆室"，早就习惯了，也就不以为然了。

不过，我也注意到，在台湾的机场或者火车站，指示牌上没有写"化妆室"，而是按照国际常规写作"厕所"或者"盥洗室"，因为那里来来去去的外国人很多，写"化妆室"会使许多旅客在想"方便"时找不到"方便"之所。

台湾曾经被日本占领50年，所以深受日本的影响。在台湾，不光是把厕所称为"化妆室"来自日语，把快餐叫做"便当"，也来自日语。台湾的"宅急便"，亦即快递，同样来自日语。至今，台湾人把英语作为第一外语，把日语作为第二外语。在街头，我经常看见"地球村美日语"的广告，那是一所速成英语、日语的学校。

我在台北见到专售榻榻米的商店，这也表明不少台湾人喜欢睡榻榻米，保持日本的生活方式。在日本统治台湾的时期，台北街道曾经有过"满街木屐声"的景象。如今，我在台湾仍见到许多出售木屐的小铺。不过，台湾朋友告诉我，现在台湾人没有多少喜欢穿木屐。那些木屐主要是卖给前来台湾旅游的日本人。台湾与日本相距不远，从日本乘一个多小时飞机，就可以到达台北，所以前往台湾旅游的日本人甚多。当然，前往日本旅游的台湾人同样很多。

在日本，为什么会把厕所叫做"化妆室"呢？那是因为日本的许多厕所里都有洗脸盆、镜子，进入厕所之后，可以整理一下自己的衣衫，梳理一下头发，女士还可以搽一下粉、抹一下口红。

日本是一个非常爱干净的民族。日本人养成一进屋就换拖鞋的习惯。我住在日本三重县志摩市鸟羽温泉的时候，那里的合欢之乡宾馆里，一进客房就要换拖鞋，而客房的盥洗室与厕所是分开的，在进厕所时还要再换一次拖鞋，那双拖鞋上写着"御手洗用"，意即厕所间专用的。

日本宾馆的抽水马桶非常考究：马桶坐圈是用电预热的。大便之后，摁动马桶右侧的电钮，便有一股细小而压力颇大的温水水柱喷了出来，把便处冲洗得干干净净。这水柱的压力大小、水温高低都可以调节。起初，我以为我这次所住的都是四星、五星

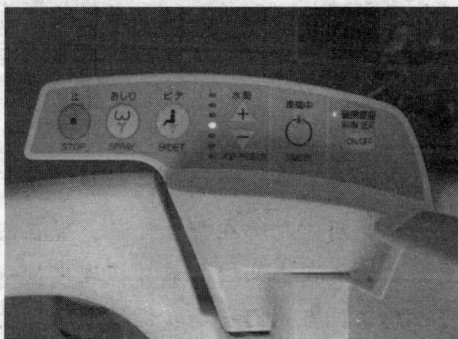
日本宾馆的抽水马桶非常考究

级宾馆，才会有这样讲究的抽水马桶，后来发现连公共厕所里也是这样的马桶，只是马桶坐圈没有用电预热而已。

我不由得记起，在美国，人们总是把厕所称为"休息室"（"restroom"）。我在美国找厕所时，也总是问"restroom"在哪里。

由于不知道"休息室"是厕所，一位中国留学生在美国耶鲁大学神学院里，有过这样的找厕所的经历。

当我第一次到耶鲁大学神学院图书馆时——神学院是耶鲁大学最老的学院，我想找厕所。我首先找"WC"，"Ladies"，"Bathroom"和"Washroom"等字样，我几乎用了我学过有关厕所的所有词汇，但还是没有找到。生活常识告诉我，在这么大的图书馆没有厕所是不可能的，我又继续寻找，最后找到标有"WOMEN"字样的门。尽管从外表上看一点也不像厕所，但是直觉告诉我，这就是厕所。我确实也憋不住了，不得不去试一下。当我推开门时，我认定我弄错了，立即退了出来。因为我看到的房间比我在北京的客厅还要大。房间里铺着漂亮的绿色地毯，古色古香的桌子旁有一个落地台灯。房间的一侧放着一个相当漂亮的棕色长沙发，沙发上方有一个覆盖了一面墙的大镜子顶着天花板。房间的另一侧在桌子旁是一对单人沙发。房间的一角放着衣架，另一角放着一个种有绿色植物的大花盆，看上去像个豪华宾馆的休息室，一点不像厕所，但是这又是唯一可能是厕所的地方。纳闷时我记起这个房间里还有一个门，我决然走进去，把门打开。如释重负！我终于找到了厕所。它只有外面休息室一半大小的面积，有两个便座和两个洗手池。这太奢侈了！像是个两居室住所。完恭后，我又想，这么大的一个图书馆不可能只有这么一个厕所，我不得不去请教别人。"休息室"，是厕所的另一代词。它只有一个便座，而且是不分性别的，谁进去只要把门反锁上就可专用。

"休息室"（"restroom"）与中文厕所的概念相距十万八千里。我从没把"休息室"与"厕所"联系在一起。而在耶鲁，当我使用标着"休息室"的厕所时，真有点像当上了皇后的感觉，在休息室大镜子前面自我欣赏一番，整理一下自己的衣着。当我使用"休息室"时，确实领会到休息的实在含义，因为休息室窗明几净，窗外景色迷人。

在耶鲁大学使用厕所的经历，使我明白了为什么以前美国来宾到我们学校时，总会问"厕所在哪里？"，现在回想起来，她们有可能是要使用厕所，但更需要的是在去见校长前，梳理化妆一番。她们需要一点"隐私"的时间。我可以想象，当她们发现我们的厕所里没有镜子时，会多么沮丧。她们的厕所功能远比我们的多。

其实，美国人所说的"休息室"，跟日本人所说的"化妆室"，有着异曲同工之妙。

确实，美国的公共厕所，都干干净净，而且都很宽敞。美国的公共厕所免费提供洗手液和手纸。有的还免费提供铺在马桶圈上的纸圈。

在繁华的纽约街头，往往找不到"休息室"。告诉你一个窍门，纽约到处有麦当劳。走进麦当劳，你一准可以见到"restrooms"的指示牌。我的这张"restrooms"的指示牌照片，就在纽约最热闹的第42街的麦当劳里拍摄的。当然，倘若一时找不到麦当劳，进入其他快餐店或者餐馆，也能找到"休息室"。这一"窍门"也适用于其他城市。比如在香港，进入快餐店或者饭店，准能找到厕所。

不过，在美国之外，询问"restrooms"在哪里，对方往往一脸茫然，问"Toilet"才能让对方听懂你要找的是厕所。

厕所的入口处，通常用"MEN"（男）和"WOMEN"（女）来区别性别。在日本，有的厕所以"绅士"和"妇人"区

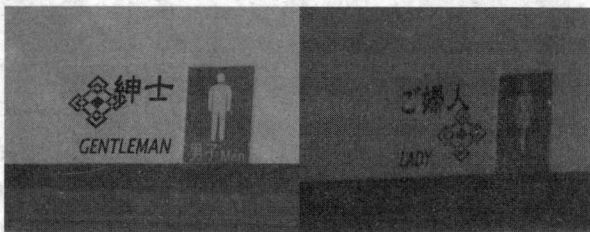
日本把男性称为"绅士"，把女性称为"妇人"

印度的男女厕所标志

印度用俊男美女的大幅照片作为男女厕所的标志

印度男女厕所标志

别男女。法国的厕所，则以艾菲尔铁塔的图像和凯旋门的图像分别表示男性与女性。最奇特的是，在海南岛琼海市的"红色娘子军纪念园"里，那里厕所区别男女的标志，居然是手持短枪的男战士与女战士。

我发现，印度的厕所标志也很活泼。比如从新德里到斋浦尔的中途休息站的男厕所入口处，贴着一张长胡子的老K的扑克牌，而女厕所的入口处则贴着一张披长发的Q女神的扑克牌。还有的用一个印度男人或者女人剪影的头像作为标志。在新德里国际机场，甚至用比人还高的巨幅印度俊男美女的巨幅大头照，作为男女厕所的标志。据说这是因为印度的文盲甚多，用这样的图像便于他们识别，当然也反映了印度人的风趣。我把这些标新立异的厕所标志，一一摄入镜头。

在印度上厕所，大都要付小费。所以我总是在口袋里准备多张10卢比的纸钞，进门时给那里的服务员一张，如同准备了一堆"入场券"似的。这样的"入场券"用起来很快，我通常到小摊或者宾馆服务台用100卢比的钱兑换零钱。只要他们有零钱，总是乐意给你兑换，即便是你不买他们的商品。

北京市原本的公共厕所，达不到"化妆室"、"休息室"的水平。2008年6月，我来到北京时，发现随着奥运会的临近，北京新建了一大批公共厕所，这些公共厕所不在胡同里，就在热闹的街面上，相当干净。

除了种种固定的厕所之外，临时性的厕所有时候也很需要。

2007年6月，我在美国旧金山的市政厅广场拍了不少照片。旧金山的市政厅，豪华而气派，外形像华盛顿的美国国会大厦，但是那圆顶是蓝色，镶着一根根金边。那天市政厅广场干干净净，草坪翠色可餐，广场上行人不多。

连旧金山市长铜像旁也都是厕所

然而两天之后，我再度来到那里，吃了一惊，市政厅广场上临时搭建了一排排像公用电话亭那么大小的浅灰色临时厕所，每排几十个。就连市政厅前旧金山一位市长的青铜塑像两侧，也摆满了临时厕所。

为什么会一下

子冒出这么多临时厕所呢？原来，旧金山每年6月的最后一个星期日都要举行"同性恋大游行"，几十万人参加，集合地点就是市政厅广场，不搭建那么多的临时厕所，怎么够用呢？

在澳大利亚的公共厕所里，我发现居然放置了一个黄色的铁盒子，专门收集注射毒品的针筒。据说，这是因为澳大利亚充分尊重人权，甚至包括吸毒的权利。一旦吸毒者犯了毒瘾，可以到公共厕所里注射毒品，注射完了，就把注射器扔进黄色的铁盒子。我用照相机拍摄墙上放置针筒的铁盒子，算是澳大利亚的一种特殊的"人权记录"。

最原始、最"天然"的厕所，要算是新疆。

新疆太大，从乌鲁木齐到伊犁，那天我差不多坐了十一个小时汽车，而从库车到吐鲁番，也是坐了十小时的汽车。新疆的面积大约占全国面积的六分之一。光是巴音郭楞蒙古自治州这么一个州，面积就相当于浙江、江苏、福建、江西四省面积的总和，达48万平方公里。好在新疆的高速公路相当不错，汽车行进又快又稳。高速公路那嫩绿色的栏杆，给广袤的沙漠带来了春意。新疆地广人稀。新疆总人口只与上海相当，2000万人。硕大的巴音郭楞州只有104万人口。在漫漫戈壁滩，往往几十公里不见一间屋、一个人，路旁连厕所都没有，旅客只能在野地里找个坡"方便"。我曾问为什么不建厕所？当地朋友说，砌个厕所不是难事，问题是没有水，无法冲洗厕所，所以只好不建。

在法国巴黎、在德国斯图加特，我见到粗大的广告柱。细细一看，在广告柱"腰部"，写着"WC"。原来，这广告柱还兼厕所的功能！在这广告柱上设有投币口，投进硬币之后，厕所的门自动打开，供人们进去"方便"。

不过，"方便"是限时的。如果到时你还要用厕所，必须再投入硬币，不然厕所的门会自动打开，然后放水冲洗。在法国，上一次这种圆筒式厕所，要投进六法郎。四分钟之后，厕所的门自动打开。据说有人贪图小便宜。在别人"方便"之后，开门

德国街头的厕所

走出，他乘机进入厕所，关上了门。不料，突然从上面哗的一声冲下冷水，把他淋得像落汤鸡！原来，每"方便"一次，这厕所上方会放水冲洗一遍。直到冲毕，有人投币，才会重新开门……

世界上形形色色的厕所，折射了形形色色的观念和文化，形成了不同的"厕所文化"。世界上居然有一个专门的"World Toilet Organization"——"世界厕所协会"。这个协会各国从事厕所以及厕所文化的研究。其实，改善世界各国的厕所环境，也是一个关系民生的重要问题，值得加以研究和探讨。正因为这样，"世界厕所协会"在世界各国设立分会，各分会设立主席。"世界厕所协会"每年还举行年会，组织各会员国互相参观，以改善和提高各国的厕所设备与环境。

"世界厕所协会"也给了我启示，所以写下这篇透过厕所比较世界各国的厕所文化的文章。

广告中的花花世界

在北京乘地铁，人是那么的挤。在拥挤中我不由得抬起头来，这时我忽地注意到，就连供乘客拉手的小环上方那香烟盒般大的地方，居然也漆着广告！在如今的中国，广告确实已是无孔不入了。

遥想当年，在"红海洋"岁月，就连自行车把手前方那香烟盒般大的地方，也挂上一块红色"语录"牌。当年街头巨幅"红太阳"画像，已被"太阳神"的广告所代替；当年高楼自上而下所悬的"无产阶级文化大革命胜利万岁"红布长条标语，已被"今年二十，明年十八"、"佛靠金装，人靠衣装"之类巨字广告所取代。曾是"标语王国"的中国，眼下已成了"广告王国"。

广告是商品经济的产物。作为头号发达的资本主义国家的美国，那广告也颇"发达"。美国纽约曼哈顿是著名的商业区，那里的摩天高楼像筷子笼里的筷子似的密密麻麻插在那里。那里的广告很多，有的广告占据整个墙面，大而漂亮。入夜，那里的霓虹灯广告，闪耀着夺目的光彩。还有许多电子广告牌，不断更换着广告内容，入夜则射出耀眼的光芒，更为醒目。

在美国的超级市场，我取了一辆手推车，便发现手推车上嵌着一个小方牌，上面是房屋中介公司经纪人的照片以及联络电话号码。

我走进美国加州伯克利大学，迎面就是色彩斑斓的广告牌和广告圆柱，上面贴满五颜六色的小张彩色广告。这是美国大学的一道风景线：大学生们要出让旧书、旧电脑以及舞会消息、交换宿舍、寻找工作什么的，就在这进进出出的校门口的广告栏里贴张广告。

在奥地利维也纳机场候机。反正时间尚早，我便在机场商场里闲逛。在一家眼镜店门口的地上，我见到亮丽的彩色广告。抬头一看，见到一只小巧的幻灯机，把一束彩色的光芒投射到地上。幻灯机上的广告片不断在自动更换，地上的彩色广告也同时在不断更新之中。

欧洲的商业广告，真可以说是"铺天盖地"——如今连地面也不放过。我用照相机拍下这地面上的投影广告。刚拍完，一位先生就朝我走了过来，送给我一张名片。原来，他是这架幻灯投影广告机的推销员。我这才明白，他在机场商场这熙熙攘攘的所在，把广告投射到地面上，并不是为了推销灯光广告上的商品，而是推销幻灯投影广告机本身！

在巴黎，我也见到一家汽车公司的大楼，横空凸出一个车头，仿佛这辆汽车正从墙里冲出来。自然，这辆汽车的车头上，挂着这家汽车公司的标志。这种别出心裁的"大楼"广告，视觉效果也不错。

我在俄罗斯，漫步莫斯科、圣彼得堡，香烟广告比比皆是，大有铺天盖地之势。就连离红场只有20米的地方，也竖起了香烟广告。在种种香烟广告之中，最多的要算是美国的"万宝路"和"WINSTON"。香烟广告上写着俏皮话："PA3BE'HET—ЭTOOTBET？"意思是说："难道说'不知道'——这就是回答吗？"

俄罗斯街头巷尾，处处可见小烟店。俄罗斯的烟民队伍相当庞大。特别是年轻的女烟民之多，令我非常惊讶。在街头，叼着一根烟、悠悠地吞云吐雾的小姐，成为时尚。更令我惊讶的是，在圣彼得堡涅瓦河畔，居然有一群十来岁的男孩个个都叼着烟！在俄罗斯盛行抽烟，也盛行酗酒。俄罗斯男子酗酒甚多，就连首任总统叶利钦也不例外。

在香港的报纸、杂志，我见到"MARLBORO"（"万宝路"）香烟广告，但是广告上注明这样的词句："香港政府忠告市民，吸烟可以致命。"

在台北，处处可见"不吸烟，大自由"的公益广告。广告强调："人人有权拒吸二手烟，维护健康是您的权利。"

毒品正在台湾蔓延。在台北火车站那熙熙攘攘的人群之中，我采访了身穿"反毒特派员"T恤的小伙子。他手持《反毒誓言》，开展"反毒宣示签名活动"，正在征集路人的签名。他的白色T恤背面，赫然印着"我不吸毒"四个蓝色大字。

我发现，在公共场合，几乎见不到日本人抽烟，因为在那里竖立或者粘贴着禁烟标志。在东京千代田区，我见到马路边竖立着"路上喫烟禁止"的牌子，也就是说，在路上都不允许"喫烟"——抽烟。也是在东京，一辆大卡车从我的身边驶过，车厢上写着禁烟广告——"未成年者の喫烟防止"，意即防止未成年者抽烟。

欧洲的城市，环境整洁。然而，却不时出现不和谐的"音符"：在许多房屋漂亮的外墙上，居然涂满乌七八糟的字句、图画，令人想起中国"文革"期

香港地铁里的反贪污宣传画

高雄的反贪广告

在东京，一辆大卡车从我的身边驶过，车厢上写着禁烟广告——"未成年者の喫烟防止"，意即防止未成年人抽烟

越南赌场接客汽车

旧金山的雪茄广告

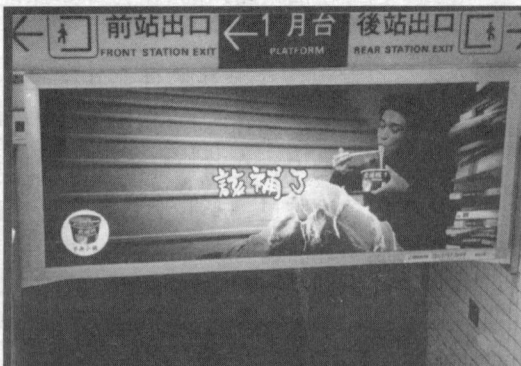

在台中火车站，这幅出语双关的"该补了"广告颇有意思

间的大字标语。中国的大字标语是用墨汁写的，而欧洲这些乱七八糟的字句、图画，是用手提式喷漆枪喷上去的，不易清洗。随着"文革"的结束，那些大字标语在中国早已绝迹。然而，这种墙上"涂鸦"，在欧洲有越演越烈之势。在美国，特别是在纽约，我也见过这种"涂鸦"现象。不过，大都集中在地铁的墙上。据说，"涂鸦者"大都是"现代派"、"颓废派"、"无聊派"的青年。

例外的是朝鲜，满街是政治宣传画，不见商业广告。我只在平壤火车站前见到一幅汽车广告，连忙用照相机拍下这"稀有元素"。

在河内，既有豪华大商场，也有"华侨友谊商行"这样的小店，写着广告语："中国女士们先生们欢迎看看，有香烟、红木批发。"还有的小店挂着广告："中国贵宾请放心在此购物，买卖公平价格特别优惠。"

台北街头，竖立着公益广告："关怀老人，照顾残障，社会更祥和。"台湾人所说的"残障"，也就是中国大陆所说的"残疾人"。又如，中国大陆所称的盲人，在台湾则称为"视障"。

台北街头，也张贴着《协寻：他在哪里？》的彩色广告，上面刊登失踪老人的照片，请求民众协助寻找。广告上的一句话很感人："关心今日的老人，就是关心明日的自己！"

在台北街头，我见到广告上印着一颗红心，旁边写着一句"我们急需您的加入"，鼓励"热心捐血人士"加入义务献血的行列。

我见到告诫人们不要酒后开车的"带醉羔羊"的公益广告，生动活泼。"开车不喝酒，平安到久久"，这样的"台北市政府提醒您"，显得非常亲切。

在高雄，在香港，我见到大幅的反贪污广告。

我在台中车站下车。车站上的一幅大广告，构思颇为巧妙：一个裤子膝盖破了的小伙子，正在吃方便面，而广告用了双关语"该补了"作标题。这种方便面的牌子，便叫"大补贴"。

漫步香港街头，我有时见到墙角、电线杆上贴着小小的纸片。这种小纸片"广告"，在上海也常见，或者是"家教"，或者是"换屋"，或者是"寻物"，或者是"出让"，如此等等。然而，香港的这种广告下方，却长着"胡子"——小纸片下方，竖着剪成一条条，不刷糨糊，像胡子般翘着。细细一看，每一条"胡子"上都印着电话号码！

原来，在看了广告之后，有意者顺手撕一"胡子"，便可以用上面的电话号码与出广告者联络。上海的这类广告，没有"胡子"。有意者要掏纸、笔，才能记下广告上的电话。相比之下，不能不说香港人比上海人更精细。

从顺口溜看世界

在歌龙河畔，一位越南的运货工人正在板车上小憩。他戴着中国男人非常忌讳的绿帽子。后来，我发现越南男子大都戴这种硬壳的绿帽子。其实，这种硬壳绿帽子是当年越南的军帽，遮阳又挡雨，而且在越南丛林中作战，绿色硬壳帽则与丛林融为一体。就连胡志明主席都戴这种帽子。越南男子大都当过兵，即便退伍也喜欢戴这种帽子。我注意到，越南的旅游纪念品商店里也摆放着这种绿色硬壳帽，中国游客无人问津。

一到越南，我就听顺口溜——越南"四大怪"，即："男人绿帽头上戴，女人手帕脸上盖，人力车子倒着踩，花钱要用大麻袋。"

"男人绿帽头上戴"已经见识过了，"女人手帕脸上盖"也被我摄入镜头。越南女人用手帕把脸捂得严严实实，是为了防晒、防尘。越南阳光强烈，越南女人又以白为美，所以也就"手帕脸上盖"。不过，毕竟越南气候炎热，也有的时候越南妇女未必"手帕脸上盖"，但戴一顶斗笠防晒倒是几乎个个如此。这位划船妇女穿上长袖衬衫、戴上手套防晒。

越南那"人力车子倒着踩"，倒不算太怪，无非是人力车（三轮车）的乘客在前，车夫在后踩车。据说这是根据当时法国殖民者的意图设计的。这样一来，乘客观景时视线不受妨碍，又可避免闻到车夫的臭汗。

至于"花钱要用大麻袋"，是指越南通货膨胀，货币贬值甚快。我来到越南时，一元人民币可以兑换1920盾越币。也就是说，十元人民币，就是越币"万元户"了！在越南，最大票额的越币是一万元。难怪，在买汽车、买摩托车时，"花钱要用大麻袋"！在买房子的时候，越南以黄金论价。因为用纸币的话，不知道要装多少麻袋！

澳大利亚也有"四大怪"，那就是"懒汉多，酒鬼多，胖子多，苍蝇多"，成为澳大利亚的"四多"。

澳大利亚实行高福利，消灭了澳大利亚的乞丐，却成了懒汉的温床。在澳大利亚，什么事也不干，每周也可以领到158澳元的救济金。这为懒汉提供了最"适宜"的生存环境。正因为这样，懒汉成了澳大利亚的"特产"。

戴绿帽的越南男子

澳大利亚人喜欢酗酒，所以酒鬼也多。

再说，心宽则体胖。生活优越而又无忧无虑，加上喜欢吃高脂肪食品，又造就了澳大利亚一大批胖子。在澳大利亚街头，常可以见到"超级胖子"。中国的胖子，到了澳大利亚，可谓小巫见大巫。澳大利亚的胖子们似乎对自己那航空母舰般的身体毫不在乎，依然大摇大摆走在马路上。在澳大利亚，我似乎见不到减肥广告。

澳大利亚的苍蝇多，则是由于澳大利亚是以畜牧业为主的国家，苍蝇也就大量在牧场繁殖。

到了俄罗斯不久，我就学会了当地华人"创作"的形容俄罗斯风情的四句顺口溜：

青草白雪盖，
破车跑得快，
姑娘大腿露在外，
干活都是老太太。

这四句顺口溜通俗明白，只有第一句对于外来者需要解释一下：所谓"青草白雪盖"，是形容俄罗斯的气候。在春天，天气开始转暖，草地已经返青，一阵寒流袭来，又会降一场大雪，盖没了青草。

在俄罗斯，我对于"破车跑得快"有了深切的体会：俄罗斯人办事样样都慢，唯独开起车来近乎疯狂，所以我在俄罗斯穿马路时，格外地小心！把俄罗

澳大利亚多胖子

斯人的汽车说成是"破车",当然有点过分。不过,如果把俄罗斯人的汽车跟美国人的汽车相比,说是"破车"倒也有几分妥切。因为俄罗斯家庭买的通常是价格便宜的低档车。

至于"姑娘大腿露在外",已经很明白的了。"干活都是老太太"则是指许多收入微薄的工作岗位,通常都是退休老太太在干。我参观俄罗斯各种各样的博物馆,坐在一旁看管展品的,几乎都是退休老太太。

从帽子看英国

欢迎你——希斯罗机场上的宣传画,出现标准的英国绅士形象

此次英伦之行,英国人对帽子情有独钟,给我留下了难忘的印象。

从上海飞抵伦敦希斯罗国际机场,我看到一幅写着"Welcome"的巨大的宣传画,画着一位头戴黑色圆顶硬礼帽的英国绅士张开双臂,表示欢迎。

到了英国,我得知那黑色圆顶硬礼帽,是英国绅士的"三件宝"之一,另外两件宝是嘴上叼着的烟斗和手中挂着手杖(或者长柄黑雨伞)。我不由得记起,在看英国福尔摩斯探案电影时,福尔摩斯总是带着这"三件宝"出现在银幕上。

就像北京王府井有老字号盛锡福帽庄一样,伦敦圣詹姆斯街上有200多年历史的詹姆斯·洛克帽店。那里精工制作的黑色圆顶硬礼帽是英国名牌,几百英镑乃至上千英镑一顶(相当于几千元至上万元人民币),英国达官富贾们却都以戴洛克帽店的圆顶礼帽为荣。

黑色圆顶硬礼帽成了英国绅士的象征。他们在进屋时,总是摘下帽子交给侍从或者佣人,挂在衣帽架上。在街头,倘若跟熟悉的女子打招呼,绅士同样要摘下帽子。记得,在中国汉代的《陌上桑》一诗中,有"行者见罗敷,下担捋髭须;少年见罗敷,脱帽著帩头"。罗敷是传说中的美女,可见"脱帽施礼"乃中英同礼。

黑色圆顶硬礼帽是在正式场合戴的。我发现,英国男子在平常也喜欢戴帽子。各种各样男式便帽,有檐的,无檐的,半截舌的帽,鸭舌帽,灰色的,黑色的,苏格兰格子式的,不一而足。世界上的警察通常戴大盖帽,而英国警察则戴黑色窄檐帽,显得轻便利索。

跟深色、式样有点保守的男帽相比，英国的女帽像春天的百花那样多姿多彩。我在观看英国威廉王子与凯特的大婚典礼的电视时，给我的印象仿佛是一场盛况空前的"帽子秀"！由于英国男子在室内不戴帽子，所以那天让形形色色的女帽抢尽风头，女宾们的"头上风光"引发一阵阵"品头论足"。众多女贵宾的帽子样式和帽饰，无一雷同。在众多的大檐花帽之中，英国足球明星贝克汉姆的妻子维多利亚戴了一顶小小的圆盒子一般的黑色锁扣帽，别出心裁，不同于众。

威廉王子大婚典礼成了"帽子秀"

　　在英国，女王伊丽莎白二世在不同的场合，更换不同的帽子。伊丽莎白二世的帽子显得端庄高贵，通常都是宽檐的，但是以不遮挡脸部为度，而色彩有时很鲜艳，诸如明黄、粉红、天蓝。已故戴安娜王妃的帽子，当年往往领导英国时尚女帽的新潮流。她们的帽子，往往是由专门的帽子设计师为之设计。在设计时，女帽的颜色、款式要考虑到与服装相匹配，形成整体美。

　　英国人为何男男女女对帽子都如此偏爱？据英国朋友告诉我，这是英国特殊的气候所致。帽子具有四大功能，即"防雨、遮日光、保暖、装饰"。英国是岛国，空气中水汽充沛，雨说下就下，但往往是细雨霏霏，而且一转眼就云开雨散。像英国绅士那样手中老是持一把长柄黑伞，当然可以"防雨于未然"，然而长柄黑伞毕竟是个累赘。最便当的办法，当然是戴帽子。再说，英国一旦阳光璀璨，那紫外线相当强，戴顶宽檐帽子可以遮日光。还有，英国冬日阴冷，戴帽子是保暖的措施之一。至于帽子戴在头上，占领"居高临下"的显要地位，能够美化脸面形象，当然人人都喜欢。所以帽子的四大功能，在英国每一项都用得上，自然而然英国人自古就养成了爱帽癖。随着时代的进步，尤其是家家户户都有了轿车，帽子的前三项功能弱化了，而第四项功能即"装饰"得到强化。特别是英国女帽，成为爱美女性的必不可少的装饰品，所以女性进入无雨、无阳光、有暖气的室内，依然戴着俏丽的帽子。

在英国，帽子引发激烈的争议，倒是出人意料。不过，那不是普通的帽子。我在伦敦的王宫——白金汉宫前观赏皇家御林军换岗仪式，我的眼球被御林军头上又高又大的毛茸茸的黑色帽子所吸引。引起争议的，便是这英国军队最有标志性的黑色礼帽。这帽子高18英寸、重1磅8盎司（相当于45厘米高、重0.68公斤），是用加拿大黑熊皮制作而成。环保团体抗议说，英国皇家御林军的黑礼帽乃是残害野生动物的"标志"。皇家御林军一度改用人造毛皮试制作黑色礼帽，但是卫士们反映，人造毛皮黑色礼帽戴在头上气闷，而且遭遇下雨就粘在一起，不美观。看来如何解决这一难题，尚有待开发更佳的代用品。好在加拿大黑熊皮制作的黑色礼帽很耐用，英国皇家御林军再戴个十年八年没有问题。

英国皇室制帽名师崔西先生说，"帽子是最具魅力的配件，它让人们串连上优雅与美的字眼。"这句话道出了英国人爱帽的真谛。

从乌鸦看东京

登上东京都厅大厦第45层的展望台，居高临下，那里是俯摄东京绝佳所在。我正在拍摄东京的风景，然而"煞风景"的是一群乌鸦闯入我的镜头，旁若无人一般穿梭于高楼大厦之间。

此后，在东京屡屡见到从空中招摇而过的乌鸦，而且不时发出"呱、呱"阵阵聒耳的鸦噪声。以高科技武装起来的日本人，不时精确测定东京的乌鸦，据说最高峰的时候东京的乌鸦多达三万六千只！不过，在定义"东京的乌鸦"时发生困难，因为日本科学家在给乌鸦戴上无线电发射器进行跟踪之后，发现白天在东京上空盘桓的乌鸦，大多数在夜晚飞往东京之外的神奈川县或者千叶县，这样的乌鸦算不算"东京的乌鸦"呢？

乌鸦们把家安在神奈川、千叶，看中的是那里良好的"居家环境"——繁茂的树林，而每天飞往东京，则看中那里是食物丰富的"免费餐厅"。人口众多的东京，每天产生大量的生活垃圾，尤其是东京那么多餐馆，人们的残羹剩菜正是乌鸦们的

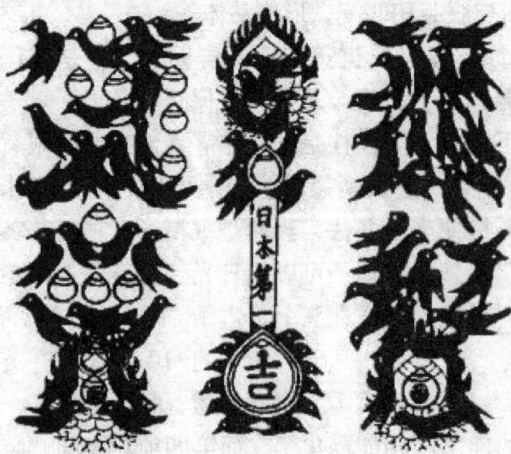
日本把乌鸦奉为"吉祥鸟"

美食。食物越是发臭，偏爱食腐的乌鸦越是如得甘饴。东京是在早上收垃圾，于是家家户户把垃圾袋堆在街头，而乌鸦们也就赶"早班"飞往东京市区，用锋利的喙啄破垃圾袋，享受着"美味佳馔"。吃饱之后，在东京的楼宇间"散步"，反正东京无鹰无隼，人们对乌鸦们也很友善，所以乌鸦在东京充满"安全感"。直到暮霭降临，乌鸦这才"下班"，飞回神奈川县、千叶县安身养神，以便明早再去东京"上班"。大阪市习惯于深夜收垃圾，那里的乌鸦则改为上"夜班"。

科学家们经过无线电跟踪，除了发现到东京"上下班"的乌鸦之外，还有真正的"东京的乌鸦"。比如，有些乌鸦在东京代代木公园筑巢，生儿育女，夜晚在东京著名的明治神宫"安寝"，而"就餐"则在附近的新宿歌舞伎町，因为那里每天产生的生活垃圾就有32吨，乌鸦们饱食无忧。也有的"东京的乌鸦"在东京的公园或者国立自然教育园等绿树葱郁之处建立爱巢。这些"东京的乌鸦"没有"上下班"的路途劳累，在东京更加优哉游哉，心广体胖。所以人们在总结"东京的乌鸦"的特色时，归为三点：量多，嘴大，肥硕。

说实在的，对于乌鸦我没有什么好感，这倒不是出于中国人向来把乌鸦视为"凶鸟"，而是因那毫无美感的一身乌黑以及刺耳、沙哑的聒噪。我不明白，为什么在日本，特别是在东京，乌鸦竟是那么的多？

其中最重要的原因，是日本人把乌鸦当作"吉祥鸟"、"神鸟"以至日本的"立国神兽"，听任乌鸦肆无忌惮。日本足球协会采用八咫乌图案当作会徽，参加世界杯足球赛的日本队员的球衣上都绣着八咫乌，而八咫乌就是一只三脚乌鸦。

日本对于乌鸦的尊敬，可以追溯到日本第一代天皇，即神武天皇。据日本《古事记》和《日本书纪》记载，神武天皇在东征时，进入和歌山县熊野一带的山林中，迷失了方向。由于神武天皇是天神御子，所以天神派八咫乌为他引路，破解迷阵，走出了熊野山。从此，日本人视乌鸦为神鸟。

其实，在中国，对于乌鸦也不是一味的否定。中国儒家推崇乌鸦"反哺慈亲"，树为"孝顺的典型"。白居易的《慈乌夜啼》，也热情讴歌乌鸦反哺。乌鸦严格遵守一夫一妻制，也受到人们的赞许。至于脍炙人口的唐朝诗人张继的名句"月落乌啼霜满天"，这"乌"就是指乌鸦，张继居然把乌鸦的啼声跟苏州寒山寺悠扬的"夜半钟声"相提并论，以为乌鸦跟月、霜、渔火、客船一样充满诗情画意。

当然，在中国更多的是对乌鸦的"批判"。所谓"天下乌鸦一般黑"，所谓"乌鸦嘴"，所谓"乌合之众"，所谓"乌鸦头上过，无灾必有祸"，所谓"老鸦叫，祸事到"，都把乌鸦列为"反面角色"。

据说，乌鸦在中国"形象受损"，始于春秋。当时鲁国有个能听懂鸟语的人，名叫公冶长，贫而闲居，无以给食。某天有老鸦飞临他家，叫道："公冶长，公冶长，南山有只大绵羊，你吃肉，我吃肠。"公冶长听后寻到山里，果得一只无主的大羊，食之有余。后失主追踪而至，竟诬公冶长偷羊，讼之鲁君，鲁君不信鸟语，遂将公冶长逮捕入狱。公冶长因此蒙受不白之冤。人们为他鸣抱不平，认为那只老鸦为公冶长招来了灾祸。从此，乌鸦就被视为招灾引祸的不祥之鸟。

在日本，由于人们偏爱乌鸦，乌鸦也就"目中无人"。日本人向来爱干净，乌鸦却在锃亮的轿车、充满花香的阳台甚至漂亮的衣服上，毫不留情撒下那充满恶臭的排泄物。饱食终日的乌鸦还在春情发动的时刻无端攻击妇孺，甚至攻击上野动物园里的熊猫。

日本的乌鸦不仅狂而不羁，又非常聪明狡黠——据说，乌鸦的脑袋比较大，所以在鸟类之中算是"高智商"者。

比如，在"水泥森林"东京难以找到筑巢用的枯枝，乌鸦就地取材，居然看中阳台上的铁丝晾衣架，便不客气地叼去作为建窝的"栋梁"，再配以在都市里俯拾皆是的塑料袋、香烟的过滤嘴，就筑成十分暖和而富有"东京特色"的新巢。

乌鸦喜欢吃胡桃肉，可是用喙啄不开坚硬的胡桃壳。东京的乌鸦居然把胡桃扔在马路上，当汽车的轮胎碾碎了胡桃壳之后，乌鸦便惬意地吃起了胡桃肉。

乌鸦也屡屡给东京制造麻烦。比如，最常见的就是乌鸦们啄破垃圾袋，用喙和爪翻找食物时，把垃圾乱丢一气，一片狼藉，然后扬长而去；乌鸦把巢筑在电线杆上，那铁丝晾衣架多次使电线短路，造成停电事故；乌鸦啄破光缆，使东京繁忙的通讯中断；无聊的乌鸦甚至抓起石子丢到铁轨上，使新干线的乘客们捏了一把汗；日本防疫专家甚至在两只死乌鸦身上有H5型禽流感病毒，这意味着乌鸦可能成为禽流感疫情的传染源……

乌鸦（资料）

面对乌鸦们的胡作非为，东京市民居然忍声吞气，对这些神鸟"礼让三分"。爱好干净的市民们不得不随时随地清除自天而降的乌鸦的"臭弹"。乌鸦的繁殖力颇强，越来越多的乌鸦毕竟给东京居民生活带来诸多麻烦，东京终于设立"乌鸦对策专门官员"来研究如何对付乌鸦。按照日本当今的科技水平，根除东京的"鸦患"易如反掌，可以在几天内全部、彻底、干净地消灭乌鸦。然而，"乌鸦对策专门官员"只是对乌鸦采取"温和政策"，比如给垃圾袋盖个网，可是乌鸦居然能够掀起网的一个角然后钻进去觅食；又如在电线杆上安装特制的铝箱，给乌鸦当窝，以免乌鸦筑巢造成电线短路……后来，不得不进一步采取稍微"强硬"的措施，端掉一批乌鸦巢，处理掉一批乌鸦蛋和小乌鸦，但是马上受到东京动物保护协会的抗议。正因为这样，乌鸦仍然成批在东京上空悠悠盘旋，成为这座高度现代化的大都市的一道特殊的风景线。

第二章 空中看世界

"欲穷千里目，更上一层楼"

"欲穷千里目，更上一层楼。"唐朝诗人王之涣在《登鹳雀楼》一诗中的名句，其实道出了一条几何学定律，即"登高望远"。因此，唐朝诗人杜甫《望岳》一诗中的"会当凌绝顶，一览众山小"，可视为这条几何学定律顺理成章的推论。

正因为登高可以望远，所以有朋友来上海，我总是建议登东方明珠塔，从那350米处的"太空舱"可以"一览上海小"。

我来到台北，必登"台北101"。这座高楼总共有一百零一层，所以叫"台北101"。"台北101"的设计高度为508米，要成为"世界第一高楼"。这座摩天大楼是台湾自行设计的，最初叫"台北金融中心大楼"，后来改名为"TAIPEI101"。大楼业主解释说，"TAIPEI"这六个字母组合在一起是"台北"之意，拆分开来则分别代表：科技（Technology）、艺术（Art）、创新（Innovation）、人性（People）、环保（Environment）和认同（Identity）六大特质，并加以层数101的数字，代表超越。

在东京，从高处俯瞰市区的好去处是"东京都厅舍"，又称东京都厅大厦。东京都厅，也就是东京都政府。东京都厅大厦是东京都的行政中心，坐落在东京新宿代伐木公园不远处的西新宿。

东京都厅大厦作为政府大楼，对外免费开放，供公众观光。我来到那里，见到这幢大厦的外形仿佛是一个"H"字，是由两高一低、连在一起的三幢大楼组成。两边的高楼的高度为243米，地上48层，地下3层。

东京都厅大厦是新宿区地标式的建筑物，由日本著名建筑大师丹下健三设计。1988年4月开工，1991年3月竣工。大楼的总面积达40万平方米，可供一万三千人在这里工作。东京都厅大厦是亚洲最大的市府大楼，把东京都厅所属32个部门集中在这里，称之为"中央合同厅舍"，大大地节省了政府投资，而且政府各部门高密度集中，也大大提高了办事效率。

我走过都厅大厦前的半圆形广场，来到都厅大厦"第一本厅大厦"，用中国的习惯说法也就是一号楼。在底楼的电梯口，见到有许多人在排队。警察对乘坐电梯的游客进行安全检查——打开手提包让他们看一下。等了一会儿，我乘上电梯，花了55秒钟，直达第45楼，那里距离地面202米，有巨大的"展望室"，也就是中国人所说的观景台。透过展望室的大块玻璃，可以360度饱览新宿区全貌。

在展望室，见到新宿区高楼大厦鳞次栉比，房屋密密麻麻，新宿御苑、皇居、明治神宫、代代木公园、东京塔一览无遗。天气晴朗时，还可以远眺东京湾跨海彩虹大桥的壮观景色和美丽的富士山。在夜晚，展望室仍然开放，在那里可以欣赏新宿区灿烂的夜景。

台北的101大楼

艾菲尔铁塔的传奇

我曾三度来到美国首都华盛顿。在华盛顿，引人注目的是高高的华盛顿纪念碑。在蓝天衬托下，这座纪念碑如同一把硕大无比的倚天剑，非常壮观。

华盛顿纪念碑坐落在国会大厦西面、白宫南面，高达169.3公尺。纪念碑是石结构的。据说，世界上至今还没有一座石结构的纪念碑有这么高。按照哥伦比亚特区的规定，这里所有的建筑物高度都不得超过华盛顿纪念碑。由于有这条规定，在华盛顿不见纽约曼哈顿那样的摩天大楼。华盛顿纪念碑里设有电梯，可以乘电梯直到塔顶，观赏华盛顿全貌。

在法国首都巴黎，最引人注目的是艾菲尔铁塔。这个瘦瘦长长的钢铁怪物，高达320米，远远地就看到了。

艾菲尔铁塔确实很奇怪，这么个庞然大物直钻云天，在建造之初，除了可以登高观景之外，派不了什么用场。那个时候还没有无线电广播，更没有电视，谈不上用艾菲尔铁塔转播电波。艾菲尔铁塔自从建成的那一天开始，塔顶就高高地飘扬法国国旗。有人曾笑话说，只有法国才愿意花那么多的钱，造一根三百多米高的钢铁旗杆。

艾菲尔铁塔建成于1889年，距今已经有一百多年的历史。建造艾菲尔铁塔，花费了七千多吨钢铁。在一百多年前，为什么要用这么多钢铁建造这么一个派不上什么用场的怪物？

原来，1889年正值法国大革命一百周年。为了隆重纪念这一重大事件，法国政府决定在这一年举办世界博览会，而举办世界博览会需要建造一个历史性的纪念碑似的建筑。为此，法国政府广泛征集这一纪念碑式的建筑的方案。应征的方案总共有七百多个，法国政府选中了工程师居斯塔夫·艾菲尔的设计方案。

这一消息公布之后，在法国引起强烈的反响。许多法国社会名流坚决反对采用这一方案。他们认为，在巴黎市中心建造了这么一个奇形怪状的铁塔，将完全破坏巴黎的艺术美。反对派的领袖是法国著名作家莫泊桑。他公开宣称，如果在巴黎建成了这么一个怪物，他将"远离巴黎，逃遁异乡"。莫泊桑联合了法国著名作家小仲马、著名作曲家古诺等四百多名社会著名人士，共同发表声明，强烈抗议法国政府采用艾菲尔的设计方案。

但是，法国政府以为，艾菲尔的设计方案富有创新精神，特别是艾菲尔采用钢铁建造尖塔，能够体现新时代的精神。这样，法国政府顶住强大的压力，坚决支持艾菲尔。

艾菲尔全力以赴，精心设计，精心施工。在艾菲尔的领导下，工人们用12000个钢铁部件、250万个铆钉，前后花费27个月，终于建成了艾菲尔铁塔。当这样一个钢铁庞然大物出现在巴黎市中心，法国人为之震惊，继而为之振奋，继而为之骄傲。

我在细雨霏霏之中，来到艾菲尔铁塔。在铁塔下面，我见到了一座金色的塑像，那就是艾菲尔的头像。我乘电梯登上铁塔，举目四望，巴黎尽收眼底。我深为法国人能在一百多年前建造这样雄伟的铁塔而惊叹。从艾菲尔铁塔底部到塔尖，总共有1652级台阶，如果徒步登塔，差不多要一个多小时。

美国西雅图居高临下的是太空针塔。

瘦瘦的、高高的太空针塔，在西雅图如同鹤立鸡群，老远就见到了。看上去，有点像法国巴黎的艾菲尔铁塔，但是艾菲尔铁塔是尖顶的，而太空针塔的顶上却是一个飞碟形的大圆盘。所以，与其说是太空针塔，

巴黎的艾菲尔铁塔

西雅图的太空针塔

倒不如说是"大头针塔"。

我进入太空针塔，迎面就是一张桌子，一名女警卫站在那里。所有进去的客人，都必须把手提包放在桌子上，让她打开检查。那架势，跟机场上检查旅客行李一模一样。显然，"9·11"事件使太空针塔处于高度戒备之中。

我来到电梯口，乘电梯直上158米的塔顶，来到飞碟形的大圆盘。大圆盘的上部为眺望台，下部为旋转餐厅。眺望台是瞭望西雅图全景的最佳场所。在这个圆形的眺望台四周，全都安装了大块玻璃。徐徐沿着瞭望厅走一圈，也就全方位俯瞰了西雅图景色。

西雅图处于地震多发区，这里的房子大都以两三层、四五层居多，只有市中心才矗立着一群高楼，看上去就像一把筷子插在那里似的。

在澳大利亚的墨尔本，我见到的最高建筑是坐落在弗林德斯街上的摩天大楼丽奥图中心，共88层，总高253公尺，是目前南半球最高的商业大楼，也是世界排名前30名之内的高楼。由于这幢高楼内有许多层用于居住，所以又有"世界最高住宅楼"的美称。

为了建造这幢摩天高楼，总共用了二百多万吨的钢筋水泥，外观是用一万三千片蓝色的幕墙玻璃组成，再镶以白色的横条，蓝白相间，别具一格。

丽奥图中心是墨尔本的地标性建筑物，也成为观赏墨尔本全景的最佳旅游点。丽奥图中心的第55层，设有专门的瞭望平台。

墨尔本88层的丽奥图中心

"一览纽约小"

给我印象最深的都市的制高点、观景点，是纽约的世界贸易中心大厦。

世界贸易中心大厦是纽约的地标式摩天楼。1993年，我在纽赫德森河河口的自由女神像小岛上所摄的一张照片，以曼哈顿下城南端的楼群为背景，世界贸易中心大厦姐妹楼就矗立在我的肩膀上方。这张照片放大之后，便悬挂在我的书房。我每天在用电脑写作时，抬头就能见到这帧照片，就能见到世界贸易中心大厦的雄伟身影。

2001年1月，我来到世界贸易中心的北楼，乘高速电梯来到顶层，再从顶层乘坐卷扬电梯，登上了楼顶。楼顶平常风大。那天，我的运气不错，只有微风吹拂，得以在楼顶慢慢走了两圈，有机会细细俯瞰纽约全貌。

在这离地面四百多米的楼顶，"一览众楼小"。曼哈顿是一个众楼林立的所在。位于曼哈顿第五大道和西34街的帝国大厦，102层，高度为380米，在20世纪20年代末动工，曾经被誉为世界第一高楼达40年。那时，尖顶的帝国大厦与自由女神塑像一样，成为纽约的标志。直至世界贸易中心取代了它。除了帝国大厦之外，附近77层的克莱斯拉大厦，76层的华尔街60段塔，71层的曼哈顿银行，70层的RCA大厦，都成了"小弟弟"。

从楼顶朝西南方向望去，是一片蔚蓝色的纽约湾。这里海阔浪静，冬日不冻，当年美国国父华盛顿视察纽约时，就预言纽约将成为美国最大的海港。如今纽约湾中巨轮穿梭，沿岸吊车林立，堆满集装箱。在纽约湾中，有一个小岛，岛上有个小小的尖尖的东西——那就是著名的自由女神塑像。

从楼顶远望，屋顶积雪的楼房鳞次栉比，窄窄的马路真的成了"楼间小道"……

然而，8个月之后，"9·11"飞来的横祸，竟然使如此雄伟的摩天大楼整体倒塌，夷为平地！

我从上海赶纽约采访，见到世界贸易中心大厦只剩下一个三角形的骨架站立在一片废墟之上。

2007年夏日，又来到纽约。我登上洛

纽约世界贸易中心矗立着"9·11"废墟照片

克菲勒中心顶楼，在那里拍摄了"水泥森林"纽约的许多照片。

洛克菲勒中心位于纽约第42街与莱星顿大道的交叉路口。我曾经去过洛克菲勒中心多次，一直没有机会登上那70层的洛克菲勒摩天大厦，这一回终于如愿以偿。

洛克菲勒中心是由美国洛克菲勒财团投资建造的大型商业娱乐和办公建筑群，号称"城中之城"，共有19幢大楼，建于1931年至1940年。在这些大楼之中，最高的是70层的洛克菲勒大厦。

在"9·11"事件之后，美国的摩天大楼都十分警惕恐怖袭击。我进入洛克菲勒大厦底楼时，经过严格的安全检查，才允许我进入电梯。电梯轿厢很宽敞，差不多是普通电梯轿厢的两三倍。轿厢装修豪华，顶部有彩色投影，不断显示各种广告和彩图。电梯上升速度很快，不到一分钟，就把我送到了第67层。

出了电梯，沿着楼梯步行到68层、69层，这里的观光平台四周，全都安装了巨大的玻璃，据说是防止有人跳楼自杀。到了顶层——第70层，四周没有玻璃，只有铁栏杆，观景无阻挡，高楼林立的纽约尽收眼底。相比而言，我登临过尚未被恐怖分子摧毁前的世界贸易中心大厦，它比洛克菲勒大厦高，但是毕竟地处下城，看到的只是曼哈顿下城那一片。在世界贸易中心大厦倒坍之后，帝国大厦成为纽约的最高楼。但是，在帝国大厦顶层同样看不到纽约的全景。

从纽约洛克菲勒中心大楼俯瞰曼哈顿的高楼大厦以及中央公园

洛克菲勒大厦地处曼哈顿岛的"金腰带"的中部，可以360度观赏纽约。

我注意到从洛克菲勒大厦顶层往北看，可以见到曼哈顿的高楼呈"U"字形耸立，而高楼群正中那绿色的"U"，便是中央公园。中央公园看上去像条绿色的"带鱼"，南北长4公里，东西宽800公尺。我不由得叹服当年的曼哈顿规划者，能够在这样的寸土尺金地段，让出这么巨大的地皮，辟为公园，成为曼哈顿的"绿肺"，实在不容易。

在我游历的众多摩天楼之中，最为遗憾的是平壤的柳京大厦。

在平壤火车站附近，我见到一座金字塔形的高层建筑，名叫"柳

平壤未完工的柳京大厦

京大厦"。平壤多柳树，别名柳京。柳京大厦，高达105层，是平壤的最高建筑，所以用柳京命名。不过，由于资金不够，加上地基下沉，这座柳京大厦已经"烂尾"多年。

这座专供外国游客居住的105层的柳京大厦，拥有3000间客房。然而，由于朝鲜在世界上处境孤立，外国游客寥寥，建成之后客房的利用率恐怕连10%都到不了，显然会造成极大的浪费。

然而，朝鲜的思维方式却是这样的：韩国在新加坡投资建造了一幢103层的宾馆，于是朝鲜就要建造105层的柳京大厦——尽管柳京大厦是金字塔形的，尖顶上的几层小小的，只具象征性的意义，但是毕竟是105层，比103层高了两层！

不过，由于资金不够，柳京大厦在封顶之后，停工多年，成了"标志性烂尾楼"。

吉隆坡的地标——双峰塔

马来西亚前首相马哈蒂尔有一句名言："每一个国家都要有一座'让国人仰视的建筑'。"马哈蒂尔说这句话的时候，带有十分自豪的神色，因为马来西亚首都吉隆坡拥有"让国人仰视的建筑"——双峰塔（Petronas Twin Towers）。

双峰塔是名副其实的吉隆坡的地标性建筑，是两栋位于吉隆坡市中心的摩

吉隆坡的双峰塔

天大楼。不论在吉隆坡的东南西北，差不多都能看到像两把刺刀直插云天的双峰塔。

有了双峰塔，吉隆坡变得更美丽。我一次次把镜头对准双峰塔。在璀璨的阳光下，双峰塔像两座锡制的宝塔，闪耀着金属的光芒；清晨或者傍晚，双峰塔那灰黑色的剪影，如同两根擎天柱；入夜，在黑丝绒般的夜幕下，在景观灯光的装点下，双峰塔如同通体透明的水晶塔。

双峰塔有着很多不同的名字：佩重纳斯大厦，马来西亚国家石油大厦，国家石油双塔，双子塔。不过，最形象、最传神、最普遍的，还是叫双峰塔。

双峰塔在世界上享有颇高的知名度，其中的"义务宣传员"要算是美国好莱坞大片《偷天陷阱》。老一代"007"肖恩·康纳利与凯瑟琳·泽塔·琼斯扮演的神偷搭档，在双峰塔拍摄了许多惊险刺激的对手戏。在影片的高潮，两人潜入双峰塔，成功修改了国际清算银行的电脑程序，盗得80多亿美元，最后从天桥滑下，摆脱了警方的围追堵截。《偷天陷阱》在全世界放映，使各国的观众从此都从银幕上见到了双峰塔雄姿。

在吉隆坡只要看见了双峰塔，就明白市中心在哪里。双峰塔在吉隆坡市中心美芝律。这里原本是雪兰莪跑马场俱乐部（Selangor Turf Club）的所在地。那是在英国殖民统治时期的1895年，喜爱赛马的英国人在这里建造了雪兰莪跑马场俱乐部。在举行赛马的时候，万众云集，就连英国在马来西亚的贵族们、马来王室的成员们，还有华人富商们，在作了一番精心打扮之后，穿戴长袍、礼帽，来到这里。他们不仅是观看赛马，而且也把这里看作是一个重要的社交场合。

年复一年，雪兰莪跑马场俱乐部的赛马盛会从不间断，从英国殖民统治时期一直延续到马来亚宣布独立之后，一直延续到马来西亚诞生之后。吉隆坡越来越繁华，汽车也越来越多。每当雪兰莪跑马场俱乐部举行赛马的时候，这里拥堵非常严重，而这里又正好是市中心，这里的拥堵使吉隆坡全城的交通几乎陷入瘫痪。雪兰莪跑马场俱乐部成了吉隆坡交通的肿瘤。

到了20世纪80年代，马来西亚政府不得不做出切除这一肿瘤的决定——把雪兰莪跑马场俱乐部迁往吉隆坡郊外。这么一来，在吉隆坡市中心的钻石地带，忽地腾出了一块40公顷的土地。诸多大亨都看中这块宝地。经过激烈的角逐，财大气粗的马来西亚富豪阿南达·克里斯南（Ananda Krishnan）购得这片金贵的土地。阿南达·克里斯南是印度裔的富贾，马来西亚电子通讯和博彩娱乐业的巨子，年年名列马来西亚富豪排行榜的第一把交椅。有人说，阿南达·克里斯南的个人财富，等同于10%马来西亚人的数代的总收入。

阿南达·克里斯南拿到这一顶尖的地块之后，跟马来西亚国家石油公司合作，决心打造一座"世界级的里程碑"。那时候，人们崇尚摩天大楼，以为高入云霄的摩天大楼才是财富的象征。

于是，阿南达·克里斯南和马来西亚国家石油公司决定建造双塔式摩天楼，高度要超过日本东京的市政府大楼。他们向全世界招标，美国西萨佩里建筑事务所（Cesar-Pelli & Associates）著名设计师西萨·佩里（Cesar Pelli）的方案中标，西萨·佩里成为双峰塔的首席建筑设计师。西萨·佩里采用传统伊斯兰教的几何造型设计双峰塔，所以受到马来西亚的欢迎。

双峰塔从1993年12月27日动工，到1996年2月13日封顶，历时两年多，创造了每四天建好一层的纪录，完成各为88层的双塔，建设速度是相当快的。马来西亚国家石油公司出资20亿马币建成双峰塔，一座是马来西亚国家石油公司办公用，另一座是用来出租的写字楼。租用这里的差不多都是大公司，诸如微软、IBM、波音、麦肯锡管理顾问公司、彭博通讯社等等。

在双峰塔的41楼之间，有一座长58.4米、距地面170米高的空中天桥。这是现在世界上最高的空中天桥。在美国大片《偷天陷阱》中，男女主角就是从这里逃脱的。站在空中天桥上，可以俯瞰马来西亚最繁华的市区。

双峰塔的底部六层裙楼的购物中心，进驻的也都是名牌商店，如马来西亚百盛百货、日本伊势丹百货、英国马莎百货、日本纪伊国屋书店、星巴克、佐丹奴、屈臣氏以及拥有12个屏幕的TGV电影院等。

世界第一高楼——迪拜塔

迪拜拒绝平庸，向来以创造奇迹自豪。

2010年1月4日，一颗耀眼的"明星"在中东升起，20亿观众从电视中观看了焰火纷飞的迪拜塔落成典礼。满脸春风的阿联酋副总统兼总理、迪拜酋长谢赫穆罕默德·本·拉希德·阿勒马克图姆宣布，这座大楼高达828米，是当之无愧的"世界第一高楼"。当然，迪拜塔也同时是世界最高建筑物。

谢赫穆罕默德·本·拉希德·阿勒马克图姆还宣布，这座世界第一高楼以阿联酋总统、阿布扎比酋长谢赫哈利法·本·扎耶德·阿勒纳哈扬的名字命名为"哈利法塔"。

尽管如此，人们毕竟还是叫惯了"迪拜塔"。

我仿佛成了"追星族"。几天之后，我从上海飞往迪拜，以求亲眼一睹这颗刚刚升起的"明星"的风采。

从飞机上看下去，这座瘦长的高楼，像根牙签插在那里。

下了飞机，从迪拜国际机场T3航站楼望过去，高塔则像一根电线杆竖在那里。当时，我途经迪拜前往埃及，所以只能从迪拜国际机场T3航站楼远眺迪拜塔。

从埃及回来，我来到迪拜，得以走近迪拜塔。

近了，近了，从汽车上看过去，迪拜塔浑身上下闪耀着玻璃的光芒，像一座高高的纪念碑。

下了汽车，穿过迪拜购物中心，迪拜塔近在眼前，哇噻，我要使劲扬起脖子，才能见到高高的塔尖。我不由得记起，第一次来上海的时候，父亲曾叮嘱我，看国际饭店的时候，要当心掉了帽子，而仰望这世界第一高楼时我幸亏没有戴帽子。

迪拜塔前是一个人工湖，面积达12公顷。迪拜塔倒映在人工湖的粼粼碧波之上。借助于人工湖上的一座米黄色的桥，我站在桥上，妻在桥下拿照相机仰拍，这才好不容易把人连同整个迪拜塔"装进"画面。

依着桥的栏杆，我细细打量面前的迪拜塔：整座大厦在阳光下呈钢灰色，如同用九根竖立的硕大钢管焊接在一起，中间的这根最长，两边的四根依次矮下去，塔楼的总体形状如同笋尖。再仔细观看，每一根"钢管"上又有一圈圈横纹，如同一叠竖放的饼干。不言而喻，那一圈横纹就是一层楼。迪拜塔总共有160层，是一座"商住楼"，既有顶级豪华宾馆阿玛尼酒店和摩天住宅，也有大牌公司的办公场所以及商店、餐厅。其中有49层为办公楼，住宅为1044间。迪拜塔可同时容纳1.2万人，总共拥有57部高速电梯，包括最高时速64公里的世界最快电梯。

迪拜塔成了迪拜的地标式建筑，从95公里之外，也可看到这座高楼。

迪拜塔不仅夺得世界最高楼的桂冠，而且还创造了三个世界第一：位于76层的游泳池，是世界上最高的游泳池；124层的户外观景台，也赢得世界第一；158层设立了回教祷告厅，成为世界最高的清真寺。

迪拜塔是在2004年9月21日破土动工，竣工于2010年1月4日。这座高楼消耗

迪拜塔落成时盛大的焰火晚会

迪拜哈利法塔

迪拜塔前的巨大人工湖

了大约33万立方米混凝土和大约3.14万吨钢材。迪拜塔表面所用的玻璃足以覆盖14座标准规格足球场。

迪拜塔由美国芝加哥公司的美国建筑师阿德里安·史密斯（Adrian Smith）设计，韩国三星公司作为建筑承包商负责实施。安全顾问是澳大利亚人。低层内部装修由新加坡公司完成。4000名印度劳工在工地上奔波。他们分三班昼夜不停工作。

迪拜塔及其周边的配套项目，总投资超过70亿美元。

迪拜塔在阳光之下，在蓝天的衬托之下，显得那么雄伟，而在夜晚则在雄伟之余更增添了妩媚。

我在迪拜购物中心二楼的"熊猫餐厅"喝过珍珠奶茶之后，一看手表，已经过了下午六时，赶紧走向迪拜塔前的人工湖。天黑下来了，那里人山人海，因为音乐喷泉在6：30开始表演。桥上的人最多，那里仿佛成了观景台。音乐声起，迪拜塔万灯齐放，人工湖中银珠飞溅，喷泉如同长龙在波涛中飞舞。喷泉长275米，最高喷至150米，可以变幻1200种花样，是世界上最大、喷得最高的喷泉，堪称世界第一。

"挑剔"座位的乘客

不过，不论是登临摩天大厦，或者是站在高高的铁塔之上，毕竟高度有限，而且位置是固定的，只能观看摩天大厦或者高塔附近的风景。

从飞机上俯瞰，显然胜于摩天大厦或者高塔。我曾经在电影制片厂工作，亲历过在飞机上对上海进行航摄。

我乘坐的是一架运输机。那天天气晴朗。飞机起飞之后，为了便于观察和摄影，打开了机舱舱门。我的腰间束着安全带，在敞开的舱门旁朝下看，绿色的格子般的农田迅速地朝后移去。不久，一条长长的黄色带子闯进我的视野。哦，是黄浦江！

飞机降低高度，沿江飞行。它总是在浦东一侧飞。领航员告诉我，高楼耸立的浦西市区上空，属于"禁空"，未得特别许可，飞机是不能飞入禁空的。从飞机上看黄浦江，百舸争流，十分热闹。经过上海炼油厂上空时，一个个像棋子般的储油罐，给我留下很深的印象。

飞着，飞着，江面渐渐变宽。忽然，我看到一个竖立着的大圆盘——那是吴淞口表示水位的"钟"。喔，看见长江了。没一会儿，机翼下出现绿色的大岛——崇明岛。我记起从外滩坐船到崇明岛，要花将近半天时间。可是，飞机在上海上空盘旋，几分钟便从崇明岛上面掠过一次！

从空中看上海市区，红色的和黑色的屋顶相杂。不过，市区上空仿佛罩着一层薄薄的灰雾，透明度不算太好，而在崇明岛上空看下去却变得清晰得多，明净得多。

这样的乘坐专机在一座城市上空巡视，当然"惬意"，可是机会却不多。然而，每一位乘坐飞机的旅客，却可以借助于普通的民航客机进行"航摄"。

很少有旅客会对飞机机舱的座位图感兴趣，我却要仔细"研究"。我对座位颇为"挑剔"，不仅希望靠窗，而且不在翅膀处，因为在我看来，每一回乘坐飞机，都是空中摄影的好机会。我在2007年夏天往返美国，乘坐的是美国西北航空公司的航班，订票时可以从电脑上预订座位。于是，我精心挑选了座位，所以来回的座位都符合我的摄影要求：从上海到东京，乘坐的是双层的波音"747-400"，我选择了机翼后第二排的52-K和52-J。从东京飞往旧金山，乘坐的是空客"A330-200"，我仍选择机翼后第二排的，但不再是第52排，而是33-A和33-B——因为飞机型号不同，座位的排号也不同。

我在美国拍摄的许多航摄照片之中，"佳评如潮"的一张是从空中俯摄旧金山：湛蓝的旧金山海湾上，横跨着长长的海湾大桥，而画面的左侧则是与海湾大桥相连的高楼林立的旧金山市中心。最为巧妙的是，旧金山的主要高楼群非常清晰，而画面的左上角是一片薄薄的白云，遮住了一部分市区，这片云还延伸到海湾，使旧金山有着"犹抱琵琶半遮面"的美感。在旧金山住了多年的

空中俯瞰旧金山

朋友，看了这幅照片，连声说，想不到从空中看旧金山，是这么的美丽！

这张照片是我从旧金山的奥克兰机场飞往洛杉矶时拍摄的。那是2007年6月28日上午8时50分，我乘坐Delta航空公司的航班，从奥克兰机场起飞。

我前往洛杉矶作讲座，电子机票是邀请方买的，他们并不知道我对座位是那么"挑剔"，那天我一打开电子邮件，就看见他们给我和妻订的是"6B"座和"6C"座。当时，我就有一种遗憾之感，因为B和C显然都不是靠窗口的座位。然而，在我登机的时候，却又惊又喜，因为我所乘的是"EMB-145"型飞机，是一种从未乘过的小型飞机。这种飞机每排只有三个座位，其中的A和C都靠窗口！"EMB-145"型飞机全舱只有20排，60个座位。"EMB-145"型飞机像空中巴士一样频繁往返于旧金山与洛杉矶之间，差不多半小时一个航班。我的C座在机舱的右侧，紧靠窗口。

飞机起飞不久，便飞越碧蓝如洗的旧金山海湾，气势如虹的海湾大桥出现在我的眼前。我当即用照相机拍摄，在一连拍了四张照片之后，飞机已经离开了旧金山海湾大桥。

我当时就意识到这几张照片很不错。输入电脑之后，细细检查，画面非常清晰。放大局部，就连海湾大桥上一辆辆轿车、海湾里的一艘艘游船、旧金山高楼的一扇扇窗户，都清清楚楚。虽说这样的好照片只在"咔嚓"之间就完成了，却可遇而难以再求：虽说此前此后我多次从旧金山国际机场或者奥克兰机场起飞，要么旧金山被浓云笼罩，要么万里无云、一览无余，要么飞机不经过海湾大桥，要么我的座位是在机舱左侧而不是在右侧……

前些年，我乘坐从奥克兰到西雅图的航班时，拍到了金门大桥的全景图。金门大桥全桥漆成红色，屹立在蔚蓝色的海面之上，显得非常漂亮。只是我当时用的是胶片照相机，印出照片之后，经过扫描，清晰度稍差一些。

空中鸟瞰世界

我发现，汉语中的"鸟瞰"一词真妙。乘飞机，其实也就是"鸟瞰"——比鸟飞得更高，瞰得更远。

我乘飞机，眼睛总是处于"鸟瞰"状态。见到可摄之景，当即打开相机。空中摄影，成了我的旅游项目之一。

在搭乘客机的时候，客机按照预订的航线飞行，不能像电影厂的航摄专机那样为你的拍摄飞行，只能看到什么抓拍什么，务必眼疾手快。我深深体会到什么叫"稍纵即逝"。

记得，那一次我从上海飞往美国旧金山，途经日本。我正透过飞机的舷舱，欣赏着窗外的风景。突然，一团白色耀眼的东西出现在前方，定睛一看，那是在一片浓绿之中，出现一个银白的圆圈，"万绿丛中一圈白"，格外突出。我马上明白，那是日本的富士山。我连忙去取随身的手提包，打开，拿出照相机。当我把镜头对准窗外的时候，那个银白的圆圈已经从机翼下掠过，消失在飞机的后侧。我为没有从空中拍到富士山而深感遗憾。

富士山，日本的标志，日本的象征。此后，我虽然多次经过日本上空，要么我的座位不在能够见到富士山的那一侧，要么飞机的航线不经过富士山上空，要么富士山处于云遮雾障之中，一直没有从空中俯摄富士山。"富士山之憾"，直到今日还没有弥补。

我从上海飞往乌鲁木齐时，倒是拍到了甘肃西部的雪山。那雪山是连绵不断的，不像富士山那样一闪而过，所以我能够一连拍了十几张。

另外，我在空中曾经拍到日本的一个小岛，像水母似的飘浮在碧波荡漾的太平洋上，非常漂亮。

机场通常都在城市周边。在飞机起飞或者降落的时候，往往是"鸟瞰"一座城市的最好时机。所以在飞机起飞或者降落的时候，我总是手持照相机，处于"时刻准备着"的状态。

从飞机上拍摄，"站得高，看得远"，会给人一种宏观的、全景式、"高屋建瓴"般的观感。另外，从飞机上拍摄，视角不同，平常在地面上只是平视而已，而坐在飞机上是从上方俯视。那张旧金山海湾的全景照片，使久住旧金山的朋友都感到新鲜，给他们一种从未有过的视觉冲击，就是因为"居高临下"的缘故。

同样，在飞机即将降落在上海虹桥机场时，我多次从空中拍到了上海西郊漂亮的别墅群。我在上海讲座时在大屏幕上放映那些别墅群航摄照片时，观众席里传出欷歔声。不言而喻，尽管许多听众是"老上海"，即便是到西郊，见到的也只是一幢幢平视的别墅，见不到如此高密度的俯视的别墅群。

飞越雪山

2007年年底，我从高雄飞往台北。虽说只飞了40多分钟，却仿佛进行了一次"空中环岛游"，因为飞机沿着台湾岛的西岸飞行，我从空中见到了台湾南部的平原，中部的群山，而飞近台北时，又见到大片平原。

来来去去，我乘坐香港与台北之间的航线时，降落或者起飞都在台北桃园国际机场，那里离市中心很远，约40公里，在飞机上看不到台北市中心。然而，从高雄飞台北，飞机降落在市中心的老机场——松山机场，在降落时我从空中俯摄了许多精彩的台北市区照片。我拍到了台北市中心鳞次栉比、摩肩接踵的高楼大厦，拍到了台北的高速公路与立交桥，其中特别是即将到达松山机场时，清晰地拍到了台北圆山饭店那红色大楼。圆山饭店被誉为台北的地标，名不虚传，因为圆山饭店那红色大楼坐落在一座浓绿色的山头，非常醒目。见到圆山饭店之后不久，飞机就降落在松山机场了。我把这些台北的空中照片给住在台北的我的长子、长媳，他们同样有一种新鲜感，因为这样的"鸟瞰"画面是在台北家中所见不得的。

在美国飞来飞去，我从空中看美国。

从空中看洛杉矶，像一个平摊在那里的硕大无比的大饼。我在1993年第一次飞临洛杉矶上空的时候，就惊讶于洛杉矶的大和平。其实，"大"是"平"所造成的，因为洛杉矶多地震，所以这里的居民住房大都是木结构的平房，也有一部分是两层的木结构楼房，再加上这些房子又往往前有草坪、后有花园，所以占地面积很大，因此城市面积就很大。

如今，洛杉矶是美国第二大城：洛杉矶大都市区1640万人，市区为370万人。洛杉矶大都市区包括88个大小城镇，总面积达10515平方公里。正因为这样，生活在洛杉矶这个硕大无比的大饼之中，家中没有轿车，出行就非常艰难。我在洛杉矶居住时，一个朋友驱车40分钟来看我，说跟我"住得很近"。

当飞机即将降落在洛杉矶机场的时候，我摁下相机的快门，拍到一个巨大的地面停车场，上面密密麻麻停满了小轿车。特别是拍到一幢四层的停车楼，楼顶全是小轿车。洛杉矶的繁荣，由此可见一斑。

从旧金山飞往西雅图，则与飞往洛杉矶"南辕北辙"——洛杉矶在旧金山南面，而西雅图在旧金山北面。飞机也是沿着海岸线飞行，中间经过一大片高山。那一次飞往西雅图正值冬季，出现在机翼下的是大片的积雪的山峰。西雅图也是沿海城市，市区的西面是湛蓝的太平洋。

从旧金山飞往纽约，自西向东横穿整个美国国土，要飞行六个小时。美国的中部多山，也有大片平原——人称"中部平原"。从空中看下去，城镇不多。美国中部平原雨水稀少，地广人稀，那里的农业高度机械化，主要种植小麦、玉米、大豆等旱地作物。

经过六小时的漫长飞行，纽约终于出现在我的视线之中。飞机预定降落在纽约肯尼迪机场，这是以美国前总统肯尼迪命名的机场。由于肯尼迪机场的跑道繁忙，飞机一时无法降落，在纽约上空盘旋了40多分钟，倒使我有机会能够细细从空中观察、拍摄纽约。

从空中俯瞰，纽约的郊区也都是一两层的房子，然而市中心却高楼林立，形成鲜明的对比。尤其是曼哈顿，高楼大厦高度密集，看上去像筷子笼里的大把筷子似的。飞机从市区盘旋到大西洋，可以看见濒临大西洋的纽约有许多海湾。这时，正值夕阳西下，染红了波光粼粼的海水，把天边的云霞镀上一层耀眼的金色。纽约到底是美国第一大城，显得壮阔而大气。当飞机降落在肯尼迪机场时，一轮西沉的红日正贴在地平线上，一转眼就消失了。这些转瞬即逝的美景，都一一被我的数码相机"捕捉"。

当我离开纽约飞往旧金山的时候，却在美国第三大城芝加哥中转。芝加哥在纽约西面，飞机在空中飞行两个多小时。起飞不久，飞机行进在美国东部的平原，成片的农田翠色可餐。经过一大片山地之后，又出现平原。飞机经过世界第一大湖——密歇根湖，便到达芝加哥了。当飞机即将在芝加哥奥黑尔机场降落时，我见到交叉的高速公路，挤满轿车。芝加哥市中心高楼密集，但是除了市中心之外，差不多都是一两层的房子。芝加哥的绿化颇好，可以见到浓密的林带和宽阔的草坪。

我也曾经从旧金山往西飞，飞往夏威夷。飞行的路线，大体跟从旧金山飞往东京的航线相同。出现在机翼之下的，是无边无际的太平洋。偶尔见到黑色芝麻般大小的轮船，轮船激起的浪花如同一根白色的尾巴紧跟着轮船。

空中看世界，各处不相同。

莫斯科上空，给我的印象完全不同于纽约。

我是在清晨飞抵莫斯科的。机翼下出现一片片棉絮般的白云，在空中飘浮。飞机穿过云层，这时我见到了一大片浓浓的深绿色。树林连着草地，草地连着树林，这表明莫斯科的绿化是很不错的。在这一片绿色之中，掩映着红色、蓝色、白色的屋顶。

悉尼的上空，则是一片蓝色，因为海洋包围着这座澳大利亚第一大城。

从空中观看悉尼，绝大多数悉尼的房屋是平房或者两层的楼房，红色的屋顶被每幢房屋的前后花园包围着。用房地产业的专业名词来说，这里房屋的"容积率很低"。

澳大利亚地广人稀，几乎家家户户都住平房或者两层的楼房，用上海人的眼光来看，他们住的都是别墅，或者说是花园洋房。正因为这样，悉尼虽然总人口400万，远不如上海，但是悉尼的占地面积则远大于上海，相当于四个上海！

空中见悉尼

澳大利亚的海岸

在湛蓝色的大海包围下，我见到了一幢幢高楼。那是悉尼的市中心，只有那里才是高楼密集的地方。

我飞往日本大阪的时候，上空乌云密布。飞机在下降时，穿过厚厚的云层，发生剧烈的颠簸。穿过云层之后，我见到了宽广的灰蓝色的大阪湾，见到正在海面航行的万吨巨轮。我拿出照相机，正准备从空中拍摄大阪关西国际机场的时候，在一片波涛之中突然出现一大片陆地，我赶紧摁下快门。没想到，刚拍了两张，客机一震，前轮已经着陆了。

通常，飞机在海滨的机场着陆，总有一段"过渡"：机翼下先是出现陆地，飞了一阵子之后，然后才出现机场。大阪关西国际机场则是从海洋一下子"跳到"机场，没有"过渡"。这是因为大阪关西国际机场是海上机场，机场之外就是大阪湾的海面。

大阪关西国际机场是与众不同的机场，因为这个机场是硕大的长方形的人工岛。日本跟澳大利亚相反，是一个地少人多的国家，大阪府要建设机场，只能把目光投向海湾——填海建造机场。他们看中了大阪东南泉州的海湾，那里在离海岸大约三英里处有一片大沙滩，这个大沙滩长4公里、宽1.2公里，决定以这沙滩作为基础，向四周填海，终于建造一个人工岛——关西国际机场。

俯摄迪拜和埃及

到达迪拜的时候，由于是夜间，我从飞机上看下去只见万家灯火而已。离开迪拜那天是个大晴天，初升的太阳斜照着大地。客机在机场滑行时，我清晰地拍到迪拜三号航站楼的外貌：长长的银色航站楼在阳光下泛着金属的光泽，一个个三角帆形状的玻璃窗镶嵌在航站楼上。在客机转弯的时候，我看见航站楼后面高楼大厦林立，这表明机场就在离市区不远的地方。

在飞机起飞之后，我看到迪拜新楼层层叠叠，大多数楼宇是白色的，整个城市显得干干净净。尤其可贵的是，在房前屋后，看到一丛丛绿树，这在沙漠之国迪拜显得格外可贵。迪拜是沙漠，缺乏淡水，能够有这样多的绿树极不容易。

飞机一离开市区，我便看到茫茫大沙漠。迪拜是沙漠中的绿洲，沙漠中的繁华地。

很快，机翼下的颜色由黄变蓝，进入湛蓝的波斯湾。一半是黄沙，一半是海水，这就是迪拜的写照。

白浪拍打着海岸，像一条洁白的绸带镶在岸边。我看见离海岸不远处，海中突起一个"竹笋"。定睛一瞧，那正是迪拜著名的七星级帆船酒店。

就在我刚刚拍下帆船酒店的时候，紧接着，海面上横躺着一棵硕大无朋的棕榈树，那便是被誉为"世界第八奇迹"的棕榈岛。棕榈岛是人工岛，是按照

043

机翼下出现世界第八奇迹——迪拜棕榈岛

棕榈树形状喷沙填海建成的巨大的人工岛。在棕榈岛外围，有一个同样用人工建成的圆形的防波堤，以防止海浪冲击棕榈岛。

我庆幸能够坐在靠窗口的座位，而且是顺光的A座。倘若是K座，虽然也是紧靠舷窗，却未必能够拍到那么清晰的棕榈岛全貌照片。我一口气拍了五六张棕榈岛全貌图。后来，我来到迪拜，来到棕榈岛，可是脚站在棕榈岛上，就像站在普通的海滩上一样，并没有棕榈岛的感觉，只有从空中鸟瞰，才能看见棕榈岛的全貌，才能领略这项巨大工程的美丽和艰难。

离开棕榈岛之后，机翼下一片蔚蓝，碧波万顷。客机在波斯湾上空飞行。

阳光下的波斯湾，显得那样的安谧，那样的蓝得可爱，其实在平静的海面下暗流汹涌，那里是当今世界的"火药桶"。

波斯湾有着不同的名字。迪拜人并不叫这片海域为波斯湾，而是叫"阿拉伯湾"，那里的阿拉伯国家也都这么叫，而与迪拜隔海相望的伊朗则称之为波斯湾。其中的原因是"波斯"乃伊朗的古称，从公元前550年阿契美尼德王朝建立后，伊朗就被称为"波斯"，所以伊朗人用"波斯湾"命名这个地方。阿拉伯国家则不愿称之为波斯湾，而称"阿拉伯湾"。双方都能接受的名字是"海湾"。所以，尽管"波斯湾"、"阿拉伯湾"和"海湾"指的是同一片海域，但是这些名字背后却有着不同的背景。不过，国际上通行的名字，仍是波斯湾，所以我也沿用国际惯例称之为波斯湾。

波斯湾是印度洋西北部的边缘海。波斯湾的南面为阿联酋和阿曼，北面和东面为伊朗，西面为沙特阿拉伯和卡塔尔，西北为科威特和伊拉克，湾中有岛国巴林。

波斯湾之所以成为当今世界的"火药桶"，是因为这里是世界的石油宝库。西方人都说，上帝太偏爱波斯湾了，把那么多的石油埋在那里。自从1891年，英国石油公司在伊朗钻出了第一口油井以来，在波斯湾四周就不断传出发现大油田的消息。如今，在世界上19个大油田中，波斯湾一带就占了14个。波斯湾的石油储量约占全球的58%，达500亿吨之多。波斯湾沿岸的沙特阿拉伯、伊朗、科威特、伊拉克、阿联酋、卡塔尔等，都是重要产油国，石油年产量占全世界总产量的38%。正因为这样，曾任美国副总统的切尼在参议院军事委员会作证时，这样论述波斯湾石油的重要性说："谁控制了波斯湾石油的流量，谁就有了对世界其他大多数国家的经济的钳制力。"

波斯湾丰富的石油，引来超级大国的觊觎、掠夺和战争。从此波斯湾不再平静。一次又一次海湾战争的炮火惊天动地，使清澈湛蓝的波斯湾黑烟滚滚……

客机在飞越波斯湾之后，机翼下的色彩又从蓝色转为黄色。飞机从波斯湾进入阿拉伯半岛，进入沙特阿拉伯。

"沙特阿拉伯"一词在阿拉伯语中的原意是"幸福的沙漠"。机翼下出现的一望无际的，便是这"幸福的沙漠"。

沙特阿拉伯是阿拉伯半岛上最大的国家，面积为225万平方公里。不过，那"幸福的沙漠"占全国面积的一半。沙特阿拉伯的人口为2460万。

沙特阿拉伯是世界上最大的石油输出国。正因为这样，沙特阿拉伯也是"富得流油"的国家。

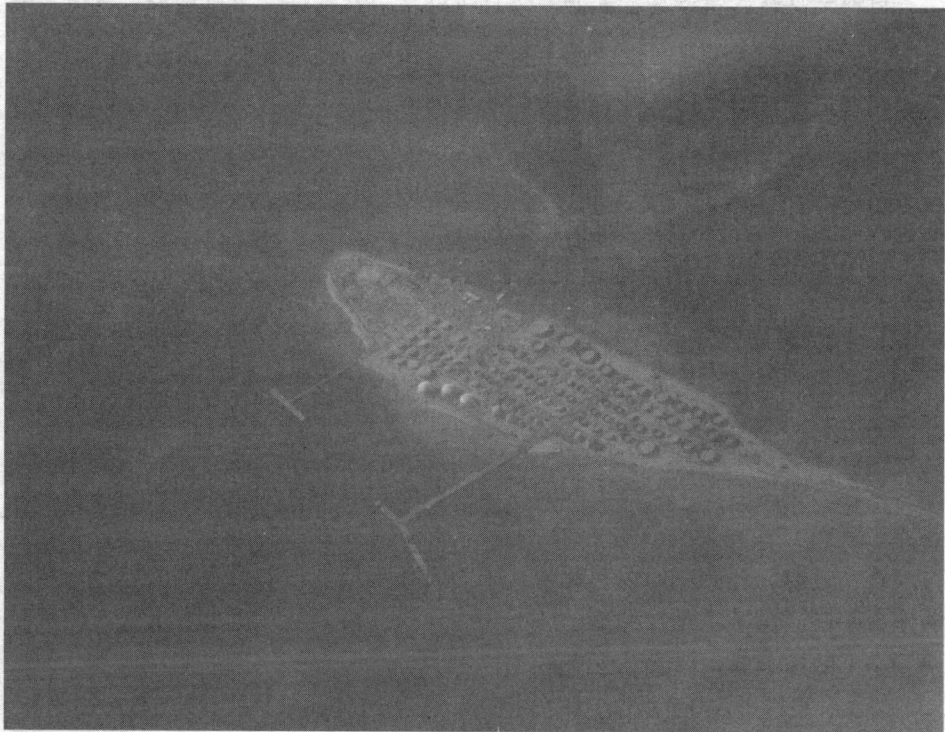

波斯湾里的小岛

起初，我看到的"幸福的沙漠"，是黄沙中夹杂着许多岩石小山。后来，出现大片大片黄色的"纯沙漠"。那沙漠上的沙浪如同木纹，非常好看。那一大片大沙漠，叫做内夫得沙漠。

漫漫黄沙，使我感到"视觉疲劳"。就在我看厌了茫茫大漠之际，前方出现一大片深蓝色。不过，飞机只在深蓝色上空飞行了一分多钟，接下去又是黄色的沙漠。从荧光屏上显示的飞行路线图上得知，那深蓝色是亚喀巴湾，是红海北端的一个南北走向的狭长的海湾。红海是印度洋的陆间海，所谓"陆间海"，是指红海东岸是阿拉伯半岛，西岸是北洋大陆。也可以说，红海东岸是沙特阿拉伯，西岸是埃及。飞越红海北端的亚喀巴湾，我们的客机就进入埃及领空。过了亚喀巴湾之后出现的那一大片大沙漠，就是西奈半岛。

西奈半岛是一个三角形的半岛，就地理而言，属于亚洲，是亚洲的最西端，同时也是埃及最东端的领土。

西奈半岛的东北角，便是以色列。1956年和1967年，以色列两度发动对埃及的战争，侵占西奈半岛上的埃及领土，这场埃以战争引起世界的关注。1973年，埃及发动反侵略战争，终于又重新夺回西奈半岛上的埃及领土。

西奈半岛大部分是沙漠。西奈半岛引起以色列的侵略愿望，一是因为西奈半岛有石油，二是西奈半岛的西侧有著名的苏伊士运河。

机翼下的色彩再度从黄变蓝，又是飞行了一分多钟，飞机越过一道狭长的海湾。从荧光屏上的飞行路线图上得知，这个海湾就是苏伊士湾。苏伊士湾与红海相通，跟亚喀巴湾一样，也是南北走向。苏伊士运河其实就是苏伊士湾向北延伸，通向地中海，成为连接红海与地中海的海上走廊。

苏伊士运河与苏伊士湾，是亚洲与非洲的分界线。飞过苏伊士湾之后，我便进入非洲，或者说是埃及的非洲领土。

埃及是非洲的大国，地跨亚、非两大洲，西连利比亚，南接苏丹，东临红海并与巴勒斯坦、以色列接壤，北临地中海。埃及是典型的沙漠之国，国土的95%为沙漠。有水才有生命。尼罗河是埃及的"生命之河"。尼罗河从南向北，纵贯埃及。尼罗河两岸和入海处的三角洲，是埃及最富饶的地区。虽然这片地区仅占国土面积的4%，但却聚居着埃及99%的人口。

我在飞机上看见尼罗河干涸的故道以及故道旁的废都孟菲斯遗址，给人以苍凉之感。

就在这时，我差一点惊叫起来，因为就在离尼罗河故道不远的地方，看见两座金字塔。金字塔是我仰慕已久的伟大建筑，可是从飞机上看下去，仿佛是两颗小小的粽子糖，被遗弃在沙漠之中。

不久，飞机进入开罗城区，就在密密麻麻的房子不远处，我看见三座金字塔！

我的双脚还没有踩到埃及的国土之前，竟然就幸运地看见五座金字塔，并

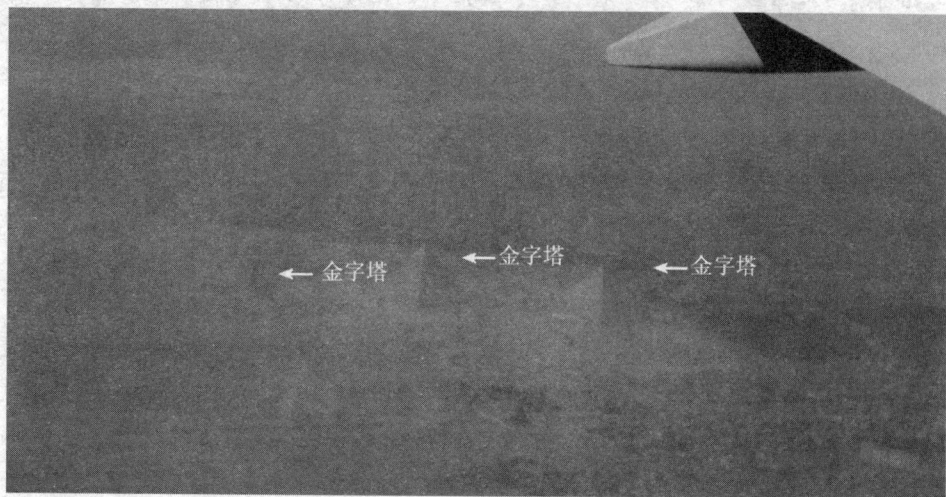
机翼下出现三座金字塔

用照相机拍摄下来。

开罗城区很大，但是看上去灰溜溜的，几乎看不到绿树。高楼大厦也不多。最精彩的是我看见流经市区的尼罗河，河上的大铁桥，河畔的高楼。

从迪拜到开罗，经过将近4小时的飞行，飞机终于平稳地降落在开罗国际机场。开罗时间比迪拜时间晚2小时，比北京时间晚6小时。

开罗国际机场在开罗市区东北部，距离市中心约15公里。跟迪拜机场相比，开罗国际机场候机楼显得陈旧。排着长队办完入境手续，开始了我的埃及之旅。

第三章　镜头的角度

"青铜骑士"的背影

在扬州中学校园里，我见到花草簇拥着一尊戴圆形眼镜、穿长衫的"书生"青铜塑像，下面的黑色大理石座上刻着金色大字："朱自清像　胡乔木"。校长沈怡文告诉我，朱自清曾在扬州中学执教多年，建造塑像时特请校友胡乔木题字。

我曾多次读过朱自清写他父亲的散文名作《背影》：

"我最不能忘记的是他的背影。"

"在晶莹的泪光中，又看见那肥胖的，青布棉袍，黑布马褂的背影⋯⋯"

通常，摄影大都是从正面拍摄，也有时从侧面拍摄，乘飞机从空中拍摄则是俯摄，而朱自清先生的散文《背影》则表明，拍摄背影有时候也是一个值得选择的特殊角度，有时甚至必须从背面拍摄⋯⋯

在圣彼得堡，有一座名气最大的雕塑，那便是坐落在市中心十二月党人广场上彼得大帝的青铜像。这座雕像是象征圣彼得堡的城标。

这是一座宏大的塑像，光是花岗岩的底座就如同一座小山。彼得大帝骑着一匹骏马，那马昂首向前，扬起前蹄，高踞于花岗岩底座之上。在蓝天白云的衬托之下，青铜塑像显得非常雄壮。

这座非凡的塑像是凯瑟琳女皇特聘法国著名雕塑家法尔科内创作的，从1766年至1782年花费12年时间才终于建成。由于彼得大帝的坐骑扬起前蹄，青铜塑像的全部沉重的重量都压在马的两条落地的后腿上，雕塑家经过精确的计算，才使马终于以双腿稳稳地站在花岗岩之上。

俄罗斯著名诗人普希金对这座塑像大为赞叹，写下了名作、叙事长诗《青铜骑士》，歌颂彼得大帝。这一塑像也因而得名"青铜骑士"。

彼得·阿列克塞耶维奇·罗曼诺夫——彼得大帝，确实值得普希金这样的大诗人歌颂，因为他是俄罗斯历史上最杰出的皇帝。尽管彼得大帝不是俄罗斯罗曼诺夫王朝的开创者，而是第四代沙皇，但是他的功勋远远超过他的先辈。彼得大帝是在十岁登基。十年之后，他成为身高将近两米、剽悍英俊的君王。他非

圣彼得堡的青铜骑士的背面才能看见马蹄下的蛇

晨读（摄于桂林）

准备啦！（摄于桂林）

悉尼大学的女子足球队员们的背影

常勤奋又善于学习。他每天只睡五小时。

我发现，绝大多数人习惯于从正面观赏"青铜骑士"的英姿，往往很容易疏忽一个极为重要的细节：彼得大帝坐骑后腿，踩着一条蛇！

倘若只是从正面观看，是看不见这条蛇的。只有走到背面，才能看见这条被彼得大帝坐骑踩死的蛇。正因为这样，我选择拍摄"青铜骑士"的背影。

为什么在彼得大帝坐骑之下，要添上一条卷曲的长蛇？这正是"青铜骑士"的点睛之笔：这条被踩在脚下的蛇，象征瑞典！

当年，瑞典是俄罗斯的夙敌、劲敌。

当年，这里处于瑞典的统治之下。

当年，俄罗斯建都于莫斯科，苦于没有出海口——虽然俄罗斯在北冰洋有着漫长的海岸线，但是严寒使那里千里冰封。远东的海岸线，则远离莫斯科。唯一的出海通道，在波罗的海。彼得大帝要从瑞典手中夺取波罗的海的出海口！

彼得大帝在1700年发动了"北方战争"，跟瑞典大打出手，终于把这条"蛇"踩在脚下，夺取了梦寐以求的波罗的海的出海口，也就是今日的圣彼得堡。从此，俄罗斯称霸于北欧。

所以，我在弄清楚了那条"蛇"的来历之后，也就明白了圣彼得堡的来历。

在我看来，拍摄"青铜骑士"，倘若没有拍到那条被彼得大帝坐骑踩死的蛇，等于是"无睛之龙"。只有选择背面，或者是侧后方，才能表现"青铜骑士"的精髓。

华尔街的"牛屁股"

纽约，一条窄窄的、小小的、短短的街，我在交叉口见到一个绿色小牌，写着"Wall St."——华尔街。

在美国每天的电视屏幕上，差不多出现几次"Wall St."的路标镜头。因为股市行情、股市分析之类节目，都是与这条华尔街休戚相关的。

这条只有几百公尺的不起眼的马路两侧，拥立着一座座证券交易所和银行的大楼。华尔街真的成了"楼间小道"。然而，正是这条小小的华尔街，每天的交易量达70多亿美元，不仅操纵着美国的经济命脉，而且左右着世界的金融。华尔街与伦敦、东京证券交易所三足鼎立，是当今世界交易量最大的三个证券市场。

在华尔街证券交易所对过，有一座高高的青铜雕像——美国国父华盛顿的雕像。通常，人们站在华尔街，向上仰摄华盛顿铜像。

我经过仔细观察，来到了华盛顿铜像的背后，以铜像的黑色背影为前景，正面是华尔街证券交易所以及交易所上方巨大的星条旗。这样一来，仿佛华盛

谁都希望沾一下牛气，前面的人太多了，也有人跟牛屁股合影

顿这位美国的首任总统在时刻注视着华尔街的证券行情，关注着美国经济的发展。

就在离华尔街不远，在百老汇大街上，有一头雄壮无比的铜牛，招来无数个过路人的抚摸，企望沾点"牛气"，在股市中大赚一笔。

这头铜牛，也成为摄影的热点。铜牛前总是围着一大堆游客，等待着跟铜牛合影。我绕开了那一大堆游客，来到了牛的背面，拍摄"牛屁股"和高高翘起的牛尾巴。正巧，有一对年轻男女没有耐心在铜牛前面排队，也绕到了"牛屁股"。说时迟，那时快，我抓拍了这对年轻人在"牛屁股"旁开怀大笑的刹那。这张视角不同于众的照片，加上有一对年轻男女的配合，以《谁都希望沾一下牛气》为标题，成了我的摄影作品中富有幽默感的一幅。

我还拍摄了很多背影照片。

我在美国住在旧金山东面的阿拉米达小岛，每一回前往旧金山市区，我喜欢从小岛乘坐渡轮横渡旧金山海湾。我在旧金山登上码头之后，便在那里见到一座挂着拐棍的甘地铜像。甘地是印度国父，革命领袖。这座雕像面对着气势如虹的海湾大桥。我经过细细观看，以为从侧后面拍摄最合适，这样以甘地铜像黑灰色的剪影作为前景，正面的图像是横空出世的海湾大桥。我以这样的角度拍摄了几张，正好有一只美国国鸟——苍鹰飞过，当即抓拍。那天是阴天，整个画面如同黑白照片一般凝重，然而恰巧有一辆红色的轿车驶过，那一团红色冲破了灰色调的沉闷。我的一位朋友见了这帧数码照片，非常喜欢，立即要我拷贝一份给她，作为自己电脑的桌面照片。

在乌鲁木齐街头，我见到阿凡提的雕像。我也是绕到塑像的背面，阿凡提侧着脑袋，正在仰望，旁边放着一壶酒，正面是维族建筑风格的半球形顶的大楼。这帧《阿凡提的背影》，同样受到朋友们的喜欢。

在桂林象鼻岩前，我见到一群穿了色彩鲜艳的民族服装的旅客撑着彩色阳伞，摆好姿势正在那里拍照。我从背面拍摄了五彩缤纷的背影，正面是灰色的象鼻岩以及手持相机为他们拍照的人，从一个特殊的角度表现了桂林山水和兴致勃勃的游客。

以一对对情侣的背影作为前景，我拍摄了白帆点点的海口海滨，垂柳依依的西湖。特别是在大连海滨，一对男女身穿红衣在那里垂钓，跟蓝色的海水形成强烈色彩反差。

在香港浅水湾，我见到一尊身穿红色袈裟的佛像背上镶着一个金色的"福"字，当即选定了拍摄佛像背影的角度。

同样，在澳门，我见到葡京大酒店前的石狮，也选定了从背后拍摄。黑灰色的石狮跟黄白相间的葡京大酒店墙壁形成强烈色彩反差。

最有趣的是，在美国尼加拉公园里，我正在准备拍摄一尊雕像的时候，四位旅客在雕像前手挽着手准备拍照留念。我迅速地跑到雕像的背后，拍摄了雕

甘地的背影与旧金山海湾大桥

像的背影，也拍摄了四位旅客的背影。这幅《背影与背影》的照片，也受到朋友们的喜欢。

华盛顿倒影池的美感

华盛顿纪念碑是美国首都华盛顿的地标。这座高达169公尺的凌天一柱，在华盛顿非常醒目。

华盛顿纪念碑在水中倒影

然而，如果有人说，华盛顿纪念碑不只是169公尺，而是338公尺，你一定会感到惊讶。华盛顿纪念碑的高度，怎么比原先多了一倍呢？

其实，那是因为在华盛顿纪念碑前，有一个巨大的长方形水池。高耸入云的白色宝剑般的华盛顿纪念碑倒影在池水里，高度岂不正好比原先多了一倍。

这个长方形的人工挖成的水池，长610公尺，名叫"倒影池"。

我去过华盛顿多次，前几次都是在冬天的时候去的，往往遇上阴天。2007年盛夏，我去华盛顿，那天烈日高照。当我走出林肯纪念堂，便见到华盛顿纪念碑在蓝天的衬托之下，正好倒映在倒影池里，

非常壮观，当即用照相机把这美景"凝固"。

我不由得记起，在那部曾经轰动一时的电影《阿甘正传》里，那场万众欢呼阿甘的场面，就是在倒影池拍摄的，使世界各地的人通过电影都能欣赏华盛顿纪念碑和倒影池的无比美感。

拍摄倒影，是摄影的手法之一。

倒影产生对称美，即实体与倒影形成了一对对称的形象。倒影池中的华盛顿纪念碑的倒影，就是跟华盛顿纪念碑形成了对称美。

另外，倒影还会产生宁静美。

我拍太湖的帆船，西湖的三潭印月，那倒影确实给人以对称美和宁静美。

在台湾高雄，我漫步在爱河之畔。经过改造之后的爱河，河面漾着碧波。

我拍摄了河畔高楼的倒影，又在画面前方"镶"了一丛丛浅紫色的小花，从一个特殊的角度表现了爱河之美。

在新疆吐鲁番，当朝阳甫露的时刻，我来到公园的湖边拍摄倒影，那空气格外洁净，那水面如同镜子一般，对称美和宁静美都有了。

在新疆克拉玛依油田，我见到一座维吾尔族老汉的雕塑。据说，克拉玛依油田最初就是维吾尔族老汉发现的。这个雕像矗立在油池之侧，雕像清晰地倒映在油面上。黏稠的原油无波，雕像的倒影跟实体几乎毫无差别。

除了借助水面、油面拍摄倒影之外，也可以借助都市里的玻璃幕墙拍摄倒影。我注意到，美国洛杉矶空气清净，那里的玻璃幕墙一尘不染，所以用那里的摩天大厦的玻璃幕墙拍摄的城市倒影，折射出一个干干净净的洛杉矶。

我在洛杉矶市中心的街道之侧，见到停着一辆黑色的轿车，同样一尘不染，高楼大厦极其清晰地倒影在车身上。我当即拍了一下。这张倒影照片，生动地见证了洛杉矶的空气洁净、汽车洁净和大楼洁净。

当上海新建的火车南站落成之后，我从那里乘车前往杭州。我走过镜子般的大理石地面，见到车站圆形拱顶清晰地倒映在大理石地面上，当即拍摄下来。这张照片可以称得上体现了对称美和宁静美。

倒影的拍摄还会产生变形美。

在美国阿拉米达的小湖，那天风吹小湖，搅碎了对岸房屋的倒影。我拍摄了这变形的"碎影"，仿佛成了一幅现代派的画作。

在纽约，那天天气格外的热。在热气的蒸腾下，我拍摄的玻璃幕墙上的大楼倒影，完全变形，仿佛成了"危楼"。倘若不是夏日的中午，很难拍到如此变形的照片。

我最费时间拍摄的倒影照片，是那张鹭鸶展翅。我在美国所住的阿拉米达小岛上，常有鹭鸶出没。鹭鸶一身洁白，长腿，长颈，如同

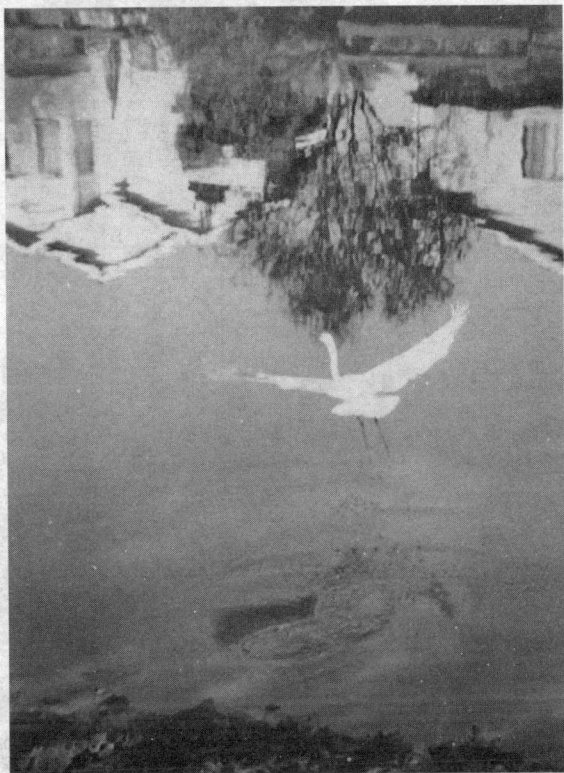

鹭鸶展翅

气质高雅的名模。不过，鹭鸶警觉性很高，稍有声响，立即远走高飞。

我守候在鹭鸶经常出没的小湖边，身边有树丛隐蔽。湖面倒映着对岸的房屋，一只鹭鸶飞过来了，正好落在房屋的倒影中。我赶紧对准焦点，做好一切准备。这时，故意发出一点声响，鹭鸶立即展翅飞翔。就在这一瞬间，我摁下快门。我的小儿子、儿媳看了这张照片，赞叹不已。确实，这张照片上，双翅张开的雪白的鹭鸶，正好落在湖光倒影之中，显得格外的美。

波士顿的古典与现代

我在美国波士顿拍了一幅题为《古典与现代》的照片：充满现代气息的蓝色镜子般的玻璃大厦上，倒映着一座古色古香的教堂，充分反映了波士顿古老与现代充分交融的城市气氛。

那是在波士顿市中心的卡布里广场（Copely Square）的地铁站出口，我见到一幢高高耸立的蓝色透明玻璃摩天大厦。这幢60层楼、230公尺高的大楼，是波士顿的最高建筑，名叫"约翰·汉考克大厦"，出自著名设计师贝聿铭先生的手笔。

古典与现代（摄于波士顿）

这座用了10344块蓝色玻璃组成幕墙的大厦，在建设过程中颇遭非议。其中的原因是摩天大厦紧邻圣三一教堂（Trinity Church）。这座教堂建于1697年，有着高达26公尺的尖塔，有着玫瑰色砂岩的墙和铜雕大门，是波士顿著名的古典建筑。在这样的古迹之侧，建造现代化的玻璃幕墙大厦，破坏了景观，破坏了和谐。

然而，当约翰·汉考克大厦落成，反对的声浪消失了。因为人们从约翰·汉考克大厦的玻璃外墙上见到圣三一教堂的玫瑰色的身影，惊叹贝聿铭先生设计构思的巧妙。从此,约翰·汉考克大厦和圣三一教堂和谐地融合在一起。

其实,那幅题为《古典与现代》的照片,便是波士顿的缩影。

波士顿是大西洋畔美丽的城市,马萨诸塞州的首府。波士顿是一座色彩丰富而鲜明的城市:红棕色的大楼,雪白的出租车,湛蓝的海湾,碧绿的草坪。

波士顿又是古典与现代融为一体的城市。波士顿是美国最古老的城市,在查尔斯河南岸的老城区,保留着一条曲折延伸三公里多长的街道,沿途多为17、18世纪的房舍、教堂和独立战争遗址,在波士顿公园则有许多二三百年的老树,而波士顿市中心高楼林立,一派现代化都市的气派。

《古典与现代》用的是对比手法,这也是摄影常用的手法。在上海,我路过一家建筑工地时,透过正在拆除的断垣残壁拍摄了崛起的新楼,表现了旧与新的对比。

罗蒙诺索夫塑像下的酒瓶

在俄罗斯,我见到在街头木长椅上坐着一对母女,征得她们的同意,拍摄了一张照片。

这对母女看上去很平常,可是我却发现母与女各代表一个时代:

母亲上了年纪,头发灰白,仍然是当年苏联妇女的旧式打扮。她穿一件白底蓝色小花的朴素的连衫裙,腰身宽大。她手中的塑料袋显然是购物时商店给的,而她的另一个黑色的很大的手提包则是平常用的。她穿了一双普通的平跟凉鞋。

女儿呢,戴着时髦的墨镜,露脐的天蓝色性感短背心,白色短裤,双肩背的小背包,脚下是"松糕底"高跟凉鞋,头发朝后掠,扎了一朵小花。

我给她们拍照时,母亲表情木然,而女儿朝镜头微笑着。

我把这张照片取名为《代沟》。其实,这也是《古典与现代》的对比,只是这对比发生在一对俄罗斯母女身上。这张照片也透露了苏联解体之后在俄罗斯两代人身上所产生的影响。

我在莫斯科,参观了莫斯科大学。

莫斯科大学坐落在莫斯科西南的列宁山上——只是在苏联解体之后,从1992年起已经不再叫列宁山,而是改用原名"麻雀山"。

一进莫斯科大学,就见到昂然而立的高大塑像。我一眼就认出,这是俄罗斯著名科学家罗蒙诺索夫的塑像。

罗蒙诺索夫有着"俄罗斯科学之父"的美誉。他原是渔夫的儿子,靠着自

057

代沟（摄于莫斯科）

强烈的对比：莫斯科大学罗蒙诺
索夫塑像前的喝醉酒大学生

累了——美景与倦客的对比
（摄于澳大利亚悉尼情人港）

旅游热流——动与静的对比
（摄于云南石林）

己的努力，成为博学多才的科学家，曾经有着化学家、数学家、物理学家、语言学家、哲学家等十四个"家"的头衔。莫斯科大学是罗蒙诺索夫在1755年1月20日创建的。莫斯科大学的全称是"国立莫斯科罗蒙诺索夫大学"。正因为这样，罗蒙诺索夫的塑像安放在莫斯科大学最醒目的位置。

令我吃惊的是，就在这位大学者塑像的底座上，坐着赤膊的莫斯科大学学生。他一边在喝酒，一边在摔酒瓶！

这鲜明的对比促使我赶紧用照相机拍了下来。倘若罗蒙诺索夫有知，看了我的照片，不知会对他脚下的这位末代弟子作何感慨？！

在悉尼，美丽如画的情人港的一角，我忽然见到横七竖八躺着好几位堂堂男子汉，有的正鼾声如雷。他的旁边，还停放着婴儿车。显然，他们太累了。累倒了的他们，与眼前湛蓝的情人港形成鲜明的对比。

我摁下了快门，并把这幅照片题为《累了》。

我在云南石林游览时，蓦然回首，见到深色的石林中间窄窄的通道之中，涌动着一支五颜六色的"河流"——旅游的人群，当即拍了下来。

这幅色彩对比鲜明的照片，我取了个题目《旅游热流》，折射出当今中国人的旅游热潮。

第四章　寰球无处不飞花

丰富多彩的各国国花

无人不爱花。意大利著名诗人但丁在《神曲》一诗中，曾这样写道："我向前走去，但我一看到花，脚步就慢下来了。"

苏东坡也是一个爱花的人，他甚至于："只恐夜深花睡去，故烧高烛照红妆。"

我也爱花。在一个夏夜，听说邻近的一所学校里的昙花开了，我赶紧拿了照相机和摄影灯去了，终于如愿以偿拍到了"昙花一现"的难得瞬间。

当我家的君子兰、兰花开放的时候，我也用相机"凝固"了永恒的花朵。

在大自然中，花最美。花，色丽，形美，花香袭人，花蜜清甜。

寰球无处不飞花。我在世界各国旅行，一看到花，脚步也慢下来了。

花，成了美的象征。世界各国人民，选择了自己最喜爱的花，作为"国花"。

亚洲：

中国国花——牡丹（未定）；朝鲜国花——朝鲜金达莱；韩国国花——木槿；日本国花——樱花、菊花；老挝国花——鸡蛋花；缅甸国花——龙船花；泰国国花——睡莲；马来西亚国花——扶桑；印度尼西亚国花——毛茉莉；新加坡国花——万带兰；菲律宾国花——毛茉莉；印度国花——荷花；尼泊尔国花——杜鹃花；不丹国花——蓝花绿绒蒿；孟加拉国花——睡莲；斯里兰卡国花——睡莲；阿富汗国花——郁金香；巴基斯坦国花——素馨；伊朗国花——大马士革月季；伊拉克国花——月季；阿拉伯联合酋长国花——百日草；也门国花——咖啡；叙利亚国花——月季；黎巴嫩国花——雪松；以色列国花——银莲花；土耳其国花——郁金香。

欧洲：

挪威国花——欧石楠；瑞典国花——欧洲白蜡；芬兰国花——铃兰；丹麦国花——木春菊；俄罗斯国花——向日葵；波兰国花——三色堇；捷克斯洛伐克国花——椴树；德国国花——矢车菊；南斯拉夫国花——铃兰；匈牙利

昙花一现

国花——天竺葵；罗马尼亚国花——狗蔷薇；保加利亚国花——玫瑰；英国国花——狗蔷薇；爱尔兰国花——白车轴草；法国国花——鸢尾；荷兰国花——郁金香；比利时国花——虞美人；卢森堡国花——月季；摩纳哥国花——石竹；西班牙国花——香石竹；葡萄牙国花——熏衣草；瑞士国花——火绒草；奥地利国花——火绒草；意大利国花——雏菊；圣马利诺国花——仙客来；马耳他国花——矢车菊；希腊国花——油橄榄。

北美洲：

加拿大国花——枫树；美国国花——玫瑰；墨西哥国花——仙人掌；危地马拉国花——爪哇木棉；萨尔瓦多国花——丝兰；洪都拉斯国花——香石竹；尼加拉瓜国花——百合；哥斯达黎加国花——卡特兰；古巴国花——姜花；牙买加国花——愈疮木；海地国花——刺葵；多米尼加共和国国花——桃花心木。

南美洲：

哥伦比亚国花——卡特兰；厄瓜多尔国花——白兰花；秘鲁国花——金鸡纳树；玻利维亚国花——向日葵；巴西国花——卡特兰；智利国花——野百合；阿根廷国花——刺桐；乌拉圭国花——山楂。

大洋洲：

澳大利亚国花——桉树；新西兰国花——桫椤；斐济国花——扶桑。

非洲：

埃及国花——睡莲；利比亚国花——石榴；突尼斯国花——素馨；阿尔及利亚国花——夹竹桃；摩洛哥国花——香石竹；塞内加尔国花——猴面包树；利比里亚国花——胡椒；加纳国花——海枣；苏丹国花——扶桑；坦桑尼亚国花——丁香；加蓬国花——火焰树；赞比亚国花——叶子花；马达加斯加国花——凤凰木；塞舌尔国花——凤尾兰；津巴布韦国花——嘉兰。

日本樱花倾国倾城

早就听说日本的樱花倾国倾城，所以在2008年特地选择了4月上旬樱花烂漫时节去日本赏花。

樱花是日本的国花。在千树万树樱花开的时节，正是一年之中日本最美丽、最动人的时刻。当和煦的春风吹拂日本列岛，从最南端的九州岛开始绽放，逐渐向北推移，吹开四国岛、本州岛的樱花蓓蕾，最后推进到最北端的北海道岛。日本把每年的3月15日至4月15日定为"樱花节"。

　　樱花无限美，而这"美人"亮相人间却又是那么的短暂，就一朵樱花而言，从蓓蕾初绽到凋谢只有七天而已，而一棵樱树从开花到全谢大约为16天左右，其中盛花期同样不过一周。

　　从大阪到名古屋，从静冈到富士山，从横滨到东京，一路上樱花似潮。纯白的，粉红的，浅黄的，桃红的，各色樱花争艳赛丽。日本共有340种不同种类的樱花，不仅花色不同，树的高矮形状也不同。在历史悠久的京都，我在一处老宅里见到有几棵像电线杆那么粗、那么高的樱树，真可谓玉树琼花，迎风挺立。然而，也就在京都的一家中华料理店的停车场旁，一排十几棵玫瑰红色樱花，状如垂柳，随风起舞。

樱花树下的日本姑娘

　　在日本，樱花漫山遍野。在道路两侧，樱花夹道而立；在河边，樱花沿河招展；房前屋后，一株又一株；在田野山坡，一丛又一丛。尤其是在松柏、草坪那墨绿、翠绿衬托之下，浅色的樱花更加显得突出。

　　我住在东京成田的时候，清早起雾，我在雾中见到山野中的一丛樱花，若隐若现，给人一种朦胧之美；入夜，我在静冈的滨名湖畔散步，见到一束束彩光照射在一棵棵樱花上，又给人一种幻梦之感。

　　除了樱花成了日本的象征之外，菊花是日本皇室的象征。日本人崇尚菊与剑。菊花意味着清淡、纯净，剑则意味着浓烈、奔放。逢喜事日本人喜欢送黄色或者白色菊花，逢丧事则送牡丹花。

大阪城公园盛开的樱花

"郁金香王国"荷兰

跟日本的樱花比美的是荷兰的郁金香。我在荷兰阿姆斯特丹所住的宾馆，便叫金郁金香宾馆。

在荷兰，驱车外出，离开了城市之后，抬头远望，在黑色的柏油马路两翼，是浓浓的绿草。这里一马平川，那绿草尽头与蓝天相接。蓝天上飘着白云，绿草上也浮动着"白云"——牛群和羊群。

荷兰的土地只种草和花，那草用来饲养乳牛和绵羊。荷兰乳牛是世界闻名的。

荷兰的另一项重要收入是花卉。荷兰有着"鲜花王国"、"郁金香王国"的美誉。

荷兰本来没有郁金香。在400多年前，土耳其的使者把郁金香作为珍贵礼品，送给荷兰。那时的郁金香，极为名贵。当时，一颗郁金香球茎，其价值相当于阿姆斯特丹运河畔的一座房子！

荷兰的园艺家精心培育郁金香。由于荷兰的气候、土壤非常适宜于郁金香的成长。于是，郁金香在荷兰大量繁殖，以至反客为主，成了荷兰的国花。

盛开的荷兰郁金香

从1956年起，荷兰开始出口郁金香。如今，荷兰每年要出口郁金香达40亿个球茎。每年2、3月，荷兰的飞机都忙于往外运输郁金香花球茎。

可惜的是，我这次到荷兰来"不是时候"——不是郁金香花绽开的时候。在每年4、5、6月，成片成片的郁金香怒放，红花、黄花、白花、紫花，争艳斗丽，美不胜收。内中，以黑色的郁金香花最为名贵。好在上海植物园引种了荷兰郁金香，我得以在上海植物园拍摄了诸多郁金香盛开的照片。郁金香花色彩艳丽，造型优美，不愧是花中皇后。

英国玫瑰盛开的季节

我总是选择一个国家最美、最舒坦的季节来到那里：在樱花烂漫的日子里来到日本，在枫叶似火的秋日前往韩国。在"白夜"的日子，飞往俄罗斯圣彼得堡，而在1月飞往印度阳光灿烂的新德里，飞往大漠之中的埃及开罗，躲开了那里滚烫滚烫的酷暑……

为什么选择在6月来到英国呢？

哦，只要问问英国女王伊丽莎白二世，就明白了。

英国女王伊丽莎白二世一年之中要过两个生日，一次是在4月21日，那是女王"正宗"的生日；另一次是官方为女王生日举行庆典，则总是选择在6月举行。这个生日是"浮动"的，选择在每年6月前3个星期六中的一天举行。

女王伊丽莎白二世在过"正宗"的生日时，温莎城堡会举办家庭庆祝活动。然而女王的官方生日庆典则要隆重得多，通常会有数百名士兵和马匹参加精彩的游行。

女王的官方生日庆典选择在6月，是因为英国6月的天气不冷不热，而且晴朗的日子多了起来。

人们是这样评论英国的气候："英国全年分两季：自5月至9月是春夏季，晴朗、暖和，从10月到翌年4月是秋冬季，潮湿、阴寒而昏暗。只有5、6、7月是最美的，特别是6月，街头开满了鲜花。"

伦敦处于北纬51.3°，论纬度比哈尔滨高，哈尔滨为北纬45°。伦敦也比东京（北纬35.42°）、纽约（北纬40.43°）的纬度高。虽说受海洋性气候的影响，伦敦的冬日没有哈尔滨那么冷，但毕竟还是冷。在女王伊丽莎白二世的生日4月21日，英国还处于阴冷、多雨之中。

英国的6月，呈现初夏的气氛。给我最明显的感觉，那就是白昼长了。清早4时多，伦敦就迎来旭日东升，直到晚上9时多，落日的余晖才从天空中消失。相反，在冬天，伦敦在8时多天还黑糊糊的，到了下午3时，太阳就"收工"了。

伦敦冬至那一天太阳高度角为15.2度，夏至日那一天太阳高度角达62.2度。夏至在每年的6月21日或22日。

温暖、昼长，无疑是旅游者所翘首以盼的。

光是就天气而言，选择6、7、8三个月去英国，都是不错的季节。但是英国的6月所以受女王伊丽莎白二世的青睐，还因为6月是英国玫瑰盛开的季节。就上海而言，"3月风，4月雨，带来5月的花"。对于伦敦来说，则是"4月风，5月雨，带来6月的花"。

玫瑰是英国的国花，足见玫瑰深受英国民众的喜爱。玫瑰在英国无处不在。正因为这样，在玫瑰绽放的季节，在英国处处是玫瑰的世界，处处可以领略玫瑰的美丽。

玫瑰花大而色彩艳丽。但是玫瑰茎上有刺，表示这美丽是严肃的，而非轻浮的。

在英国，相传耶稣被出卖后，被钉在十字架上，鲜血滴在泥土中，十字架下便生长出玫瑰花。

在英国，玫瑰也象征爱情。相传爱神为了救她的情人，跑得太匆忙，玫瑰的刺划破了她的手脚，鲜血染红了玫瑰花。

玫瑰散发出沁人心脾的芳香。如同中国人所言，"送人玫瑰，手有余香"。我想，中国对于玫瑰的诠释，更加温馨，更加富有哲理。

在15世纪，英国有所谓的"红白玫瑰战争"。当时，英国的封建贵族分为两大集团，进行了长达30多年的战争。以兰开斯特家族为一方，以红玫瑰为标志；以约克家族为另一方，以白玫瑰为标志，所以这场战争也就被称为"红白玫瑰战争"。不同颜色的玫瑰，成了战争双方标志物，足见英国人对于玫瑰的喜爱有多深。

美国歌坛的大姐大、著名影星麦当娜创作了首部小说，在2003年9月15日全球同步上市，受到众多粉丝的热捧，第一次印刷便达到40万册。紧接着，这部小说以42种语言在全球100多个国家和地区同时上市。麦当娜创作的首部小说，便叫《英国玫瑰》，因为书的女主角是"四个老是粘在一起"的英国11岁小女孩——妮可、爱咪、夏洛蒂、葛瑞丝，麦当娜称为"英国玫瑰"。

英国的6月，除了"国花"玫瑰含苞怒放，也是成千上万、各种各样鲜花盛开的时候。

哦，如同意大利诗人但丁所写的那样：

我向前走去，
一看见花，
脚步就慢了下来……

6月的英国，只适宜慢慢行走，走走停停，因为鲜花遍地，不能"走马观花"，必须"下马赏花"。

漫步在6月的英国，我沉醉于花的世界，百花齐放的世界，色彩迷人的世界，芳香氤氲的世界。

洛阳牡丹甲天下

"春城无处不飞花。"

在中国的北方，春天的来临格外明显。在北京，在太原，我见到一夜之间，鲜黄色的迎春花漫山遍野开了。

春日的南方也缤纷多彩。就在去日本看樱花之前，我去了杭州。一路上，从火车的车窗望出去，金灿灿的油菜花一片又一片。到了西湖，粉红的桃花、雪白的梨花，如同彩云飘浮在潋潋湖水之侧。我明白，当中国的桃花、梨花、油菜花绽放的时候，大致上也就是日本樱花笑迎天下客的时候。

国有国花，城市有市花。牡丹是洛阳的市花，也是中国的"准国花"——虽说中国还没有确定国花，但是呼声最高的无疑就是牡丹。

在2008年暮春时节，我前往郑州出席全国第18届图书博览会，顺道来到洛阳。中国是牡丹的故乡，"洛阳牡丹甲中国"。牡丹雍容华贵，富丽端庄，花大色艳，真可谓国色天香，名扬天下。牡丹是洛阳的市花，洛阳每年举行盛大的牡丹花会，花如海，人似潮，"花开花落二十日，一城之人皆若狂"。

洛阳牡丹多达462个品种，各色纷呈，内中最红的牡丹是"火炼金丹"，最白的牡丹是"夜光白"，最绿的牡丹是"豆绿"，最蓝的牡丹是"蓝田玉"，花瓣最多的牡丹是"魏紫"，多达六七百片。

洛阳牡丹始于晋、兴于隋，盛于唐，极盛于宋。自隋唐以后，洛阳牡丹传到中国各地。公元724年，中国牡丹传入日本；1330至1850年，引入法国；1656年，荷兰开始引种；1789年英国引进中国牡丹；美国在1826至1830年引进……从此，"万花一品"、"冠绝群芳"的花王——洛阳牡丹遍天下。

凤凰树是越南海防市的市花。

越南海防是一座漂亮的城市，全城各处种满亭亭如盖的凤凰树。凤凰树是一种美丽的行道树、观赏树。凤凰树原产于热带非洲，属苏木科，落叶乔木。5至6月为盛花期，花裂瓣鲜红。当我来到海防之际，正值凤凰树盛开，到处是红花绿叶，非常漂亮。据说，从飞机上看下去，这时候的海防一片火红。海防也因此得了"凤凰城"的美称。

上海的市花是圣洁的白玉兰。据墨尔本作家王小雨先生

洛阳白牡丹

告诉我，他是上海人，他把上海市的市花白玉兰引种到澳大利亚，发现奇特的现象：在一年之中，白玉兰居然开花两次。从中国引种的桂花也是如此，"花开二度"。

究其原因，一次开花是花的本性所决定的，也就是由花的基因所决定的，而另一次开花，则是由澳大利亚与上海相反的气候所造成的，因为上海进入春季的时候而澳大利亚却进入秋季。

高雅的泰国兰花

一年到头花不断。

盛夏，映日荷花别样红。我漫步武汉东湖，面对滚着银珠的荷叶和粉红色盛开的荷花，风送清香，流连忘返。

秋日，在河南开封，千姿百态的菊花被我摄入镜头。

冬日，我驻足于台湾日月潭畔的碧波前，忽然一阵氤氲香气袭来，循香寻去，一棵腊梅怒放，幽香阵阵。

南国春常在。

我出了曼谷机场，礼仪小姐前来献花。在中国，献花通常是献花束，而在泰国则献用鲜花编成的花环，套在客人的脖子上。我细看这花环，是用紫中带红的泰国兰花编成的，散发着一股香气。

这种泰国兰花，跟中国的兰花不同。泰国兰花，也就是中国所说的蝴蝶兰。泰国兰花如今也移植到上海，上海人称之为"洋兰"。

泰国兰花风度高雅，有着"兰中皇后"的美誉。泰国人喜欢兰花，不少宾馆、饭店、酒家，都是以"兰花"命名的。

气候温暖的泰国，适合于兰花的生长。在泰国，处处可见兰花，一年到头开放。种植兰花居然成了泰国一项重要的产业，大批的泰国兰花远销几十个国家。

美国夏威夷多雨而又温暖，草木繁茂，同样处处可见兰花。夏威夷群岛之一的火山岛由于盛产兰花，被称之为"兰花岛"。

夏威夷姑娘们喜欢用兰花做成花链，戴在项间。

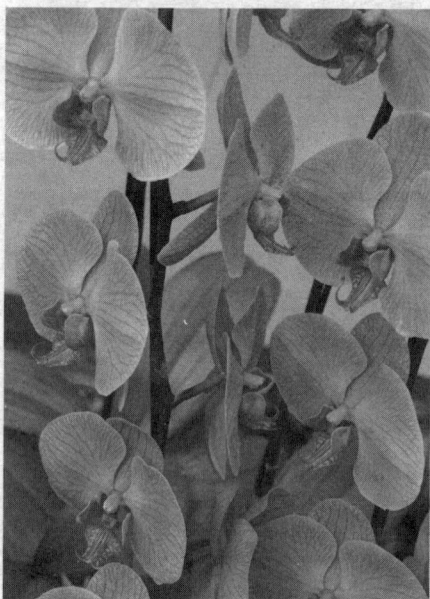

夏威夷蝴蝶兰

夏威夷波利尼西亚妇女耳际，常常戴着一朵很大的鲜花。不过，戴花颇有讲究：花戴在右耳上，表示未婚；戴在左耳上，则表示已婚。

花园城市堪培拉

天下百花看不尽。

在台湾阳明山山腰和昆明"世博园"，我都见到美丽的花钟。花钟那五彩缤纷的钟面是由竞吐芬芳的鲜花组成。巨大的时针和分针，徐徐掠过花丛，成为特殊的时钟。

鲜花满城的广州，有着"花城"之誉，而贵阳则有鲜花铺满两岸的"花溪"，至于"花园城市"则更多。

世界上每年都要评比"花园城市"。在我走过的"花园城市"之中，以澳大利亚的堪培拉、加拿大的温哥华和中国的珠海，给我的印象最佳。

堪培拉是澳大利亚首都。堪培拉跟悉尼截然不同，悉尼是车马喧喧、高楼林立的大都市，而堪培拉则是静悄悄的小城市，除了市中心有些高楼之外，整座城市淹没在绿色的树林之中。走进堪培拉，如同走进花园。

堪培拉跟美国首都华盛顿一样，那里原本是一片田野，是根据事先画好的城市规划图建设起来的井然有序的新城。

堪培拉是在1841年才出现的一个小村庄。堪培拉一词源于澳大利亚土著语，原意有几种不同解释：一为"聚会的地方"；一为女人的乳房，因该地有两座小山，远看如乳房。如今，人们把第一种解释加以变通，把堪培拉的含义说成是"开会的地方"——作为首都，当然是"开会的地方"。

当然，一个小村庄无法作为首都。1911年元旦，澳大利亚联邦政府作出决定，新都定为堪培拉。以小村庄堪培拉为中心，从新南威尔士州划出2359平方公里的一片土地，作为澳大利亚首都区。这里海拔580米，距悉尼300公里。

堪培拉满目苍翠，是因为这座城市非常注重绿化，人称"大洋洲的花园"。不光是道路两侧全是树木，而且所有住宅的房前屋后都是花草树木。在堪培拉，不论是谁盖了新房子，都可以从市政府领到免费的"绿色礼品"：40丛灌木和10株树木。正因为这样，堪培拉家家户户绿树环绕，草翠花香。

堪培拉是世界上园林化程度最高的城市之一，城市绿地占城区总面积的58%，人均绿地面积仅次于华沙而居世界第二位。

堪培拉总人口为30万人，市中心区为6万人。在堪培拉市中心区，分布着十几个公园。市民最多只消步行800米，就可以来到一个林木繁茂的公园。

堪培拉在建都之际，就规定不得建围墙。政府机关、各国使馆、家家户

堪培拉联邦大桥和格里芬湖

户，都以树木花草建成一道道绿篱。堪培拉的郊区，更是森林葱郁，令人赏心悦目。

我在堪培拉一路走来，树木密集，阳光透过树叶间的空隙，一缕缕照在铺满落叶的地上。在绿树的簇拥之下，国家图书馆、国家科技中心、高等法院、国立美术馆巍然而立。

初秋时节，在林间小路中徐徐而行，层林尽染，深红浅黄，树叶各色纷呈。忽然见到树叶之上，冒出高高的白色的水柱，我不由得加快了脚步，来到格里芬湖边。

格里芬湖平静无波，水面似镜，然而从湖中心喷出的高大水柱，打破了格里芬湖的静谧。那像一把银色利剑直刺碧空的，便是著名的库克喷泉。库克喷泉的水柱高达150米，是目前世界上喷得最高的人工喷泉。冲天的水柱在阳光下熠熠生辉，从半空中落下的水珠击碎湖面，激起一圈又一圈涟漪。

我非常喜欢为堪培拉"点睛"的格里芬湖。人们赞誉道："一城山色半城湖。"

加拿大的温哥华也是一座花园城市。温哥华跟堪培拉不同的是，温哥华坐拥大海。

我在温哥华举目远眺，巍峨的高山戴着银白色的"帽子"，那积雪在阳光下格外炫目。

青山、碧海、白雪，翠草、绿树、沙滩，蓝天、纤云、高楼，车水马龙，过江之鲫般的人群，构成了温哥华一幅朝气蓬勃的画卷。

我被美丽的温哥华陶醉了。

温哥华是加拿大西部的门户，坐落在弗雷泽河三角洲和伯雷德峡湾之间，隔乔治亚海峡与温哥华岛相望。温哥华人口近200万，是仅次于多伦多和蒙特利尔的加拿大第三大城市，是不列颠哥伦比亚省（简称卑诗省）最大的城市。

温哥华花满城，草遍地，市内拥有50多个公园，有着"花园城市""北美花都"的美誉。普通民居房前屋后，也都有草地花圃。温哥华市政府规定，浇花浇草的水可以免费。

这座倚山傍海的城市，美丽出众。经世界性组织"资源集团"对全球192个城市的生活质量进行评比，评比项目包括政治稳定性、经济前景、文化、环保、教育、交通等42项指标。温哥华在1997年荣获第一名。这样，温哥华被称为"世界上最适宜居住的城市"。

温哥华不仅山美、海美、城美，而且气候宜人。这里冬无严寒，夏无酷暑。这是因为温哥华东部连绵的落基山脉像一堵墙挡住了从北美洲大陆吹来的干燥、寒冷的空气，而北太平洋暖流又带来融融暖意。正因为这样，这里四季如春。特别是在全境处于寒带的加拿大来说，有这么一个充满春意的城市非常难得。当然，温哥华也有美中不足之处，那就是下雨的日子太多，一年之中有200天下雨。特别冬季，阴雨连绵。我在温哥华能够遇到阳光灿烂的日子，真是"天开眼"。

在中国，我很喜欢珠海。跟温哥华一样，珠海也是一座海滨城市。

来到珠海，就仿佛置身于一座硕大的花园。这是一座"花园城市"。在"水泥森林"上海，楼前有几块乒乓球桌大小的草地，便称之为"绿化"。在这里，不仅房前屋后绿草如茵，而且马路两侧和马路中心，都是长长的绿化带。尤其这里地处南国，气候温暖，一年四季鲜花不断，把整座城市打扮得花团锦簇。

珠海把一条海滨马路命名为"情侣路"，在中国恐怕还是第一个。这条长长的"情侣路"，便镶嵌在珠海市的海滨。路的这边是无际无涯的大海，路的那边是绿草、鲜花和一幢幢五颜六色的小楼。入夜，车过情侣路。在幽幽的灯光下，果真见到一对对情侣，或者倚着白色的长堤，或者坐在树下的长椅上。海风轻轻吹拂着姑娘们的长发，小伙子在这里向心上人发出"海誓"……

珠海的房屋，几乎全是新盖的。房屋式样繁多，多用浅浅的暖色调，在绿树掩映之中，如诗如画。珠海和澳门紧相连。在情侣路上漫步，抬头便可见澳门的高楼大厦。珠海的拱北，直接与澳门接壤。澳门居民在清早甚至过境前来拱北买菜!

鲜花成了花园之城珠海的一宗重要出口物资，供应澳门，供应香港。2008年6月，当我又一次来到珠海，见到市中心成片的美人蕉红花盛开，如同火焰，赶紧摄进了我的镜头。

深秋韩国赏红枫

不冷不热、无雾无雨的深秋时节，最宜远足。我在韩国八日，走访八道（韩国的"道"相当于省）四市，居然天天艳阳高照，碧空中难寻一丝云霓，连个"秋云多巧"也无踪无影。就在这秋高气爽的时候，从北端的三八线，到南部的釜山，一路上"枫"景令我陶醉，可谓无红不是秋。

加拿大号称枫叶之国，连国旗上都醒目地印着一枚红色枫叶。可惜我去加拿大时，无边落木萧萧下，枫树已成了"光杆司令"，无红叶可寻。在韩国见到那么多的红枫是个意外。尤其韩国七成是山，山坡上那灿烂的"红叶梯队"，犹如足球场梯形看台上那摇旗呐喊的韩国"红魔队"。在公路两侧、河道两边、农家后院、高楼脚下，那红枫成了"秋天里的一把火"，给肃杀的深秋增添热情和活力。

在韩国，"枫"景这边独好，当推全罗北道的内藏山国立公园，可谓万山红遍，层林尽染。给我印象最深的是这里有长达几公里的观枫专道，两侧全是树龄达50至200年的高大枫树，巨伞般的树冠遮天蔽地，"枫"情万种，人称"枫林隧道"。游客如同过江之鲫，穿梭其间。据称每年秋日来此观枫的游客达百万以上。细细品赏，那枫叶有浅红、大红、深红、褐红之分，可谓红有层次。我倒不喜欢清一色的一片红，那样的红海洋并不美。可喜的是，枫树丛中夹杂着褐色的栎树、黄色的榉树、亮黄色的银杏树以及保持绿色的常青树，这样彩色丰富，绚丽斑斓，真个是彩虹夹道，情到浓处是深秋。尤其是逆光观赏，枫叶变得半透明，如同红玛瑙，益发秀丽。在"枫林隧道"尽头，有着1500年历史的内藏寺和白羊寺。坐在古寺的石阶上，四望层层叠叠的红枫，不由得记起唐朝诗人杜牧的名句："停车坐爱枫林晚，霜叶红于二月花。"

另一处赏枫胜地要算江原道的雪岳山国家公园。那里方圆373平方公里，有山有水，最高峰达海拔1708米，万山红遍，而清溪碧水穿越其间，银波之上泛着点点红光。难怪这里在1982年被联合国教科文组织指定为生物保存区。深山藏名寺。那里的新兴寺前，一座高达14.6米的青铜释迦如来佛像，被火把般的红枫团团围住。

看够浓墨重彩的高密度枫林，偶尔在高速公路之侧的青山之上，见到孤零零的一棵枫树，如同出墙红杏，倒也别致，"万绿丛中一点红"。在庆尚南道

内藏山"枫"景如画

的历史文化名城晋州市，南江穿城而过，我拍摄江上风帆之际，正巧两棵江边红枫作为陪衬，为画面增加了色反差。

从生物学的角度来看，韩国的枫树大都是美国进口的改良红枫，而这种改良红枫则是由北美红枫和中国红枫杂交并进行基因改良而成的优秀品种。如此说来，韩国那些吸引眼球的红枫，原来有着美国和中国的"血统"。

从化学的角度来看，那红的"枫"狂，不过是花青素变的把戏。在盛夏时，枫叶中的叶绿素又浓又多，所以枫树绿得与普通的树木并无二致。金风送爽，枫叶中的叶绿素的合成受阻，花青素也就崭露头角了。花青素在酸性中呈红色，在碱性中则呈蓝色。由于枫叶酸性，所以变成红色。倘若枫叶碱性，那枫林就成了一片蓝色了，诗人也就要写"霜叶蓝于地中海"了！

赏枫的时间性很强，通常红枫只维持十天至半个月就落叶了。漫步在枫林里，一阵秋风扫过，枫叶便扑簌扑簌飘零一地。在首尔，红枫被用来作为行道树，使这座韩国的首都在秋日不再"素面朝天"，却难为了清洁工。清晨，朝日甫升，清洁工踩着露水在忙于清扫落叶，不久就把一个个塑料编织袋装得鼓鼓囊囊。

在中国，北京的香山红叶也是秋天里一道亮丽的风景线。不过，香山红叶不是枫叶，而是黄栌。枫叶叶片呈手掌形，而黄栌叶子如同一面小团扇。

在澳大利亚，我倒是见到不少红枫。不过，不是在10月，而在6月。澳大利亚地处南半球，那里的6月正是深秋。

阳明山上花烂漫

阳明山号称"台北市的后花园"，位于台北市区之北，离城约17公里。我的长子家在台北市区的东北角，所以去阳明山很方便。途经北投、台北故宫博物院，阳明山就近在眼前了。

阳明山原本叫草山，那是因为清朝时山火席卷此山，导致芒草萋萋而得名。1949年蒋介石败退台湾之后，他非常喜欢此山，在山上设行宫，人称"草山行宫"。然而"草山"此名有"落草为寇"之嫌，蒋介石遂以他敬仰的明代大儒王阳明先生之名命名为"阳明山"，他在阳明山上的行宫、位于中兴路上的中兴宾馆（又称中兴寓所）后来也就被称为"阳明书屋"。

阳明山分为前山和后山。我在2003年游阳明山时，游的是后山。后山是游人常至之处，那里有阳明山公园以及著名的大花钟。我还去了后山的林语堂故居。前山则是中正公园一带，还有纱帽山、竹子湖。

2010年早春二月时节，北京积雪尚未消融，上海寒暑表里的水银柱总是在0℃至10℃徘徊，而阳明山上却是芳草茵茵，百花初绽。万绿丛中红一片，最引

阳明山的梅花

人注目的是红色的樱花。记得，在2008年3月下旬，我去日本，那时正是樱花烂漫时，在阳明山上怎么在2月就有樱花开放？原来，阳明山上的樱花与日本樱花不同，这里的樱花是土生土长的台湾山樱，又名绯寒樱。台湾山樱的花期为每年1到3月，2月进入盛花期，诚如唐朝宰相、诗人李德裕在《鸳鸯篇》中所写："二月草菲菲，山樱花未稀。"

台湾山樱的绯红色的吊钟小花，是所有樱花之中红色最浓的一种，格外受台湾民众喜爱，常言"赏樱何必到日本，阳明山上红烂漫"。我不由得庆幸，这一回重上阳明山，正巧遇上台湾山樱盛花相迎。

除了台湾山樱之外，粉红色的梅花和杜鹃花也瑰丽多姿，为阳明山增辉。从2月下旬起，阳明山上百花齐放，茶花、桃花争艳斗丽，花团锦簇，台北市每年都要在此时举行"阳明山花季"活动，成千上万的民众涌来，欣赏花的盛宴。

在阳明山，给我印象最深的还是竹子湖畔那盛开的"海芋"。

长媳对我说："这个季节，阳明山上最好看的花，要数'海芋'。很多人特地从台北市区赶到那里拍婚纱照。"

虽然我听不懂"海芋"是什么样的花，但是那里成为婚纱的拍摄地，一定很美。于是，长媳便特地驾车来到竹子湖。我下车后，来到一个山谷，前面是青山苍翠，山间云雾缭绕，而山下是一大片白色的花海，在轻风中摇曳。我一看，这洁白的"海芋"，不就是马蹄莲吗？

马蹄莲是因花形如倒置的马

阳明山，水面飘着落下的桃花

白色的马蹄莲

蹄，而长在水泽之中习性似莲，所以得名。马蹄莲有许多别名，诸如慈菇花、水芋、佛焰苞，而在台湾则称为海芋。每年的2月至4月，是阳明山的马蹄莲盛开之时。

白色的马蹄莲高雅端庄，意味着纯洁、尊贵，在欧洲向来是新娘手持的花朵，意味着"此情永不渝"。台北人喜欢来到竹子湖成片的马蹄莲花前拍婚纱照，一则这里风景独好，二则也借白色的马蹄莲宣示永结同心。

马蹄莲原产于南非，原本是南非人喂猪用的"猪草"。自从欧洲人爱上了马蹄莲，顿时身价倍增，跃入世界名花之列。美国人也喜欢马蹄莲，不过是用作葬礼之花。马蹄莲有各种色彩，但是人们最喜爱的还是纯白的马蹄莲。

阳明山上的马蹄莲是1966年间从日本引进。由于竹子湖这一带的环境，非常适宜喜欢温暖、潮湿的马蹄莲生长，于是繁衍成片，出现了种植马蹄莲的专业户。这些专业户在竹子湖沼泽地种植了大批的马蹄莲，供应台北的花卉市场。另外，他们还提供高筒雨靴，让游客自己下田摘取马蹄莲，体验农家之乐。

我来到一家名叫"大赏园"的马蹄莲专业户，接待我的是一位年已七旬的老妇人。她告诉我，她供应市场的批发价，是每朵马蹄莲50元新台币。下田自己采摘，每朵10元新台币。她指着田地旁边的标语"大赏园干地不穿雨鞋"说，你们如果嫌穿雨靴麻烦，可以不穿雨鞋到干地去采摘马蹄莲。

长媳还是拜托她代为采摘。于是，老妇人穿起了高筒雨靴下田摘花。喜欢摄影的我，跟随在她的身边也下去了。这时，我仿佛置身于马蹄莲的海洋，置身于翻腾着白色浪花的海洋。风中飘荡着清淡的幽香。在这片洁白的花海之上，是披着碧草和绿树的青山。难怪那么多新人要从台北市区赶到这里拍婚纱照，大有"海誓山盟"之意。

老妇人告诉我，要采那些含苞欲放的马蹄莲才好，这样回家之后插在花瓶里，鲜花可以开十天半个月。她采摘马蹄莲的动作非常熟练，反手一拔，随着"啵"的一声，马蹄莲连同一米多长的花梗被一起拔出。她说，40多年前，她嫁到这里，就开始跟丈夫一起种马蹄莲，天天跟马蹄莲打交道。丈夫是建筑工人，种植马蹄莲的农活便主要由她承担。后来儿子长大之后，也做建筑工人。她指着一大片马蹄莲旁的一幢青砖两层别墅式房子说，那就是她的家，是她的丈夫和儿子自己建造的。在风光秀丽的阳明山上拥有这样上千平方米的私宅，真是好福气。她说，如今她的孙女都已经上大学了。

老妇人"啵""啵"连声，转眼之间就已经采摘好十朵马蹄莲，然后上岸，脱去长筒靴。她麻利地用铡刀切齐马蹄莲的花梗，用透明胶扎成一束，再套上塑料袋。她在递给我的长媳时，又顺手拿了五朵马蹄莲送给长媳。长媳给了她200元新台币，她却只收100元新台币。老妇人说："这五朵马蹄莲是已经盛开的，没几天就会谢掉，送你，不收钱。"

我们上车之后，老妇人还久久地向我们挥手。长媳感动地说，这就是老一辈的台湾人，他们朴实而勤劳，以诚待人。

一路上，那十五朵马蹄莲在车里散发着一股淡淡的清香。

第五章　面对大海

我愿永远面对大海

　　从2000年开始，每逢高考的时候，我总是被邀请跟考生一样在规定的时间内完成高考作文。如此这般，已经连续八年"参加"高考。

　　2002年的上海地区高考作文题目是《面对大海》。7月9日，上海《新闻晚报》报道说，"从被告知作文题，到把稿件传到编辑部，叶永烈只花了半小时的时间。"《新闻晚报》同时发表了我的高考作文《面对大海》。在写《镜头看世界》一书的时候，我记起这篇《面对大海》，因为《面对大海》恰如《镜头看世界》的视角，故全文收录于下：

　　当有人问我属什么的时候，我常开玩笑地回答说"属猫"，因为我像猫一样喜欢吃鱼腥。

　　我出生在东海之滨的温暖之州——温州，从小吃着海鲜长大。但是，坐落在瓯江之畔的温州，并不直接面对大海。小时候，我的父亲常从温州坐轮船出差上海。我真想跟他一起去乘船，看一看壮阔无比的大海。

　　我在1957年考上北京大学，离开温州时走的是陆路。直到1961年暑假回家的时候，才有机会乘海轮出瓯江，进东海，前往上海。我这才第一次见到大海。我久久地倚在甲板的扶栏上，迎着海风，面对大海。大海无边无际，粼粼波光在阳光下闪烁。船头犁开碧波，卷起一道白色的波澜。海鸥在浪花间追逐，不时猛然俯冲，捕食着"海鲜"……

　　大海给我的第一印象，就是海纳百川，无比宽广。

　　从那以后，我一次又一次面对大海：

　　在海南岛，我见到海浪温柔地轻吻着金色沙滩；

　　在黑海之畔，我见到月光下的海面像一面平静的镜子；

　　在旧金山"十七英里"那高耸的悬崖旁，我见到惊涛拍岸，卷起千堆雪……

　　不过，站在海边，或者站在甲板上，我只是见到大海的一角。

最使我难忘的是，一回回往返于中国与美国之间，一次次飞越太平洋。在一万米的高空，透过飞机的舷窗俯视大海，我这才看到了真正的"大"海：无边无涯的湛蓝色的缎子，那样的壮丽，那样的开阔。

这时候，面对大海的我，这才感到自我的渺小；

这时候，面对大海的我，这才感到世界的博大。

从此，每当我抚摸着新出的长篇，心中漾起成就感的时候，一想到大海，我的一切仿佛都变成了一滴水。

从此，每当我为一己私利、一度挫折而苦闷、而掷蹰、而彷徨、而浮躁的时候，一想到大海，就豁然开朗。

从此，每当我与不同意见争执不休、耿耿于怀的时候，一想到大海，就会纳百川于心中。

从此，我也明白了：为什么在香港，窗口能够见到大海的房子，要贵许多——因为家住"海景住宅"，天天面对大海，洗去狭窄的心胸，洗去心灵的污垢。

我愿永远面对大海。

旧金山的"十七英里"

在《面对大海》中，提及的旧金山的"十七英里"，那是美国最美的海滨。

1993年，当时我住在洛杉矶内兄家。从旧金山回洛杉矶时，内兄建议沿着太平洋东岸回洛杉矶。虽说这样轿车要开12小时，比走旧金山到洛杉矶的高速公路要花一倍多的时间，但是可以一睹太平洋的壮丽风光。内中，尤其是旧金山的"十七英里"，值得一游。

后来，我的小儿子定居旧金山，我每一次去美国，都住在旧金山，有了更多的机会欣赏"十七英里"。

"十七英里"，是指全长为十七英里的一段海岸线。这里，一边是礁石、沙滩，一边是丛林，景色宜人。既可观海，又可游泳、冲浪，还有高尔夫球场。在"十七英里"，一座座别墅隐没在绿树丛中，那里是旧金山海滨高级别墅区，是著名的"富人区"。美国富翁们在这如诗如画的环境中，过着人间神仙的日子。

这里一边是山，一边是太平洋，轿车在弯弯曲曲的海滨公路上前进，不得不减低了前进的速度。浩淼的太平洋，一望无涯，一片湛蓝。后浪推着前浪，朝海岸冲来。哗的一下，在岸边的礁石上撞碎，顿时化为千堆雪。这样，沿岸的浪花，化成一条宽宽的白色飘带，在那里扭动着。

每到海浪最为壮观处，公路之侧往往设有一片停车场，供游人"驻"车

旧金山17英里——这里有点像黄山的迎客松

旧金山17英里的鸟岛

赏景。这些壮观之处，每每由高高的悬崖、成群的礁石、湍急的浪涛三大"要素"所组成。看着海浪无止境地撞击着礁石，看着千变万化的浪涛，令人心旷神怡。

在"十七英里"，有几个浪花拥戴着的小岛。岸边，安装着几架望远镜，专供游人眺望小岛。我用望远镜细细观看，发觉小岛上栖息着成群的海豹、海象，正在那里嬉戏。特别是一座小小的岩石岛上，聚集了成千上万的鸟，人称"鸟岛"。

就在我用心眺望时，忽地一只小松鼠跳上了我的鞋子。我俯下身子，掏出花生米喂它。它居然也就与我嬉戏着，久久不愿离去……

茂宜岛的迷人海滩

美国的另一处面对大海的富翁聚集处，是夏威夷的茂宜岛。

茂宜岛的海滩格外漂亮。尤其是东茂宜岛的基海、怀利、马凯纳以及卡阿纳帕利，那里的海滩冠于全岛。

绿树、碧海、白浪、黄沙，构成一幅色彩绚丽的热带风光图画。所谓"人间仙境"，照我看，应当在这里。我在海滩上所拍的照片，很多朋友看了都说简直可以上明信片。据说，全美十大海边景区之中，第三名与第四名，都在茂宜岛。好莱坞许多电影中的海滩镜头，都是在茂宜岛拍摄的。

茂宜岛上的别墅豪华而昂贵，房价动辄几千万美元。不过，越是豪华的别墅，越是经常空关。忙碌的主人们在一年之中，只有一两个月来此度假。这些豪华别墅的真正享受者，反而是常年住在这里的管家和佣人。

在茂宜岛哈纳镇上，我见到专售名牌商品的商场。那里集中了美国的名牌货，价格不菲，专供来此休闲的富豪们消费。

来到茂宜岛，仿佛进入绿色世界。这里的高尔夫

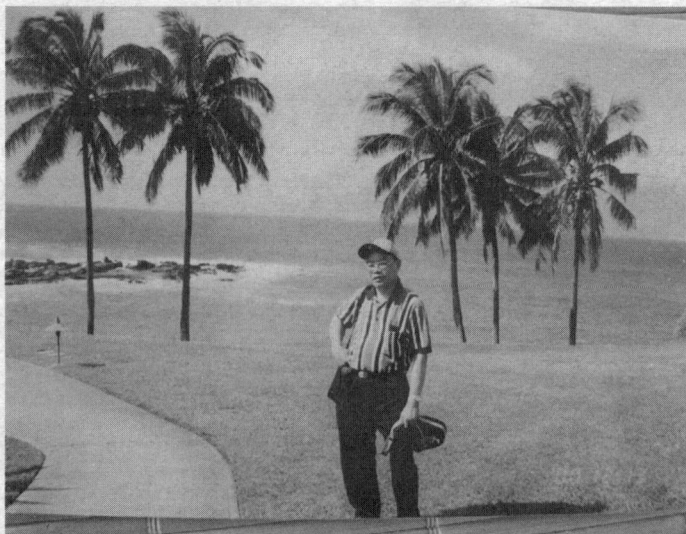
夏威夷的茂宜岛

球场，一个挨着一个。整个茂宜岛，有17个高尔夫球场。这里打一小时高尔夫球的费用是80美元。也有的宾馆设有高尔夫球场，住店旅客可以"免费"打高尔夫球，但是每天的旅馆费在500美元以上。好在专门从美国本土飞到这里打高尔夫球的，个个都"身价不凡"。正因为这样，在这里打高尔夫球的人，被称为"有钱有闲"的人——有钱而无闲，有闲而无钱，都不会在这里玩高尔夫球。

全美国拥有八万七千个高尔夫球场，在前50名之中，有两个高尔夫球场是在茂宜岛。每年1月，全美高尔夫球赛，总是选择在茂宜岛举行。

黑海的明珠雅尔塔

"ЯЛТА · YALTA"，宾馆大门口用俄文、英文写着"雅尔塔"。

雅尔塔宾馆建在黑海之滨，离市中心1.5公里。这幢拥有1248间客房的20多层的大宾馆，雄踞于海边的山崖上。这长长的山崖如同一个半岛伸进黑海，不仅正面对着黑海，两侧也都是黑海，所以这幢条形宾馆两边的房间都能看到海。为了便于旅客观海，每个客房里都有一个敞开的阳台，上面放着帆布躺椅。

住在雅尔塔宾馆的那些日子里，我天天见海，时时见海。黑海的海水格外的蓝，蓝中带黑，于是得名黑海。

正值盛暑，昼长夜短，临风观海，千变万化：

清早四时便可见到一轮红日喷薄而出，万道霞光撒在亮晶晶的海面上，拉开新的一天的帷幕。这时，大海也仿佛刚刚睡醒，平滑似镜。

白天，海阔天空，海天一色。大海渐渐掀动波涛，蓝色的海浪舔着沙滩，穿着五颜六色泳装的人们横卧在那里晒太阳，一个个"浪里白条"在碧波中穿梭。

夜里八时，落日的一幕是那般壮观。血红的夕阳染红了每一个浪尖，整个大海仿佛沉浸在离别

乌克兰雅尔塔黑海风光

的忧伤之中。

深夜，静静地躺在帆布躺椅上，带着一丝凉意的清风轻轻吹拂。海天一片浓黛。真巧，那几天正值月圆，明月当空，在海面上倒映着扇形的金辉。风起浪动，金鳞点点，风送涛声，催我入眠……

选择了这么一个绝妙的山崖之巅，建造一幢大厦，可谓大手笔。

每日，总见一位长者步履蹒跚，在雅尔塔宾馆四周散步。经人介绍，方知奇思妙想盖出于他的蓝图。当年是他走遍雅尔塔山山水水，最后看中这座三面是海的山崖。他建造了这座大厦，如今与大厦相伴安度晚年。每一位远方的游客住入雅尔塔宾馆，都给他带来一份愉悦。他见到中国人格外兴奋，居然也能用几句汉语跟中国旅客打招呼，他说自己到过中国，宋庆龄是他有着多年友谊的中国老朋友……

山崖里打了一口深深的竖井，安装了电梯。从宾馆到海滩，乘坐电梯，转眼之间就能来到100多米下面的海滩。

在海滩观黑海，跟在高高的阳台上俯瞰黑海，感觉完全两样。黑海一下子变得那么可亲可近，海风扑面而来，激浪迎面而来，我溶进黑海，黑海也溶进我的心中。

在雅尔塔的那些日子里，黑海成了我朝夕相处的最亲密的朋友。

当地朋友告诉我，从雅尔塔宾馆到雅尔塔市区不必问路，下山之后沿着海滨公路走，就能直达雅尔塔市中心。

果真，没有向一个人问路，我和妻就顺利地到达雅尔塔市中心。

雅尔塔市是克里米亚半岛的美丽小城，镶在黑海之滨的一颗明珠。这座十万人口的城市，依海而建，街道也沿海延伸。这里的海平面离地平面很近，看上去大海就在脚底下、楼底下。

小城雅尔塔闻名世界，不在于小城本身，而是因为在这里的里瓦几亚宫召开了雅尔塔会议。

我来到里瓦几亚宫。这是一座两层的白色楼房，正对着黑海。大片的地毯般的草坪，包围了这座典雅豪华的白楼。这里是沙皇避暑的宫殿，在1945年2月成为举世瞩目的所在，苏、美、英"三巨头"斯大林、罗斯福、丘吉尔在此会晤，签订了著名的"雅尔塔协定"。这次会晤，史称"雅尔塔会议"。

里瓦几亚宫的二楼，如今保存着当年作为沙皇夏宫的原貌。这里有末代沙皇尼古拉二世和皇后的书房和卧室。二楼宽大的阳台，正对黑海。据说，尼古拉二世喜欢在阳台上慢慢地喝着咖啡，欣赏着眼前波涛起伏的黑海。尼古拉二世最后一次在里瓦几亚宫度假之后，回到彼得堡，就被革命的浪潮送上了不归路。

墨西哥的海滨度假城

坐在一望无涯的湛蓝色太平洋的岸边，一波又一波白浪朝我奔来。我倚着雪白的方柱和石砌栏杆，面前是橘黄色的桌布，放着橙汁和墨西哥煎饼。在阳光灿烂而色彩又如此鲜明的罗莎丽多海滨度假城进早餐，是一种莫大的享受。

一进罗莎莉多，首先见到的便是一座雪白的天主教堂以及教堂前灰黑色的玛雅人头雕像。天主教堂是西班牙文化的象征，而玛雅人头雕像则是墨西哥文化的象征。

这里是西班牙人进入墨西哥的最早的登陆处。那座天主教堂就是西班牙人登陆之后修建的，已经有300多年的历史。

这里的海景是那么的绚丽多姿。在修建了教堂之后，这里逐步扩大，建造了宾馆、餐馆、商场，终于形成了海滨度假城。

罗莎莉多海滨度假城倚着海边小山坡而建，恬静而又舒坦。在来来往往的过客之中，来了一位名叫詹姆斯·卡梅隆（James Cameron）的美国人。那时候，他正用挑剔的目光审视着各种各样的海滩，一眼看中了罗莎莉多海滨度假城。他给罗莎莉多海滨度假城带来巨大的名声和空前的繁荣。此人乃好莱坞的大导演，他当时正在筹划拍摄巨片《泰坦尼克号》。《泰坦尼克号》是世界电

墨西哥恩森那达海滨

影史上耗资最大的影片，制作费超过二亿五千万美元。詹姆斯·卡梅隆把其中数额最大的那部分资金，投进罗莎莉多海滨。

《泰坦尼克号》耗资巨大，是因为"泰坦尼克号"早已长眠海底，无法供拍摄电影之用，詹姆斯·卡梅隆要再现"泰坦尼克号"那壮阔场面，必须再建一艘"泰坦尼克号"！"泰坦尼克号"极度豪华，轮船的头等舱是按照法国凡尔赛宫设计的，当时一张头等舱的票价为3100美元，相当于现在的12400美元！"泰坦尼克号"的长度达250公尺，高度比当年纽约最高的摩天大楼还要高。复制如此庞大的豪华游船，所耗费的美元堆起来如同一座小山！

于是，罗莎莉多海滨度假城迎来了有史以来最为忙碌的日子。

随着《泰坦尼克号》轰动世界，随着詹姆斯·卡梅隆登上奥斯卡的领奖台，罗莎莉多海滨度假城也名声大振。于是，成千上万的游客，涌向墨西哥这座海滨度假城。

蓝宝石般的地中海

开罗弥漫着轻纱般的晨雾。当汽车离开开罗，向北驶向亚历山大的时候，雾越来越浓。

从开罗到亚历山大，距离200多公里，虽说是高速公路，但是汽车的行驶速度并不高，花费了将近三个半小时才能到达。当天来回，路上就要花费将近7小时，所以不能不在一大早就上路了。

向北，向北，向北，出了开罗城，便是一大片沙漠，单调的黄色很容易造成视觉疲劳。好在沿途开始造林，间或出现令人愉悦的绿色。

即将进入亚历山大市的时候，那与众不同的高速公路收费站给我留下深刻的印象：收费站居然矗立着一根根粗大的石柱（大约是用水泥做的），显得豪华而气派。因为前方就是作为古城的亚历山大，公路收费站也体现了亚历山大的城市风格。

对于埃及来说，亚历山大市是仅次于开罗的第二大城，拥有近300万人口。亚历山大市也是非洲第二大城。汽车先是行进在亚历山大市的郊区，我看到路边不断出现工厂的厂房。一路向北，终于进入市区。亚历山大市容比开罗整齐，干净，漂亮，但是一路上都是用钢筋水泥堆积的房子，看不到作为古城的那种斑斑驳驳的古建筑，没有给我以历史的沧桑感。

汽车向北开到尽头，我眼前忽然一亮：哦，蓝宝石般的大海，近乎白色的沙滩。

看惯了茫茫大漠，在埃及我还是头一回看见如此浩浩大海。这大海便是地中海。地中海是"陆间海"，即夹于大陆间的海，地中海夹于三大洲之间——

北面是欧洲大陆，南面是非洲大陆，东面是亚洲大陆。地中海西部通过直布罗陀海峡与大西洋相接，东部通过土耳其海峡（达达内尔海峡和博斯普鲁斯海峡、马尔马拉海）和黑海相连，通过苏伊士运河与红海相连，通往印度洋。正因为这样，地中海是三大洲的海上交通枢纽。亚历山大凭借一条丁字形海岬向北伸入地中海，与法鲁斯岛相连，形成一个天然良港。亚历山大又有运河跟尼罗河相连。正因为这样，亚历山大港成为埃及第一大港，埃及的进出口物资90%从这里吞吐。亚历山大港的港口由两道防波堤和狭长的法罗斯岛作为屏障，分为东港和西港。

汽车沿着地中海由西往东行驶，这条马路就是亚历山大最漂亮、最宽敞的滨海大道，又叫"7·26大街"（用以纪念1956年7月26日埃及总统纳赛尔宣布把苏伊士运河公司收归埃及国有）。

滨海大道朝海的那一面，筑有海堤。那里有点像上海外滩的堤，是情人们约会的地方，在上海叫做"情人墙"。在这里，我看见包着头巾穿着黑袍的阿拉伯女子和穿白袍的阿拉伯男子双双对对坐在海堤上，面对大海，背对大道。海堤之下，是大片大片又细又白的沙滩。那里停泊着许多白色的小艇。在灿烂的阳光下，滨海大道风光秀丽，楚楚迷人。难怪亚历山大被人们称为"地中海的新娘"。

埃及亚历山大的地中海上游艇星罗棋布

在滨海大道的另一侧，则是亚历山大繁华的市区。那一排排欧洲风格的建筑，看得出这里深受地中海对岸欧洲的影响。1882年8月10日，英军在亚历山大港登陆，此后英国渐渐占领了整个埃及。英军把亚历山大港作为自己在地中海的最重要的军港，扼控着苏伊士运河的命脉。英国殖民者也欧化了亚历山大这座城市，使这里充满欧洲情调的建筑物。

亚历山大是一座古城，也是一座古都。亚历山大城是以亚历山大一世的名字命名的，因为亚历山大一世是这座城市的创建者。世界的帝王之中，有过诸多亚历山大一世，其中最著名的是俄国沙皇亚历山大一世，还有苏格兰国王亚历山大一世、南斯拉夫国王亚历山大一世、希腊国王亚历山大一世，还有马其顿国王亚历山大一世。创建亚历山大城的是马其顿国王亚历山大一世，准确地讲是古希腊马其顿王国阿吉德王朝的国王。在公元前332年，马其顿国王亚历山大一世统治了埃及，创建亚历山大城，并以亚历山大城作为首都。

顺便提一句，世界上名叫亚历山大的城市，多达33个！

公元前323年，亚历山大一世病逝。亚历山大一世的部将、留驻埃及的总督托勒密·索特尔成为埃及的实际统治者。托勒密战胜了亚历山大一世的其他部将，于公元前305年称王，即托勒密一世。托勒密王朝定都亚历山大。托勒密王朝全盛时期，版图不仅包括整个埃及，还包括叙利亚、巴勒斯坦的一些地区以及地中海的一些岛屿。托勒密王朝使亚历山大城走向繁荣。在托勒密王朝时代，著名几何学家欧几里得，就生活在亚历山大城。

640年，阿拉伯将军阿姆鲁·伊本·阿斯在围困亚历山大港14个月之后占领了亚历山大港。阿姆鲁在写给他的阿拉伯主子哈里发奥马尔·伊本·哈塔卜时宣称，他占领了一个"拥有4000宫殿、4000浴池、12000油商、12000花匠、40000纳贡的犹太人和400剧院或其他娱乐场所"。从阿姆鲁的信中，可以看到当时亚历山大古城的盛况。信中提及的"40000纳贡的犹太人"，是指当时曾经有大批犹太人聚居在亚历山大古城。

然而，如今的亚历山大虽然名为古城，其实是一座一片废墟的"废都"，因为亚历山大城在两千多年间，经历了三次大地震和无数次的战乱，使亚历山大的古建筑荡然无存。亚历山大城的残存的古迹，如今只剩下一个剧场的遗址和一根孤零零的庞贝石柱，荒凉如同北京的圆明园一般。

今日的亚历山大城，是那位与拳王穆罕默德·阿里同名同姓的穆罕默德·阿里重建的。穆罕默德·阿里是19世纪奥斯曼帝国的埃及总督，在埃及建立了强盛的阿里王朝。穆罕默德·阿里也给遍地废墟的亚历山大城带来新的生机。随着1882年英国把亚历山大城纳为军港、殖民地，又给亚历山大城打上了欧化的印记。

红海之行

"不走重复的路。"每当外出旅游，总是遵循这样的原则。我乘火车从开罗来到卢克索，在领略了古埃及的神庙和帝王谷的风光之后，回程不再乘坐火车，而是乘汽车从卢克索往东，前往红海明珠赫尔格达。在赫尔格达住了一夜，游览了红海的迷人风景，再从赫尔格达返回开罗。

离开卢克索之后，沿途便是漫漫黄沙。除了一条向沙漠深处延伸的黑色柏油公路之外，除了头顶上的深蓝色的天空之外，映入眼帘的就是一大片土黄色。有时沙浪起伏，有时大漠一片。

天慢慢暗了下来。大约行车四个多小时，路边不时闪过一盏盏路灯，一幢幢房屋，意味着赫尔格达就要到了。窗外一片夜色，我无法看到这红海明珠有多漂亮。

汽车驶过赫尔格达市区，来到郊外，停在FESTIVAL（节日）酒店门口。一走进那铺着光亮的大理石、半个足球场那么大的大堂，就知道这是一家大型豪华酒店。

走过大堂，走过灯光照耀下的一连串的游泳池，我和妻打开客房的房门。哇，客房好大，两房一厅，两张大床，还有一张上下铺的床。这是度假村式的酒店，这样的客房足够一家四口居住。客房还附有厨房。

沿着木栈桥走向红海深处

那天已经很累，看了一会儿埃及的电视新闻，就入睡了。

翌日清晨，阳光很早就照在宽大的阳台上。阳台上放着两把椅子。我走到阳台上一看，顿时万分惊讶：金色的阳光撩开了黑色的夜幕，四周竟然是那样的迷人。酒店的一幢幢大楼全是雪白的，在阳光下格外耀眼。每间客房都有一个大阳台，阳台围着饰有精美图案的黑色铁栏杆，楼下是铺着花色地砖的马路，马路两侧是一大排伊拉克蜜枣树。我的目光朝远处眺望，哦，一大片白色沙滩前，静静地躺着一个碧蓝碧蓝的大海。不言而喻，那就是红海！

原来，我就住在红海边上，离红海不过100多米的距离。

FESTIVAL酒店的早餐是自助餐，非常丰盛。早餐之后，我便直奔红海。走过一个又一个巨大的游泳池之后，前面就是沙滩。沙滩上盖着一个又一个小亭子，摆放着一张张躺椅。FESTIVAL酒店是大酒店，红海仿佛成了这家酒店的"后花园"。

我漫步在红海之滨，细细欣赏着这明净、蓝英英的海。在飞往埃及时，我曾经从空中俯瞰红海，海水蓝中带绿，非常漂亮。尽管地中海也蓝得可爱，不过从空中看下去，红海是狭长的海，只用了不到一分钟的时间，飞机就飞越了红海，这跟飞越地中海要半个多小时就不一样。

红海跟地中海一样，都是陆间海。地中海是处于欧洲、亚洲、非洲三大洲之间的陆间海，而红海是非洲与亚洲之间的陆间海。红海是狭长的、南北走向的陆间海。非洲与亚洲原本是连在一起的，在大约二千万年前，非洲与亚洲开始分裂，这"裂缝"就是红海。这"裂缝"至今仍在不断扩大之中。据测定，每年1厘米的速度继续扩大。也就是说，红海的宽度每年都要扩大1厘米。

狭长的红海长约2100公里，而最宽处为306公里。红海南部通过曼德海峡与亚丁湾、印度洋相连。红海北端分叉成两个小海湾，东为亚喀巴湾，西为苏伊士湾。随着苏伊士运河的开通，红海通过贯穿苏伊士地峡的苏伊士运河与地中海相连，成为地中海和阿拉伯海之间的重要通道，或者可以说是连接大西洋和印度洋的重要通道。

如今，红海的西岸是非洲的埃及、苏丹、厄立特里亚、埃塞俄比亚和索马里，东岸是亚洲阿拉伯半岛的沙特阿拉伯和也门。红海沿岸的重要港口有苏伊士、埃拉特、亚喀巴、苏丹港、吉达、马萨瓦、荷台达和阿萨布。由于阿拉伯半岛盛产石油，所以红海是一条重要的石油运输通道。

我站在红海之滨放眼望去，红海近处浅蓝，远处深蓝，天际处蓝中带绿，可以说是蓝有层次。但是看来看去，找不到半点红色。既然红海不红，怎么会叫做红海呢？

关于红海名字的由来，有着各种各样的解释：

其中之一说，古埃及称沙漠为"红地"，所以把这个海称为"红地之

红海，游泳池旁伊斯兰风格的休息亭

红海之滨的棕榈树

海"，演变为"红海"；

其中之二说，红海的希腊文原名读音和"RedSea"读音相近，当欧洲人来到红海时，误听当地人叫此海为"RedSea"，即红海；

其中之三说，古代西亚的许多民族用黑色表示北方，用红色表示南方，红海就是"南方之海"的意思。

从这两种说法可以看出，红海之名与红色无关。

也有人从"红色之海"加以解释：

其中之一说，红海季节性出现的红色藻类，所以叫红海；

其中之二说，红海附近有红色山脉，所以叫红海；

其中之三说，红海里有许多色泽鲜艳的贝壳，使水色深红，所以叫红海；

其中之四说，红海海面上常有来自非洲大沙漠的风，夹杂着红黄色的尘雾，使天色变暗，海面呈暗红色，所以称为红海。

虽说关于红海名字来历的考证有这么多，我倾向于红海之名原本与"红色之海"无关。那些关于红海的红色的考证，都显得有些牵强附会。

红海的美丽，其实是在于海水的清澈。海水越清澈，颜色也就越蓝。在FESTIVAL酒店的"后花园"，有一条长达一公里的木桥，笔直伸向红海之中。我沿着木桥走向红海深处，海水越来越蓝。站在桥上往下看，水清见鱼。远处，雪白的游艇疾驶而过，在海面留下一道白色的浪迹。

由于红海两岸都是大沙漠，没有任何河流注入红海，使红海之水无比清澈。像水晶般透彻的红海，成为潜水的好地方。在不远处的大吉夫顿岛那里海域，戴上潜水镜，穿上潜水衣，可以在海底珊瑚礁中穿梭，与奇形怪状的鱼儿为伍。

如果说，潜水是年轻人的爱好，那么中老年人则喜欢在红海边上垂钓。在海滩上，常见三三两两的钓鱼者，一把躺椅，一根钓竿，过着神仙般的休闲生活。

狭长的红海被两岸的沙漠挟持着。夏日，沙漠的气温高达45℃之上，红海在8月的表层水温平均为27℃至32℃，是世界上水温最高的海域。

由于高温，红海的蒸发量很大，而地处干旱地带，降水量少，所以红海的含盐度高达4.1%，是世界上含盐度最高的海洋。

红海绰约多姿，众多的大宾馆便倚海而建，各自在海滨划分"势力范围"。FESTIVAL酒店就在红海之滨占了一大片海滩。红海的海滩是天然的沙滩，沙子又细又白。正因为这样，这里尽管没有金字塔，没有神庙，也没有地下陵墓，却吸引了八方来客。

我游历了距FESTIVAL酒店不远的赫尔格达。昨日在浓重的夜色中，只看见一闪而过的路灯和黑糊糊的房子。眼下，在明亮的阳光下，我才发现赫尔格达的房子造型新颖，色彩艳丽，或红色，或白色，或淡黄，或天蓝，真不愧为

埃及人喜欢吃饼

作者夫妇与温州老乡们在红海

"红海明珠"。

　　在20多年前，赫尔格达还只是红海边上的一个小渔村。萨达特总统来到这里，非常喜欢这里优美的环境，指示要大力开发赫尔格达，建设成为埃及的度假胜地。于是，赫尔格达大兴土木，成为一座新兴的"三S"城市。所谓"三S"，即"Sun、Sand、Sea"——阳光、沙滩、碧海。赫尔格达那些漂亮的房子，都是在最近几年"冒"出来的。一连串的大宾馆，包括FESTIVAL酒店，也都是新建的。我还看到不少新宾馆在建设之中。

　　赫尔格达适宜开展潜水、帆板冲浪、出海远航等海上活动，如今已经成为游泳和水上运动的国际中心。其中特别是潜水，不论是浮潜和深潜，这里都很合适，许多世界性的潜水俱乐部在赫尔格达落户。

　　随着众多外国游客纷至沓来，赫尔格达的海陆空交通都大为改善。这样，赫尔格达的游客人数已经逼近卢克索。

　　我从赫尔格达回开罗时，沿着红海之滨向北。一路上，汽车的右侧是茫茫大漠，左侧是湛蓝大海。尽管需要行车六七个小时，但是如诗如画的风景，使我忘却了长途旅行的疲劳。诚如爱因斯坦所言，"一个美丽的姑娘伴你对坐一小时，你好像觉得只有一分钟似的短暂；要是你在火炉上坐一分钟呢？你又觉得像有一小时那样长了！"

漫游马六甲海峡

　　久闻马六甲大名，早在上中学的时候，就从地理课中知道马六甲海峡。如今能够与这座马来西亚的历史名城"亲密接触"，格外兴奋。

　　傍晚时分，我在马六甲的Mahkota Hotel Melaka住了下来，这家宾馆的中译名为马六甲皇冠公寓酒店，又称马六甲马考它酒店，坐落在马六甲海峡之侧。

　　马六甲皇冠公寓酒店是一座大型宾馆，占地面积很大，走过大堂，迎面就是一个梅花形五瓣游泳池。在游泳池的周围，是一幢幢四五层的大楼，间或有几幢十来层的大楼。沿着弯弯曲曲的走廊走到深处，才是4号楼。乘电梯上了五楼，我和妻打开501房间一看，竟然像是两房一厅的住宅，除了两个卧室之外，有客厅，有厨房，也有阳台。这就是"公寓式饭店"，又叫"度假村"，很适合一家老小外出旅行时居住。酷热之中，空调居然无法启动，跟总台联络之后，电工赶到，总算凉风习习，一夜安眠。

　　清早，吃过自助餐，我和妻走出马六甲皇冠公寓酒店。跨过马路，走上天桥，便看见椰树婆娑的海滩。再往前走，海滨矗立着一个高大的摩天轮出现在眼前。这个摩天轮名叫"大马之眼"（Eyeon Malaysia），是东南亚最大的摩天轮。

　　当我走向摩天轮，看见了湛蓝的海，海平浪静，远处是灯塔和万吨巨轮。

这便是如雷贯耳的马六甲海峡。我眼前的马六甲海峡，没有惊天骇浪，没有辽阔无际，马六甲海峡看上去像是一条缓缓流去的河。

马六甲海峡呈东南—西北走向，处于两大洋的"十字路口"：西北端通向印度洋的安达曼海，东南端连接太平洋的南中国海。

马六甲海峡全长约1080公里，西北部最宽达370公里，东南部最窄处只有37公里。马六甲海峡也是亚洲和非洲、欧洲三大洲的"十字路口"。

马六甲海峡地处于赤道无风带，所以海峡风平浪静。如今，马六甲海峡每年有八万多艘轮船通过，成为仅次于英吉利海峡的世界最繁忙的海峡。

马六甲海峡由新加坡、马来西亚和印度尼西亚三国共管。马六甲是这一海峡沿岸的深水良港，优越的地理位置使马六甲成为这一海峡的枢纽，所以这一海峡用马六甲之名命名。不过，从19世纪中叶开始，马六甲河岸由于过度开发，加上废弃物的堆积，使得港口逐渐淤积，海床升高，大型的船只必须停泊在港湾之外，马六甲港口的功能逐渐被新加坡和槟城这两个国际大港所取代。

对于中国来说，马六甲海峡至关重要，因为中国的石油进口主要来自中东，中国的油船来来回回差不多都要经过马六甲海峡。每天经过马六甲海峡的轮船，有六成是中国的。

虽说马六甲由于港口淤塞，渐渐走向衰落，但是30万人口的马六甲市作为一座历史名城，依然吸引着众多的来自世界各地的旅游者。

走在马六甲市旧城区的窄窄的街道，仿佛穿过时光隧道，又回到了逝去的岁月。

马六甲老城的房屋是凝固的历史，来自不同国度的民族给马六甲老城打上不同的历史印记。这里是中西文化的杂陈之城。

拥立在马六甲老城街道两侧有许多二三层的米黄色楼房，一望而知是中国闽浙民居的风格。自从郑和的船队五度来到马六甲，众多的华人便在这里留下开拓者的足迹。如今，在马六甲的居民之中百分之四十以上是华人。这些低矮的小楼的底层，挂着中英文对照的招

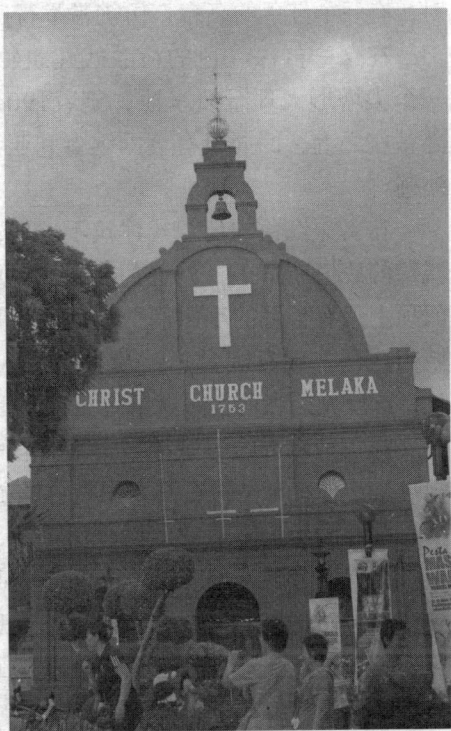

马六甲基督教堂

牌，依然是华人集居之所。在种种店铺之中，居然还有打铁铺、棺材铺之类在中国大陆早已消失的店铺。

与米黄色的中国闽浙民居形成鲜明对比的是深红色的荷兰城。一群用从荷兰运来的深红色砖头砌成的荷兰式建筑，留下了荷兰人统治马六甲的历史印迹。

在这群深红色的建筑物之中，最引人注目的是"红屋"。这幢"红屋"有着厚厚的红色砖墙，笨重的硬木门，门前则是宽阔的石阶。"红屋"从1641年开始建造，经过荷兰泥瓦匠和木工的精心打造，"慢工出细活"，直至1660年才终于完工。"红屋"是当年的荷兰总督府。后来，这里成为马六甲州政府的所在地。1987年，改为马六甲博物馆，陈列着荷兰人的古老兵器、葡萄牙人的民族服装、英国人当年的战舰模型，还有华人以及马来人的传统结婚礼服，五光十色的展品展现了马六甲错综复杂的历史。

在"红屋"之侧，是一座深红色的基督教堂，人称"红教堂"。红墙上的白字"1753"，记录了这座教堂的250多年的历史。这座基督教堂的总体建筑风格是荷兰式的，然而局部却是英国式的。这是因为在荷兰之后，英国人统治着马六甲，便对这座基督教堂按照英国的建筑风格进行改造。

与"红屋"、"红教堂"并肩而立的，还有一座红色的钟楼。与钟楼相对，有一个红色的高台，仿佛是举行庆典时典礼台。

在这一群深红色的荷兰式建筑物的中心，是一个广场。广场的中心，有一个尖塔形大理石喷水池，刻着1904年的字样，表明也有百年历史了。在底部基座之上，四面雕有英国维多利亚女王的头像，表明这是英国人留下的历史痕迹。

在离深红色的荷兰式建筑不远处，我见到一座残缺的西欧式的古城门。在城堡的残垣断壁上，刻着葡萄牙文。那是葡萄牙军队占领马六甲时修建的。城门顶上建有长形的小拱门，看上去像是戴了一顶帽子。城门之下，建有地道。城门之侧，建有炮台。当荷兰军队入侵马六甲的时候，跟葡萄牙军队打了一仗，这座城门在荷兰军队的炮火攻击下受到严重破坏。

我在马六甲的旧城漫游，不时有一辆辆用鲜丽的花朵装饰的三轮车从身边驶过。这种花车是富有马六甲特色的游览车。

跟充满历史陈迹的旧城截然不同，马六甲的新城区完全是另一番现代化的景象。新城区以英雄广场（Dataran Pahlawan，简称DP）为中心，繁华的商场、餐馆、宾馆密集，一派欣欣向荣的气息。高高的旋转塔，是新建的旅游景点。花"RM20"——20元马币就可以坐上旋转台，沿着高塔升到110米，徐徐旋转，俯览整个马六甲。

泰国的"东方夏威夷"

泰国最漂亮的都市，要算是"PATTAYA"，中译名为"芭堤雅"，也有译为"帕塔雅"、"巴堤亚"。

在芭堤雅街上，我从来没有见到一个西装革履的男子。来来往往，男女老少，都穿轻轻松松、花花绿绿的休闲服。很多人戴一副墨镜，穿一身沙滩服，趿着一双拖鞋。这里不见步履匆匆的上班族，满街都是笃悠悠的旅游者。芭堤雅是一座海滨旅游城市，面对湛蓝的暹罗湾，有着"东方夏威夷"的美誉。

芭堤雅是一座不会迷路的城市。我看了一眼芭堤雅的地图，就明白了：就城市的形状而言，芭堤雅像一把梯子，横倒在海滨。梯子的一边，是沿海大道；梯子的另一边，是中心大道；那一格一格横条，就是海滨大道和中心大道之间的小马路，有24条之多。每条小马路，以编序号命名。我下榻于五号马路的芭堤雅宾馆。外出时，只要记住五号马路，就不会迷路了。

这里只有中心大道上才有公共汽车，从这一头开到那一头，又从那一头开回这一头。所谓公共汽车，其实就是一辆辆敞篷的大型吉普车而已。这种车招手即停，一上车付六泰铢车费，随便你在什么地方下车都可以。

从曼谷出发，乘两个多小时的汽车，就来到芭堤雅。

在40多年前，芭堤雅还只是个小渔村。1961年，美国军人发现这迷人的海湾，就把这里定为驻泰美军的休闲地。于是，美军在这里大兴土木。随着大批美军涌到这里休闲，旅游者纷至沓来，芭堤雅也就从小渔村发展成为一座旅游城市。

芭堤雅的美，美在海滩。很自然地，所有为旅游而建的宾馆，也就集中在海边，于是形成梯子形的城市格局。

我住在芭堤雅宾馆八楼，从窗口便可望见大海。步行一百米，就来到海滩。

清早，我喜欢在海滩漫步。在一排排充满热带特色的椰子树下，我见到各种肤色的游客。来自世界各国的旅游者，都喜爱这"东方夏威夷"。

漫长的海滨大道，几乎都是宾馆和餐厅，此外便是服装店、食品店、珠宝店。麦当劳、肯德基，也在这里插足。这里没有工厂，唯有无烟工业——旅游业。

海风清新，海浪叠起。一艘艘色彩鲜艳的汽艇，纵横驰骋在海面上，拖着长长的白色的浪迹。上了汽艇，约莫航行了20来分钟，便到达珊瑚岛——阁兰岛。为了便于游人观看海底的珊瑚，汽艇底部特地开了个玻璃天窗。透过玻璃，见到了枝权错落的珊瑚。如果游客乐意，还可以戴上头盔，插上吸气管，在浅浅的海里作"海底游"。

从珊瑚岛继续向前，便来到金沙岛。金沙岛名副其实，一片黄沙。岛上有许多商店，这些商店其实只是一个个遮雨篷而已，地上全是黄沙。游客们或光脚，或趿着拖鞋，在黄沙上购物。令人难忘的是金沙岛上的"海鲜大餐"。当游客们在餐厅坐定之后，服务小姐就端来一个个竹篮，篮里铺着碧绿的荷叶。掀开荷叶，里面是鲜红的大海蟹，还有龙虾、花蛤、鱿鱼、金枪鱼，都是刚从海里捕捞的，格外新鲜，是真正的"海鲜"。

要么下海迎风扑浪享受大海的乐趣，要么躺在沙滩椅上享受阳光的洗礼，金沙岛令人流连忘返。当夕阳把海面涂成一片金红色，我乘汽艇返航。这时起风了。汽艇逆风逆浪，时而被高高抛起，时而重重摔下。浪尖扑来，把我从头到脚浇得水湿。

"外婆的澎湖湾"在哪里？

来到澎湖，我的第一游览目标是"外婆的澎湖湾"。令我惊讶的是，我手头的几份不同的澎湖旅游地图上，居然都没有标明"外婆的澎湖湾"！

"外婆的澎湖湾"究竟在哪里？

仁者见仁，智者见智，对于"外婆的澎湖湾"众说纷纭：有人说是在马公市菜园里的海边，有人说是马公市金龙头，也有人说是在连接西屿岛和白沙岛之间的跨海大桥那里，还有人说是在距离马公市29海里的七美岛上的"双心石沪"附近。

就连澎湖当地的"权威人士"，也各说各话：

澎湖县长王乾发以为，马公市观音亭海湾至西屿岛一带，坐拥西瀛虹桥，夕阳落日映晚霞，那里最美，正是"外婆的澎湖湾"。

澎湖县议会议长刘陈昭玲则以为，观音亭延伸至金龙头海域的海湾，具有与世隔绝的自然美，"外婆的澎湖湾"指的是这里。

澎湖县府旅游局长洪栋霖说，"澎湖湾"是个意象，所有澎湖美丽的海湾都可叫做澎湖湾。

澎湖的长者则以为，以前澎湖并无"澎湖湾"这一地名，当年叶佳修为歌手潘安邦写作词曲时，创作了"澎湖湾"一词，由于各人见解不同，因此出现各种版本。

尽管对于"外婆的澎湖湾"究竟在哪里有着诸多不同的见解，不过有一点是共同的，即在《外婆的澎湖湾》这首歌创作之前，并无"澎湖湾"。正是因为《外婆的澎湖湾》的作者创作了"澎湖湾"一词，所以才造成对于"外婆的澎湖湾"的种种不同的见解。不过，这些见解尽管不同，但都是把澎湖最美的海湾说成是"外婆的澎湖湾"，因为谁都以为，"外婆的澎湖湾"应当是美的化身。于是，寻找"外婆的澎湖湾"，变成了澎湖海湾的"选美竞赛"。

虽说"澎湖湾"是虚构的，但是《外婆的澎湖湾》中的外婆和孙子却是真实的故事，那孙子就是演唱《外婆的澎湖湾》的歌手潘安邦。在1979年，台

夕阳下的澎湖西瀛虹桥

湾音乐人叶佳修在台北结识了尚未出道的澎湖歌手潘安邦，听潘安邦讲述他童年时在澎湖和外婆祖孙情深的故事，深为感动。潘安邦说，"外婆总是慈祥的望着我，不论是我低头独自嬉戏的时候，或是和外婆侃侃而谈。我想到海的另一边去开创梦想，又不舍澎湖湾的海边，独留外婆的心痛。后来，偷偷擦着泪，她送走了我，还一直说：'安心！安心！'年少轻狂的我，就此漂泊天涯……"

叶佳修依据潘安邦讲述的外婆的故事，作词并谱曲，一口气写出了《外婆的澎湖湾》。潘安邦试唱了《外婆的澎湖湾》，非常喜欢这首根据他的身世创作的歌曲。当天，潘安邦用公用电话从台北打长途电话到澎湖给外婆，在电话中他唱起了《外婆的澎湖湾》。潘安邦说，电话的那一头在他唱完后没有任何声音，因为外婆在啜泣、流眼泪！

潘安邦在台湾演唱《外婆的澎湖湾》，一炮而红。从此，《外婆的澎湖湾》在台湾广为传唱。在1989年，潘安邦应邀在中国中央电视台春节联欢晚会上演唱《外婆的澎湖湾》，使这首台湾民歌红遍中国大陆。1990年，当潘安邦在长沙演唱《外婆的澎湖湾》时，突然传来外婆在澎湖去世的噩耗，他当即赶回澎湖，为外婆送终……

我在澎湖寻找着潘安邦和外婆当年生活过的地方。潘安邦是在澎湖的眷村长大的，潘安邦的外婆也一直生活在澎湖的眷村。所谓眷村，是指1949年时蒋介石败退台湾，为了安置大批的国民党军及其眷属，在台湾各地兴建了一批简陋的房舍，形成了一个个眷村。在台北，绝大部分眷村都已经拆除，改建高楼大厦。我在台北曾经走访过的眷村，是作为"历史文物"特意加以保存的一小片地区。然而，当我走出马公市西南的顺承门，沿着金龙路走向新复路、介寿路，却看到一大片原始状态的眷村。不过，澎湖的眷村不像台北的眷村那么拥挤，这大约是由于这里土地不像台北那样金贵，有的甚至有私家小院。那些有小院的房子，大都住着国民党军队的将官和校官，被称作"将校眷村"。当年，澎湖眷村曾经安置了大批的国民党军官及其眷属，潘安邦于1961年9月10日出生在这里。

潘安邦所以出生在澎湖眷村，是因为他有着军旅家庭背景：潘安邦的父亲潘时骅是国民党军队的少将，潘安邦的爷爷潘国纲是孙中山手下的师长，参加过北伐战争。潘安邦的父亲后来担任李登辉"总统府"的会计长。顺便提一句，潘安邦的姑妈是潘希真，潘希真出生于浙江温州，后来成为台湾著名女作家，笔名琦君，她的代表作《橘子红了》曾经被改编成电视剧在中国大陆播出。

在澎湖眷村的村口，我看到一座高大的长方形建筑，上面嵌着"中正堂"三个金色大字。这座以蒋介石的名字命名的礼堂，是潘安邦小时候看电影的地方。在"中正堂"对面，一块用水泥砌成的巨大石碑上，刻着蒋介石在1952年1月题写的"毋忘在莒"四个大字。

"毋忘在莒"是一个历史典故，说的是公元前284年至前279年，燕国将领乐毅带着五国联军攻入齐国，大破齐军于济西，后来其他四国撤军，燕军再下七十余城，齐国仅余下"莒"和"即墨"两座城池。莒，今日山东莒县一带。齐愍王居莒城，而即墨大夫出战阵亡后，基层军官田单被推为城守，运用战术及谋略（例如传说中的火牛阵）驱逐燕军，光复齐国失土，最终复国。蒋介石题写"毋忘在莒"，就是为了"反攻大陆"，实现"复国"之梦。那里的眷村，也就因此命名为"莒光新村"。

除了莒光新村之外，澎湖的眷村还有笃行十村。笃行十村的房舍大都是1907年日本重炮兵大队进驻马公时兴建的"官舍"。潘安邦就出生在笃行十村。我来到那里，看到一张澎湖县政府的公告，称"笃行十村于九十五年（这里指民国九十五年，即2006年）11月6日经澎湖县文化资产审议委员会审查登录为'历史建筑'。本区域将规划设置为'眷村文化园区'。"我看见那些"官舍"正在翻修之中。在笃行十村还有四周用围墙围起来的两层洋楼，围墙上方布满铁丝网，当年里面所住大约是"大官"。

澎湖眷村地处海滨。就在"中正堂"的西北侧，有一大片嫩绿的草地，令人赏心悦目。我信步走了过去，首先闯入我的眼帘的，是一块巨大的石碑，上面刻着澎湖县长王乾发题写的"外婆的澎湖湾"六个大字！我当时的第一反应，就是

"众里寻她千百度，蓦然回首，那人却在灯火阑珊处"。我不知道什么原因，所有澎湖的游览图上都没有标明这里是"外婆的澎湖湾"，而这块石碑却权威性地表明，这里是"外婆的澎湖湾"。

沿着草地上的石径向前走去，我更加欣喜地有了"新发

作者在"外婆的澎湖湾"塑像留影

现"：绿草包围着一座铜雕，这一头是慈祥可亲的外婆，那一头是正在沙滩上玩耍的小孙子，他的下方有蟹、有鱼、有虾。这座铜雕生动地再现了外婆与孙子的浓浓的亲情。

我再向前走去，前面是一片美丽的海湾。岸边，是用木板铺成的观景平台。当时正值黄昏，一抹金色的夕阳染红了整个海湾，波光粼粼，美不胜收。这不就是"外婆的澎湖湾"？

在我看来，尽管对于"外婆的澎湖湾"在哪里有着争议，以至在澎湖的旅游图上干脆不把这石碑、铜雕、观景平台标上。后来，我也去了跨海大桥以及七美的"双心石沪"，那里的海湾确实也相当动人，毕竟远离潘安邦度过童年的地方，远离潘安邦和外婆生活的地方。我们要寻找的并不是"美丽的澎湖湾"，而是"外婆的澎湖湾"。这里是澎湖眷村所在的海湾，是潘安邦和外婆生活的地方，只有这里才称得上是名副其实的"外婆的澎湖湾"。

"外婆的澎湖湾"呈弯月形向北延伸。我沿着这弯弯的海湾向北走去。沿途，我看到众多穿着迷彩服的军人进进出出，因为这一带是驻澎湖的台军军营以及"澎湖防卫司令部"所在地，怪不得当年的眷村设在这里。这军营正处于弯月形的海湾的中部。

我继续向前，走到弯月形的海湾的顶部。这里有一座古庙叫观音亭。在观音亭前面，是一大片银色的沙滩。哦，出现在我的眼前的正是"阳光、沙滩、海浪"，还有一大片漆成绿色的仙人掌石雕。最为吸引眼球的是，这里有一座长达200米钢拱桥，像一道柳眉般跨在海中，在晚霞的衬托下楚楚动人。这是一座景观桥。这里素有西瀛胜境之称，而在夜间桥上红、橙、黄、绿、蓝、靛、紫七彩霓虹光一齐开放，如同彩虹，于是这桥被命名为"西瀛虹桥"。

确实，从潘安邦和外婆居住的澎湖眷村那一端，到西瀛虹桥这一端，这一弯湛蓝的海湾，就是真正的"外婆的澎湖湾"。

自从外婆过世之后，潘安邦退出歌坛，迁往美国洛杉矶经商。随着《外婆的澎湖湾》的影响日益扩大，澎湖县聘请潘安邦为"旅游大使"，所以他仍不时回到澎湖，唱起《外婆的澎湖湾》……

三亚归来不看海

徐霞客踏遍华夏大地，曾感叹道："五岳归来不看山，黄山归来不看岳。"套用他的话，"三亚归来不看海"。

在三亚，我最喜欢的去处，便是三亚湾。

三亚市的地形，像一只高筒长靴伸进了湛蓝的南海。长靴的靴面，也就是市区的西面，与南海亲密接触——那一带就叫三亚湾。

三亚湾长达20公里，一路上碧海蓝天，沙滩细软，椰树成林，绿色如茵。在三亚的地图上，沿三亚湾海岸画出长长的一条绿色地带，标上四个富有诗意的字："椰梦长廊"。这"椰梦长廊"，正是三亚美的精华所在。与"椰梦长廊"平行的，是宽敞平直的海滨柏油马路——三亚湾路。

记得，我在车中观看"椰梦长廊"，宛如电影中长长的横移镜头一般。无穷无尽的椰林，无边无涯的大海，艳阳、白浪、银滩、翠草，构成了一幅色彩明快的热带海滨风情画。

在地毯般柔软的沙滩上漫步，在椰林下呼吸着来自海洋的潮润空气，细细地、静静地观赏着。

在傍晚时分，我来到海月广场。那是在"椰梦长廊"的中点处。这时，太阳渐渐西沉，大海处于强烈的逆光之中。站在海浪中的钓鱼者，被点点波光所包围，成为黑色的剪影。海月广场上那摇曳多姿的柳树雕塑以及一排排椰树，也都成了黑色的剪形。沙滩上的游人多了起来，在逆光下变得影影绰绰。游人的步履缓慢，走三步停两步，甚至久久地伫立，显然在欣赏此时此刻大海的美景。在椰子林里，我见到树干间系着吊床，人们悠闲地躺在吊床上，凝视着大海。

游人们在等待最壮观、最美丽的时刻。三亚湾朝西，是观赏日落的最佳场所。正因为这样，三亚湾的游人以傍晚最多。无限好的夕阳染红了整个海面，染红了整个天空，壮丽地溶化在海水之中，意味着又一个白昼画上了句号。

第六章　形形色色的桥

赵州桥·八字桥·断桥

上了年纪的人自诩经验丰富时，常喜欢对年轻人说："我走过的桥比你走过的路还多！"转瞬之间，我也到了"上了年纪"的年纪。回眸"走过的桥"，确实数不胜数：从小时候走过的乡间小木桥，到长江第一桥——南京长江大桥；从上海第一桥南浦大桥，到旧金山第一桥海湾大桥；跨过莫斯科河，越过涅瓦河，走过莱茵河、塞纳河、多瑙河、湄公河、鸭绿江……每一条江，每一条河，都横亘着一座座桥。

桥，形形色色。不同的桥，不仅沟通了不同的江、河、湖、海，也折射不同的历史和文化，给人以不同的美的享受。

在中国的古桥之中，有三座桥给我的印象最深：赵州桥，绍兴八字桥，西湖断桥。

赵州桥有着"天下第一桥"的美誉。从石家庄驱车个把小时，就进入赵县地界。赵县，古称赵州。赵州桥就横跨在那里的洨河上，

赵州桥名列"天下第一"，不在桥长，不在桥宽，不在桥高，而在桥的"年纪"：这座始建于隋朝开皇六年（公元586年）的大桥，距今已经1400余年。

那天刚刚下过一场小雨，洨河两岸绿树掩隐，树叶尖处挂着晶莹的水珠。一身白石的赵州桥，横卧在碧波之上。我远远看去，那圆拱与倒影连在一起像是巨大的鱼嘴，吞吐着清波绿水；又如姑娘张开的双唇，笑迎天下客。

赵州桥长达64米，宽9米，用石块砌成。在1400年前的隋朝，没有起重机，没有钢筋，没有水泥，建造这样宏大的石桥谈何容易。据唐朝中书令张嘉真《赵州大石桥铭记》记载："赵郡洨河石桥，隋匠李春之迹也。"用现在的话来说，李春也就是赵州桥的总设计师兼总工程师。李春巧妙地用上宽下窄的楔形石块砌成拱形石桥。这样，石桥桥面上所受的重力往下压，就会使楔形石块越压越紧，桥身越压越牢，历1400年而不垮。

绍兴处处可见曲曲弯弯的小河，一派江南水乡风光。碧波之上穿梭着两头尖、黑色顶篷的乌篷船，船工戴着黑色的乌毡帽。

赵州桥

在绍兴稽山河和一条小河的三河汇合处，有一座兼跨三河呈八字形的"八字桥"，是中国古桥中所罕见。八字桥也是石桥——石柱礅石梁桥，建于宋嘉泰年间（1201～1204年），距今已经有800多年的历史。我漫步在桥上，俯瞰三条河从桥下流过，深深佩服我们的祖先的聪明和才智。

西湖断桥则因"断桥残雪"闻名遐迩。"断桥残雪"乃西湖十景之一，又与《白蛇传》中缠绵悲怆的爱情故事联系在一起。其实，断桥就桥的建筑技术本身而论，倒也一般。我喜欢断桥，是在于断桥背城面山，处于外湖和北里湖的分水点上，视野开阔，是观赏西湖的极佳去处：湖光山色，清波塔影，轻风拂柳，扁舟逐流。

旧金山的三座大桥

我常去美国旧金山。旧金山也有三座大桥，给我留下难忘的印象。

旧金山名气最大的是金门大桥。金门大桥这名字，很容易使人误以为大桥是金色的。其实，全桥漆成红色。

如果说，旧金山海湾是个大口袋，那小小的袋口就是金门海峡。金门海峡处于太平洋与旧金山海湾之间，那里风大浪急。金门大铁桥，飞架于海峡之上。

我到金门大桥，大约有十几次之多。金门大桥是一座吊索桥，高高的门梁屹立在岸边。这座大桥，看上去有点像上海黄浦江上的南浦大桥；不过，外貌有一点极大的不同，那就是金门大桥漆成了红色，成了一座"红门大桥"。据云，关于金门大桥漆什么颜色，曾有过争论。考虑到金门大桥处于多雾的地方，还是决定漆成红色，以求鲜明。正是这红色，成了金门大桥的特征色，使它区别于世界上千千万万的桥梁。

我站在桥头，见浓雾锁海，看不到对岸。金门大桥，成了"半桥"，另一半被雾吞没。可是，没几分钟，雾气忽地散开，金色的阳光破雾而来。我赶紧拍照。刚拍了几张，太阳已钻入雾中，又是白雾茫茫。这时，红色的金门大桥在雾气的衬托下，格外漂亮。我想，当年决定把金门大桥漆成红色，是颇有见地的。

金门大桥桥面宽27米，有六条车道和两条宽敞的人行道。每年通过金门大桥的车辆，平均多达4200万辆。金门大桥全长1981米。两座桥塔之间的大桥跨度为1980米。桥头主缆是承载悬索吊桥桥身的吊缆，两端深埋在两岸巨硕的钢筋水泥桥墩中。如今，桥头安放着一段主缆，供人参观。从主缆的横截面可以看出，是由那么多钢索所构成。主缆的直径粗达一公尺，由总共长达八万英里的钢索所构成，这长度足以沿着赤道环绕地球三周！

当时，施特劳斯先生被旧金山市政府任命为金门大桥总工程师。如今，金门大桥桥头矗立着施特劳斯的青铜塑像。

金门大桥建成于1935年6月，桥塔高达343米，相当于65层大楼那么高。有人把金门大桥称之为旧金山的"灵魂"。旅游者来到旧金山，金门大桥是必游的。如果没有到过金门大桥，如同没有来过旧金山。

金门大桥虽说闻名遐迩，但是旧金山"第一桥"的桂冠并不属于金门大桥。

真正的旧金山第一桥，是海湾大桥。海湾大桥是灰色的钢架大桥，横跨旧金山海湾。海湾中

旧金山金门大桥

有一座小岛，叫金银岛，成了海湾大桥的天然桥墩。金银岛上有一座小山，山底挖了隧道，汽车沿着海湾大桥行驶时，从小岛的这一端驶过隧道，到小岛的另一端，然后再上海湾大桥。

海湾大桥在1936年完工通车，长达8.25英里，亦即13.2公里，相当于金门大桥长度的六倍多！从旧金山市区东北部，跨越了海湾，到达东岸的奥克兰。分为上下两层车道，上层往旧金山，下层往奥克兰。海湾大桥上下两层均为五车道。只允许车辆通道，不像金门大桥那样设人行通道。

海湾大桥是钢架大桥，宏伟、壮观，横卧于万顷碧波之上。由于车流量太大，高峰时过桥要排很长的队。

上海市市长访问旧金山，说起旧金山和上海，隔着太平洋，旧金山有金门大桥和海湾大桥，上海有南浦大桥和杨浦大桥……

在旧金山，其实还有一座最长的却最不为人知的大桥，叫"圣马刁（San Mateo）大桥"。

每一回，我往返于旧金山国际机场与阿拉米达小岛之间，都经过这座跨海大桥。这座大桥的造价是三座大桥中最低的，大桥两端是浮桥，中间一段是架空桥。行驶在长长的浮桥，离海平面很近，那感觉就像行驶在海滨公路。也正因为这座大桥如此"贴近"海面，不像金门大桥、海湾大桥那样引人注目。旧金山的这三座大桥，风格、色彩各不相同。"圣马刁（San Mateo）大桥"是一座"低调"的桥，默默地为旧金山的交通作出巨大的贡献。

在旧金山海湾，除了有大桥之外，在海湾底下，还有海底隧道。每一回从奥克兰乘坐地铁前往旧金山的时候，中间有一长段时间地铁不靠站，我就知道，地铁正在穿过海底隧道，因为长长的海底隧道没有停靠站。

曼哈顿大桥的动人故事

除了旧金山的三座大桥之外，我喜欢圣地亚哥的科洛纳多大桥和纽约的曼哈顿大桥。

科洛纳多大桥特色是气势宏伟，像巨龙一般，横卧在圣地亚哥海湾的碧波之上。科洛纳多大桥建于1964年，连接圣地亚哥与海湾中的科罗拉多岛，长达三公里。川流不息的轿车，从大桥上鱼贯而过。

曼哈顿大桥架在曼哈顿与布鲁克林之间。那里是纽约的黄金地段，两岸是高楼，底下是湛蓝的东河，曼哈顿大桥是风光秀丽的景观桥。不过，使我感动的是曼哈顿大桥的建造的故事：大桥开工于1869年，主持大桥建造的是德国裔工程师罗伯林。开工才三个月，罗伯林在工地受伤，感染破伤风而离世。他的32岁的儿子小罗伯林继承父亲的未竟之业，主持大桥的建造工作。小罗伯林长

逆光中的悉尼大桥

期在水下作业，不幸患了"沉箱病"，以致半身不遂。他只能坐在家里的阳台上，用望远镜观察工地，不断发出种种指令。小罗伯林的妻子艾米莉虽然对工程知识一无所知，但她义无反顾地根据丈夫的指令负责大桥的建造，直至大桥落成。1883年5月23日，美国总统亚瑟主持曼哈顿大桥通车仪式，第一个过桥人就是抱着象征胜利的公鸡的艾米莉。罗伯林一家前赴后继，为曼哈顿大桥写下令人赞叹不已的一页。

在澳大利亚的悉尼，不仅悉尼歌剧院是一部杰作，与悉尼歌剧院相辉映的港湾大桥，也是一部杰作。这座大桥是在1924年开工建设、1932年建成，贯通悉尼南北，全长2500米。这座大桥令我惊叹是前瞻性，桥面宽49米，设有两条电气火车轨道、八条汽车道、两条人行道、两条自行车道。进入21世纪，这座大铁桥仍是那么适用，每小时可通行6000辆汽车，128列火车和四万行人。在20世纪二三十年代就能够建造如此超前的大铁桥，不能不佩服澳大利亚人"百年大计"的建筑观念。

泰晤士河上多姿多彩的桥

泛舟泰晤士河，不时穿越一座又一座大桥的桥洞。每一座桥，都有着各自的故事。

泰晤士河上有几座桥，有人说是28座，也有人说是27座，究竟多少座？

其实，泰晤士河现在总共28座桥，在2000年前是27座。2000年6月10日，泰晤士河上启用一座新桥，人称"千禧桥"。

我仔细打量这座新桥，发现千禧桥与以往的27座桥都明显不同。千禧桥瘦瘦细细，看上去像身材单薄的林黛玉。原来，千禧桥是泰晤士河唯一的步行桥，供人们步行、赏景之间，并不承担车辆过河的任务，所以她以娇小玲珑的身姿，出现在泰晤士河的碧波之上。

千禧桥的南端是泰德当代艺术馆（Tate Modern），那里原本是一座发电厂，在改建成艺术馆时保持了当年工厂厂房以及高大的烟囱，而宽敞的车间则变成现代艺术展览馆，收藏包括毕加索、达利、安迪沃荷等大师的作品。千禧桥的北端是著名的圣保罗大教堂。这座教堂在伦敦人的心目中有着崇高的地位，所以要求桥梁在设计时不能用通常的悬索桥和斜拉桥，因为高大的桥塔会有"压倒"圣保罗大教堂的感觉。

千禧桥的巧妙设计，也是出自诺曼·福斯特之手。诺曼·福斯特是世界建筑界的诺贝尔奖——普立兹克大奖获得者，被誉为"高技派"的代表人物。此前，泰晤士河上的"在风中摇摆的肥皂泡"的伦敦市政厅和新地标伦敦眼，都出自他的笔下。还有那圆锥形的玻璃幕墙大楼——瑞士再保险总部大楼，也是

伦敦千禧桥

他设计的。当然，对于中国人来说，最熟悉的诺曼·福斯特的作品，当推为迎接2008年北京奥运会而兴建的北京国际机场第三航站楼。

由于诺曼·福斯特乃当代英国建筑界泰斗级的人物，所以当他的大作——千禧桥即将出现在泰晤士河上的时候，他成了媒体追逐的目标。诺曼·福斯特的自我感觉也相当良好。他信心满满，当千禧桥剪彩的时候，又将为他的事业添上一颗耀眼的星。

诺曼·福斯特万万没有想到，千禧桥启用那天，他吓出了一身冷汗！

大约是媒体事先做足了文章，千禧桥开通之日，6万多人慕名登桥。其中最高峰时，在总长只有320公尺的桥面上，一下子密密麻麻涌进大约两万多人，千禧桥发生了明显的摇晃！

翌日，尽管开始控制上桥的人数，但还是发生摇晃。伦敦市政府紧急决定，在第三日封桥，禁止通行。作为千禧桥设计师诺曼·福斯特，也在电视中向英国全体民众表示道歉。媒体从追捧诺曼·福斯特到强烈批判、谴责诺曼·福斯特。

设计一座人行桥，应当要比公路桥、铁路桥简单、容易，何况诺曼·福斯特又是经验丰富的建筑设计师，怎么会出现这样重大的设计错误呢？原来，毛病就出在追求桥的细巧、新颖的造型上。这桥没有任何刚性的大梁架在桥墩之间，而只有8根两端固定在岸上的钢索挂在两墩之间。

诺曼·福斯特反复思索、计算，着力解决千禧桥的避震问题。经过测试，发现桥梁的摇晃主要是横行振动所引起的。为了解决横行阻尼问题，诺曼·福斯特甚至向美国国家航天局请教，因为宇宙火箭发射时也遭遇类似的横行振动问题。

在诺曼·福斯特的领导下，原本造价1820万英镑的千禧桥，追加约500万英镑的整修费并装置了90个避震器，终于解决了摇晃问题。2002年2月21日，千禧桥重新开桥，一直至今。尽管伦敦市民一直戏称千禧桥为"摇摇桥"，但是谁都愿意来来回回走这座桥。

千禧桥的细巧和她的幕后故事，令我难忘。

泰晤士河上另一座"姿色"看似平常的大桥，幕后居然也有令人击掌的故事。

这座看上去平平常常的大桥，叫做伦敦大桥。伦敦大桥在英国很出名，是因为有一首英国孩子都会唱的儿歌，叫做《伦敦大桥塌下来》（London Bridge is falling down）：

> 伦敦桥要塌下来，
> 塌下来，塌下来。
> 伦敦桥要塌下来，
> 我美丽的淑女。

用铁栏把它建筑起来，
铁栏杆，铁栏杆。
用铁栏把它建筑起来，
我美丽的淑女。

铁栏会弯曲和折断，
弯曲和折断，弯曲和折断，
铁栏会弯曲和折断，
我美丽的淑女。

用银和金把它建筑起来，
银和金，银和金，
用银和金把它建筑起来，
我美丽的淑女。

银和金子太贵了，
太贵了，太贵了。
银和金子太贵了，
我美丽的淑女。

用石头棍子把它建筑起来，
石头棍子，石头棍子。
用石头棍子把它建筑起来，
我美丽的淑女。

石头棍子被冲走了，
冲走了，冲走了。
石头棍子被冲走了，
我美丽的淑女。

伦敦桥要塌下来，
塌下来，塌下来。
伦敦桥要塌下来，
我美丽的淑女。

伦敦大桥怎么会塌下来呢？因为伦敦大桥是泰晤士河上历史最悠久的桥，始建于公元43年，当时是一座木结构桥。当时的建桥技术还很差，加上又是一座木桥，所以建好之后摇摇欲坠，所以孩子们唱起了儿歌《伦敦大桥塌下来》。

伦敦大桥多灾多难。泰晤士河发大水，把伦敦大桥冲垮了。重新修复之后，又遭遇北欧海盗入侵，把伦敦大桥烧掉了。一直到1176年，伦敦人终于花费30年的时间，用石头建造了一座有着20个拱的伦敦大桥。这座大桥在泰晤士河上屹立了6个世纪，久经风雨，到了1825年进行大翻修。在1902年，伦敦大桥桥面进行了加宽。

毕竟伦敦大桥上了年纪，千疮百孔，无法再修，伦敦市政决定在1968年拆除伦敦大桥，在旁边另建一座新桥。

没想到，拆除年久失修的伦敦大桥，又发生一个新故事：美国企业家罗伯特·麦卡罗克和伍德要花钱买下破旧的伦敦大桥！

这么一座要"塌下来"的桥，也有人买？伦敦市政府就以很便宜的价格卖给了罗伯特·麦卡罗克和伍德。很多人以为罗伯特·麦卡罗克和伍德一定是发疯了。谁知罗伯特·麦卡罗克和伍德极其严格地要求在拆除伦敦大桥时，把石块进行编号，然后装船，一船一船横渡大西洋、太平洋，在美国旧金山上岸，再装上卡车运往他们的家乡——亚利桑那州的小城哈瓦苏湖市。长途运输耗费大量的资金，远远超过伦敦大桥的拍卖价。

伦敦人恋恋不舍那在泰晤士河上屹立将近8个世纪的伦敦大桥被拆除，同时

伦敦塔桥

又以疑惑的目光注视着一艘艘远去的运石头的船——那两个傻乎乎的美国佬究竟想不什么？

经过一年时间，从伦敦大桥上拆下来的石头，全部运到美国。

1971年10月10日，一条有关小城哈瓦苏湖市的新闻，轰动了全世界：原本建造在英国泰晤士河上的伦敦大桥，如今出现在美国的哈瓦苏湖市的科罗拉多河上！

伦敦大桥成了哈瓦苏湖市不可多得的名胜。于是众多的游客涌向哈瓦苏湖市，一直到今日。如今，美国的亚利桑那州排名第一的景点当推著名的大峡谷，而排名第二的便是哈瓦苏湖市的伦敦大桥。人们这才发现，罗伯特·麦卡罗克和伍德是绝顶聪明的人，他们不仅自己发了财，而且给家乡哈瓦苏湖市带来永不枯竭的旅游财源。

在泰晤士河，造型最漂亮的桥，当首推伦敦塔桥。两端耸立着4座石塔，中间是一座铁桥，这样的造型是泰晤士河独一无二的。

伦敦塔桥有着"泰晤士河第一桥"、"伦敦大门"的美誉。伦敦塔桥主塔高43.455米，两座主塔相距76米。伦敦塔桥始建于1886年，1894年6月30日启用。两座主塔之间最初是木桥，后来改为钢桥。桥身分为上、下两层，上层为悬空人行桥，下层为6车道汽车桥。

伦敦塔桥两端建塔，不是为了好看，而是为了能够吊起桥板，是一座吊桥。吊启桥板的机器，安装在主塔之内。当大船要从桥下通过时，伦敦塔桥启

伦敦滑铁卢拱桥

动吊机，桥板一分为二，朝左右分开。大船过去之后，桥板又合二为一。

我在俄罗斯圣彼得堡看到过涅瓦河上的能够分合的吊桥，也在美国旧金山阿拉米达岛上看见过能够分合的吊桥，但是伦敦塔桥宏伟而壮观，超过了那些吊桥。

据统计，伦敦塔桥从1894年投入使用以来桥面一共张开过6000多次，平均每星期张开10次。

在泰晤士河上，还有一座著名的大桥，叫做滑铁卢大桥（Waterloo Bridge）。那是一座看上去很普通的始建于1817年的九孔石桥。这座大桥建成时，正值英国的威灵顿公爵在滑铁卢战役中大胜拿破仑两周年，于是便被命名为滑铁卢大桥。

滑铁卢大桥的名气，来自那部著名的电影《魂断蓝桥》。《魂断蓝桥》与《乱世佳人》、《卡萨布兰卡》并称为世界电影史上三大凄美不朽爱情影片。

《魂断蓝桥》一开始，便描写一辆军车停在了泰晤士河的滑铁卢大桥上，英军上校罗依·克劳宁从车上走下。他从口袋里拿出一个象牙雕的吉祥符，独自凭栏凝视，20年前的一段恋情如在眼前……

《魂断蓝桥》以滑铁卢大桥为背景展开，使滑铁卢大桥名噪世界。《魂断蓝桥》中的"蓝桥"，就是指滑铁卢大桥。

然而，滑铁卢大桥怎么会被称之为"蓝桥"呢？原来这是因为影片的英文原名是《Waterloo Bridge》，直译就是《滑铁卢大桥》。中译者以为这样的片名会使中国观众误以为是描述英法的滑铁卢之战，故改译为富有文学意味的《魂断蓝桥》。这一片名取自中国古代的典故："守信约于蓝桥，尾生抱柱"。据《庄子·盗跖》记载，尾生与女子约于桥下见面，女子不来，大水至，尾生抱桥柱而死。用《魂断蓝桥》，非常确切地反映了影片的意涵。

泰晤士河是"流动的历史"。泰晤士河上一座座车水马龙的大桥，同样是"流动的历史"。

温哥华的吊桥与圣彼得堡的开桥

在加拿大的温哥华，最著名的桥是狮门大桥。这座桥因有一对石狮子蹲在桥南端而得名。狮门大桥长1300米，高108米，连接着温哥华市中心与北温哥华。桥上汽车川流不息，非常壮观。然而，富有特色的还是古老的温哥华加皮兰诺吊桥。这座吊桥，建于1889年。最初，吊桥是用大麻绳及香柏木结扎而成。1956年，吊索桥两端用钢缆及混凝土加固，使吊桥能够承受13吨的重力。这座吊桥建在两山之间。我从桥上走过，每走一步，吊桥就晃一下。桥的跨度达137米，桥下是90多米的深谷，湍急的溪水在谷中奔驰。经历100多个春秋，

温哥华的狮门大桥

这座吊桥是当今世界上最古老的步行吊桥，成为温哥华的"历史文物"。

在中国，最著名的步行吊桥当推"大渡桥横铁索寒"的大渡铁索吊桥。在武夷山，我也见到很壮观的步行吊桥。

除了步行吊桥之外，圣彼得堡的"开桥"也别具一格。

所谓"开桥"，是指能够打开桥身的桥。圣彼得堡的涅瓦河水位高，大船无法从桥下通过。于是，涅瓦河上所有的桥，都做成活动的，中间的那块桥板可以在油压机的驱动下向上掀起，让大船通过。为了不影响车辆过桥，"开桥"通常选择在子夜时分。也正因为开桥的时间太晚，我在圣彼得堡的时候没有机会目击开桥的奇特景象。

想不到，我在美国所住的旧金山阿拉米达小岛，那里的一座桥也是"开桥"，由于小岛的车流量不大，有时在白天也开桥。我总算亲眼目击了开桥的过程：当大船开过来的时候，交警拦断公路交通，启动油压机，缓缓掀开桥板，让大船通过。大船驶过之后，又重新合上桥板。从开桥到闭桥，整个过程十来分钟而已。

"千桥之城"大阪

从神户前往大阪，一路上过了好几座大桥。进入大阪之后，桥就更多了。大阪，人称"千桥之城"。大阪有那么多的桥，是因为大阪还有一个特殊的称号——"水都"。

大阪成为"水都"，是因为这里河流众多。大阪的母亲河——淀川以及新淀川，分成数条支流，流经大阪市区进入大阪湾，水域面积占城市面积的1/10以上。河多，势必桥也多。过去大阪号称有808桥。如今，1400多座造型别致的大小桥梁，架在大阪市内大大小小的河流之上。大阪既有淀川大桥、新淀川大桥这样现代化的大桥，也有古朴的小桥，而小桥占大多数。大阪是一座处处有着"小桥、流水、人家"景象的城市。

日本民谚曰："东京八百所，京都八百庙，大阪八百桥。"短短三句话，高度概括了日本三座名城的特色。

大阪这一名字，在日本有两种含义，一是指大阪府，二是指大阪市。

就大阪府而言，是日本的"二府"之一，即大阪府与京都府。大阪府是与东京都并列的国家一级行政区。

大阪市属于大阪府管辖。大阪市是大阪府的首府。

大阪府的大致情况是这样的：位于日本本州岛的中西部。大阪府辖下有31个市，13个町。据2007年2月1日统计，大阪府的总人口为882万3473人。

大阪府的地形像一把中国古代的太师椅，北、东、南三面为山地，如同太师椅的靠背，中部的"椅座"为大阪平原，西南面对大阪湾。大阪府是西日本

大阪一隅

的经济中枢，经济地位仅次于东京都。轻重工业综合发展，以机械、电机、化学、钢铁、金属加工、食品、纺织等工业为主。

大阪市由26个区组成，是仅次于东京的日本第二大城。截止2007年2月1日，大阪人口为360万5700人。大阪市坐落在本州岛西南部淀川下游的大阪平原上，大阪湾的东北岸。

大阪历史悠久，古称"浪速"、"浪华"或"难波"。据说，那是第一代天皇神武天皇乘船自九州向东航行巡视，到大阪附近，水流湍急，浪花翻滚，便将此地称为"浪速"。至于叫浪华或难波，是因为这两个名字跟浪速的意思相近。

大阪濒临濑户内海，自古以来便是古都奈良和京都的重要门户，是日本商业和贸易发展最早的地区。上町台地是大阪历史的发源地，上町台地南部是古代的难波津，是当时的重要港口。公元4到7世纪，几代日本天皇曾在这里建都（公元313年至412年、公元645年至683年），大阪成了首都，"难波宫"成了皇宫。

明治维新时改称大阪，原因是附近地区多山，上町台一带坡地面积广大且坡面平缓，始称大坂，后来演变为大阪。

大阪作为历史悠久的城市，拥有众多的名胜古迹，其中有建于593年的四天王寺古刹，寺院里有金塔、五重塔、讲堂等40多幢建筑。四天王寺内珍藏的法华经扇面，被视为日本的国宝。四天王寺在兵乱之中毁坏，1963年按原样重建的。

明治维新后，大阪成为对外开放的港口。1874年，铁路通到大阪。1889年设市。此后，大阪市经济迅速发展。大阪跟神户相邻，形成了阪神经济区，又称阪神工业区。沿大阪湾海岸，南起和歌山，西到姬路，便是阪神工业区的主要所在地。在那里，我见到工厂厂房林立。大阪的工业主要分布在三个地区：北部工业区拥有纺织、染料、油脂等工业；东部工业区是金属加工和机械工业，并建有玩具、服装、化妆品等小厂；西部是重工业和化学工业集中的临海工业区，沿大阪湾分布，主要有造船、钢铁、车辆、机械和化学等大型工厂。大阪市的国民生产总值超过香港，相当于比利时或者澳大利亚一个国家的国民生产总值。

大阪运河网发达，号称"水都"。此外，大阪还有许多美誉，如商都、制造业之城，还有"美食之都"、"天下厨房"，甚至被称为"最有人情味的城市"。大阪还被称为"绿色城市"，到处是树木、花草，几乎不见裸露的土地。

大阪城市布局呈方格状，市中心分为东、西、南、北四区。北区是大阪市政府机构区，有中央大会堂、府立图书馆、《朝日新闻》社等；东区和中之岛是大阪府机构、中央派驻机构以及大银行所在地；大阪车站广场前的梅田一带、巴顿土层以及以通天阁为中心的新世界，是大阪的三大闹市中心，是剧

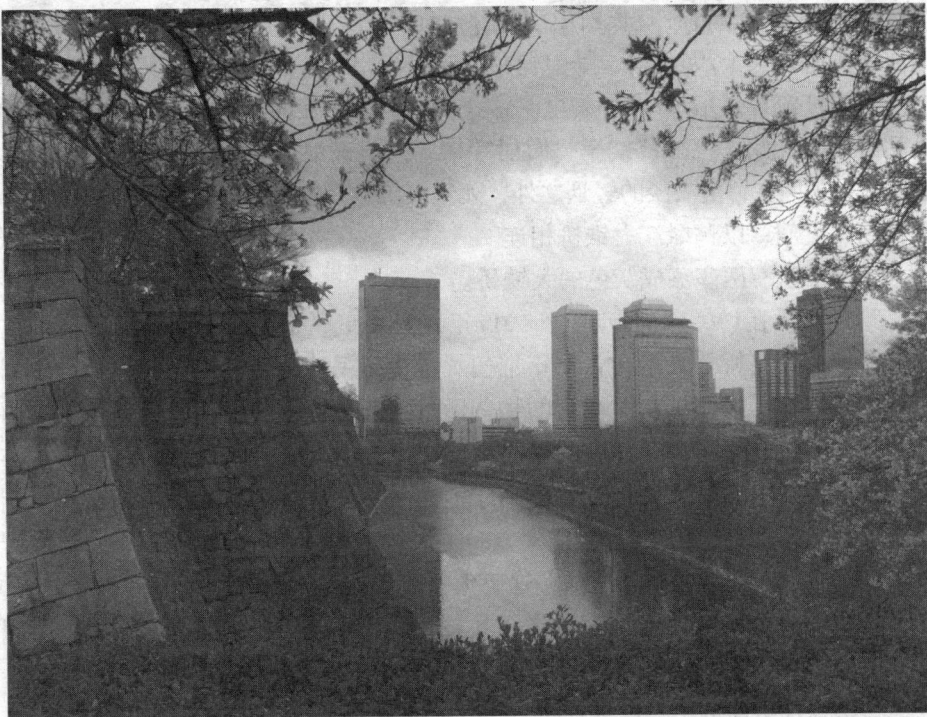

大阪的古老与现代

场、影院、酒店和百货店集中之处；金融机构、银行多集于今桥、高丽桥、御堂筋等地；公司、商社、事务所集中于中之岛、堂岛等地；

在阪急区，有繁华的地下街。地下街总共有五处，分上、中、下三层，宽20至30米，总面积9.2万平方米，内有300多家商店、三个大商场、四个广场，每天平均流动人口达170万。

集古老与现代于一城，集流水与小桥于一市，大阪市具有特殊的魅力。

历史在鸭绿江大桥畔沉思

来到丹东，行魂甫定，就从宾馆"打的"直奔鸭绿江畔。

丹东出租车的起步价6元，只有上海的一半价格。丹东不大，才几分钟，出租车就到达鸭绿江畔。原来，我所住的宾馆离鸭绿江不过七八百米而已。

出租车司机把车子停在鸭绿江大铁桥旁边。

我第一次见到心仪已久的鸭绿江，见到如雷贯耳的鸭绿江大铁桥。

鸭绿江古称马訾水、坝水，汉朝称为訾水，自唐朝始称鸭绿江。据说，鸭绿江那碧绿的江水，犹如雄鸭脖颈的莹绿，因而得名鸭绿江。我注视着鸭绿江水，水清澈透明，在蓝天之下，果真有点绿莹莹的。

鸭绿江发源于吉林省长白山南麓，流经长白、集安、宽甸等地，在丹东向南注入黄海，全长795公里，是中朝两国的界河。

鸭绿江流经丹东市约300公里。这一段的鸭绿江江面宽阔，近千米，对岸便是朝鲜的新义州。鸭绿江此岸，游船穿梭，汽艇破浪，一片欢声笑语，而彼岸除了几根烟囱在冒出淡淡的轻烟之外，死气沉沉——这是朝鲜给我的第一印象。

两岸之间，以鸭绿江大铁桥相连。

鸭绿江上有两座漆成灰色的大铁桥。

第一座桥在1909年5月动工，1911年10月竣工，是由日本朝鲜总督府铁道局所建，为铁路桥。日本在1905年把朝鲜沦为殖民地，便极想打通朝鲜与中国东北之间铁路，以便把东北丰富的物资通过铁路源源不断经朝鲜运往日本。内中的关键，便是架起鸭绿江上的铁路桥。在中国清政府未曾同意的时候，1905年，日本人确定了鸭绿江上架设大桥的方案，并于1909年5月在朝鲜新义州一侧开始了基础施工。1910年4月，在朝方一侧大桥工程过半的情况下，中国清政府迫于日本压力，同意建桥。这样，这座大桥终于在翌年建成。

这座大桥总长944.2米，宽11米，共12孔。为了便于船舶航行，在中方第四孔架设旋转式"开闭梁"。

在鸭绿江上建成第一座大铁桥之后，仍不够用。于是在1937年4月动工兴建

鸭绿江断桥

鸭绿江上第二座大铁桥，于1943年5月竣工，全长940.8米。第二座桥距第一座桥不足百米远。

第二座大桥上行铁路，下行公路。

自从第二座大桥建成之后，第一座大桥改为公路桥，不再通火车。

这两座鸭绿江大铁桥在20世纪50年代初的朝鲜战争中，经受了炮火的洗礼。中国人民志愿军和支援朝鲜的物资，源源不断通过两座鸭绿江大铁桥，运往朝鲜。这两座大铁桥，也就成了美国空军轰炸的焦点。不过，鸭绿江大桥以中点为界，一侧为朝鲜，一侧为中国。美国毕竟没有与中国交战——中国军队是以志愿军名义出师朝鲜，并非以中国人民解放军名义进军朝鲜，所以美国空军（打着联合国旗号）攻击的目标，是朝鲜一侧的大铁桥。

1950年11月8日，美空军首次派出百余架B-29型轰炸机，对鸭绿江上两座大铁桥朝鲜一侧进行狂轰滥炸。第一座大铁桥当即被拦腰炸断，朝方一侧钢梁落入水中。

几天之后，11月14日，美军又派出轰炸机34架，再次轰炸两座大桥朝鲜一侧。第一座大铁桥朝鲜一侧的三个桥墩被炸塌。至此，鸭绿江上第一座大铁桥的一半完全瘫痪，仅中方一侧残存四孔。在朝鲜战争停战之后，朝鲜把第一座大桥朝方六孔残骸拆除，而中方所属四孔残桥带着累累伤痕，仍挺立在江波之上。从此，鸭绿江第一座大铁桥被人们称为"鸭绿江断桥"，成为抗美援朝战争的历史见证。

我来到鸭绿江断桥，见桥头竖立着巨大的黑色大理石碑，上面的金字标题便为"鸭绿江断桥"，下面的说明词记述了鸭绿江大铁桥被美国空军炸成断桥的经过。如今，这里成为游丹东的必游之处。我站在断桥桥头，仿佛依稀见到当年美国空军飞机掷下炸弹激起的巨大水柱，耳际响着中国人民志愿军高射炮与美国空军轰炸机对射的隆隆炮声、机关枪声、炸弹爆炸声。历史永驻，鸭绿江断桥是朝鲜战争的见证。

就在第一座鸭绿江大桥被炸成断桥的同时，相距不远的第二大铁桥的朝鲜一侧也遭受了猛烈的轰炸。丹东铁路分局职工和驻军部队冒着敌机的轰炸扫射，抢修大桥。炸了修，修了炸，鸭绿江第二座大铁桥在战火中屹立，成为炸不烂的钢铁运输线。

从1950年10月到1951年8月，敌机来袭鸭绿江大桥共5391架次，多则每天3次以上，大都每批20至90架。鸭绿江畔的中国人民志愿军防空部队坚守大桥，击落敌机22架，击伤75架。

鸭绿江第二座大铁桥的公路桥面当年铺设木板，1977年换铺水泥。1990年10月，中朝两国商定将鸭绿江第二座大铁桥更名为"中朝友谊桥"。如今，从丹东前往朝鲜，火车所经过的大桥，就是中朝友谊桥。

美丽的鸭绿江大桥，可惜另一半没有灯光，成了"断桥"

在白天，我见到中朝友谊桥巍然矗立于鸭绿江碧波之上，显得那么雄伟恢宏。然而，在夜晚，当我再度来到鸭绿江畔，我惊讶地发现，中朝友谊桥竟然也变成了断桥！

122

中朝友谊桥怎么会变成了"断桥"呢？那是因为入夜之后，中朝友谊桥中方一侧灯火辉煌，五彩缤纷，上万盏彩灯把大铁桥打扮成靓丽的江上美景，那么晶莹，那般迷人。千灯万火倒映在江面上，上呼下应，如同一条彩色的巨龙在腾飞。然而，过了中朝友谊桥的中点，在朝方一侧，则一片黑灯瞎火，大铁桥被夜幕所吞噬，仿佛断了一般。我用照相机拍摄了这座一半彩灯、一半黑暗的"断桥"。

其实，不光是中朝友谊桥在夜里成了"断桥"。站在鸭绿江边，展望两岸，判若两个世界：此岸丹东，彩灯璀璨，霓虹灯闪烁，游人如潮；彼岸新义州，一片黑乎乎，死气沉沉，阒无人声。

虽说朝鲜是极爱面子的国家，然而电力是那么的缺乏，以致连大桥上的彩灯这点"面子"也顾不上了。

这两座断桥，一座断桥记录了历史，一座"断桥"记录了今日。

徐小姐用一句非常形象的话，勾勒鸭绿江此岸与彼岸：今天朝鲜人从对岸看丹东，就像四十年前中国人从深圳看香港。

丹东的鸭绿江畔，一条沿江的滨江大道，正在被打造成"北国外滩"。草地、鲜花、雕塑、风车、华灯、游艇，鸭绿江此岸，仿佛镶了一条多彩的花边。值得提一句的是，这里的雕塑，要么是在搏风击浪的船夫，要么是放飞鸽子的姑娘，丰富多彩，生动活泼，不像后来我在对岸所见到的处处是清一色的"红太阳"塑像。

在这"外滩"，餐馆林立。我注意到，这些餐馆的名字，要么来自朝鲜，要么来自韩国，诸如"阿里郎"、"千里马"、"大长今"、"金达来"，招牌上既写中文，也写朝文（韩文）。朝鲜冷面，韩国烧烤，在丹东比比皆是。

丹东的海鲜甚多，而且价格便宜。其中特别是来自鸭绿江的面条鱼和黄蚬子，是丹东的特产。在这里，我也吃到新鲜的黄泥螺——这是上海人特别喜欢的海鲜。丹东还盛产对虾、梭子蟹、海螺、杂色蛤、文蛤以及各种各样的海鱼。

鸭绿江畔给我留下美好的印象。在丹东的那些日子里，一有空，我总是喜欢迎着清新的江风，漫步在鸭绿江之滨。

21世纪的新桥

步入21世纪，中国建成了一大批新桥。内中，首屈一指的当推杭州湾跨海大桥。这座规模空前的大桥是在2008年5月1日通车的，很荣幸，就在通车前夕，我得以游览空无一车的大桥。

从慈溪市中心大约行车半个多小时，远远地就看见杭州湾跨海大桥长长的引桥。桥上镶着粉红色的栏杆，格外醒目。通过了岗哨之后，开车上桥。展现在我面前的是一座双向六车道的宽阔的大桥。桥上的沥青路面一尘不染，跟崭新的白色标志线形成鲜明的反差。大桥之上，安安静静。在空荡荡的新桥上行车，令我兴奋、陶醉。阳光灿烂，透过车窗见到桥下先是泥涂，然后是浅浅的海水，渐渐海水的颜色变深变蓝。大桥上的栏杆的颜色也在不断变化，从最初的粉红色，变成橙色，然后是黄、绿、靛、蓝色，最后是紫罗兰色，令人赏心悦目，大桥如同七彩长虹横卧海面。据说，设计者这样的创意，一是为了使司机在长桥上避免视觉疲劳，二是使司机有了彩色路标，看见什么颜色的标杆就知道行车在大桥的哪一段。另外，虽说两点之间直线最短，大桥却设计成"S"形，这一方面为了使大桥具有美感，另一方面也为了避免驾车时的视觉单调感。这座大桥是我国自行设计、自行建造的，设计师吸收吴越文化的滋养，从西湖苏堤的"长堤卧波"中汲取美学理念，把杭州湾大桥设计成"长桥卧波"。

驱车向前，桥面渐渐升高，前方出现圆规状（或称"A"字形）的高大桥塔和斜拉索。这是为了轮船能够从桥下通过而设计的，桥下的南主航道，能够

澳门的第三座跨海大桥——西湾大桥

通过3000吨级轮船。在过了桥塔之后，我见到大桥右侧有一个巨大的平台。据说，那里原本就有一片沉积的淤滩，设计人员利用这天然地势建造了面积达一万平方米的海中平台。在建造大桥时，这里成为施工平台。大桥建成之后，这里成了观光平台，可以饱览大桥和杭州湾的迷人风光。在靠近大桥北端时，我见到两座圆规状的高大桥塔，把桥面拉得更高，桥下是北主航道，可以让3.5万吨级巨船从桥下安然通过。

大桥通车之后，日车流量达4.5万辆，车辆在桥上的行驶速度可达每小时100公里。这座大桥成了上海与宁波之间的大动脉。

此外，澳门的三座跨海大桥，也可圈可点。

记得，在20年前，从内地去澳门还是相当不容易的。我只是在珠海参加"环岛游"的时候，乘船绕澳门而行，远远地看了一下澳门。通常所说的澳门，是指珠江口西岸的澳门半岛，所谓"环岛游"不过是沿着澳门半岛转悠而已。澳门其实是由与中国大陆连接的澳门半岛，以及位于珠江口南中国海上的氹仔、路环和路氹三座海岛所组成。其中氹仔岛横卧在澳门半岛对面，相距大约2.5公里。我当年在"环岛游"时，见到澳门半岛与氹仔岛之间只有一座跨海大桥，那时候叫嘉乐庇总督大桥，是以澳门的葡萄牙总督嘉乐庇的名字命名，于1974年10月通车。在澳门回归祖国之后，叫澳凼大桥。

1996年我从香港第一次前往澳门，我见到在澳凼大桥外侧，多了一座在1994年3月通车的跨海大桥，名叫友谊大桥。从香港到澳门见到的第一座桥，就是友谊大桥。

2007年11月我去澳门，在澳凼大桥内侧我见到一座新建的跨海大桥，这是澳门回归之后建造的，叫西湾大桥。2004年12月，国家主席胡锦涛出席了西湾大桥通车仪式。在三座大桥之中，西湾大桥的造型是最漂亮的，有着两个"M"形的主塔，这"M"取义于澳门英文名字"Macau"的开头字母，人称"竖琴斜拉式"结构。前两座桥是单层的，而西湾大桥则是双层行车。

这三座跨海大桥全是白色的，与万顷清波相辉映，使我不由得记起唐代诗人骆宾王的名句"白毛浮绿水"。除了跨海大桥之外，澳门至凼仔的海底隧道正在紧张地施工，预计2009年下半年可以通车。

最为宏大的跨海大桥，是正在筹划之中的"港珠澳大桥"，将连接澳门、珠海、香港，目前已经立项。那将是一个巨大的工程。"港珠澳大桥"建成之后，又为世界桥梁史写下璀璨的一页。

第七章　故宫承载历史

自从1911年的辛亥革命之后，北京的紫禁城不再是皇权的象征，而成了故宫。故宫承载着中国的几千年封建王朝的历史。正因为这样，故宫成了游客们游览北京的必游之地。

咔嚓一声，我的相机抓拍了老外们在紫禁城的大门——天安门城楼前的喜笑颜开的瞬间。

不仅北京有故宫，很多国家都有故宫。我到了外国，也必游那里的故宫，原因是一样的，因为每一个国家的故宫，都承载着那个国家悠久的历史。跟北京的故宫一样，各国的故宫如今也差不多成了历史博物馆，供游客从中透视往昔的岁月，反思逝去的历史。

俄罗斯的故居——冬宫

往日的俄罗斯首都在圣彼得堡。俄罗斯的故宫是圣彼得堡的冬宫。

对于我这个中国人来说，一提起冬宫，就记起1917年的十月革命，记起阿芙乐尔号巡洋舰上的一声炮响，记起列宁领导布尔什维克进攻冬宫……

阿芙乐尔号巡洋舰至今仍停泊在涅瓦河畔。虽然参观者锐减，但是它作为十月革命的象征，仍是圣彼得堡最引人注目的一道风景线。

"阿芙乐尔"的俄文原意为"黎明"或"曙光"。在罗马神话中，"阿芙乐尔"是司晨女神，她唤醒人们，送来曙光。今日，虽然苏联解体，但是"阿芙乐尔"号巡洋舰仍作为"文物"，停泊在涅瓦河畔。

冬宫就在涅瓦河畔，是一幢绿白两色相间的豪华建筑。令我感到惊讶的是，作为当年布尔什维克总攻击目标的冬宫，今日没有一丝十月革命的痕迹，仿佛压根儿没有发生过十月革命似的！冬宫里的藏画成千上万，却不见一幅反映十月革命的油画。我知道冬宫里原本专门有一个馆展出关于十月革命的油画。一打听，那个馆在"维修"。这"维修"是个托词，意味着永远在"维修"。

其实，十月革命推翻的不是"沙皇统治"，而是克伦斯基资产阶级临时政府。沙皇是被1917年2月所发生的"二月革命"所推翻的，并不是被十月革命所推翻。

圣彼得堡的冬宫是俄罗斯的故宫

冬宫，也就是沙皇皇宫。在1917年2月之前，这里一直是沙皇官邸。十月革命时，这里是克伦斯基临时政府所在地，所以成了布尔什维克总攻击的目标。

冬宫前面，是一个巨大的广场，叫做冬宫广场，又叫皇宫广场。对于圣彼得堡来说，这个广场相当于莫斯科的红场。不过，看上去没有红场大。

广场中央矗立着世界上最高的纪念柱——亚历山大纪念柱，纪念1812年俄国打败法国拿破仑的胜利。这纪念柱是用整块花岗石雕成的，高47.5米，直径4米，重达600多吨。亚历山大纪念柱不用任何支撑，只靠自身的重量屹立在基石上！

冬宫建于1754年至1762年。冬宫是一座庞大的建筑，共有1050个房间，1886扇门，1945个窗户。

冬宫的外墙为绿色，间以白色圆柱、白色窗户雕花、白色屋顶雕像，和涅瓦河水相辉映，显得非常和谐协调。

我走进金碧辉煌的冬宫。如今，冬宫是作为艾尔米塔什博物馆的主要部分对外开放。

艾尔米塔什博物馆是当今世界最大的博物馆之一，和英国伦敦的大英博物馆、法国巴黎的罗浮宫、美国纽约的大都会博物馆齐名，号称世界四大博物馆。

艾尔米塔什博物馆珍藏的艺术品和历史文物多达280万件，其中仅油画就有15000多幅！

艾尔米塔什博物馆能够拥有如此丰富的藏品，得益于俄罗斯那位富有艺术修养又喜欢收藏的女皇叶卡捷琳娜二世。这个女皇，堪称俄罗斯的武则天，她夺取她丈夫的皇位，当政长达30多年。她是一位非常能干的女皇，不仅东征西讨，使俄罗斯的版图不断扩大，而且又是花钱的"大手笔"，建设了冬宫，而且购买了大批艺术瑰宝，用来装饰这座豪华的宫殿。光是冬宫落成之后的第三年，即1764年，叶卡捷琳娜二世就从柏林购进伦勃朗、鲁本斯等名家的250多幅油画。叶卡捷琳娜二世把大批艺术珍宝存放在冬宫的"艾尔米塔什"（法语，意为"隐宫"），即叶卡捷琳娜二世所创立的"奇珍楼"。这些艺术珍品，原本只供皇家观赏。用叶卡捷琳娜二世的话来说，往来于这些艺术品之间的只有她与老鼠！

十月革命之后，这里的一切都归国家所有。从1922年起，设立国立艾尔米塔什博物馆。这个博物馆现在总共包括五座建筑物，即冬宫、小艾尔米塔什、旧艾尔米塔什、艾尔米塔什剧院和新艾尔米塔什。博物馆内拥有四百多个展厅，分八个部分：原始文化部，古希腊及罗马部，东方民族文化部，俄罗斯文化史部，古钱部，西欧艺术部，从事导游与讲解的科学教育部，还有作品修复部。

今日，徜徉于这座艺术珍品宝库的不再是沙皇与老鼠，而是众多的游客。谁买了门票，谁都可以进来观赏。光是把冬宫所有展厅都走一遍，那路线就长达22公里！难怪有人说，参观冬宫的时候最好能够允许穿溜冰鞋，因为参观冬宫的人没有一个不感到腿酸的。

巴黎的艺术之宫

卢浮宫坐落在巴黎塞纳河北岸，是世界闻名的艺术宫殿。我早就听一位朋友说，他在卢浮宫参观了三天，还说只是走马看花。

其实，卢浮宫最初是一座防护用的城堡。1190年，法国国王菲利浦·奥古斯在塞纳河畔建造这座城堡，为的是用来收藏国王的金银财宝以及国家档案。到了14世纪，国王查理五世常常到这里居住，开始把这个城堡改建成王宫。后来，路易十三、路易十四又不断扩建卢浮宫，使卢浮宫成了一座规模宏大的王宫。

1682年，法国的王宫迁往凡尔赛，卢浮宫被用来收藏历代法国国王收集的艺术珍品。这样，卢浮宫开始变成一座艺术博物馆。

日积月累，卢浮宫收藏的艺术珍品越来越多，成了一座名副其实的艺术宫殿。如今，卢浮宫收藏的艺术品已经多达40万件。

卢浮宫看上去像一个巨大的"U"字，中间是一个广场。广场上新建了玻璃金字塔，卢浮宫的入口处就在那里。

我从玻璃金字塔敞开的大门走进去，迎面就是卷扬式电梯，沿着电梯下去，来到一个巨大的豪华的地下大厅。地下大厅可供休息、餐饮、购物。我沿着地下通道，走向卢浮宫的展厅。

进入卢浮宫这座艺术宫殿，

巴黎卢浮宫

如入山阴之道，目不暇接。这里有油画大画廊，长达400多米。这里的雕塑长廊，集中了世界最优秀的雕塑作品。最使我感到欣慰的是，这里所有的油画和雕塑，任你拍照，不像国内的一些景点和展厅，处处挂着"不准摄影"的牌子。

卢浮宫的"镇宫之宝"，是胜利女神雕塑、维纳斯雕塑和油画蒙娜丽莎，合称卢浮宫"三件宝"。

其实，不论是胜利女神雕像、维纳斯雕像，还是油画蒙娜丽莎，其实本来都不是法国的，如今却成了法国的国宝。法国人却说，正因为卢浮宫所收藏的不仅仅法国的艺术珍宝，而是收藏了世界的艺术珍宝，这恰恰表明，卢浮宫是世界性的艺术宫殿。

当然，法国人还有一句没有说出来的话：能够把别国的国宝变成法国的国宝，这正是法国强大的象征。

在卢浮宫里漫步，我深深地被满目琳琅的艺术珍品所吸引。确实，在这里待上三天，还只是走马观花而已。如果要细细领略，在卢浮宫里待上一个月，都还显得不够。

步入伦敦的温莎城堡

如果说白金汉宫是北京故宫的话，温莎城堡就是颐和园。英国女王伊丽莎白二世平日住在白金汉宫，每逢周末、周日喜欢住到温莎城堡。伊丽莎白二世

漫步在温莎城堡

曾说，由于她的公务活动大体上都在白金汉宫里举行，那里的生活显得拘谨、刻板，到了温莎城堡才放松了些，所以她称温莎城堡是她真正的家。

温莎城堡（Windsor Castle），又译为温莎古堡，或者温莎堡。温莎城堡坐落在泰晤士河畔一个小山头上，距离伦敦市中心约32公里。我从伦敦市中心乘车，大约45分钟，就来到温莎城堡所在的温莎镇。那里已经不属于伦敦，而是英格兰伯克郡，小镇的正式的名字叫"梅登黑德皇家自治市镇温莎"，通常人们称之为温莎镇。

温莎镇是一个整洁、秀丽的小镇。进入温莎镇，首先引

步入温莎城堡

人注目的是一个巨大的摩天轮，令人记起伦敦市中心、泰晤士河畔的摩天轮伦敦眼。设置温莎镇的摩天轮，是为了观看温莎城堡、温莎镇以及附近的泰晤士河，不过人气明显不如伦敦眼旺盛。即便如此，这个"温莎眼"的出现，表明这里是英国值得一赏的名胜之地。

穿过遍是花草的小路，来到温莎镇的中心，一座规模巨大、用灰色砖块垒成的城堡巍然出现在我的眼前，那就是温莎城堡。每年4月至10月，温莎城堡在10:00至17:30对公众开放，在11月至3月，在10:00至15:00对公众开放。

在温莎城堡跟前，温莎镇两条最主要的大街的交叉路口，醒目地矗立着维多利亚女王的巨大青铜雕像。她头戴王冠，手握镶着克利兰权杖，背倚温莎城堡，目视正前方，一副凝重而又信心满满的神态。

我注意到，一架又一架客机发出刺耳的轰鸣声，掠过温莎小镇，掠过温莎城堡，掠过维多利亚女王青铜雕像。这是因为温莎小镇毗邻希斯罗机场，从这个英国最繁忙的机场起降的飞机，频繁经过温莎小镇上空。伊丽莎白二世这个温馨的家，不时要受到飞机噪音的骚扰。

如同北京故宫被一堵红色高墙围了起来，温莎城堡也围着一堵灰色的高墙。不过，温莎城堡的高墙之上，有一个个长方形的窄窄的枪眼，看上去更像

是一座碉堡，而不像是一座王宫。

当我走进尖拱形的大门时，侧着看了一下，这才真切感受到城墙真厚。难怪曾经在温莎城堡住过多年的伊丽莎白一世说，温莎城堡是国土中最安全的地方，在危急时可以撤退到这里："如果有需要的话，温莎城堡可以承受围攻。"

在这英国"国土中最安全的地方"，每天有那么多游客光临，也变得不安全起来。我在进入温莎城堡之后，就在一个大厅里排队，等待安全检查。这里的安全检查，就像机场的安全检查一样严格。在等待安全检查的时候，大厅里的电视屏幕上，不断在播放不久前威廉王子与凯特大婚的纪录片。看得出，英国王室对威廉王子大婚典礼充满成就感和荣耀感。

经过安全检查之后，游客去领取讲解器。在各种语言的讲解器中，有汉语讲解器，这表明来到温莎城堡里游览的中国游客相当多。

温莎城堡里没有解说员以及导游，但是有着很清楚的指路牌，便于游客沿着指定的路线行走。到了一个景点，那里竖着一个数字牌，表明是第几号景点，然后摁动讲解器上相应的数字键，讲解器就会开始讲解这一景点。我注意到温莎城堡里的警察、警卫也不多，但是到处安装了探测器，监视着游客的一举一动。

在高高的城墙内，温莎城堡里鸟语花香，满目翠绿。整个城堡占地5000多亩，是一个用城墙禁锢起来的大花园。温莎城堡里有近千个房间，是英国规模最大的一座城堡。

温莎城堡凝固着英国的历史，见证着英国的历史。这座城堡是经过一代又一代英国君主扩建，才形成这样大的规模。

温莎城堡始建于1078年，创始人是英格兰国王威廉一世。

威廉一世严格地说是英格兰的征服者。

英格兰曾经三次被海峡彼岸的欧洲大陆国家所征服：

在古罗马时期，恺撒征服不列颠的原住民凯尔特，居少数的罗马人成为统治者，前后达数百年之久；

到10世纪末，丹麦王国又入侵不列颠，卡纽特国王建立了包括丹麦、挪威和英格兰在内的"北海大帝国"。在卡纽特死后，帝国分裂，1042年英格兰独立。

紧接着，1066年来自法国的诺曼底人入侵英国，诺曼底大公成为英国的国王威廉一世，讲法语的诺曼底人成为又一个统治英国的少数民族。

曾经统治英国的丹麦人和诺曼底人后来都被同化到英格兰人中，英格兰人从此一直是英国的统治民族。

威廉一世是外来的统治者，不是土生土长的英格兰人，但是给予英格兰极其深刻的影响：

其一，威廉一世来自法兰西，给英国带来了法兰西文化，使英格兰文化从

温莎城堡上区

温莎城堡之外就是温莎镇

此与法兰西文化深刻交融；

其二，威廉一世使英格兰进入封建社会，英格兰经济开始迅速发展；

其三，威廉一世在英格兰实施中央集权制，加强了英格兰的民族凝聚力；

其四，威廉一世建立起强大的英格兰军队。

正因为这样，在威廉一世之后，英格兰再也没有被外族所征服。威廉一世时代，成为英国崛起的起点。从威廉一世到维多利亚女王，英国书写了从崛起到鼎盛的历史。

尽管后来不论是英国民众还是英国历史学家都高度评价威廉一世，认为他是"英国的秦始皇"，可是威廉一世毕竟是从法兰西跨海进入英格兰，他在当时被英格兰民众视为"侵略者"，遭到明枪暗箭式的反抗。为了镇压英格兰人民的反抗，一向作风强硬的他，大修城堡。威廉一世以伦敦为中心，在半径30多公里的周围地区，一连建造了九座相互间隔30公里左右的大型城堡，温莎城堡就是其中之一。所以温莎城堡建立的初衷，是作战用的堡垒、据点，那高高而又坚固的城墙，是为了防止英格兰人民的偷袭。

威廉一世于1087年9月9日故世，他的次子威廉二世继位。1100年8月2日，威廉二世在狩猎中，不知什么原因，被一支箭正中肺部，神秘地死亡。威廉一世的幼子即位，即亨利一世。

亨利一世励精图治，于1106年渡海至法国，击败诺曼底公爵罗贝尔二世（威廉一世的长子）。亨利一世从兄弟的厮杀中得出教训，一定要寻找一片"安全的土地"，开始扩建温莎城堡作为王宫。此后经过一代又一代英国君主的扩建，温莎城堡兼具堡垒与王宫于一身的所在，直至今日的伊丽莎白二世。英国诸多重大历史事件，发生在这座将近千年的城堡里。

参观温莎城堡，是近距离观察英国王室生活的难得机会。

庞大的温莎城堡，分为上区、中区和下区。我沿着指定的参观路线，先上区，后中区，最后是下区。

上区是温莎城堡的精华所在。我沿着铺了地毯的长长的走廊，走进城堡深处，走进厅堂，可谓登堂入室，参观一个又一个挂满画像、装饰豪华的房间，如同进入博物馆。与博物馆不同的是，这些厅堂并非摆设，仍由英国王室在使用中。这里有英国君主的餐厅、画室、舞厅、觐见厅、客厅、寝宫，还有玩偶屋。可惜室内不准拍照。我手持讲解器，走过一个又一个厅堂。

厚厚的墙、窄窄的窗，这些城堡里厅堂显得幽暗。但是把巨大的花形水银吊灯以及遍布每个角落的壁灯点亮，一下子就变得灯火辉煌。

在众多的厅堂之中，给我印象最深的是滑铁卢厅，亦即宴会厅。这个长方形大厅，是为庆贺滑铁卢战役胜利而建的，所以叫滑铁卢厅。在大厅上方悬挂着众多肖像，那是滑铁卢战中讨伐拿破仑·波拿巴的同盟国的君主及指挥官的肖像。四壁悬挂着达·芬奇、拉斐尔、米开朗琪罗等名家真迹。

滑铁卢大厅中央，那硕大的长方形餐桌四周，可以同时容纳150人。英国王室的多次重要宴会，在这里举行。当年戏剧大师莎士比亚的名剧《温莎的风流娘儿们》就是在此厅首演的。

国王的餐厅比滑铁卢大厅小，完全是另一种轻松的气氛：整块天花板是一幅众神进餐的巨大壁画，仿佛众神每天陪同国王一起进餐。餐厅的四壁，则是众多以食物为精美的浮雕，仿佛在为增强国王的食欲而效劳。

女王的寝宫相当华丽，四壁挂着英国王室收藏的名画，只是画的密度显得太高了点。

温莎城堡中区的最明显的标志是玫瑰花园围绕的圆塔。在1660年以前，圆塔用来关押王室政敌的监狱，现在则主要用来保存王室文献和摄影收藏。圆塔顶上有高高的旗杆，每当伊丽莎白二世女王来到温莎城堡，这里便会升起英国皇室的旗帜。伊丽莎白二世女王离开这里之后，则升起米字旗。

中区的玫瑰花园，以种植玫瑰为主。玫瑰是英国的国花。我来到温莎城堡的时候，正值玫瑰盛开，扬辉耀彩，各色纷呈。

在温莎城堡下区，我细细参观了圣乔治教堂。

圣乔治教堂始建于1475年，是一座当时盛行的哥特式垂直建筑，其建筑艺术成就在英国仅次于伦敦市区的威斯敏斯特教堂。

温莎城堡中区的最明显的标志是圆塔

步入圣乔治教堂，我看见尖拱形的窗上镶嵌着艳丽的彩绘玻璃。圣乔治教堂高大而庄严。伊丽莎白二世在温莎城堡期间，总是到这里做礼拜。

令我感到意外的是，在大厅里看到一大排骑士的盔甲、佩剑和旗帜。教堂与骑士有什么关系呢？

原来，这里是嘉德骑士勋章（the Order of the Garter）获得者每年朝觐国王的庆典的场所。

嘉德骑士勋章是英国的最高荣衔。每一位嘉德骑士在大厅内都有固定的席位，席位后面的墙壁上悬挂着每位骑士的盔甲、佩剑和旗帜。

关于嘉德骑士的来历，颇为有趣："嘉德"（Garter）的英文原意是"吊带袜"，据说当初在一次庆典上，一位贵妇人把自己的吊带袜弄掉了，一时传为笑谈，而富有幽默感的爱德华国王竟以，设立了"吊带袜"为名，设立了"嘉德骑士"爵位。就连"嘉德骑士"的勋章上，也刻着蓝色天鹅绒袜带！

圣乔治教堂给我另一难忘的印象，那就是在那里见到许多英国君主的墓。在埃及，法老死后，安葬在高大的金字塔内；在中国，秦始皇死后，也要建造庞大的秦皇陵；相对而言，英国君主的陵墓，要简朴得多。自18世纪以来，英国历代君主死后都埋葬在圣乔治教堂。据我所见，圣乔治教堂里起码有十个英国君主墓。

英国的君主墓，通常都是下方为大理石棺材，而棺盖上躺着君主栩栩如生的白色大理石全身雕像。据说这雕像是在君主死后按照面容模制下来的，造型逼真。英国君主往往与王后（女王则是与女王的丈夫）一起安葬。王后也是大理石棺材，棺盖上躺着王后的白色大理石雕像，与君主并排，仿佛一起安眠于天国。这些一对对的国王和王后的灵柩，分散在圣乔治教堂的各个角落，灵柩的方位也各不相同。

在圣乔治教堂的君主墓之中，最引人关注的是两位另类的英国国王的墓。

一位是查理一世（1600～1649），安葬在圣乔治教堂的唱诗班的地下墓地里。

查理一世专横独裁，引起资产阶级强烈不满。为了镇压苏格兰人民起义，查理一世于1640年两次召开议会，企图筹集军费而遭反对，导致英国资产阶级革命爆发。1642年和1648年查理一世两次挑起内战，均被议会军打败。1649年1月30日，伦敦白厅前的广场上人山人海，查理一世在众目睽睽之下被送上断头台，成为唯一一位被处死的英国国王。

那天夜里，刮着暴风雪的，他的遗体被人偷偷地运回温莎城堡，后来安葬在圣乔治教堂地下墓地。

自查理一世死后，英国封建专制结束，资产阶级共和国时代开始。

另一位另位英国国王就是那位"不爱江山爱美人"的爱德华八世。他逊位之后，被封为温莎公爵，与华里丝·辛普森一度住在温莎城堡，然后从这里到法国巴黎，漂泊异国他乡。然而他毕竟曾经是英国国王，死后仍和华里丝·辛普森一起被安葬在温莎城堡的圣乔治教堂。

我在温莎城堡的圣乔治教堂里漫步于诸多英国君主的墓前，仿佛一幕幕英国的历史在这里浮现。

东京的皇城

像北京的紫禁城、俄罗斯的冬宫、巴黎卢浮宫，已经成为名副其实的"故宫"。然而，世界上也有许多王宫、皇城，依然是君王居住的所在，尽管这些君王已经失去显赫的权威，只具有象征性的意义。

列支敦士登四面环山。我在列支敦士登政府大楼后面的那座大山的山腰，见到一座孤零零的古堡。这座建于1322年的古堡，是列支敦士登王宫。

古堡上飘扬着列支敦士登国旗，表明亲王在王宫里。

这座王宫里收藏着诸多名画。列支敦士登当今的亲王深受百姓喜欢，据说内中的原因是国王把一幅达·芬奇的名画拿到美国纽约拍卖，所得款项足够王宫好多年的开销。因此，国王不需要政府从百姓交纳的税款中支出王宫费用。

比利时也是王国。我来到比利时布鲁塞尔王宫。这里是国王居住和办公的

东京皇城前的"二重桥"

樱花深处，便是日本天皇居住的皇宫

地方。王宫顶上飘扬着比利时王国红、黄、黑三色竖条国旗，这表明国王在宫内。如果国王出访，则取下国旗。另外，每年9月国王休假，王宫开放半个月，供百姓、游客参观。

东京的皇城，如今仍居住着日本天皇。

皇城坐落在东京城中心千代田区，四周有护城河和高高的城墙，是东京的"城中城"，被日本政府列为"特别史迹"。东京的皇城又叫宫城、皇居。北京的故宫前有天安门广场，东京的皇城前有皇居前广场，只是这个皇居前广场没有天安门广场那样宽广。皇居前广场又叫皇宫外苑。

我来到皇宫外苑，那是坐落在皇城东南方的广场。皇宫外苑的正东是东京车站，不远处是东京银座，是非常繁华的地段。然而在这车水马龙之中，皇宫外苑是难得的一片绿洲。

首先吸引我的眼球的是，那里有长达一公里的樱花林，樱花正盛，如同一朵飘荡在地面的轻云，又如同一条香雪漫漫的长廊。

皇宫外苑有广阔的绿地，翠草之上是有着一二百年历史的柏树。这些柏树的枝条经过精心盘整，横向招展，看上去如同中国的盆景，但比盆景要高大得多。

我来到皇城的护城河畔。护城河的河面像镜子一般，一尘不染。河岸上垂柳刚吐新绿，在春风中轻轻摇曳。护城河上有一座两拱的石桥，叫做"二重桥"。倒映在河面上，那两个拱洞与倒影形成椭圆形，看上去像一副眼镜，又称"眼镜桥"。平常，二重桥是禁止通行的。在新年和天皇的生日时，公众可以走过二重桥，跨过护城河，进入皇城的大门——"二重门"，站在皇宫附近接受天皇的问候。游客还可以进入皇宫东侧的皇居东御苑参观。二重桥经常出现在画报、电视上，成为日本皇城的标志。

我站在二重桥头，见到在绿树、樱花的掩映下，皇宫四角翘起的墨绿色的屋顶、雪白的墙壁高高挺立。在第二次世界大战中，东京皇城遭到美国空军的猛烈轰炸。战后，东京皇城进行了重建。如今，东京皇城里拥有七座宫殿，全部是第二次世界大战之后兴建的，总面积达两万三千平方米。其中的正殿"松之阁"是皇城的中心，是皇室举行主要活动和礼仪活动的场所."长和殿"是每年新年和天皇生日时接受群众祝贺的地方。"丰明殿"是宴会厅。"吹上御所"是天皇居住之地。

韩国"紫禁城"

就像来到北京必定要参观故宫——紫禁城那样，来到首尔也总要前往那里的"紫禁城"——景福宫。

就像紫禁城坐落在北京的中心，景福宫同样坐落在首尔的中心。

步入景福宫的感觉，就跟步入紫禁城差不多，一样的中国传统的挑檐斗拱式建筑，一样的中轴对称的布局，一样的四方城，一样的四座城门，只是觉得首尔的景福宫明显比北京紫禁城小了许多。屋顶的墙上甚至还有中国的象征双喜临门的"囍"字。

景福宫用形象印证了这里是一座名副其实的"汉"城。就连景福宫这名字，也是取自中国古代《诗经》中的诗句"君子万年，介尔景福"。

景福宫跟紫禁城最大的不同是命运不同。北京的紫禁城的部分建筑，虽然经历过火灾，但是很快就在原址复建；景福宫的命运却全然不同。景福宫曾经两度遭受覆灭的命运。

毁灭景福宫者，日本也。

1592年日军攻占汉城，一把火烧毁了景福宫。在赶走日本侵略者之后，景福宫终于在1868年重新修建。然而，日本侵略势力在20世纪初卷土重来，把朝鲜半岛沦为殖民地，1910年日本下令拆除景福宫，在原址上建造了一座象征日本统治至高权力的总督府。

在第二次世界大战胜利之后，韩国建国。韩国人再也无法容忍那座殖民统治的标志性建筑总督府。韩国学者指出，日本占领期间兴建京城市政厅、朝鲜总督府和朝鲜神宫的平面分别成"大"、"日"、"本"的字样，是殖民主义象征，极大地伤害了韩国人民的民族自尊和独立自主精神。这样，在1990年韩国政府决定拆除总督府，依照景福宫原有的图纸复建。所以展现在我面前的景福宫，是1995年之后重建的——在韩国人看来，恢复景福宫，就是恢复了韩国原来的历史，原来的面目。

景福宫的建与毁，见证了韩国的历史。

在景福宫之前，朝鲜的首都不在汉城，而在开城；朝鲜的王宫不是景福宫，而是大明宫。

在朝鲜的开城，我曾经参观了那里的"故宫"——大明宫。

朝鲜半岛经历了长时间的高句丽、新罗、百济三国纷争之后，公元918年朝鲜半岛上建立了第一个统一的高丽王朝。

高丽太祖在登基后的第二年，即919年，决定建都开城。从此，开城成为高丽王朝的首都，称开京，即"开国都城"之意。

我在开城参观了高丽王宫，即大明宫。这座朝鲜王宫建于11世纪初。1392年李成桂将军发动政变，推翻高丽王朝，建立"李氏朝鲜"王朝，决定迁都汉阳（即汉城）。1395年，"李氏朝鲜"的太祖李成桂兴建了景福宫。由于景福宫地处汉城北部，又称"北阙"。

正方形的景福宫有四座门，南面是正门光化门，东面是建春门，西面是迎秋门，北面是神武门。景福宫的规模原先很大，拥有三百多栋建筑，经过两度毁灭，两度重建，现在的规模只是原先的一部分那么大。

走过勤政门，我来到景福宫的主建筑勤政殿。勤政殿是韩国古代最大的木建筑物，青瓦红柱，高度相当于现在的五层楼房。那里是国王举行正式仪式以及接受百官朝会的大殿。我看见殿前竖着一排品阶石，上面刻着"正一品"、"正二品"直至"正九品"等等。在朝见时，百官按自己的官位站在相应的品阶石之后，文官一侧，武官在另一侧。据说品阶石旁，官员的座垫也按其官职有严格的区分，分别用虎皮、豹皮、羊皮和狗皮等。可见当时官场等级森严。

在勤政殿之侧，是思政殿。思政殿是国王处理日常朝政的地方。据说，当年每天清早三时至五时在这里举行"常参"，即重要的大臣在这里举行御前会议。国王每天出席"常参"，勤政之勤可见一斑。

慈庆殿和交泰殿分别是王太后和王妃的寝殿。殿内的陈设很简朴，只有矮桌、坐垫以及席子之类。

勤政殿的西北边是庆会楼，每逢喜事或迎接外交使节时，这里是举行国宴的地方。

跟北京的紫禁城一样，景福宫以红色为主色调，认为红色是吉利的颜色。

景福宫是韩剧《女人天下》《明成皇后》的拍摄地，所以很多中国游客在此如入"故地"。

景福宫北倚北岳山。北岳山又称北狱山、白岳山，海拔343米，山势左右对称，中心部分笔直向上，犹如一朵花蕾。

当初选择北岳山南麓山下建造景福宫，是以为这样面南而坐，背有"靠山"，王位就会牢靠，江山就会久远。此外，北岳山左有青龙———骆山，右有白虎———仁王山，所以被风水先生说成是"天下第一福地"。

当然，民众也可以从北岳山上，居高临下，窥看景福宫的一举一动。所以从"李氏朝鲜"开始，北岳山被列禁山，严格管制出入，禁止普通民众上山。

金碧辉煌泰王宫

在参观泰王宫之前，便得到详尽的通知，规定了诸多"不得"：男子不得穿背心、穿短裤；女子不得穿露肩的上衣和露膝的短裙；男女一律不得穿拖鞋……

"没有去过泰王宫，等于没有去过泰国！"泰国朋友用这样的话，形容泰王宫在泰国旅游业的"首选"地位。

确实，泰王宫给了我历史和艺术的双重欣赏。

泰王宫坐落在曼谷市中心，湄南河畔。泰王宫迄今仍是泰国国王进行国事活动的所在。

泰国是君主立宪国家。国王是泰国的最高元首。我来到泰王宫前的广场上，游人甚众。王宫前站立着威武的御林军。进入王宫参观，必须由王宫指定的专业导游带领。据说，这是为了保证王宫的安全和解说的准确。

泰王宫"戴"着金色的尖顶，金光四射，分外耀眼。王宫飘扬着红、白、蓝三色旗——泰国国旗。据说，红色象征国家、民族，白色象征宗教，蓝色象征国王和王室。

在泰国王宫

一只金翅鸟在王宫前展翅。这人身、鸟首、金色的鸟，是泰国传说中的神鸟，如今成为泰国的国徽。

王宫前还有四只大象的塑像。大象也是泰国的象征。

王宫两侧的入口处，都站立着御林军。军士穿白色上衣、黑色长裤，头戴白盔，下穿黑长靴，手持长枪。当我与他合影时，他依然挺立，连眼珠子都没有转一下。

台北故宫博物院

未去台湾之前，就听说台北有一座故宫。那时候我感到奇怪，故宫通常是指皇帝居住过的宫殿，而台北并没有什么皇帝在那里居住过，怎么会有故宫呢？

到了那里，我这才发现，台北的故宫与北京的故宫在概念上有很大的不同：北京的故宫是真正的"故"宫，始建于明朝永乐四年（1406年），那里是明、清两代诸多皇帝居住过的皇宫、紫禁城，而台北的故宫，始建于1962年，到了1965年才落成，无"故"可言。

台北故宫是仿照北京故宫午门的样式建造的，其实是一座钢筋混凝土建筑物。

台北故宫建成于蒋介石年代，所以在故宫前还矗立着蒋介石铜像，显得与故宫那宫殿式建筑很不协调。故宫对面，是一大片现代化高楼，更加显得不协

台北故宫博物院

调。不过，在2010年3月我再去台北故宫时，发现那座蒋介石铜像已经"不翼而飞"，代之以一尊巨大的铜鼎。

台北故宫大门之上，写着"中山博物院"五个大字。"中山博物院"是最初的名字，现在这里叫台北"故宫博物院"，跟北京的故宫博物院同名。

北京的故宫博物院，既是名副其实的故宫，而且也是博物院，因为封建王朝搜尽天下宝物，存于自己的皇宫，所以故宫理所当然成了博物院。北京博物院是北洋政府在1925年建立的，后来被蒋介石的国民政府所接收。

台北的故宫，准确地说，是故宫文物收藏馆、展览馆。那是在蒋介石从中国大陆败退的时候，把北京故宫以及沈阳故宫、热河承德避暑山庄的数以万计的瑰宝运到台湾。这些珍贵文物在台湾经过三次搬迁，最后落脚台北故宫——专门为收藏和展览这批珍贵文物而建的故宫博物院。

台北故宫分为四层，正院的平面图采梅花形，分成五个大厅。第一层分别是讲演厅、办公室、图书馆；第二层是展览室、大厅及画廊，用来展示书画，四周共有八间展览室，陈列铜器、瓷器、侯家庄基园模型及墓中出土物；第三层则陈列书画及玉器、法器、雕刻及图书、文献、碑帖及织绣等；第四层则为各种专题研究室。

台北故宫博物院前院长秦孝仪曾说："1989年，台北故宫对其馆藏文物进行了一次总清点，结果共清得藏品64.5784万件，其中除《老满文档》原已失落半页外，结果与40年代的点检纪录完全相符，并无任何阙失。"

秦孝仪所说的"40年代"，也就是20世纪40年代。严格地说，是20世纪40年代末。秦孝仪说经过40年，台北故宫重新清点文物，与"40年代的点检纪录完全相符"，一方面表明台湾在40年来精心收藏这批来自中国大陆的珍贵文物，一件也不缺，另一方面也透露了20世纪40年代末蒋介石到底从中国大陆运走了多少珍贵文物前往台湾。

在参观了台北故宫之后，我却被那里收藏的故宫文物的丰富所折服！这里所藏的商周青铜器，历代的玉器、陶瓷、古籍文献、名画碑帖等，内中不少是稀世之珍。因为蒋介石在败退时，"理所当然"是挑选故宫精品，运往台湾！

一位中国大陆的文物专家曾对台北故宫所收藏的书画珍宝做过这样的评价："翻开一部《中国绘画史》，各个时代代表性的书画名作大约百分之八九十都为台北故宫博物院所藏！"

一位台湾的文物专家则对北京故宫博物院作了这样的评价："除了大的、重的之外，北京博物院的文物精品，大部分在台北故宫博物院！"

台北故宫收藏的珍宝实在太多，令我眼花缭乱。我的长媳对这里熟门熟路，她带我在诸多玻璃柜之间绕行，让我能够目击台北故宫博物院的三件镇宫之宝。

台北故宫"三件宝"之首
2800多年前西周毛公所铸之"毛公鼎"

第一件镇宫之宝是"毛公鼎"。

对于外行人来说,"毛公鼎"这样的青铜三脚圆鼎,混在一大堆青铜鼎之中,看不出什么奥妙来。

然而,看了说明词,我才明白,"毛公鼎"的重要地位。

毛公鼎高53.8厘米,重34.7公斤,是中国2800多年前西周晚期周宣王元年(公元前827年)铸造的一件重器。毛公鼎因作者毛公而得名。毛公鼎器形作大口,半球状深腹,兽蹄形足,口沿上树立形制高大的双耳,浑厚而凝重,整个器表装饰十分整洁,显得素朴典雅,洋溢着一股清新庄重的气息,反映了西周晚期文化思想的变革。

毛公鼎的珍贵,在于鼎上铸着32行铭文,总共497个字,是商周两代七千多件有铭文的铜器中,铭文最长的一件。

铭文首先追述周代国君文王、武王的丰功伟绩,然后写及周宣王即位之初,为中兴周室,革除积弊,策命重臣、叔父毛公忠心辅佐,帮助治理国政,并令毛公族人担任禁卫军,保护王室,以免遭丧国之祸。周宣王赐给毛公大量礼品。毛公为感谢周宣王,特铸鼎记其事,传示子孙。

毛公鼎不仅具有重要的历史文献价值,而且具有重要的书法艺术价值。

毛公鼎铭文的书法是成熟的西周金文风格,结构匀称准确,线条遒劲稳健,布局妥帖,充满了理性色彩,显示出金文已发展到极其成熟的境地。

2003年2月,中国大陆发行《中国古代书法——篆书》系列邮票,共两枚,第一枚为《西周·毛公鼎》,第二枚为《秦·泰山刻石》。从这一点也足以看出毛公鼎铭文在中国古代书法艺术中的举足轻重的地位。

毛公鼎是清末道光二十八年(1814年)前后,在陕西省岐山县周原出土。毛公鼎出土后,曾经多次转手秘藏。抗战期间,差一点落入日军手中。抗战胜利之后，民间献鼎归公，成为台北故宫博物院的镇宫之宝。

如果说，毛公鼎混杂在一大堆相似的铜鼎之中，需要细看说明词，才知道这件"重量级"珍宝的意义，那么"三件宝"中的另一宝，却是一眼就能看明白。正因为这样，我注意到，围在这件宝物四周观摩的观众，远比毛公鼎多。

那件稀世国宝，中国大陆称之为"翡翠白菜"，而台湾称之为"翠玉白菜"。这"翡翠白菜"，如同普通白菜大小，下半截是白色的，雕成白菜帮，而上半截是翠绿的，雕成碧波澄鲜的菜叶。那叶子自然地弯曲着，连叶脉都清晰可辨，而且上面居然还歇着两对螽斯。

"翡翠白菜"成为稀世国宝，不仅仅在于这块上绿下白的翡翠本身，而是在于工匠巧夺天工，成功地利用这块翡翠的色彩，"顺势"雕成了鲜活可爱的白菜。

这翠玉白菜是清朝玉器，据说是清末瑾妃嫁妆之一。瑾妃居住在太和宫，翡翠白菜是太和宫的摆设。瑾妃非常喜欢这翡翠白菜，常常观赏。白菜绿白分明，寓意清白，象征新娘纯洁；白菜叶片停着的两对螽斯，象征多产，祈愿新娘多子多孙。

台北故宫"三件宝"之二
清末瑾妃陪嫁物——翡翠白菜

台北故宫"三件宝"之三
酷似"东坡肉"的"肉石"

台北故宫的第三件镇宫之宝竟然是一块"东坡肉"！我发现，围在"东坡肉"旁指指点点、津津乐道的观众，比观摩翡翠白菜的更多。

这块酷似"东坡肉"的石头，叫"肉石"。

肉石系天然石种，多数属沉积岩、硅质岩或变质岩。肉石非常罕见。目前全世界总共只发现大小67块肉石。台北故宫所收藏的这块肉石是其中大的一块，只消从底座是用纯金制作便可看出它的身价。肉石乃天然形成，没有任何人工的雕琢。

这块肉石原本收藏于北京故宫，蒋介石从大陆撤离时带走了这块稀世之宝。如今，成为台北故宫的"镇宫之宝"之一。

"大象背上的宫殿"

我在印度古城斋浦尔住下来之后，渐渐习惯这里的大陆性气候：早晚温差很大，中午的时候，穿一件长袖衬衫、一件马甲就够了，而清早则必须穿毛衣以及大衣。

领略斋浦尔的历史，要从安贝尔的琥珀堡开始。当年卡查瓦王国的王宫，最初就设在安贝尔的琥珀堡。卡查瓦王国在安贝尔站稳脚跟之后，才逐渐把势力扩大到斋浦尔。

印度高踞山顶的斋浦尔琥珀宫

琥珀堡并不远。我站在KKROYAL宾馆的屋顶花园，环顾四周，连绵着一座座并不太高的山。我惊讶地发现，在正对面的山上，蜿蜒盘旋着一座长城！

长城，中国的象征，怎么会出现在印度的斋浦尔？

定睛一看，那不是长城，而是一堵高大的城墙。在城墙之内，在高高的山巅，矗立着一座华丽多姿的古城，那便是琥珀堡。对面的那座山，叫做琥珀山，所以山顶上的城堡，就叫琥珀堡。琥珀山看上去像大象厚实的背脊，琥珀堡又被称做"大象背上的宫殿"。

琥珀堡并不远，轿车从斋浦尔向北，大约行驶近半小时，就到达琥珀山脚。我看见山脚下的停车场，停满了大巴士。由于上山的路窄而崎岖，而且山

乘坐"象的"到印度斋浦尔琥珀宫

上的停车场很小，所以一般乘大巴士来此的旅游团，就在山脚下车。

从山脚到山顶的琥珀堡，交通方案有三：

一是乘坐方脑袋、浅灰色的吉普车上山；

二是开动你的"11路汽车"，迈开双脚步行上山；

第三种方案最诱人也最有印度特色，那就是坐在大象背上上山。

我没有选择这三种交通方案，因为轿车可以沿着盘山公路一直开到山顶的停车场。那里已经如同沙丁鱼罐头似的，挤满吉普车以及轿车。很多车被迫停在悬崖边上，再往后倒退一个车轮的距离，汽车就要滚下山崖。

我从停车场来到琥珀堡，出现在我眼前的琥珀堡由多个宫殿所组成，分别采用奶白、浅黄、玫瑰红及纯白色4种石料，交相辉映，色彩斑斓。据说琥珀堡之名的来历之一，在于她的瑰丽色彩，美若琥珀。

琥珀堡居高临下，上面和两侧有高高的城墙，下有护城河，固若金汤。当初卡查瓦王国的国王选择琥珀山的山巅建造城堡式的王宫，当然出于安全的考虑。我站在高高的琥珀堡的城门之上眺望，斋浦尔尽收眼底。不言而喻，琥珀堡易守难攻。在漫长的几个世纪之中，由于卡查瓦王国向来在强敌面前采取"软手段"，所以琥珀堡无战事，无硝烟，所有宫殿都保存完好。

琥珀堡依山而筑，高低错落有致。

步入琥珀堡，迎面就是一个花坛。这个花坛用几何图案分切成许多块，显得格外别致。花坛正中有一个巨大的六角星形图案，那是印度教的标记。

拱形的门窗、闪着金光的塔楼、雕花的窗棂、大理石的廊柱、厚实的墙壁，组成了美若仙境的王宫。

国王接见众臣的议会大厅，大气庄严，而侧院则小巧玲珑。我在王宫里参观的时候，沿着大大小小的台阶上上下下。我发现，印度的台阶的高度要比中国高，印度的一级台阶，到了中国要做成两级台阶。不光是琥珀堡如此，其他的印度古建筑也是如此。难道那时候印度的国王和群臣的腿特别长，喜欢在这样高耸的台阶上来来往往？

琥珀堡中最令人赞叹的当推镜宫。

镜宫其实就是国王的寝宫，于1675年建成。镜宫从墙壁到屋顶，镶嵌着无数的小镜片、宝石和彩色玻璃。据说在夜晚只需在镜宫里燃起一支蜡烛，小镜片当即会互相反射，仿佛从头到脚闪烁着无数的光点，流光溢彩，如入幻境。虽然我到那里参观的时候，正值艳阳高照，无法体验镜宫神奇的夜晚景色，但是从众多小镜片对阳光的灿烂反射，也可以窥见一斑。

在琥珀堡的后花园，则又有另一番巧妙的设计：那里一溜12所房子紧挨在一起，有12扇独立的门，有12道独立楼梯从独立小院通向二楼。这是国王的12位王妃的居所。每套房子里住着一位王妃。由于这12所房子中间都由高墙隔开，12位王妃彼此之间音信隔绝，而国王从高处的阳台上则可以透过窗口看见每一位王妃。

印度斋浦尔的水宫

琥珀堡曾经辉煌一时，然而琥珀堡终究衰败了。琥珀堡走向没落，是由于琥珀堡高居山巅，所有饮水、用水都要从山下运上来。随着琥珀堡内人口的增加，用水量越来越大，运水也就越来越艰难。再说，这也无疑暴露了琥珀堡最大甚至可以说是致命的弱点，敌人不必强攻坚固的城堡，只消切断运水之路，琥珀堡不攻自破。

卡查瓦王国国王萨瓦伊·杰伊·辛格二世正是意识到这一点，所以力主从琥珀堡向斋浦尔发展，在斋浦尔建立王宫，而把琥珀堡作为避暑的夏宫。

我接着来到在斋浦尔古城中心的水宫。

水宫是位于湖中央的国王的宫殿。其实，这湖是人工湖。在1728年，卡查瓦国王萨瓦伊·杰伊·辛格二世下令在这人工湖上的一个小岛上建设水上行宫。水宫位于湖中央，米黄色的宫殿，同样的拱形门，同样是屋顶的四角有四座钟楼，跟琥珀堡的王宫同等样式。我站在湖的此岸看过去，水宫的背后恰好是琥珀山，山顶那座琥珀堡仿佛高居于水宫之上。

水宫四周环水，如同琥珀堡用高高的城墙围起来一样，与外界隔绝。当印度进入炎夏，那45℃的高温袭来的时候，国王带着王妃在湖上泛舟，在水宫享受徐徐清风，是神仙过的日子。更何况万一遭遇强敌，水宫是一个安全避难所。敌人对琥珀堡可以用断水切断生路，而水宫四周全是水，不怕这一招。

如今的水宫，尽管无人居住也不对外开放的"闲宫"、"废宫"，但水宫如同漂浮在湖面上巨大无比、永不沉没的莲花，无疑给斋浦尔增添了几分诗意。也正因为这样，在节日会有那么多的印度民众聚集在水宫之畔，面对水宫欢歌笑语。

我在富有节奏感的印度乐曲声中，久久驻足湖边，欣赏歌舞，欣赏如画的水宫。

在斋浦尔，与水宫这水之宫旗鼓相当、楚楚动人的另一处地标式建筑，则是风之宫。

风之宫就在斋浦尔古城的王宫之侧。风之宫前面是斋浦尔的主干道，车水马龙，川流不息。

远远望去，5层的风之宫像一个硕大无朋的王冠，又像一只开屏的孔雀。粉红色的外墙，跟粉红色的斋浦尔非常协调。不过，风之宫外墙上的粉红色，不是靠颜料刷上去的，而是选用粉红色的红砂石砌成的。这样的粉红色凸立于斋浦尔市中心的主干道之侧，在阳光下显得格外耀眼。

风之宫建于1799年，是在英国威尔士王子爱德华七世访问斋浦尔之前。有人据此考证，斋浦尔成为粉红色之城，并不仅仅由于英国威尔士王子爱德华七世喜欢粉红色，卡查瓦王国早在国王萨瓦伊·杰伊·辛格二世的时候，就喜欢粉红色。可见，粉红色是卡查瓦王国国王和英国王子共同爱好的颜色。

印度斋浦尔风之宫

斋浦尔天文台巨大的日晷

精雕细刻的卡查瓦王国的王宫

风之宫引人注目的建筑元素，不仅仅在于罕见的皇冠形的造型，靓丽的粉红色外墙，还在于那高大的墙面上有着密密麻麻953扇窗户！

这么多窗户并不是平面铺陈，而是安装在一个个凸出的封闭的阳台之上。更准确地说，那不是阳台，而是大剧院里那豪华的看台、包厢。

风之宫为什么设计了那样多的窗户？

原来，当年卡查瓦国王下令建设风之宫，是让宫内那些无法迈出大门的女眷们，能够走进长廊，躲在窗户的彩色琉璃之后，观看着眼前无比繁华的大街。每一个凸出的包厢里，有很多扇窗户，便于她们从不同的角度观察。窗户多，风就大，所以有了风之宫这一名称。

风之宫，其实也就是卡查瓦王国女贵族们的"观景俱乐部"。

如今，风之宫窗后那些深锁闺阁的红粉佳人，已经渺无踪影，无从寻觅，而风格奇特、独树一帜的风之宫却成了印度建筑史上的杰作，成为斋浦尔的标志性建筑。凡是来到斋浦尔的游客，必来一睹风之宫的芳容。

我站在车如流水人如潮的街道对过，为风之宫拍照。在这样著名的景点，居然没有一个专门的观景台，我只能站在狭窄的人行道上，前有摩托车、汽车，四周有来来往往的行人，喧闹而杂乱。即便如此，风之宫的迷人魅力，还是给我留下深刻的印象。在我看来，斋浦尔最美的建筑，莫过于风之宫。

在古城斋浦尔，除了走访水之宫、风之宫，我还走访了卡查瓦王国的王宫。如今这里成了斋浦尔城市宫殿博物馆。

卡查瓦王国的王宫建于1728年。

王宫四周，是高高的淡黄色的围墙。从尖拱大门走进之后，里面的宫殿分为红、黄两色，后院为深红色的红砂石建筑，前院是淡黄色建筑。卡查瓦王国的王宫，可以说是印度建筑风格与伊斯兰建筑风格的混合物。卡查瓦王国是崇尚印度教的国家，王宫理所当然是印度建筑风格的。但是王宫建设于莫卧儿王朝，卡查瓦王国臣服于莫卧儿帝国，而莫卧儿王朝是伊斯兰教封建王朝，因此卡查瓦王国的王宫又带有伊斯兰建筑风格。卡查瓦王国王宫大约占据了斋浦尔古城1/4的面积。

卡查瓦王国王宫可以用精雕细刻四个字来形容。雕梁画栋，极为精心。

在大厅里，两个银光闪闪的巨瓮引起我的注意。这两个用纯银打造的巨瓮，是用来装"圣水"——恒河水的。1902年卡查瓦王国的王子前往伦敦出席英国王子加冕典礼时，两个银瓮装满恒河水随行，以供卡查瓦王国的王子在旅途中饮用。

第八章 城市的"名片"——雕塑

在世界各国旅行，我的照相机镜头对准的焦点之一，便是城市雕塑。

城市雕塑，被誉为城市的"名片"。如果说，一个国家的国花、一座城市的市花所表达的是人们对于美的追求，那么城市雕塑所传递的信息除了美感之外，更多的是包括历史和文化的深刻内涵。正因为这样，仔细研究城市的雕塑，无异于解读这座城市的精神。

有人考证，城市雕塑起源于古希腊、古罗马。不论是四川那巨大无朋的乐山大佛，还是河南洛阳那丰富多彩的龙门石刻，都曾经使我久久赞叹，都可以列入最早的城市雕塑的行列之中。

有人定义，城市雕塑乃是"立于城市公共场所中的雕塑作品"，或者在通衢之侧，或者在公园之中，或者在大楼之前。其实不论乐山大佛还是龙门石刻，都在舟楫繁忙的江河之侧，相当于"通衢之侧"，作为城市雕塑并无不可。

也有人考证，秦始皇下令收缴天下兵器，运至都城咸阳销毁，并铸成12个各重24万斤的大铜人，排列在阿房宫殿前，这也可以算作中国城市雕塑的先驱，虽说秦始皇本人当时也许并无"城市雕塑意识"。

不过，不管怎么说，后来西方对于城市雕塑的重视，远远超过了中国。尤其是在欧洲，文艺复兴之后，几乎在每一座城市，都可以见到精美而风格各异的雕塑。如果说一座城市是一幅画，那么城市雕塑就是画龙点睛的"睛"。

正因为这样，我把一座座城市雕塑的照片集中在一起，仿佛见到了一座座城市的灵魂……

自由女神铜像是纽约的"名片"

城市雕塑的经典之作，首推纽约的自由女神铜像。如今，自由女神铜像成了纽约公认的"名片"。

自由女神左手持《独立宣言》，右手高擎火炬，身高达一百米，站在一座小岛上，俯视着纽约港。这座小岛本名贝德洛斯岛，位于纽约哈德逊河河口，自从建造了自由女神之后，改名自由岛。

我排进长长的队伍，在纽约哈德逊码头等待着渡轮的到来。上了船，约莫

纽约自由女神雕像

开了十多分钟，船在自由岛泊岸。我走近自由女神，"久仰"着。她双唇紧抿，双眼圆睁，头戴额箍，神情严肃地遥望远方。

建立这座巨大的铜塑像，是法国人为了祝贺独立战争的胜利，在19世纪80年代作为礼物赠给美国的。如今，自由女神不仅是纽约的标志性建筑，而且成了纽约的象征，甚至成了美国的象征。

自由女神其实是由200多块铜片所组成。当年，这些铜片在法国造好后，用船运到这里，进行组装。塑像的内部是空的，有电梯可以直上头部，在上面俯视纽约全景。这座塑像的设计，可谓"大手笔"。正因为这样，她经历一百多年风雨，迄今仍富有历史的魅力。

在巴黎的塞纳河上，我见到一个非常熟悉的塑像——自由女神塑像，跟我在美国纽约见到的自由女神塑像一模一样，只是这个自由女神塑像小了一点。

原来，法国人给美国纽约赠送了自由女神塑像，同时还留了两座自由女神塑像给自己，其中的一座就在塞纳河上。不过，法国本土上的自由女神塑像远不如纽约的自由女神塑那样闻名遐迩。

我注意到，在美国首都华盛顿的国会大厦顶上，也有一尊自由女神塑像。

国会大厦本来只在主楼上盖了个圆屋顶，看上去像个天文台，顶上并无自由女神塑像。到了1925年对屋顶进行了大规模的扩建，加了两层圆形廊柱，再在上面加上大圆顶。这时，才在顶端矗立起自由女神青铜塑像——只是这位自由女神左手持麦穗，右手持剑，与纽约的高举火炬的自由女神塑像不同。这座自由女神塑像高达六米，由于国会大厦本身高大，所以自由女神塑像看上去像是大圆顶的尖尖而已。

纽约的自由女神塑像以及华盛顿国会大厦顶上的自由女神塑像，表达了纽约的精神、美国的精神，即自由高于一切。

联合国总部与纽约唐人街的雕塑

联合国总部设在纽约。

在联合国总部四周，用两米多高的黑色的铁栅围起来，以便与美国的领地

154

隔开。我从北门进去之后，首先见到的是两个雕塑：

一个是巨大的金黄色的铜质地球，但是地球已经开裂，名曰"破碎的地球"。这是意大利赠送给联合国的。这一雕塑警示人们，如果不及时控制环境污染，控制人口增长，地球就会千疮百孔。

另一个雕塑是近乎黑色的青铜雕塑，那是一把手枪，但是枪管被卷成"8"字形，打上一个结，名曰"打结的手枪"。这是卢森堡赠给联合国的。这一雕塑的含义很明白，那就是制止战争，禁止杀戮。

还有一个著名的雕塑，名叫"铸剑为犁"。这是苏联在1959年赠送给联合国的，雕塑中的人一手拿着锤

联合国前"破碎的地球"

联合国前"打结的手枪"

子，另一只手拿着他要改铸为犁的剑，象征着人类要求终结战争，把毁灭人类的武器变为造福人类、建设世界的工具。

联合国总部的这三尊雕塑，表达了联合国的维护和平、保护环境的宗旨。

拖着长辫、戴着红樱帽的中国清朝官员的塑像，高高屹立在纽约最繁华的曼哈顿街头。

这便是中国民族英雄林则徐的青铜全身立像。林则徐双手交叉于后，挺胸远望前方。

林则徐雕像面对的那条马路，叫做福州街。林则徐是福建闽侯人，所以纽约的华人们选择了福州路口的广场为林则徐树像。林则徐一身正气，两袖清

风，爱国爱民，抗争邪恶，是华人的骄傲。

在林则徐塑像不远处，矗立着中国一代先师孔子的青铜塑像。孔子雕像背后，那幢大楼叫"孔子大厦"。据告，那是在"文革"的荒唐岁月，中国大陆开展"批林批孔"运动，高呼"打倒孔老二"。华侨们在此建造孔子塑像和孔子大厦，表示对孔子的怀念，对"批孔"的愤怒。如今，那场"批孔"闹剧早已烟消云散，而孔子作为中国文化名人，则永远屹立于纽约。

这两尊塑像所在之处，正是纽约的唐人街。纽约的唐人街规模不小，而且占领了纽约的黄金地段。那街面上特殊的中英文混合的招牌，叫人一眼就看清唐人街的"势力范围"。

"名人"雕像群英会

在纽约第四十二街的第七大道和第八大道之间，从一幢大楼的顶部和底层分别伸出的一对巨大的手的雕塑，握住一个竖直的招牌。那招牌上写着"Madame Tussauds"，即"杜莎夫人"。

进入大楼，用不着安全检查，虽说大楼里住着诸多"政要"。因为这里是著名的杜莎夫人蜡像馆，拥有布什总统、克林顿总统等美国政要的栩栩如生的蜡像。杜莎夫人蜡像馆如今闻名世界，杜莎集团先后在伦敦、阿姆斯特丹、拉斯维加斯、纽约和中国香港开设了五家杜莎夫人蜡像馆，2006年又在上海开设该集团在全球的第六家杜莎夫人蜡像馆。

我乘电梯来到八楼，然后一层层往下走，一层层地参观。一个个与真人同等比例的蜡像，或站或坐，或歌或舞，林林总总，很随意地分布在每一层楼面上。每一个能够被做成蜡像，进入杜莎夫人蜡像馆的，都是超级名流，家喻户

作者与美国布什总统蜡像

在纽约蜡像馆

晓的人物。就连英国球星贝克汉姆的蜡像"进驻"这里的时候，还在美国大大小小的报纸上引起一阵新闻骚动。正因为这样，漫步在杜莎夫人蜡像馆，仿佛进入名人长廊。就连平日戒备森严、难得一见的政坛要人，如今在这里"平易近人"，谁都可以零距离跟他们接触，不论是谁要跟他们合影，概不拒绝。

在这里，跨过了时间隧道，打破了国家界线：华盛顿、林肯可以与尼克松、朱利安尼站在一起，拿破仑可以跟阿拉法特、曼德拉、卡斯特罗成为"邻居"；电影明星梦露、卓别林，可以跟科学家爱因斯坦、画家凡·高并肩而立；歌星猫王、麦当娜可以跟石油大王洛克菲勒、IT巨子比尔盖茨同在一个屋檐下。

我注意到，在杜莎夫人蜡像馆里，被闪光灯包围的是当今美国总统的热门入选希拉里。离她不过几步之遥的她的先生克林顿总统反而有点被冷落的感觉。

我很仔细观看了"9·11"消防英雄塑像。那是根据"9·11"时一幅赢得广泛好评的照片而制作的蜡像：三位消防队员在漫天浓烟中升起星条旗。我走向这一组感人的蜡像，与他们合影。确实，在纽约世界贸易中心大厦最危险的时刻，数百名消防队员勇敢地冲进火海，以自己的牺牲换取别人的生存，他们是真正顶天立地的英雄。

在上海青浦，也有"名人"雕像群英会。那里的"东方绿洲"，开辟了一条科学大道，在大道两侧矗立了爱因斯坦、居里夫人等众多的科学家雕像，这在世界上并不多见。

美国首都华盛顿的雕像

在华盛顿，我见到一座似曾相识的大厦，我在童年时便已从美国邮票上见到过的。那是一座仿古希腊的庙宇式建筑。36根希腊式的白色大理石柱，很有气派。这便是著名的林肯纪念堂。那36根柱子，象征着林肯去世时美国的36个州。

我步入林肯纪念堂，向高达三米的林肯坐像致敬。在林肯消瘦的脸庞上，一对炯炯有神的眼睛直视正前方。

林肯是美国第十六任总统。虽然他不是开国元勋，但是他在1863年颁布了历史性的《奴隶解放宣言》。

1865年4月14日晚，林肯总统偕夫人在华盛顿福特剧院总统包厢里观看喜剧《我们的美国亲戚》。戏演到第三幕第二场，已经是十时一刻。乘着贴身保镖离开总统的短暂瞬间，南方奴隶制的坚决维护者、27岁的演员布思从背后朝总统开了一枪。子弹射中林肯的大脑。正在看戏的医生赶来，当场就判定总统受了致命伤。林肯被迅速抬到剧院对面的彼得森公寓，安放在床上。身材高大的林肯，只得斜躺在不合身的床上，就这样离开了世界。为解放奴隶而献身的林肯总统，赢得了美国人民永远的尊敬。

157

在华盛顿纪念碑正南，潮汐湖的南岸，矗立着杰弗逊纪念馆。杰弗逊是美国第三任总统，《独立宣言》的起草人。1943年，为了纪念杰弗逊诞辰二百周年，建立了这座纪念馆。纪念馆正中，是一座高达5.8米的杰弗逊站立着的铜像。墙壁上刻着由他起草的《独立宣言》一部分。

在杰弗逊纪念馆，我买到了一件别出心裁的纪念品：透明的塑料袋里装着一份《独立宣言》原稿的复制品以及一支羽毛笔。

此外，华盛顿还有罗斯福纪念堂，纪念领导美国赢得第二次世界大战的第三十二任总统罗斯福。那里矗立一身戎装的罗斯福的高大铜像，身边则是他的爱犬铜像。至于肯尼迪艺术中心，则是为纪念在1963年于达拉斯遇害的美国第三十五任总统约翰·肯尼迪。

华盛顿有两个纪念碑留给我不可磨灭的印象，虽说这两个纪念碑并不是高高的矗立在地平线之上，而是一组特殊的雕像。那里处于"平视"以至"俯视"的视角。那里不是为美国的伟人或者丰功伟绩立碑，而是真实地记录了美国的沉痛的历史教训，真实地记录了美国两场失败的战争——越南战争和朝鲜战争，分别叫做越战纪念碑和韩战纪念碑。

这两个纪念碑，赫然建造在华盛顿非常醒目的地方——雪白的林肯纪念堂两侧。

我从林肯纪念堂往左，走过倒影池，那里是一个公园，名叫"宪法公园"。就在这宪法公园里，我见到一座黄绿色的雕像。那是在越南战场上的海陆空三名美军战士，脸色憔悴，神情疲惫。在塑像不远处，是两道黑色大理石砌成的长长的墙，呈"V"字形，深深嵌入地下。在这两道长长的黑色大理石墙上面，以姓氏开头的英文字母为序，密密麻麻刻着58183名在越战中阵亡以及失踪的美军将士的姓名。

这便是别具一格的越战纪念碑——那全长200多米的黑色大理石墙，又被称为"越战纪念墙"。这座往下沉陷的黑色纪念墙，清楚表明这是美国历史上沉重的一页。美国军队向来以"常胜将军"自居。即便是在第二次世界大战中，在珍珠港蒙受了日军的沉重一击，但是后来毕竟战胜了日本。越南却是一个无底的泥潭。美军在越南越陷越深，在蒙受了惨重的损失之后，仍以失败告终。大约有160万美国青年从遥远的美国被派往越南热带丛林沼泽。从1965年至1973年的八年之中，不可一世的美军以三十多万人受伤、五万八千多人丧生的沉痛代价，输掉了这场战争。

这一堵黑色的墙，见证了美国在越南惨败的历史，也招来无数参观者的不胜欷歔。

那里，还有一尊美国三军塑像，海陆空战士都显得神情沮丧。另外，在越战纪念墙的入口处，我还见到一块玻璃之下，放着一册又大又厚的越战美军死

▶韩战美军雕像

▼华盛顿越战纪念碑

华盛顿韩战纪念碑

亡名册，供人翻阅。

参观了越战纪念墙之后，我朝着林肯纪念堂的右侧走去。在那里，跟越战纪念墙相对称的，是韩战纪念碑。韩战，是美国人对于朝鲜战争的习惯称呼。在中国，叫做抗美援朝。在韩国，则称"南北战争"。

对于美国来说，另一场失败的战争，就是朝鲜战争。用当时韩战美军总司令麦克阿瑟将军的"名言"来说："韩战是一场在错误的时间、错误的地点与错误的敌人所进行的一场错误的战争。"从1950年至1953年，美国先后把一百五十万将士派往朝鲜，那里成为54260名美军将士的生命的终点。

韩战纪念碑，严格地说，是韩战纪念园。我来到这里，见到在一片草地上，横放了一条又一条大理石，竖立了19尊真人大小的美军战士不锈钢的塑像。他们戴着钢盔，披着雨衣，穿着高筒靴，手持钢枪，仿佛在朝鲜战场上侦察、搜索，却一个个低着头，神态木然。这些钢灰色的情绪悲凉的塑像。构成低沉的调子，表明美军所进行的是一场错误的战争，失败的战争。

韩战纪念碑也有一道黑色的大理石墙，明显是模仿林璎的设计。只不过大理石墙上刻的不是在朝鲜战场上死亡者的名字，而是大大小小的死亡者的形象。韩战纪念碑跟越战纪念碑一样，都是为了纪念美国的失败，美国的教训，是华盛顿两座反思纪念碑。历史是一面镜子。以史为镜，以史为鉴，正是这两座纪念碑的深刻含义。站在那里，我不由得想及，什么时候会在华盛顿建立阿富汗战争纪念碑、伊拉克战争纪念碑呢？

英国的雕像

用"三步一岗、五步一哨"来形容伦敦雕像之多，虽说有点夸张，不过伦敦的雕像确实众多，不论在广场中央或是大街通衢，还是在高楼大厦前或是恢宏的教堂里，都可以看到各种各样的名人雕像。名人折射着历史。形形色色的名人雕像组成漫长的历史画廊。除了名人雕像密集于伦敦之外，在英国各地也都有很多与当地历史有关的名人雕像。徜徉在名人纪念碑前，总是会唤起对于某一历史时期的记忆。英国人的怀旧感很强，对名人雕像行注目礼，正是怀旧情绪的宣泄。

在英国诸多显要的地方，总是矗立着英国女王维多利亚高大的雕像。她头戴王冠，手握克利兰权杖，表情威严。英国有过那么多君主，为什么如此突出维多利亚女王？那是因为维多利亚女王在位的64年间，正是英国历史上最强盛的时代，"大英帝国"成为"日不落帝国"。怀念维多利亚女王，其实就是怀念英国昔日的辉煌。至于在各处矗立的骑着高头大马的雕像，大都是纪念打了胜仗的将军们。不论是1815年6月18日在比利时滑铁卢大败法国统帅拿破仑的威灵顿公爵，还是在第二次世界大战中大败德国纳粹、取得了诺曼底登陆重大胜利的蒙哥马利元帅，都因战功显赫而建有着青铜雕像纪念碑。丘吉尔是英国最著名的首相，也因在第二次世界大战中领导英国人民战胜德国法西斯而建立铜像，供后人永远怀念。

英国科学、文化名人辈出。不论是科学大师牛顿、达尔文，还是发明蒸汽机的瓦特、发明火车的斯蒂文森，还有化学家道尔顿、物理学家法拉第和焦耳、天文学家哈雷，他们的雕像意味着英国科学群星灿烂。莎士比亚、培根、雪莱的青铜像以及爱丁堡街头苏格兰作家瓦尔特·司各特高大的纪念塔，体现英国在文学、哲学上骄人成果。这些科学、文化名人的雕像，不作挥手之状，不跨嘶鸣战马，或掩卷而坐，或沉思而立，那炯炯目光中透射着他们的睿智。

我问英国朋友，很多英国名人死于照相术发明之前，他们的面貌是不是任凭雕塑家"创作"？他摇头。他说，英国历来有着为逝者制作面模的习惯，即在逝者脸部覆盖石膏，做成模子。这面模就是雕塑家创作的依据。在伦敦温莎城堡圣乔治教堂以及威斯敏斯特大教堂，安葬着英国历代君主。他们的石棺之上都横躺着他们的雕像，那面目就是依照面模雕成的。中国人很少有制作面模的习惯，我只记得鲁迅去世时，曾有日本友人奥田杏花为他制作了石膏面模。

在考文垂市中心，我看到一座裸女骑着骏马的青铜雕像，这在英国是不多见的。这是戈黛娃夫人（Lady Godiva）的雕像，有着一个传奇的故事。

戈黛娃夫人是考文垂地方长官麦西亚伯爵利奥夫里克（Leofric, Earlof Mercia）美丽的妻子。当时（11世纪初）利奥夫里克对考文垂市民们强加重税，戈黛娃夫人不断向丈夫求情，希望减免税收，但都被他顽固地拒绝了。

最后，利奥夫里克对妻子不断的求情感到厌烦，宣称只要她能裸体骑马绕行市内的街道，他便愿意减免税收。

戈黛娃夫人果真照着他的话去做，向全市宣告命令。在考文垂所有的市民躲在屋内并拉下窗户之后，她赤身裸体、披着一头长发骑马奔驰于考文垂的街道上。

有一名裁缝师汤姆（Tom）违反了命令，在窗子上凿了一个小洞偷窥。他的双眼便瞎掉了。这个人后来成了英语"偷窥者汤姆"（Peeping Tom）一词的由来。

之后，戈黛娃的丈夫遵守诺言，赦免了考文垂市民繁重的税负。

戈黛娃自我牺牲的精神，深深感动了考文垂的市民。从此，戈黛娃的传奇就成为这座古老城市历史的一个部分。从1678年开始，考文垂的市民将每年的5月31日列为"戈黛娃纪念日"。英国19世纪桂冠诗人丁尼生（Tennyson，1809～1892）专门创作了一首诗歌《戈黛娃》，颂扬这位善良而美丽的女性。国际天文组织还把一颗小行星命名为"戈黛娃"（Asteroid 3018 Godiva）。

戈黛娃夫人（Lady Godiva）的雕像（英国考文垂）

铜像基座正面，刻着一行烫金文字"Self-sacrifice"（自我牺牲），这是后人对戈黛娃高尚行为的高度评价。

英国的名人雕像，几乎全是写实的。最近几年，在世界艺术新潮推动之下，英国雕塑的风格也为之一变，与传统雕塑形成鲜明的对比。

镜头看世界

给我印象最深的是伦敦特拉法尔加广场上同一主题的新旧两个纪念碑。特拉法尔加广场在伦敦市中心，白厅之北，是为了纪念特拉法尔加大捷而命名的。那是在1804年，法国拿破仑与西班牙组成联合舰队，渡海进攻英国，在西班牙特拉法尔加港海面上遭遇英国舰队迎头痛击。在海军上将纳尔逊指挥下，英国舰队大获全胜，而纳尔逊在海战即将结束时中了流弹，以身殉职。为了纪念纳尔逊，在特拉法尔加广场中心，建造了高达52米圆柱形纪念碑，顶上那5.3米高的纳尔逊铜像，是用缴获的法国铜炮铸成的。修建于1840年的这座纳尔逊纪念碑，可以说是典型的传统名人纪念碑。

就在纳尔逊纪念碑旁边，一座新型雕塑给我留下难忘的视觉印象：在纪念碑的基座上，居然横放着一个长达4.57米的玻璃瓶子，里面装着长3.45米、高2.3米的"皇家胜利"号兵舰模型，而这一战舰正是纳尔逊的旗舰。这"瓶中船"纪念碑是2010年修建的，同样是为了纪念特拉法尔加大捷，但是表现手法全然不同于传统。"瓶中船"的设计者是出生于英国而在非洲长大的雕塑家索尼贝尔。他的创作理念是为英国"注入新的色彩"，以"反映伦敦的多元文化"。

与"瓶中船"可以媲美的是，在伦敦汽车川流不息的公园路之侧，一个方形的平台上停放着一辆黑色菲亚特轿车。这辆轿车是真的，而上面却有一只高达4米的银灰色的金属的手——稚嫩的婴儿的手，紧紧抓住轿车。这"手抓轿车"雕塑，是美国雕刻家洛伦佐·奎恩的新作，于2011年1月在伦敦落成。这座"手抓轿车"雕塑，似乎在说"爱车，从婴儿开始"。

英国纽克斯尔的标志，也是新建的雕塑。那是一个全身咖啡色的飞人，伸开的双翅足有十来米长。不论是雕塑的颜色以及选型，都很新潮，意味着纽克斯尔正在腾飞。

在伦敦，我也看到一堆像馄饨皮似的揉成一团的青铜雕塑，还有高达四、五米的有点像中国元宝的青铜雕塑，我实在无法理解这种现代派艺术的含义。

英国"手抓轿车"雕塑，是美国雕刻家奎恩的新作

163

莫斯科的雕像

我在莫斯科住在宇宙宾馆10楼。从窗口望出去，气势不凡的宇宙航行纪念碑昂然挺立在眼前。

宇宙航行纪念碑高达96米，相当于30层楼高。全碑表面覆盖着不锈钢，在阳光下熠熠生辉。宇宙航行纪念碑的最高端是一枚飞向太空的宇宙飞船。整个纪念碑呈镰刀形，仿佛是宇宙火箭上天时从尾部喷射的火焰。

宇宙航行纪念碑建于1964年，是为纪念苏联在宇宙飞行上的突出成就而建造的。苏联夺取了宇宙飞行的两个"世界第一"：

1957年10月4日，苏联用宇宙火箭发射了世界上第一颗人造卫星；

1961年4月12日，苏联用宇宙火箭把人类第一个宇宙飞行员加加林推上太空。

弯月形的宇宙宾馆，正对宇宙航行纪念碑。正因为这样，以"宇宙"来命名。

宇宙航行纪念碑离宇宙宾馆只五百米之遥。清早散步，穿过跨街地道，走过一个集市，就可以到宇宙航行纪念碑。

纪念碑前，矗立着苏联宇宙航行之父齐奥尔可夫斯基的塑像。纪念碑底部，是苏联宇航科学家们的群像浮雕以及太空博物馆。

纪念碑旁边，是莫斯科电影制片厂。那里矗立着一座高大的不锈钢塑像。这座塑像对于我来说，格外眼熟，因为当年看莫斯科电影制片厂出品的电影时，第一个出现在银幕上的镜头，就是这个塑像———对苏联青年男女并肩而立，男的高举左臂，手持铁锤，女的高举右臂，手持镰刀。铁锤与镰刀，既是苏联共产党的党徽，也是苏联国旗的象征。

在莫斯科，还有加加林广场。在广场正中，矗立着高高的用不锈钢制成的纪念碑，用不锈钢制成的加加林塑像站在纪念碑的顶上。雕塑家以银白色的不锈钢表达"太空色彩"，而加加林的塑像也充满"现代派"的意味，看上去简直像个机器人。显然，雕塑家以这样不同于众的设计，表明加加林这位太空英雄跟列宁那样庄重的领袖人物的不同形象。

莫斯科尊重作家、艺术家、科学家。在莫斯科市中心高尔基大街附近，我见到俄罗斯著名作家契诃夫塑像；在离红场不远处，有俄罗斯著名作家陀斯妥耶夫斯

莫斯科的普希金与夫人雕像

基的塑像；在阿尔布特街，有普希金塑像。在莫斯科河畔，矗立俄罗斯著名画家列宾塑像。在红场附近的莫斯科大学老校址，矗立着俄罗斯科学之父罗蒙诺索夫的塑像。除了政治家的塑像随着社会制度的变更而更换之外，这些著名作家、艺术家、科学家的塑像对于莫斯科来说是永恒的。阿尔巴特街有着悠久的历史。这里的不少房子是200年前的建筑。这些独门独院的房子，曾经是俄罗斯贵族和高级知识分子的府邸。正因为这样，我刚刚进入阿尔巴特街，就见到俄罗斯著名诗人普希金和他的夫人冈察罗娃手挽着手的高大青铜塑像——塑像对面，即阿尔巴特街53号，便是普希金故居。

新圣女公墓里的名人塑像

在莫斯科南郊，有一座美丽的女修道院，名叫"新圣女修道院"。修道院坐落在河边，粼粼水波上倒映着丛丛绿树和红墙金顶的教堂、钟楼，犹如世外桃源。然而，这个安静的所在，却不时被汽车的隆隆声所骚扰。人们从莫斯科市区赶往这里，并不是为了去参观新圣女修道院，而是前往这里的公墓。这公墓就叫"新圣女公墓"。

新圣女公墓闻名遐迩，是因为这里是许多苏联、俄罗斯名人的长眠之地。大约正是因为这里名人荟萃，慕名而来的游客络绎不绝，这家公墓也就与众不同，要买门票才能入内。

这是一座高档次的公墓。在每一座墓前，差不多都竖立着墓主的雕像，把墓主最具代表性的风姿凝固下来。或全身，或半身，或头像；或青铜，或大理石，而大理石又有白色、红色、咖啡色、黑色。造型别致，形态各异。所以，在我的眼里，这座公墓成了艺术公园，文化公园，历史公园，名人公园。

首先映入我的眼帘的一座一人多高雪白的大理石浮雕，一望而知是翩翩起舞的小天鹅。这是一座新墓，为去世不久的俄罗斯著名芭蕾舞女演员乌兰诺娃建造的。那洁白无瑕的白天鹅，正是乌兰诺娃艺术生涯的最精彩的写照。

黑白分明的苏共中央第一书记赫鲁晓夫之墓

紧挨着乌兰诺娃墓地，是一尊坐在那里的青铜塑像。那人歪戴着帽子，双眼露出幽默的目光。那是俄罗斯著名的小马戏团团长尼古林的长眠之处。

我慢慢在水湿的墓间小道上漫步。一尊尊面孔熟悉的塑像，令我的脑际闪过一部部读过的名著：

果戈理塑像上那尖尖的鼻子，令我想起辛辣的《钦差大臣》；

自杀而亡、眉间留着深深的"川"字纹的马雅可夫斯基塑像，使我记起他那昂扬的楼梯式诗句；

望着消瘦的奥斯特洛夫斯基浮雕像，我的脑海中浮现出《钢铁是怎样炼成的》中关于生命应当怎样度过的名句；

面对法捷耶夫的塑像，我记起在中学时代就拜读过的《青年近卫军》；

只是契诃夫的墓上没有塑像，我是从那座乡间别墅状的墓碑上见到他的大名，才知道这位俄罗斯的大文豪安眠于此，他的《套中人》、《变色龙》，我不止读过一遍……

在这里能够"会晤"那么多俄罗斯的文学大师，使我深为荣幸。

我注意到墓碑上图波列夫的大名。我在俄罗斯乘坐的"图"式飞机，就出自这位俄罗斯航空之父的手笔。

见到柴可夫斯基的墓，耳际仿佛响起那雄浑的交响乐。

见到苏联女英雄卓娅的塑像，眼前闪现着第二次世界大战的硝烟。

离赫鲁晓夫墓不远是叶利钦的墓——一面飘扬的俄罗斯国旗

这里还安葬着沙皇彼得大帝的妻子以及那位死于新圣女修道院的彼得大帝的姐姐索菲娅。

这里安眠着斯大林夫人阿利卢耶娃。在阿利卢耶娃的墓上，竖立着一块三米多高的白色大理石墓碑。墓碑上方是漂亮而年轻的阿利卢耶娃的头像，两手扶肩，两眼中流露出淡淡的哀愁。

这里也长眠着戈尔巴乔夫夫人赖沙。赖沙的墓上竖立着一位少女的青铜全身像。据说，这位少女并不是赖沙，而是象征着青春永驻。戈尔巴乔夫用这样特殊的方式，表达对夫人的永久的怀念。戈尔巴乔夫在赖沙墓旁，已经给自己预留了墓地。

在新圣女公墓中，最引人注目的要算是赫鲁晓夫之墓——尽管他的墓地偏居公墓一隅，丝毫不显眼。赫鲁晓夫的墓与众不同，是由黑白两色大理石相间组成，据说这是象征着他的一生功过各半。墓上只写着一行字："尼基塔·谢尔盖耶维奇·赫鲁晓夫"，连生卒年月都没有写。墓上只有一个小小赫鲁晓夫头像，用青铜铸成。

值得提到的是，俄罗斯许多名人故去之后，就在公寓大楼名人住过的那套房子的外墙上，嵌一块大理石，上面有名人浮雕以及名人在此居住的起讫时间。这样做既简朴又有纪念意义。

基辅的"祖国母亲"

在基辅，不论在东南西北，差不多都能见到一座高大的不锈钢雕像。这座雕像本身已经很高，达62米，而雕像又是建造在高高的山丘顶上，也就益发显得高大。正因为这样，在基辅市区很多地方一抬头，就能见到这座雕像。

雕像的名字叫"祖国母亲"：一位庄严的母亲一手高举长剑，象征着杀向敌人；一手紧持盾牌，意味着保卫和平。

由于雕像本身高大，祖国母亲手持的长剑就长约16米，重约12吨；而她手中的盾牌竟达100平方米。这座气势不凡的祖国母亲雕像，已经成了基辅的标志性建筑。

在俄罗斯，也建造了多座祖国母亲雕像。

乌克兰基辅"祖国母亲"塑像

如今改名为伏尔加格勒的斯大林格勒，在当年苏联军队与德军浴血奋战的马马耶夫山冈上，建立起高达77米的祖国母亲塑像。祖国母亲手持长剑，仿佛带领着战士们冲向敌人。

在第比利斯，祖国母亲塑像一手擎剑，一手托碗，象征着一手担负起保卫祖国的责任，一手担负起抚养子女的责任。

在圣彼得堡，祖国母亲的青铜塑像矗立在彼斯卡廖夫公墓。祖国母亲手持花环，献给面前那些在卫国战争中捐躯的人们。

在俄罗斯，在乌克兰，为了纪念伟大的卫国战争，都不约而同地想起母亲，建造了祖国母亲塑像。

在基辅祖国母亲雕像的脚下，是乌克兰卫国战争纪念馆。我细细参观了这座规模宏大的纪念馆，领悟了母亲在卫国战争中的伟大力量。

维也纳的音乐家雕像

我来到位于维也纳市中心的市立公园。刚进市立公园的大门，我就见到地上用白漆画着一幅施特劳斯像。走了几步，发现另一处地上，也有一幅用白漆画的施特劳斯像。不言而喻，这是喜欢音乐的青年，出于对施特劳斯的崇敬而画的。

维也纳市立公园并不大，看上去很普通，然而那精雕细刻的施特劳斯塑像，成为镇园之宝。几乎每一个到维也纳的游客，无不前往市立公园，以求一睹施特劳斯塑像。

我发现，施特劳斯的塑像比莫扎特、舒伯特"出名"，是由于两个原因：

莫扎特、舒伯特的塑像是青铜的，经日晒雨淋，长满铜绿，使铜像青中带绿，形象不美。施特劳斯塑像却浑身涂金，金光闪闪，非常漂亮——其实，施特劳斯塑像原本也是青铜的，后来在表面镀了一层金。

再说，雕塑家选择了施特劳斯拉小提琴的风姿，显得生动，而且富有音乐家的特色。

另外，施特劳斯塑像并不仅仅是一个孤零零的雕像，背后衬以一座硕大的拱形大理石群雕，雕着一群倾听乐曲的青年男女。塑像前，姹紫千红的鲜花怒放。施特劳斯的金像有了前后衬托，显得格外动人。

正是由于雕塑家的巧妙构思和立体布局，使施特劳斯塑像成了维也纳的标志。我看到，人们争相在施特劳斯塑像前摄影留念，以至排起了长队。

施特劳斯的大名，与他的代表作《蓝色的多瑙河》圆舞曲紧紧相连。在施特劳斯塑像不远处，便是蓝色的多瑙河。

"撒尿的于连"与"三个聪明的猴子"

我在比利时布鲁塞尔旧城一个类似于上海城隍庙那样的闹市，走过窄窄的、又摆满小摊的小巷，终于见到这位"大名人"小小的而又不雅的青铜塑像。于连本来就是一个小男孩，而塑像是与实体一样大小，当然就显得小了。至于于连得以传世的"著名"动作，就是撒尿。所以，一股细细的水流，也就从青铜塑像的下尖部喷涌而出。

这当众撒尿的塑像是那么的不雅，却引来了成千上万的瞻望者，内中甚至包括世界各国上百位国家元首。这些国家元首对这位赤裸的"比利时第一公民"动了恻隐之心，纷纷为他捐赠本国最豪华的民族服装。迄今，于连已经收到118套华丽无比的民族服装，而且这一数字还在不断增长之中。然而，这位于连却依然在骄阳下、在寒风中，赤着身子，不停地撒尿，连一件衣服也不穿⋯⋯

说起于连，比利时人简直把他当作"民族英雄"：据说，在15世纪，普鲁士军队进攻布鲁塞尔旧城，埋好了大批炸药，要一举炸毁全城。夜里，普鲁士军队点燃了导火索。火星沿着导火索吱吱前进。眼看着，燃烧着的导火索，就要接近那成堆的炸药。在这千钧一发之际，睡得正酣的于连因尿胀醒来，跑到窗口撒尿。那尿不偏不倚，撒在导火索上，扑灭了火星。于连在无意中，挽救

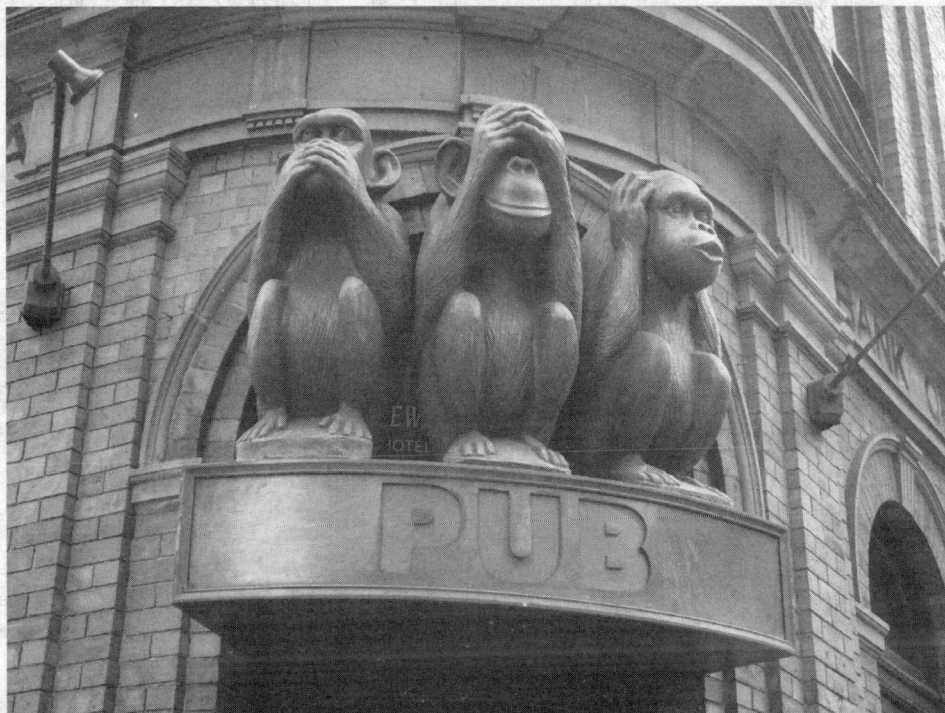

悉尼：三个聪明的猴子

了布鲁塞尔全城。于是，布鲁塞尔市民们一致拥戴于连为"民族英雄"！

著名雕塑家捷罗姆·杜克思诺在1619年完成了这位"比利时第一公民"的雕像。从此，这个雕像成了布鲁塞尔的名胜。

在澳大利亚，几乎每一座城市，每一个重要景点，差不多都能见到库克的塑像。库克是英国的船长，他首先发现了澳洲。澳大利亚人尊敬库克，把他视为国父。

然而，给我留下深刻印象的，倒不是那许许多多库克雕像，倒是悉尼不起眼的"三个聪明的猴子"雕像。

记得，那天我乘坐悉尼朋友禾日先生的轿车，在市中心沿着南北走向的乔治街（George Street）行驶时，突然放慢了车速，禾日先生指着街边一幢红砖砌成的三层楼房说：你看这座酒吧！

我顺着他的手指望去，那幢楼看上去颇有历史感，最醒目的是大门上方，蹲着三只猴子的青铜雕像。通常，似乎只有伟人、名人才够格铸个青铜雕像，而这里居然给猴子铸青铜雕像。禾日先生告诉我，这是悉尼有名的酒吧，名字就叫"三个聪明的猴子"。

就这样，"三个聪明的猴子"酒吧给我留下印象。当我在悉尼市区漫步的时候，走过乔治街，就特地来到这家"三个聪明的猴子"酒吧。

细细观看那"三个聪明的猴子"，非常有趣：左边的猴子用手捂着嘴巴，中间的猴子用双手蒙住眼睛，右边的猴子用双手紧紧捂着耳朵。

据说这三个猴子的造型，出自欧洲的一句箴言，"hear noevil, see noevil, speak noevil"，即"不听坏事，不看坏事，不说坏事。"

其实，这与中国孔子《论语·颜渊》中所说的"非礼勿言，非礼勿视，非礼勿听"，异曲同工，如出一辙。

这表明，中西文化常常互融。

这家"三个聪明的猴子"酒吧，每逢周四、五、六，就挤满了顾客，水泄不通。人们喜欢在这里聚会，喝酒，聊天。

在澳大利亚墨尔本的繁华商业区，有一个"遗失的钱包"的雕像，提醒人们注意自己的钱包。

在美国波士顿，则有根据寓言《龟兔赛跑》创作的乌龟与兔子的雕像，也很活泼而富有特色。

首尔的世宗坐像

沿着首尔广场前的世宗路往前走，我来到首尔的一个崭新的广场——在2009年8月1日才落成的光化门广场。

世宗指"李氏朝鲜"王朝第四代国王李裪（1397～1450年），是一位深受韩国人尊敬是君主。用他的名字命名的世宗路，相当于北京的长安街，是首尔市中心最重要的通衢大道。

世宗路这头是首尔市政府，那头是光化门。世宗路原名六曹路，早在"李氏朝鲜"时代就是首都汉城的最主要的大街。朝鲜王朝所谓的"六曹"，即吏曹、户曹、礼曹、兵曹、刑曹、工曹，相当于中国古代的六部，其长官判书相当于中国的六部尚书。

首尔市政府投入445亿韩元，用一年三个月的时间改造世宗路，建成了光化门广场。光化门广场开放之后的第一个月，参观者就多达200万人次。

如今的世宗路，中间是长条形的光化门广场，两边是车水马龙的车道。我走过斑马线，来到光化门广场。

光化门广场的中心是世宗铜的坐像。世宗，在韩国人看来，是历史上最贤明的君主，所以尊称为"世宗大王"。2006年5月18日，韩国银行发布新版10000韩元的纸币，上面就印着世宗头像。

在世宗坐像下面，是一个地下博物馆。我走了进去，里面相当大，种种展品展示了世宗的功绩。

其实，第三代国王太宗李芳远（1367～1422）有四个儿子，李裪并非长子，是第三子。由于长子李禔"不好学问，沉于声色"，未能继承王位，而李裪"天性聪明，好学不倦"被立为太子，成为"李氏朝鲜"第四代国王。

首尔光化门广场的中心是世宗的铜坐像

世宗精通儒学，精明能干，确实不负众望，在位32年，对朝鲜王朝的统一和发展多有建树。博物馆中特别展示了世宗对于创制朝鲜文字母的贡献。

在世宗铜像前，是一位威武的将军的铜像。在铜像的基座上，是一行中文："忠武公李舜臣将军像"。李舜臣（1545～1598）是16世纪朝鲜抗日名将民族英雄。1592年，日本20多万大军在丰臣秀吉统率下，进犯朝鲜，迅速攻陷王京、开城、平壤等地，占领了大半个朝鲜半岛，韩国称这一段历史为"壬辰倭乱"。在陆地屡战屡败的情况下，李舜臣率领海军大胜，成为朝鲜的民族英雄。顺便提一句，在中国明朝也有一位同名同姓的李舜臣，曾任太仆寺卿。

在李舜臣将军铜像前，喷泉喷出高高的水花，铜像的基座上还有一艘当时朝鲜王朝的舰船模型，这喷泉与舰船烘托了李舜臣的海军将领的身份。喷泉的水柱最高达18米，非常壮观。

在世宗坐像之侧的大楼上，悬挂着韩国民族英雄安重根的巨幅画像。1909年10月26日，安重根在获知日本首相伊藤博文将赴哈尔滨与俄罗斯财政大臣戈果甫佐夫会谈，潜往哈尔滨，刺杀了伊藤博文。安重根当场被捕移送日方。在日本关东都督府高等法院的法庭上，安重根宣布伊藤博文15条罪状，说："我是为了具有四千年历史的祖国和两千万同胞，一举处决蹂躏朝鲜主权、扰乱东洋和平的奸贼。正因如此，我的目的是正大光明的。我是作为一个国家的人民，尽了自己应尽的义务。"他被关在旅顺监狱，写下了《安应七历史》、《狱中记》和《东洋和平论》等著作，1910年3月26日被日本人处死。

在世宗坐像之后，则是花的世界，彩色的海洋。这个硕大的花坛宽17.5米、长162米，种有224.537万棵花。这个数字是朝鲜王朝迁都汉城的日子即1394年10月28日至广场开放日2009年8月1日的天数。

花坛之侧，搭建了高台，供游人摄影和观赏之用。

在花坛之后，则是光化门。光化门是被称为"韩国故宫"的景福宫的正门。光化门东、西两侧的水道，宽1米，全长365米，水深2厘米。这普普通通的水道，被精心设计成"历史水道"、"记忆水道"。东侧水道的方砖上记载了朝鲜王朝建立至今的历史，每一块花岗石方砖上都刻上了年份，记录了当年重要的事件，例如第一块方砖上刻有"1392年太祖1年，太祖即位，朝鲜成立"，在"1446年石板"上刻有"创制训民正音（朝鲜语文字）"，一直延续到2008年。清水从东侧水道转向西侧水道。西侧水道的方砖则全部为空白，留给后人补充记录每年的重要事件。

据说，光化门广场还的夜景也非常迷人，光彩陆离的灯光把广场打扮得像神话世界一般。可惜我在夜间去了首尔的明洞闹市，未及欣赏五彩缤纷的光化门广场。

首尔市中心的这两个广场，各有特色，为都市添辉，为市民提供了休闲、游览的场所。

朝鲜与墨西哥的领袖雕像

在平壤市中心，有以金日成主席名字命名的中心广场——金日成广场。那里相当于北京的天安门广场。金日成广场建于1954年，当时占地面积3.6万平方米，到了1987年面积扩展到7.5万平方米。

金日成广场是朝鲜举行阅兵仪式、群众集会等各种重大活动的场所。广场左侧的建筑上悬挂着大幅的金日成主席画像。

1972年4月，为了庆祝金日成六十大寿，在平壤建造了万寿台纪念碑，由金日成铜像、铜像左右两侧的纪念碑和铜像背后的白头山壁画组成了万寿台大纪念碑广场。

万寿台大纪念碑广场以高高矗立的金日成铜像为中心。这座金日成铜像高23米，重达70多吨！铜像两侧是红旗下的群像雕塑，后面是朝鲜革命博物馆，博物馆墙壁上是白头山（即长白山）的大幅镶嵌壁画。我见到众多的朝鲜人前往瞻仰金日成铜像，前来献花的朝鲜群众络绎不绝。有的在金日成铜像前排成一行，在那里举手宣誓。

在金日成铜像前拍照有"规定"：必须拍铜像全身，不许拍半身！

朝鲜民众瞻仰万寿台金日成铜像

在金日成铜像之侧，万寿台的山冈上，有着23米高的纪念碑，碑顶是千里马青铜雕塑。千里马纪念碑建于1961年金日成49岁寿辰。千里马也是朝鲜电影制片厂的标志。千里马是朝鲜建设速度的象征。

千里马纪念碑之后，是规模颇大的朝鲜革命博物馆，相当于北京的革命历史博物馆。在南山冈上，有人民大学习堂，相当于北京的首都图书馆。人民大学习堂为朝鲜国家级大型图书馆，建于1982年，十层朝式建筑，歇山式青瓦屋顶。

在墨西哥恩森那达，离我所住的宾馆只一箭之遥的，是中心广场。

我来到中心广场。广场上矗立着三尊巨大的头像，在阳光下金光闪闪。我问墨西哥朋友，这三尊是谁的铜像？我得到的回答很有意思："他们在墨西哥人心中的地位，就像你们中国人心中的毛泽东、周恩来和邓小平。"

位于三尊铜像正中的，前庭宽阔，有点像列宁的，那是墨西哥独立之父麦格尔·海达哥（Miguel Hidalgo）神父。1810年9月16日，作为天主教会牧师的麦格尔.海达哥在墨西哥的道拉若斯村（Villageof Dolores），敲响了教堂的钟声，号召解除奴隶制度，将土地还给印地安人民；他还号召印第安人举行武装抗争，推翻西班牙统治。

墨西哥三位开国领袖雕像

在麦格尔·海达哥铜像左侧，是胡阿雷斯（Benito Juarez）的铜像。1860年，墨西哥被法国军事占领，但不久在墨西哥爱国者胡阿雷斯的领导下，墨西哥人民最终赶走了侵略者。

在麦格尔·海达哥铜像右侧，是一尊像恩格斯那样留着长须的铜像，那是墨西哥首任总统贝努斯蒂亚诺·卡兰萨（Venustiano Carranza）。

这三位墨西哥领袖的形象，如今印在墨西哥纸币比索上。

广场的左面，是无名烈士纪念碑。在纪念碑后面，则竖立着一面足有一辆公共汽车车厢那么大的绿、白、红三色墨西哥国旗。

在墨西哥每一座城市的市中心，都竖立一面这样硕大的国旗。在墨西哥边境的关口，也竖立高大的国旗。

在墨西哥，最大的国旗长50米，宽28.6米，旗重250公斤！

与如此巨大的国旗相配的旗杆，当然也很惊人：高达113米，直径近三米，三个成年人手牵手，才能勉强围抱旗杆。

这面墨西哥最大同时也是世界上最大的国旗，竖立在墨西哥的伊瓜拉市山顶的一块平地上。伊瓜拉市是墨西哥第一面国旗的诞生地。

墨西哥国旗上的绿、白、红三种颜色，象征着墨西哥大地。在中间白色部分，有一个近乎圆形的图案：一只雄鹰的左爪踩在仙人掌上，铁嘴和右爪牢牢地钳住一条蠕动的蛇。

鱼尾狮雕像是新加坡的象征

对于新加坡来说，标志性建筑是伫立在新加坡河口、面向滨海湾的鱼尾狮雕像。

鱼尾狮雕像向来是新加坡的第一景点。鱼尾狮的上半身是狮子，有着长长的狮毛，竖着的耳朵，一对圆鼓鼓的眼睛中间夹着一个翘着的鼻子。狮子口中喷出一股清水。鱼尾狮的下半身则是鱼尾巴，一层一层鱼鳞整齐地排列着。

鱼尾狮是一种虚构的动物。这一形象，最初是在1964年，由当时新加坡的Van Kleef水族馆馆长Fraser Brunner先生所设计的。1966年，新加坡旅游局采用鱼尾狮作为标志。这一鱼尾狮形象受到新加坡民众的喜爱。新加坡著名工匠林浪新（Lim Nang Seng）决定用鱼尾狮形象设计巨大的雕像，得到新加坡政府的支持。

林浪新和他的两个儿子用混凝土制成了两尊鱼尾狮雕像。大的一座高8.6米，重达70吨。另一座高2米，重3吨。1972年9月15日，这两座鱼尾狮雕像正式落户在海滨桥边，开幕仪式由当时的总理李光耀主持。为了纪念这项盛事，制定了一块铜匾，铜匾上刻有献词："鱼尾狮是新加坡迎宾好客的象征。"海滨桥边开辟为公园，称为鱼尾狮公园。

新加坡花芭山上的鱼尾狮

从此，鱼尾狮雕像成了新加坡的标志性雕像。

2002年4月，这两座鱼尾狮雕像被迁移至120米外富勒顿1号大厦旁的填海地段，以求更接近填海后新的新加坡河口。

鱼尾狮雕像令我记起丹麦首都哥本哈根港口海滨公园的"海姑娘"的铜雕（又称美人鱼雕像）。这座根据安徒生童话《海的女儿》创作的半人半鱼的雕像，已经成为丹麦的标志。

半狮半鱼的鱼尾狮雕像，在创作时是否受到丹麦半人半鱼的美人鱼雕像启示，不得而知。

半狮半鱼的鱼尾狮，那狮是新加坡的象征。

据《马来纪年》记载，公元11世纪时，一位来自苏门答腊"三佛齐王国"的名叫圣尼罗乌达玛的王子，在前往马六甲的途中，乘船到达一个岛。他一登陆就看到一只神奇的野兽，随从告诉他那是一只狮子。他于是为新加坡取名Singapura（"新加坡拉"）。在梵文中，Singa为狮子，pura为城，Singapura意即"狮子城"。新加坡又称"狮城"，便源于此。从此，狮子便成为新加坡的象征。在过去，在中文里新加坡也曾被译成"新嘉坡"、"星嘉坡"、"星加坡"，后来定译为新加坡。

至于鱼尾，则是象征"淡马锡"。

在圣尼罗乌达玛王子发现小岛之前，岛上就有一座古城，名叫淡马锡（Temasek）。在爪哇语中，Temasek就是海洋的意思。鱼尾象征着新加坡是由一个海边的小城发展起来的，新加坡的一切都跟海洋密切相关。

鱼尾狮雕像全身白色，意味着新加坡崇尚纯洁。

每年有一百多万来自世界各地的游客，专程造访鱼尾狮公园，在标志性雕像鱼尾狮前拍照留念。

就在我前往新加坡前夕，2009年2月28日下午4点半左右，在雷雨交加之中，那座高大的鱼尾狮雕像被雷电击中，狮子头上被击穿一个足球般大小的洞，狮子的右耳也脱落了。这样，当我到达新加坡的时候，鱼尾狮雕像罩在脚手架之中，正在维修。我无法在新加坡的第一景点拍照留念，感到遗憾。

好在新加坡境内总共有五座鱼尾狮塑像。

我在新加坡南部的花芭山上，见到一座雪白的鱼尾狮雕像，虽说没有新加坡河口那尊鱼尾狮塑像那样高大，但是也有三米来高。我和妻站在这个鱼尾狮雕像前留影，也总算补偿了些许遗憾。

另外，我在圣淘沙岛上见到一座高达37米的巨型鱼尾狮雕像，远比新加坡河口那尊八米多的鱼尾狮塑像高大。其实，这座巨型鱼尾狮雕像内部是空的，游客乘搭电梯直达顶端，鸟瞰整个圣淘沙岛。

鱼尾狮受到新加坡人的喜爱，成为新加坡的象征，是在于鱼尾狮体现了这个海岛国家的进取、奋搏的精神。正是由于有了这种鱼尾狮精神，鱼尾狮变成了腾飞的龙——新加坡成了亚洲"四小龙"之一，成了经济高度发达的国家。

"下岗"雕像折射着历史

在苏联时代，曾经为许多苏联领导人以及著名人物建立高大的塑像，矗立于通衢要津，或者公园、广场。随着苏联的解体，这些苏联领导人以及某些著名人物，遭到了否定。于是，他们的塑像也就随之"下岗"——从通衢要津、公园、广场拆了下来。

这些"下岗"的大理石、花岗岩、青铜塑像，毕竟是历史性的艺术品，没有被毁坏。在莫斯科，我听说这些"下岗"的塑像，被集中在莫斯科河畔一个小小的公园里，这个公园也就因此被老百姓起了个新名字："雕塑公园"。

"雕塑公园"是个无人问津的地方，我却很有兴趣，特地前去细细寻访。这是一个不起眼的所在，倘若没有当地朋友的指点，很难找到。

在"雕塑公园"里，最多的"下岗"塑像是列宁塑像，内中有列宁全身立像，也有列宁半身胸像，列宁浮雕像。"下岗"塑像中最多的是列宁塑像，这是因为在苏联时代列宁的塑像最多。我注

莫斯科河畔的雕塑公园

意到，在苏联解体之后，俄罗斯大多数人对于列宁还是尊敬的。正因为这样，我在莫斯科、圣彼得堡，还是见到许多"在岗"的列宁塑像。就连我所住的莫斯科宇宙宾馆对面那个苏联国民经济成就展览馆前，就矗立着高大的列宁全身青铜塑像。

在列宁塑像旁，我见到大理石的马克思胸像。塑像完整无损。

在"雕塑公园"，我见到几尊"下岗"的勃列日涅夫塑像：一尊白色大理石勃列日涅夫半身像前放着几页手稿，勃列日涅夫仿佛在做冗长的报告；另一尊白色大理石勃列日涅夫半身像，胸前别着许多勋章；还有一尊勃列日涅夫青铜头像，鼻尖已经被人敲掉。

损坏最严重的要算是斯大林塑像。那是一尊二米多高、红棕色的大理石斯大林全身雕像，斯大林的鼻子全部被人敲掉。在斯大林雕像之后，是一排监狱雕塑。这监狱雕塑，看得出是新创作的，是专门"配合"前面那尊被毁坏的斯大林雕像。监狱雕像一排四间囚室，每间囚室前面都纵横交错着铁丝网。铁丝网后面，是一颗颗用花岗岩雕成的头颅，这些头颅堆满了囚室。显而易见，这是对于斯大林"大清洗"运动的愤怒控诉。

我还见到"下岗"的苏联领导人捷尔任斯基的塑像。

在1991年"八月政变"的怒潮之中，人们推倒了作为克格勃象征的莫斯科捷尔任斯基广场上的捷尔任斯基铜像。铜像倒了，人们在光秃秃的底座上插了一个木质十字架。这个十字架意味着克格勃的末日已经到来。捷尔任斯基广场恢复了原名，即卢比扬卡广场。我在卢比扬卡广场中心见到一片美丽的花坛，据俄罗斯朋友介绍，那里原本矗立着捷尔任斯基铜像。

捷尔任斯基铜像"下岗"之后，被送到了"雕塑公园"。

在"雕塑公园"里，还有一个直径约三米的不锈钢制作的苏联国徽，据说当年挂在克里姆林宫苏共中央办公大楼楼顶。如今，这苏联国徽同样"下岗"了。

就在"雕塑公园"之侧，在莫斯科河边，刚刚矗起了一座高达30多米的巨大的塑像。那是一艘乘风破浪的船，上面高高地站着不可一世的彼得大帝。在1997年新建这座彼得大帝塑像的原因，据说是因为在莫斯科没有一尊彼得大帝的塑像。

彼得大帝那威风凛凛、趾高气扬的神态，跟"雕塑公园"里一大群"下岗"的塑像，形成强烈的反差。这就是今日俄罗斯的形象写照。

在莫斯科街头，我也见到新建的末代沙皇尼古拉二世的塑像。俄罗斯朋友告诉我，这尊塑像是前几年才"重矗"的。所谓"重矗"，就是指本来矗立在这里，后来被布尔什维克摧毁了，在苏联解体之后又重新矗立莫斯科街头。

耐人寻味的是，当斯大林雕像在俄罗斯纷纷"下岗"之后，蒋介石铜像在台湾也不断"下岗"。

在台湾通衢、广场，我多次见到各种姿势的蒋介石铜像：

在台北故宫前矗立着的蒋介石铜像，身穿中山装，手拄司的克，正俯首看着大地；

在基隆火车站前的蒋介石铜像，头戴大盖帽，身披大氅，全然一副军人打扮；

在花莲县我见到的蒋介石铜像，也是身穿中山装，手拄司的克，但是另一手拿着公文包，高高站立在大理石底座之上，遥望着大海。

最大的蒋介石铜像在台北的中正纪念堂，这座青铜像高六米，重达21吨。

随着蒋介石雕像纷纷"下岗"，在台北县离蒋介石陵寝不远处的大溪镇社区活动中心，几十尊各种姿势

被敲掉鼻子的斯大林雕像

的蒋介石铜像集中在那里，开辟了一个"蒋公铜塑像艺术园区"，类似于莫斯科的"雕塑公园"。这个蒋介石铜像园区，成为大溪镇的一个新景点，供人们在参观了大溪慈湖的蒋介石陵寝之后，来此领略蒋介石当年的风采。

政治人物雕像的"下岗"和"重蹈"，深刻地折射着历史。

第九章　瑰丽的宗教圣殿

十字架下的三大教派

在欧洲旅行，从车窗远望，凡是从地平线上"冒尖"的地方，那最尖处必定竖着一个十字架。这样的带十字架的尖顶，不时映入眼帘，足见欧洲教堂之多。

我渐渐发现其中的"规律"：凡是有带十字架的尖顶的地方，四周必定是一个村庄；凡是村庄，必定有一座带十字架的尖顶的教堂。欧洲的教堂之多、之密，是世界其他地方所罕见的。在欧洲，基督教已经深深地渗透到社会的每一个"细胞"。

同样高悬耶稣像，同样高悬十字架，同样通称为基督教，而实际上分为三大派别，即天主教，基督教（新教）和东正教。

天主教以罗马（梵蒂冈）为中心，信徒主要分布在意大利、法国、爱尔兰、西班牙、葡萄牙、圣马力诺、摩纳哥、马耳他。

基督教新教的教徒主要分布在说英语的国家，即美国、英国、加拿大、澳大利亚、新西兰。

在德国，天主教和基督教新教徒大体上各占一半。

在美国，历史上只有一位总统是天主教徒，即肯尼迪，其余都是基督教新教徒。俄罗斯举国信仰东正教，普京也不例外。

基督教这三大教派，有着许许多多区别。比如，俄罗斯朋友说，东正教教徒用手在胸口画十字的顺序是自上而下再自右而左，天主教徒则是自上而下再自左而右。另外，东正教教徒画十

悉尼的教堂

字用两个手指，天主教徒用三个手指。

我不信教。我并不研究基督教这三大教派的种种区别。我在旅行中最关注的是教堂的建筑艺术。在欧洲，最辉煌的建筑最富有艺术性、最有历史感的建筑，除了各国的王宫、皇宫之外，便是教堂。在我看来，教堂是建筑艺术的瑰宝。教堂大都经过精心设计，多年施工，精雕细刻，才终于完成。教堂往往最鲜明地表达了各国的民族风格。教堂不仅是历代建筑艺术的精品，而且也是展示历代绘画艺术、雕塑艺术的博览馆。正因为这样，我总是把镜头对准教堂。遗憾的是，教堂内部往往不准摄影（也有例外），因此我所拍摄的，大都是教堂的外形。

举世闻名的巴黎圣母院

在巴黎塞纳河心的小岛上，我见到一幢似曾相识的古建筑——两座高高的塔楼上，安装着一个巨钟。这座古建筑物曾一次又一次出现在电影《钟楼怪人》里。电影《钟楼怪人》是根据法国著名作家雨果的长篇小说《巴黎圣母院》改编的。

巴黎圣母院是巴黎最辉煌的古建筑。巴黎圣母院又称巴黎圣母大教堂，是法国著名的天主教堂。巴黎圣母院是在1163年开始动工的，当时的教皇亚历山大三世和法国路易七世共同主持了奠基仪式。这座教堂花费了87年时间，在1250年建成，成为法国的天主教中心。

巴黎圣母院的建筑，让人耳目一新。此前，欧洲的教堂采用的都是罗马式，即用半圆形拱门装饰教堂，显得厚重阴暗。巴黎圣母院对教堂式样进行大胆的革新，采用线条轻快的尖拱，造型挺秀的小尖塔，轻盈通透的飞扶壁，彩色玻璃嵌镶的花窗。巴黎圣母院正面的一对尖顶塔楼，高达60米，在当时是非常壮观的建筑。这种"高直"的建筑式样，被命名为"哥特式建筑"。

巴黎圣母院

巴黎圣母院成为哥特式建筑的代表作。从此欧洲各国的教堂纷纷模仿巴黎圣母院，哥特式尖顶建筑风靡欧洲。

巴黎圣母院大厅，竟然能够容纳九千人，这在当时是非常宏伟的建筑。正因为这样，1804年，拿破仑在这里举行隆重的加冕典礼；1970年，法国总统戴高乐将军的葬礼也是在这里举行。

在巴黎圣母院的钟楼前，我见到许多人在那里排队，他们怀着好奇的心理，想登上钟楼看一看电影《钟楼怪人》里的情景。建造钟楼的时候，根本没想到后人会在那里拍摄电影《钟楼怪人》，所以钟楼上只有一道窄窄的楼梯，供敲钟人上上下下。如今那么多游客慕名而来，那道窄窄的木楼梯就显得拥挤不堪，不胜重荷。正因为这样，游客们只能等上一批客人下钟楼，才能上去，不得不排起了长队。

恢宏的科隆大教堂

在德国科隆，我下榻的"美客酒店"在莱茵河之畔，不时听到科隆大教堂那阵阵悠扬的钟声。中国的寺院讲究晨钟暮鼓，而欧洲的教堂则按正点敲钟报时。

科隆大教堂是在科隆不论东南西北都能见到高高尖顶的大教堂，已经成了科隆标志性的建筑。每年成千上万的旅客前来科隆，多半是为了一睹科隆大教堂的风采。

原本是灰白色的科隆大教堂，如今变得黑黝黝，已经积满历史的灰尘。然而，仿佛被黑烟薰过的科隆大教堂，反而增加了几分威严。正因为这样，清洗科隆大教堂表面的污垢本来并不困难，却仍保持旧貌故颜。

建造气势雄伟的科隆大教堂，花费了诸多年月。建造科隆大教堂，最初是受法国建成巴黎圣母院的影响。巴黎圣母院的雄姿，使德国人深为垂羡。德国人决心在科隆建造一座比巴黎圣母院更加宏大的教堂。就在巴黎圣母院即将全面竣工前夕，即1248年，德国人完成了科隆大教堂的建筑设计图，并开始动工。巴黎圣母院花了87年建成，然而，由于科隆大教堂规模太大，光是大厅的地基，就花费了80年工夫才算打好。因为在那样久远的年代，没有自动打桩机，全凭人工抡着大铁锤把一根根木桩打入深深的地下，是何等的艰难。

好事多磨，科隆大教堂在打完大厅的地基之后，由于经费拮据而停工，一停就停了两个多世纪。直到1548年发现了原设计图，修建科隆大教堂这才重新提到议事日程。又经历了三个多世纪，科隆大教堂在1880年这才建成辉煌无比的科隆大教堂。

屈指算来，科隆大教堂前后经历了600多年，终于落成。

科隆大教堂和法国的巴黎圣母院、英国的林肯教堂、意大利的米兰教堂，并称为欧洲哥特式建筑的四大代表作。

然而，在第二次世界大战之中，这座德国建筑瑰宝，差一点毁于战火！

那时，德军节节惨败，盟军朝德国本土推进。成群的盟军轰炸机，掠过科隆上空。科隆大教堂成了轰炸的目标！在科隆人的心目中，科隆大教堂比自己的生命还珍贵。于是，科隆全城人民总动员，赶往科隆大教堂，围坐在科隆大教堂四周，决心与科隆大教堂共存亡。

盟军飞行员见到科隆大教堂四周密密麻麻的人群，不忍扔下炸弹。就这样，尽管科隆被炸成一片焦土，但是科隆大教堂在战火中得以完好无损！

高大的科隆教堂

我通过螺旋门，步入科隆大教堂，有一种深深的历史感。淡淡的阳光，透过花玻璃，撒落在铺着大理石的大厅里，再反射到四墙硕大的油画和精美的雕像上。高大，森严，深沉，壮美。琅琅颂歌在大厅里回荡。教徒们虔诚地手持红封面的圣经，在那里祈祷……

我细细参观了德国科隆的大教堂，我深深为它的宏伟壮丽而倾倒。整个教堂是一座精雕细刻的艺术品，不仅教堂大厅里的雕塑、油画诸多艺术珍品，就连每一扇门、每一扇窗，甚至连一个大门的铜把手，都是浮雕缠连的艺术品。

莱茵河和科隆大教堂，给我留下了难忘的印象。每当我想起科隆，脑际就浮现莱茵河的粼粼波光，就浮现那无比威严的科隆大教堂和夜半回荡在天际的悠悠钟声……

教皇之国——梵蒂冈

在罗马市西北角，走过石块铺成的马路，迎面是一堵城墙。穿过城墙，迎面是竖立着一根根硕大圆柱子的长廊，那就是著名的梵蒂冈国。天主教的中心，便在梵蒂冈。

梵蒂冈国处于意大利国内，人称"国中之国"。从罗马前往梵蒂冈国，犹如平时进入一座教堂参观一样，丝毫没有出入国境之感。

284根27米高的大理石圆柱，组成一条直径为240米的长廊。这长廊之内，就是梵蒂冈国的圣彼得广场。

虽然梵蒂冈那么小，但是圣彼得广场却是世界上屈指可数的大广场，达22000多平方米。广场地面是由方形面包一般的石块铺成。广场中心，竖立着高高的四方形纪念碑。碑顶，竖立着十字架。站在广场中央举目四望，圆形的石廊蔚为壮观。长廊上方，"站立"着140尊塑像。这个布局严谨、气度不凡的广场，是由意大利文艺复兴时期艺术大师米开朗基罗设计的。

广场正面，是气势宏伟的圣彼得大教堂。教堂有着圆形的尖顶，整个外形看上去有点像美国的白宫。教堂前，竖立着两尊巨大的塑像，左为圣彼得像，右为圣保罗像。

一个广场，加上一个教堂，再加上教皇所住的教皇宫，还有一幢政府大楼，一个图书馆，一个博物馆，便是梵蒂冈国的全部领土。

梵蒂冈国是世界上最小的国家，全部国土只有0.44平方公里。

梵蒂冈国拥有两个"世界之最"：它又是世界人口最少的国家，常住人口只有540人左右，全国总人口只有1380人左右。尽管梵蒂冈国那么小，人口那么少，在世界上却拥有巨大的影响——因为它是世界天主教的中心。

梵蒂冈国的国家元首是教皇。所以，梵蒂冈国是政教合一的国家。梵蒂冈具有悠久的历史。早在公元774年前后，就已经形成了教皇国。在1929年，意大利政府与教皇签约，承认梵蒂冈为主权国家，主权属于教皇。从此，梵蒂冈国的地位得以确定。如今，梵蒂冈国作为主权国家，是联合国成员国之一，在联合国进行表决时同样拥有神圣的一票。

教皇的权力，并不仅仅局限于小小的梵蒂冈国。教皇是世界天主教领袖。天主教在世界各国、尤其是在西方各国，有着广泛而深远的影响。各国天主教的主教，要有梵蒂冈教皇任命。正因为这样，教皇的权力深深地渗入到世界各国。

我注意到梵蒂冈国的国徽，上方为两把交错的钥匙，下方为教皇的帽子。那两把钥匙，据说是天堂之门的钥匙。用这两把钥匙打开天堂之门，就可以升入天堂了。而教皇的帽子，则是国家元首教皇的象征。

步入圣彼得大教堂的时候，我见到梵蒂冈教皇的卫队。战士所穿的服装非常奇特，头上斜戴一顶无沿圆帽，身穿教袍式的黑色大褂，而衣袖却是短短的，露出橘黄色内衣的长袖和鲜红色袖口，双脚穿黄色镶黑条的长靴。据说，这古色古香的服装，也出自意大利文艺复兴时期艺术大师米开朗基罗之手。

梵蒂冈无警察、无军队。我在圣彼得广场，倒是见到一群意大利警察。梵蒂冈的治安，是靠意大利警察来维持。至于梵蒂冈教皇的卫队，则来自瑞士。

第九章 瑰丽的宗教圣殿

185

作者夫妇在梵蒂冈

为什么梵蒂冈教皇信用瑞士卫队呢？据说教皇的卫队，原本来自许多国家。在1527年，梵蒂冈被北方民族占领，各国的卫队都走了，唯有瑞士卫队仍留在梵蒂冈保卫教皇。从此，梵蒂冈教皇一直信用瑞士卫队。

梵蒂冈的圣彼得大教堂，美轮美奂，令人叹为观止，是世界上最豪华、最富丽堂皇的教堂之一。我见到教堂的地面，全部用彩色大理石铺成。教堂四壁，大理石雕像、壁画琳琅满目。

我看到教堂里一对小天使雕像，觉得非常眼熟。我记起著名音乐家马思聪先生曾从美国费城寄一批照片给我，其中有一帧就是在这对小天使雕像前拍摄的。于是，我和内子也在小天使雕像前摄影留念。

圣彼得教堂平常只开一扇大门，供信徒和游客进出。另一扇大门，每年只开一次，逢圣诞节才打开。教堂侧厅里，安置着所有教皇的墓。墓前有墓志铭，写着教皇的生平。墓上还有教皇的雕像。梵蒂冈的图书馆和博物馆内，收藏着中世纪的天主教著作手稿以及各种宗教纪念品。内中，不少是无价之宝。

在梵蒂冈书店，我遇见一位戴玫瑰色瓜皮帽的神父，与他合影，他欣然同意。在圣彼得广场，我与一位修女合影时，她特地拉开白色的披巾，以露出胸前的十字架。

在梵蒂冈，我见到一幅巨大的照片，给我留下难以磨灭的印象：那是在天主教的一个盛大的节日里，宽广的圣彼得广场，竟然挤满了数以十万计的天主教信徒，肃然而立，谛听着教皇的教诲……

这帧照片，正是小小的梵蒂冈国拥有巨大的精神力量的最形象的写照。

俄罗斯"滴血教堂"

在俄罗斯、乌克兰旅行，我见到诸多教堂搭起了脚手架，在那里重新装修外墙，重新描绘圣像，重新往金顶上贴金。正因为这样，在莫斯科，在圣彼得堡，在基辅，随处可见粉刷一新的教堂，特别是那金光璀璨的刚刚刷新的金顶，在阳光下格外耀目。

在欧洲和美国，我见到的大都是中世纪哥特式尖顶天主教堂。这样的教堂在俄罗斯不多见。俄罗斯最具影响的是东正教。东正教堂的特征是屋顶是鼓形穹顶，外形酷似洋葱头。

我最早见到的东正教堂是在上海新乐路、襄阳北路口，那里有一座俄罗斯风格的东正教堂。这座教堂建于1931年，堂体造型古朴圆浑，屋顶上五个鼓形穹顶，装饰以美丽的孔雀蓝色，与奶白色的墙面，在蓝天白云下浑然一体，显得格外壮丽。后来，在哈尔滨，我也见到造型类似的东正教堂。

这一回，我算是来到了"洋葱头"的故乡。"洋葱头"式的东正教教堂，星罗棋布于俄罗斯、乌克兰城乡，足见东正教在那里是何等昌盛。这种"洋葱头"，最常见的是金色的，也有红色、蓝色、绿色、黑色的。东正教的牧师，则戴黑帽、穿黑色长袍。

在苏联解体之后，东正教在俄罗斯发展非常迅速，75%的人信东正教。普京非常重视东正教，他本人笃信东正教，他试图把东正教立为俄罗斯的"国教"。普京如此重视东正教，其真正的目的，如他所言："纠正目前俄罗斯人民思想的混乱，克服精神空虚现象。"

东正教是俄罗斯的国教

作者夫妇在圣彼得堡滴血教堂

普京的这句话，道出了在苏联以及苏联共产党解体之后，俄罗斯普遍出现思想混乱和精神空虚现象。普京力图以东正教代替原先的马列主义，成为俄罗斯"国家和全体人民的道德准则和精神支柱"。其实，除了普京所说的原因之外，我从俄罗斯朋友那里还了解到一个历史原因，那就是在斯大林时代执行了错误的宗教政策，禁止、取缔东正教，以至把教堂改为仓库，甚至把教堂炸毁！

东正教曾经是沙皇政权的柱石。布尔什维克在推翻沙皇的同时，就把攻击的矛头指向了东正教。东正教的主教受到残酷的镇压。在1917年十月革命之前，莫斯科有着848座东正教教堂，但是到了1990年只剩下78座还开着门。大多数的教堂被布尔什维克炸毁、拆除。俄罗斯原本还有5000多座东正教男女修道院，也被布尔什维克改建为工厂和仓库。

在斯大林时代，由于长期压制东正教，作为一种逆反心理，俄罗斯人在苏联解体之后便大兴东正教。正是在这样的背景之下，东正教这几年在俄罗斯以空前未有的速度大发展。即便是在俄罗斯国民经济不景气的日子，东正教的教堂却到处在整修以至新建。

据说，整修、新建东正教教堂的资金，全部来自教徒！普通的教徒当然无能为力，然而那些新贵们大把大把给东正教教堂捐款，使东正教有了充裕的资金。

东正教最初流行于希腊语地区，叫希腊正教。由于希腊处于罗马帝国东部，所以又叫东正教。东正教教堂除了那一眼就能辨认的"洋葱头"屋顶之外，还在于屋顶上高高耸立的与天主教不同的十字架：底部多了一根短短的斜线。据说，这根短短的斜线一头指向天，一头指向地，意味着信徒如果一生从善，死后会升上天堂；如果一生作恶，那就在死后跌进地狱。

俄罗斯的教堂林林总总，千姿百态。在我所见的诸多俄罗斯教堂之中，我最喜欢圣彼得堡"滴血教堂"的典雅造型。

这座教堂的正式名字叫基督复活教堂，可是人们都习惯于称之为"滴血教堂"。这个有点怪异的名字，是因为1881年3月1日，沙皇亚历山大二世乘坐马车经过这里，受到政敌民意党的突然袭击。炸弹爆炸，沙皇亚历山大二世鲜血淋漓，死于此地。为了纪念沙皇亚历山大二世，就在此地建造教堂。这座教堂是纯俄罗斯风格的，从1883年开始建造，到了1907年才终于完工。

"滴血教堂"总共有五个"洋葱头"，这五个"洋葱头"形态、色彩各异。既有常见的圆金顶，也有用螺旋彩条或者彩色马赛克装饰的。这五个"洋葱头"错落有致，整座教堂显得非常高雅。

佛教圣地 极乐西天

印度瓦拉纳西是佛教的发源地。

唐朝高僧玄奘当年历经千辛万苦，最终要到的"极乐西天"，指的就是瓦拉纳西。

印度是佛教的发源地，很容易使人产生错觉，以为印度是佛教国家，到处是佛寺。我到了印度才知道，印度只有0.8％的居民信奉佛教，不仅远远少于印度教和伊斯兰教，也少于基督教、锡克教，仅比耆那教徒多一些，在印度的6大宗教之中居第5位。正因为这样，我在印度旅行，几乎没有看见佛教的寺院，不像泰国那样，到处是佛教的寺院。

佛教圣地鹿野苑，在瓦拉纳西西北10公里处。由于路况不好，轿车开了大约40分钟，来到鹿野苑。

鹿野苑这名字，源于一个典故：据传，这里曾经是一片遮天蔽日的原始森林，林中有鹿群出没。当地国王经常来此猎鹿，鹿王于心不忍，与国王达成

印度鹿野苑达曼克佛塔

协议，每日向国王献上一鹿，以免群鹿遭殃。一天，轮到一只有孕母鹿进献国王，鹿王不忍，代母鹿去王宫。国王大为感动，从此不再猎鹿，并将此地辟为鹿苑。

鹿野苑成为佛教圣地，同样也源于一个典故：据传，在公元前5世纪，佛祖释迦牟尼在菩提伽耶悟道成佛后，西行200公里，来到鹿野苑，在这里对父亲净饭王派来照顾他的5个随从讲解佛法，向他们阐述人生轮回、苦海无边、善恶因果、修行超脱之道。这5人顿悟后，披上了袈裟，成为世界上最早的佛教僧侣。至此，佛教最终具备了佛、法、僧三宝，成为真正意义上的宗教。释迦牟尼从此开讲弘法45年，讲经300多处，化度弟子数千人。至今2000多年来，释迦牟尼所倡导的佛教教义已经传遍全球，全世界佛教徒已超过5亿人。

当年，中国高僧玄奘来到鹿野苑，他在《大唐西域记》中写及鹿野苑的盛况："鹿野伽蓝，区界八分，连垣周堵，层轩重阁。"

然而当我步入鹿野苑，出现在我眼前的却是大片大片的断垣残壁，如同中国北京的圆明园。从那断垣残壁可以看出，当年的鹿野苑的佛寺的规模是相当宏大的。

北京的圆明园是遭到八国联军的烧杀掠夺，才变成一片废墟，而鹿野苑的佛寺是在11世纪遭到穆斯林入侵，土耳其人把这里的佛寺破坏殆尽。唯一在浩劫中得以保存的，是主寺西南的一座大圆桶似的高大建筑，高达39米，直径达28余米，名曰达曼克佛塔。

玄奘在《大唐西域记》中，曾经写及达曼克佛塔："精舍（即寺院）西南有石翠堵坡（即达曼克佛塔），无忧王建也。基虽倾陷，尚余百尺，前建石

膜拜

柱，高七十余尺，石含玉润，
鉴照映彻……"

所谓"无忧王建"，即阿
育王时期的建筑。大约是达曼
克佛塔过于高大，而且又是实
心的石塔，土耳其人砸也砸不
掉，烧也烧不着，总算躲过一
劫，直至今日仍然屹立着。

在我看来，达曼克佛塔造
型极其特别，跟中国的石塔截
然不同。达曼克佛塔看上去
像热水瓶，分为两部分，下
面是瓶身，上面是瓶盖。达
曼克佛塔是用花岗岩砌成，
呈黄褐色，"瓶盖"部分的
颜色更深一些。达曼克佛塔
表面的花岗岩上，刻着佛教
的图案。

达曼克佛塔前是大片翠绿
的草坪。我看见草坪端坐着许

印度四面狮石雕

印度的喇嘛

多僧人和喇嘛。我走近达曼克佛塔，看见上面挂着好多条雪白的哈达，那是佛教徒敬献的。达曼克佛塔的底座上，放着一圈塑料杯，一个妇人正在往一个个杯子里倒进纯净水或者橙汁，以供远道而来的信徒们饮用。

我还看见，许多虔诚的信徒在那里一步一拜，五体投地。在草地上，还有来自西方的高鼻碧眼的信徒，在那里铺了一块毯子，然后在毯子上朝着达曼克佛塔循环地做着扑倒、五体投地、起来、再扑倒、再五体投地、再起来……

在19世纪，英国考古学家依据中国唐朝玄奘在《大唐西域记》中的记载，对鹿野苑遗址进行大规模的发掘，发现这里有四五层垒叠的寺庙和僧房遗址，说明这里的佛塔和寺庙在历史上被反复修缮建造过很多次。

英国考古学家追寻玄奘在《大唐西域记》中追寻所写的，在达曼克佛塔前"建石柱，高七十余尺，石含玉润，鉴照映彻"。这样高大、沉重的石柱，势必没有被土耳其人砸碎，而是被推倒，埋在了地下。

经过仔细发掘，英国考古学家在1896年终于找到这巨大的石柱。这石柱始建于公元前3世纪，是印度孔雀王朝的阿育王为纪念佛祖而修建的，被称为"阿育王石柱"。虽然阿育王石柱曾经遭到破坏，但仍横倒在原址。石柱由灰色大理石雕成柱高达15米，底座是莲花，上面是圆形底盘，四面刻着四个守卫四方的守兽：东方是象、南方是马、西方是牛，北方是狮。还有24根辐条的法轮。碑身上有句用梵文书写的、出自古代印度圣书的格言："唯有真理得胜。"最精美的是阿育王石柱的方形柱头，四面刻有四头雄姿勃发的狮子，分别朝向东南西北，人称"四面狮像"，象征信心、勇气和力量。在印度独立后，四面狮像作为印度共和国国徽的图案，成为印度的象征。

鹿野苑设有"鹿野苑考古博物馆"，该馆建于1910年。我细细参观了这个博物馆，看到历年来在鹿野苑进行发掘所取得的成果。尽管都是石刻、石像，但是禁止摄影，非常遗憾。在这个规模很大的博物馆里，我看到了佛教如何在印度诞生并成长为世界性的宗教的历程。

佛教通过唐朝高僧玄奘"西天取经"传入中国，深刻地影响了中国文化。然而，作为佛教发源地的印度，佛教却逐渐式微，被印度教所取代。

在鹿野苑佛寺东北，有一棵巨伞般的菩提树，青枝绿叶，非常浓密。据说这棵菩提树是从菩提伽耶的那棵大菩提树上折枝移植而成的。当年，释迦牟尼就是在这棵树下第一次向5位弟子讲经的。我在那里看见释迦牟尼向5位弟子讲经的雕塑。释迦牟尼和5位弟子都身披金光闪闪的迦裟，仿佛这金光穿过时间隧道，照耀着全球5亿佛教信众。

泰国无处不在的佛

在泰国，在宾馆的大门口，我常常见到装饰精美的"亭子"。细细一看，方知是佛龛。上面供奉着佛像，像前香烟缭绕。

这种佛龛，大小不一。大的如同一座凉亭，小的如同一个柜子。在百货商场门口，在饭店门口，在汽车加油站门口，在家家户户门口，几乎都可以见到大大小小的佛龛。

尽管泰国也有基督教、天主教、伊斯兰教，但是90％以上的泰国人信佛教。正因为这样，泰国宪法规定佛教为"国教"。

佛教在泰国，深入到每个角落，深刻地影响了一切。佛教寺院，遍布全国，竟有三万多座。据泰国朋友说，泰国男子可以不当兵，但是不能不当和尚。每个男子，在年满20之后，都要当三个月以上的和尚。

泰国的寺院如此普遍，最初是由于泰国的教育事业不发达，学校极少，而进寺院当和尚，可以识字学文化，而且吃住都"免费"，所以寺院起着学校的作用。于是，农民们纷纷集资建造寺院，并且把男孩子送到寺院当和尚。

这种民间集资建造的寺院，叫做"民寺"。由国王和王室拨资建造的寺院，则叫"皇寺"。通常，"皇寺"要比"民寺"豪华得多，规模也要大得多。不过，"皇寺"不多，大都建造在大城市，而"民寺"则遍布全国各地。泰国朋友告诉我，要想知道一个地方富不富，只要看当地的"民寺"就明白了。"民寺"越大、越豪华，表明那个地方越富裕。

如今，泰国男子在成长的过程中，要当一段时间的和尚，就像要上几年学一样，是必不可少的。没有当过和尚的男子，就连"找对象"也困难。因为在泰国人看来，只有当过和尚的男子，心地才会变得善良。

一位泰国朋友开玩笑地说，好在泰国和尚可以吃荤，只是不许饮酒罢了。再说，当和尚的时间长短不拘，几年也罢，几个月也行。在泰国，如今和尚的总数，达50万之

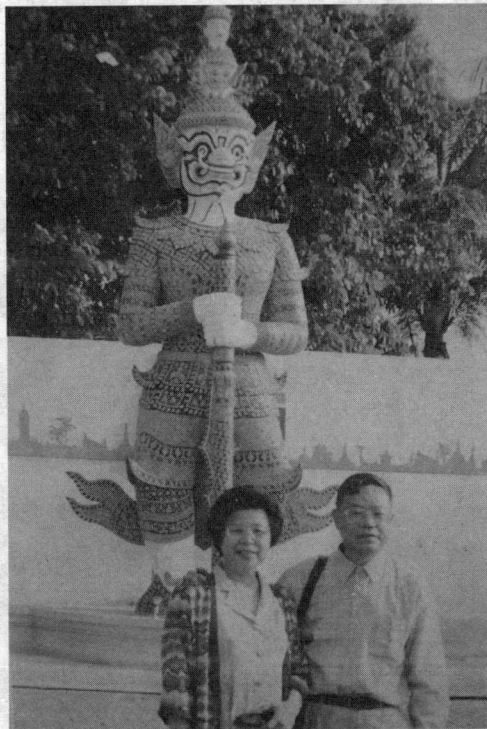

泰国是佛教国家，到处见到佛像

众。在街上，常可以见到身披黄色袈裟的和尚。和尚路遇女子，远远避开。

和尚双手合十，表示敬意。这一动作，如今成为泰国的礼节。我在泰国遇见朋友，也学会双手合十，表示问候。

不过，当人们向和尚施礼时，和尚并不答礼。据说，就连国王向和尚施礼，和尚也不答礼。

佛教教人乐善好施，莫盗莫娼。在佛教深刻影响下的泰国，治安状况倒是不错。我注意到，在泰国几乎没有什么窗户上装铁栅栏的。主人外出时，甚至还敞开着窗户。虽说在泰国可以自由买卖枪支，民间可以备枪，但是泰国的治安仍相当好。

尽管泰国宾馆的大堂里都写着"贵重物品请随身携带，若在所住房间遗失，概不负责"，但是我在泰国旅行，没有丢失任何物品。

星条旗下的中国寺院

未去美国，就听说西来寺的大名。西来寺是美国洛杉矶一座规模宏大的中国寺院。西来寺属于台湾佛教体系。西来寺的开山鼻祖，乃台湾佛教界领袖星云大师。

我前往西来寺采访。我见到绿树丛中，拥着一座上覆黄色琉璃瓦的山门，上写"佛日增辉"。那就是西来寺。这在一派西洋建筑的洛杉矶，很难得见到如此东方风格的建筑。

西来寺的英文名称为"国际佛教促进会"，而中文名字西来寺取义于"大法西来"。

西来寺就在洛杉矶市区内，依山而筑。跟中国大陆的寺院不同的是，山门之后，是一硕大的停车场。我去的那天，寺里没有举行什么活动，但停车场上仍停着不少轿车。据云，在洛杉矶，有许多虔诚的佛

194

美国洛杉矶西来寺

教徒，常常自愿前往西来寺，义务为寺里做事，诸如清扫之类。这里的停车场可以停200多辆汽车。

我走出轿车，见一片黄瓦黄墙，跟中国大陆的寺院无异。迎面所见是五圣殿。当我步上台阶时，发觉台阶是水磨石的，平整而光亮，一尘不染。殿内铺着红地毯。佛殿是用钢筋混凝土建造的，是以现代建筑材料建成的。殿侧，既有现代化的洗手间，也有电梯。

在五圣殿里，我见到五座菩萨塑像，即普贤、地藏、弥勒、观世音和文殊这五大菩萨，亦即"五圣"。这五大菩萨，分别代表五种佛德，即大行、大愿、大慈、大悲、大智。

在五圣殿之后，便是大院和大雄宝殿。跟中国大陆的寺院一样，大雄宝殿是整个寺院的中心。西来寺的大雄宝殿高达65英尺，相当壮观。

最为引人注目的是，在大雄宝殿之侧，高高地飘扬着一面星条旗。可以说，这面旗帜标志着西来寺是一所不同于众的寺院。寺内挂着的佛家禅语，也中、英文对照。

在大雄宝殿之后，则是怀恩堂，其外形颇似北京的天坛。此外，还有藏经楼、贵宾室、讲演厅、办公厅、交谊厅、招待所、餐厅等等，规模颇为宏大。

我在禅室拜访了依超法师。她戴一副近视眼镜，文质彬彬。她是星云大师的得意门生。

她告诉我，星云大师现在台湾。他是台湾佛光山的开山宗长，常驻高雄。有时也来西来寺。不过，他很忙，行踪不定，四处云游，前些日子到英、法、德、瑞士、加拿大等国弘法。

禅室里写着："佛光人的工作信条：给人信心，给人欢喜，给人希望，给人方便。"

依超法师跟我谈话时，我注意到她身后的镜框里，用中、英文写着这样四句话：

"善似青松恶似花，
看看眼前不如他。
有朝一日遭霜打，
只见青松不见花。"

这样通俗易懂，顺口好念、好记的禅语，在西来寺到处可见。这可说是"星云风格"。

星云很擅长于用这样生动、形象而又浅显的语言宣传佛教哲理。在禅室里，依超法师介绍我看那里陈列着的星云大师著作，大体上都是这样的风格。他是一个擅长写作、擅长演说，富有鼓动力的和尚。他具有广泛的影响力，不能不说跟他擅长宣传鼓动有关。

日本数不胜数的神社

在日本，神社很普遍：在东京，当我来到浅草寺，在正殿东侧便见到一根方形石柱上，刻着"浅草神社"四个大字；在大阪城公园，我参观了"丰国神社"；在京都，神社更多，我拍摄了"平野神社"、"救地神社"的照片；在三重县伊势神宫，我还拍摄了日本民众穿着鲜黄色马甲在戴着高帽的神道教教士带领下参拜的照片。

据统计，全日本有十万多座神社。神社的中文原意是"土地神庙"。神社是日本人与神道教的精神图腾与信仰中心。

在明治时期，实行神道国教化政策，神道教被定为日本的国家宗教，使神道教在日本盛行，直至今日。

神道教是在6世纪传入日本。最初，神道教在日本曾经与佛教有过几次冲突，不过，很快的，这两种宗教得以和谐共存，甚至彼此补充。神道教没有一位创始人，它也没有像佛经或者《圣经》那样的神圣法经。神道教崇尚"神道神"，亦即"在上者"。"在上者"是一种神圣的精神，以对生命重要的事物和概念的形式而存在，例如风、雨、山、树、河。人死后，就成为"在上

京都平野神社

者"。杰出的人物死后，成为"在上者神"，在神社里供奉着，供信徒参拜。创世之神——天照大神，被认为是神道教里最伟大的神，因为第一位天皇神武天皇便传说是天照大神的孙子。

我在日本参观了神社之后，发觉神社跟佛教寺院的最大的不同是在于，佛教寺院的大殿里，总是在最显著的位置供奉着形象高大、金光闪闪的佛像，而神社是"神道神的住所"，在那里见不到任何神道神的塑像，只有牌位而已。代表神道神的神物，存放在任何人都不能看到的神社最里面的密室。祭祀时只是对着"在上者"的牌位参拜。

神社最明显的标志，就是大门口竖立着一个希腊字母"Π"形的标志，是在两根木柱之上横着一根两端出头的木梁（叫做"笠木"）。木柱和木梁通常漆成橘色或者黑色。这个"Π"的日文名字叫"鸟居"，意即神社的"出入口"。也有的"鸟居"是用青石做的。对于神社来说，鸟居是划分俗界与圣域的象征。即鸟居之外是俗界，鸟居之内是圣域。

神社的建筑分主殿和供奉殿。主殿最里面的内室供奉着神社神圣的物品，而访客则在供奉殿做祷告和供奉。

神社里设有祈愿板。游客把他们的愿望写在这些木板上然后留在神社，诸如身体健康、事业成功、顺利升学、爱情美满或升官发财，企求愿望成真。

日本人大部分信奉神道教，也有不少信奉佛教。日本信奉基督教或者天主教的不多。在西方，处处可见高高的挂着十字架的教堂，在日本却鲜见教堂。我只在静冈县滨名湖畔，见到一座小巧精致的教堂。

步入大同教的莲花庙

在印度新德里东南，我走访著名的莲花庙。我注意到，在莲花庙大门口的高大的黑色铁栅栏右侧，醒目地写着：

"无论何种宗教、种姓都可以来这里祷告、休闲。"

在印度成千上万的各种各样的寺庙里，都只允许本教的教徒前来祷告，总是排斥异教徒的。然而唯独莲花庙敞开大门，欢迎不同宗教信仰的人们齐聚这里，共同祷告。正因为这样，乌玛桑戈告诉我，他是印度教徒，他也喜欢来到这里。

莲花庙又名灵曦堂，是大同教的教庙。我还是第一次听说大同教。大同教在印度只有5万教徒，是一个很小的宗教，但是作为大同教的教庙，前来莲花庙的人川流不息，每天都有上万人来到这里。

大同教的宗旨如同教名，即"天下大同"。印度的六大宗教印度教、伊斯兰教、基督教、锡克教、佛教和耆那教都有着悠久的历史，而大同教却是新创

新德里莲花庙

立的宗教，只有一百多年的历史。

大同教创立于1844年，是由一位名叫巴哈奥拉的伊朗人创立的，所以大同教又称巴哈奥拉教。大同教有崇拜神，但是不崇拜偶像，不需教士，也无复杂的祭祀仪式。大同教的教义主张，"融合各种族、国家和宗教，并组成一个人类的大家庭，建立持久的世界和平，扫除各种迷信和偏见"，亦即"世界大同"。

大同教摒弃宗教的偏见，主张普世和谐，所以虽然历史短暂，却受到许多人的赞同。如今，大同教在世界各地拥有一千多万人教徒。大同教是创立30年后传入印度的。

大同教是新教，莲花庙也是新庙，落成于1986年。我步入莲花庙，发现莲花庙的造型在印度的千寺万庙中是独特无二的。

放眼望去，在一大片绿茵茵的草坪正中，是一条中间铺着红砖、两边镶着白瓷砖的大道。在长长的、笔直的大道尽头，在蓝天的衬映下，巍然矗立着一座巨大的雪白的建筑物，外形如同一朵含苞待放的莲花。莲花庙之名，便由此而来。

遥望莲花庙，令我记起悉尼歌剧院。看上去莲花庙一点也不像寺庙，而是像一座剧院、会场。我问我的印度朋友乌玛桑戈，这里是不是举行歌舞表演或者大型会议？他摇头说，除了祷告之外，不作任何其他用处。

我又问，别的大同教庙是否也是莲花造型？乌玛桑戈又摇头说，大同教庙不像别的教庙，从不千篇一律。

大同教在世界五大洲各建一座灵曦堂，分别位于美洲的美国伊利诺州威尔米特，大洋洲的澳大利亚悉尼，非洲的乌干达坎帕拉，欧洲的德国法兰克福，而亚洲则建在印度新德里。这五座灵曦堂各不相同，都是依照当地的特色由建筑师发挥想象力设计的，所以都是别具一格的。

新德里的莲花庙，是由伊朗设计大师法里布兹·萨哈巴（Faribuz Sahba）设计。里布兹·萨哈巴在设计前考察了数百座印度教寺庙，也仔细研究了印度的历史、文化，最后选定了莲花造型。

法里布兹·萨哈巴认为，莲花在印度受到普遍的喜爱，从莲花被选定为印度的国花这一点就可以看出莲花在印度人心中的地位。莲花意味着清净、圣洁、吉祥。另外，不论是在印度教或者是佛教中，莲花都被视为神物。所以选用普遍受到印度人以及各种宗教喜爱的莲花造型，正是体现了大同教的天下大同的思想。

就莲花而言，法里布兹·萨哈巴选中了含苞待放的莲花，而不是盛开的莲花，这当然是由于合拢的莲花才适合设计成巨大的祈祷厅，而且含苞待放的莲花意味着充满希望，意味着美好的未来，象征大同教的圣洁、超欲出凡。

我沿着中间的大道走向莲花庙。莲花庙外层用白色大理石贴面，通体雪白，在阳光下格外耀眼，显得纯洁无瑕。

据说，莲花庙耗资1亿卢比，全部来自大同教教徒的捐款。

近了，近了，我看见莲花庙总共4层，高34.27米，底座直径74米，底层是用红砂石砌成，砖红色。上面三层是由27片花瓣组成，每层9片。第一层的花瓣开放，第二层的半开，最顶层欲绽放而未绽放，富有立体动感。

底座边上有9个连环的椭圆形清水池，烘托着这朵巨大的"莲花"，仿佛漂在镜子般平而静的水面之上。

在这里，强调一个数字——9。大同教以为，9为数字最高之意，象征着完整、一致和团结。正因为这样，尽管五大洲的大同教灵曦堂造型各不相同，但都是9边形。就这一点来说，体现了大同教灵曦堂的共同特点。

我走到椭圆形的清水池旁，依照印度的习惯脱鞋，走过清水池上的桥梁，然后走向祈祷厅。在桥上，有大同教的义工（中国叫志愿者）在向参观者散发莲花庙以及大同教简介，还有义工在维持秩序，请参观者排成长队，有序进入祈祷厅，并告知在祈祷厅要保持缄默。

我步入祈祷厅，展现在我眼前的是一个巨大的圆形的大厅。地面铺着白色大理石，上面安放着一排排按照圆弧形排放的椅子，总共可以坐1300人。这里既没有神像，也没有宗教雕刻、壁画，看上去很像剧院或者会场。

祈祷厅里鸦雀无声。我见到各种打扮的男男女女静静坐在椅子上，以各种各样不同的姿势在祷告——大同教兼蓄并纳，不论是印度教徒、伊斯兰教徒、基督教徒，还是锡克教徒、佛教徒、耆那教徒，都以各自的宗教姿势默念着各自的教义，在这里向上天祈祷。

在莲花庙，我感悟到不同国家、不同民族的文化，有着诸多共同互通之处。对于莲花的喜爱和赞美，便是印中文化的互通点之一。

一位印度古代诗人曾用古梵文描写他的妻子："卿眼如莲苞，手如莲花，臂如莲藕。"

在印度的恒河流域曾经出土公元前3000年的一尊裸体女神石雕像，头上戴着莲花花冠。

佛教起源于印度，佛教尊莲花为神物，故佛经称"莲经"，佛座称"莲座"、"莲台"，佛寺称"莲宇"，僧舍称"莲房"，架裟称"莲衣"，佛国称"莲界"。

在中国，莲花被崇尚为君子。

最有代表意义的是北宋周敦颐的《爱莲说》，称："菊，花之隐逸者也；牡丹，花之富贵者也；莲，花之君子者也。"周敦颐赞美莲花："出淤泥而不染，濯青涟而不妖，中通外直，不蔓不枝；香远益清，亭亭净植；可远观而不可亵玩焉……"

明代王象晋所著《群芳谱》中则称颂莲花："凡物先华而后实，独此华实齐生。百节疏通，万窍玲珑，亭亭物华，出于淤泥而不染，花中之君子也。"

正因为这样，走访新德里的莲花庙，很容易引起我的共鸣，也使我对莲花庙的文化含义有着深刻的理解。

我虽然并不信奉大同教，但是我赞同大同教对于天下大同、宗教和谐的追求。就这个意义上讲，莲花庙是海纳百川精神的象征，是君子之庙。

印度的锡克教金寺

自从锡克教徒曼莫汉·辛格成为印度总理，缠着蓝色头巾、长着络腮白胡子的他活跃在国际舞台上，使锡克教引起广泛的关注。

我问印度朋友乌玛桑戈，锡克男子长长的头巾，是每天缠上去的呢，还是像帽子那样戴上去的？乌玛桑戈告诉我，是每天缠上去。头巾很长，头发又长，缠头巾相当费时费事，或者是自己缠，或者是家人帮助缠。锡克男子由于裹头巾，蓄长须，显得形象很鲜明，令人一眼就认出是锡克族，而锡克女子的打扮没有特色，无非是披一块头巾而已，所以锡克女子没有给人留下特别的印象。

新德里的锡克教金寺

在新德里，我走进锡克人的大本营——锡克教金寺，使我对锡克人有了第一次"亲密接触"。

我刚走进大门，就受到两位锡克族长者的友好接待。他俩见我和妻是外宾，便领着我们进入接待室。在那里，他们给我和妻裹上了黄色的头巾。原来，按照锡克教规则，光着头是不允许进入锡克教金寺的。我在来宾登记本上，写下我的名字。另外，进入锡克教金寺必须脱鞋。

锡克教金寺，即锡克教堂、锡克庙，按照锡克教的称呼，叫"上师之家"。走过一座铺着绿色地毯的长廊，迎面就是锡克教金寺。两层的锡克教金寺，外墙用白色大理石贴面，通体雪白，显得圣洁。最耀眼的是顶上正中的一个大圆顶，用纯金包裹，在阳光下熠熠生辉。"金寺"之名，便来自于这个巨大的金色大圆顶。在顶上四角，各立有一个小金圆顶，如同众星拱月，使金色大圆顶更加灿烂。

锡克教金寺设有东南西北四道大门，表示锡克教欢迎四方信徒及宾客。我从南大门走进，走向铺着地毯的宽敞的圣堂。圣堂是锡克教举行宗教活动的中心，是教徒礼拜的地方。圣堂里没有神像，而是安放着两个大箱子，箱子里放着锡克教的经典。箱子外面用布盖起来，有两个人不时拂尘，使箱子干干净净，一尘不染。锡克教徒崇拜的是锡克教经典。看见我锡克信徒走近"经典上师"跪拜，前额触地，非常虔诚。

锡克教宗教符号

另外，圣堂还有诵经者，在那里念念有词，朗诵着锡克教的经典。

锡克教是16世纪在印度北部旁遮普地区创立的。旁遮普语的"锡克"（Sic）一词，意思是"门徒"。在《锡克教徒生活方式指南》的引言中，锡克教教徒的定义是："锡克教教徒信奉单一的神、十位上师、锡克教圣典和锡克教其他经书。此外，他们必须相信锡克教洗礼仪式的必要性和重要性；另外，他们基本信念是将个人的私生活与锡克教教徒社会一员的共同生活互相关联。"

锡克教创始人是那纳克（1469~1539），出生印度北部的旁遮普贵族，是一位诗人。据称，他在30岁的时候，"蒙召往上帝的宫廷"。从此，他"所跟从的道路，既不是印度教，也不是伊斯兰教，而是来自上帝的道路"。于是他以"上师"的身份，在印度北部说教达20年，创立了锡克教。

那纳克是锡克教的第一位"上师"。他从优秀而虔诚的教徒中选定接班人，作为新一代的"上师"。此后一代又一代"上师"不断传承。在第十位"上师"戈宾德·辛哈被暗杀后，虽然还有其他人继任领导，但都不再称为"上师"。戈宾德·辛哈在去世前指定锡克教的经典《阿底格兰特》为第十一任"上师"。这样十位"上师"和《阿底格兰特》成为锡克教的灵魂。

锡克教要求男信徒有5条要求，即蓄长发长须、加发梳、戴钢手镯、佩短剑和穿短衣裤。其中的缘由是：

终身不剪发，蓄长须，是表示睿智、博学和大胆、勇猛；

加发梳、缠头巾，是为了保持头发的整洁；

戴钢手镯象征锡克教兄弟永远团结；

佩短剑表示追求自由和平等的坚强信念；

穿短衣裤是为了区别于印度教教徒穿着的长衫。

不过时至今日，锡克教男子已经很少穿短衣裤、佩短剑，但是仍普遍蓄发、加发梳、戴钢手镯。

在公众场合，不同于众的裹头巾、长髯飘然的锡克教徒，一眼就能分辨出来。

锡克教要求教徒做到"五戒"，即不偷盗、不奸淫、不抽烟、不吸毒、不叛教。锡克教强调要勤劳、勇敢，以乞丐为耻。因此乞丐中鲜有锡克教徒，而且锡克教还反对向乞丐施舍。

锡克教还强调要内部团结，互为兄弟，一家有难，八方帮助。锡克教堂可供教徒休息，而且免费施舍素食。

我从北门走出锡克教金寺的圣堂，迎面是一个百米见方的方形水池，或者说是一个方形的湖。四周铺着白色大理石。锡克教徒捧着池水撒在身上，用以洗涤灵魂的污垢。

　　我穿着一双薄袜，缓缓沿着冰凉方形水池边上的大理石走了一圈，冬日的太阳暖暖地照着，清澈的池水在阳光下泛着星星点点的金波。哦，是锡克教金寺上金色的圆顶，把金光撒在一池清水之上，使池水益发显得纯净和透明……

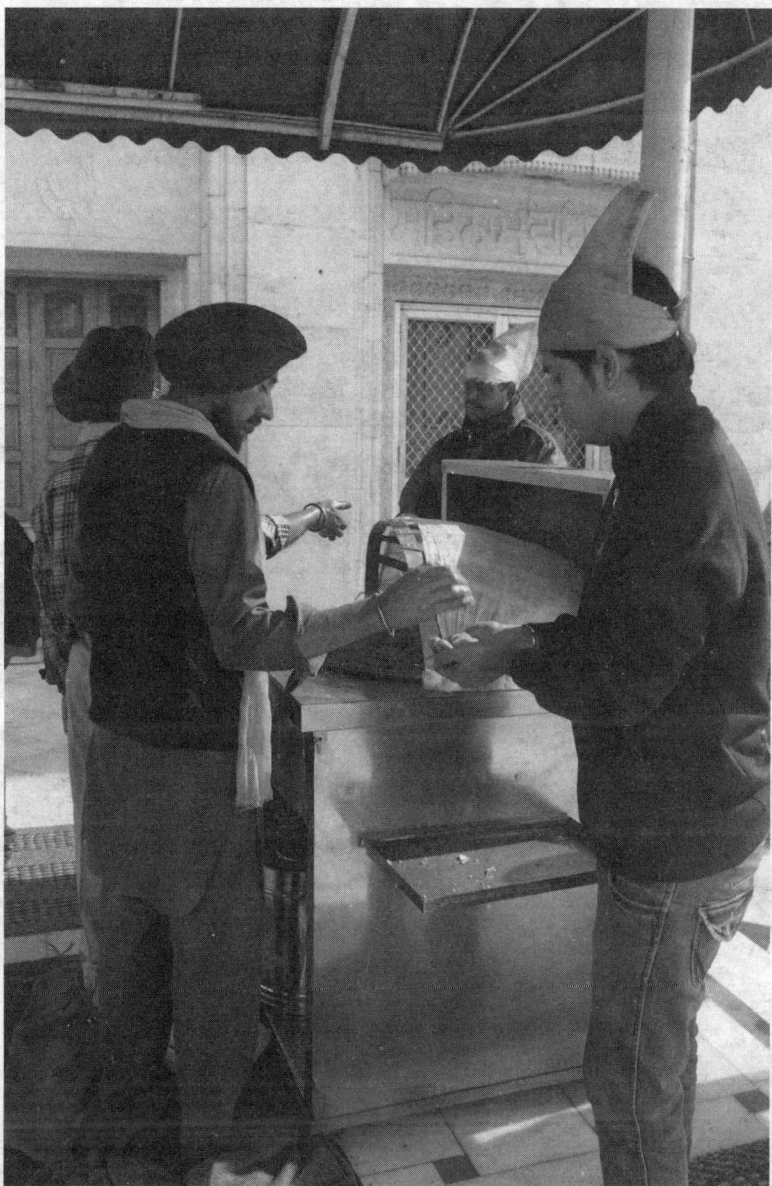

进入锡克教金寺前要净手

第十章　唐人街巡礼

世界各国差不多都有唐人街。唐人街又叫中国城，既是华人在国外的聚居地，也是华人在国外的根据地。作为中国人，自然的，每到一个国家，每到一座城市，我总是要寻找那里的唐人街，寻访那里的华人。

"天下为公"门楼矗立在旧金山

在旧金山国际机场新的候机楼落成不久，就有几位旧金山的华人投书当地报纸，批评机场的各种标志牌上只写英文，不写中文。

倘若在美国其他城市，恐怕就不会听到此类批评。

在旧金山市市区70多万人口之中，华人就占了十多万。也就是说，在七个旧金山人中，就有一个华人。

难怪，我听见当地一位朋友说："旧金山是中国人最容易生存下去的城市，即使你的英语很差，在这里讲汉语也能找到工作。"

难怪，我又听见当地一位朋友说："旧金山是学英语的环境最差的城市，因为中国人太多，讲来讲去讲汉语，反而学不好英语。"

透过这桩小事，足以看出旧金山的华人之多！

旧金山的中国城，是除了亚洲地区之外的最大的中国人聚居处。

从旧金山市中心联合广场往北，就可以见到一个中国式的牌

在美国旧金山唐人街见到五星红旗

坊，上写"天下为公"四个大字。这个牌坊成了"中国城"的标志。在路上，如果问美国人，"Chinatown"（"中国城"）在哪里？他们必定指引你朝这个牌坊走来——尽管未到牌坊，一路上已经有许多写着汉字的商店。

旧金山的中国城很大，占据好多条街道。在那些街道上，商店的招牌都是"中西合璧"，既写英文，又写中文（这中文既有写繁体字的，也有写简体字的），构成一道特殊的风景线。

漫步中国城，中餐馆、中国食品超级市场、珠宝店、古玩店、服装店、中文书店等等，无一不齐全。

这里的餐馆一家挨着一家。既有粤菜馆、湘菜馆，也有鲁菜馆、淮扬菜馆。这里有正宗的北京烤鸭，也有南京的盐水鸭，上海的荠菜馄饨、小笼包子，还有潮州的卤水拼盘、椒盐田鸡，香港的港式点心，台湾的担仔面。从菜馆的"百花齐放"可以看出，中国城里的中国人来自四面八方。

旧金山的华人这么多，究其原因：

旧金山的北京奥运会T恤

一是历史原因，当年开发旧金山的时候，众多华人出了大力。华人也就在旧金山扎根。

二是地理原因，旧金山在美国西海岸，离中国近，与中国只隔着一个太平洋。

三是气候原因，旧金山气候温暖，近似于中国广东、福建一带，而且是海滨城市。在旧金山的华人之中，很多来自中国的广东、福建以及香港、台湾地区。

其实，华人是个统称。细细分析起来，又分为老移民与新移民：

老移民大都操粤语、闽南语。很多人在旧金山生活多年，有的是在旧金山出生——内中不少人是当年开发旧金山的华人的后裔。新移民则来自中国各地，以上海人、北京人居多。新移民大都具有高学历，在旧金山以及硅谷从事高科技工作。

就连离硅谷不远的奥克兰市，也有中国城，华人商铺占了四五条大街。

洛杉矶的"小台北"

洛杉矶华人最早的聚居地是在洛杉矶市中心。从那里的日落大道（Sunset Blvd）往北，便是中国城。城区大约以百老汇街（Broadway）为主轴，一直延伸至柏纳德街（Bernard St），那里有许多中国餐馆、商店、银行。

洛杉矶中国城那里大都是老移民。据说，在1850年，中国城还只有两个中国人住在这里。1870年至1880年，第一批华工近五千人来到洛杉矶，开垦土地、疏通河道，开始形成洛杉矶的中国城。然而，由于中国城处于洛杉矶的市中心，那里地方不大，面积有限，所以那里只是成为中国商铺的集中场所，尤其是密集的中餐馆，成为洛杉矶华人的购物、聚餐之地。

除了洛杉矶市中心的中国城，洛杉矶新兴的华人聚居地是有着"小台北"之称的蒙特利公园市（Monterey Park City）。这个中译名"蒙特利公园市"，念起来有点别扭。其实，那是因为市中心有个公园叫蒙特利，于是便以这个公园来命名这座城市，叫做"蒙特利公园市"。我在2007年6月来到洛杉矶的时候，便在蒙特利公园市住了多日。蒙特利公园市如今超过了洛杉矶市中心的中国城，成为洛杉矶最大的华人聚居地。该市现任市长为华裔伍国庆。

我一来到蒙特利公园市，沿途便见到许许多多中文招牌，既有三联书店，也有香港超市，还有张胖子餐馆。蒙特利公园市腹地广大，面积达7.7平方英里。

据统计，在1950年，蒙特利公园市的

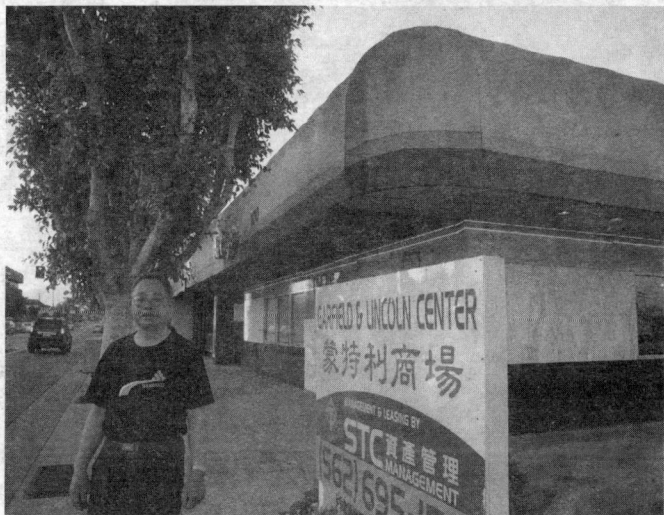

洛杉矶"小台北"的商场

白人居民的比例为99.9%。到了2000年，亚裔居民的比例上升到62%，其中华人占47%。

在华人移民之中，原本主要来自台湾，所以蒙特利公园市有了"小台北"之称。从20世纪80年代开始，来自中国大陆的移民人口开始超过来自台湾的移民人口。尤其是来自上海的移民甚多，"小台北"之称也就改为"小上海"了。

这里华人移民的层次也不断提高，已经从最初的开餐馆、摆小摊上升到开办高科技公司，形成大片的高科技园区。令我饶有兴味的是，到美国领事馆签证时，每个申请者都要在电脑指纹识别系统上留下左、右食指的指纹，而这电脑指纹识别系统便是出自尔湾高科技园区，居然还出自华人科学家谢明先生之手。谢明毕业于中国华南理工大学，在1980年到美国南加州大学攻读研究生。不久，在洛杉矶发生了一桩震惊美国的命案，一个绰号叫做"夜行者"的凶手在洛杉矶一连谋杀了13个人，警方靠着识别指纹抓住了罪犯。从此。他对用电脑识别指纹产生了兴趣，发明了电脑指纹识别系统。

纽约"第一华埠"

2007年7月，我在美国东部来来去去，都住在纽约的法拉盛。法拉盛地处纽约长岛，属于皇后区，在纽约市的东北。对于法拉盛我并不陌生，因为原先在这里住过。这里已经成为纽约华人的聚居地。法拉盛后来居上，聚集的华人比曼哈顿的唐人街更多，形成一条新唐人街，"纽约第一华埠"的桂冠落到了那里。

纽约唐人街上的提示牌：纽约，你做到有备无患了吗？

法拉盛的主街叫缅街（Main Street），街道两侧的商店几乎都挂着中英文对照的招牌，光是具有一定规模的中餐馆就有60来家。律师楼、旅行社、快递公司、美容店、婚纱店、夜总会、出租车、医院、诊所、殡仪馆，无一不全。就连人行道上，都摆满出售中国商品的小摊，诸如来自中国的塑料拖鞋、婴儿衣服、布帽、袜子之类，小贩们用标准的普通话在那里吆喝着。中国大陆的电视连续剧的DVD，随处可见，通常五美元一张碟。中文报纸《世界日报》、《星岛日报》，也摆在摊头。中文书店的规模也很大，来自中国大陆、香港、台湾的中文图书，摆满书架。据测定，每天法拉盛缅街的人流量已经超过20万。以缅街为主干，在两侧的中街、中巷、小街、小巷，又星罗棋布无数华人餐馆、宾馆、商店、超级市场。法拉盛一带华人开的制衣厂就有几百家，为制衣厂做后续加工的家庭类作坊更是不计其数。

跟曼哈顿唐人街不同的是，那里大都是来自广东、福建的老移民，而法拉盛则大都是来自中国大陆的新移民。此外，还有不少人来自中国的香港和台湾。

在费城，我见到用中文写成的"费城华埠"四个大字。那是费城唐人街所在地。费城也有许多华人。在那里的东方超级市场购物，我仿佛置身于中国，因为货架上中国货琳琅满目。这里有年糕，有粉丝，有酱肉，有盐水鸭，甚至还有来自上海的荠菜。不过，这里的中国货普遍比旧金山贵，因为这里离中国比旧金山远，运费也就更贵些。出入东方超级市场，大都是华人。

华盛顿也有不少中国人。华盛顿也有唐人街，有中国餐馆。在一个名叫"汉宫"的大型中国餐馆里，我吃到了十分正宗的中国餐。餐厅常常爆满，200多华人围坐在20多张圆桌之侧同时用餐，对于华盛顿而言，这是蔚为壮观的华人聚餐场面。

我在波士顿的唐人街品尝龙虾。波士顿的唐人街的入口处，竖立着高高的中国式牌坊，一面写着"天下为公"，另一面写着"礼义廉耻"。牌坊之下，蹲着两只中国石狮。波士顿的唐人街大约占了整整三条街面，规模相当大。这里有各种商铺，但是以餐馆最多。

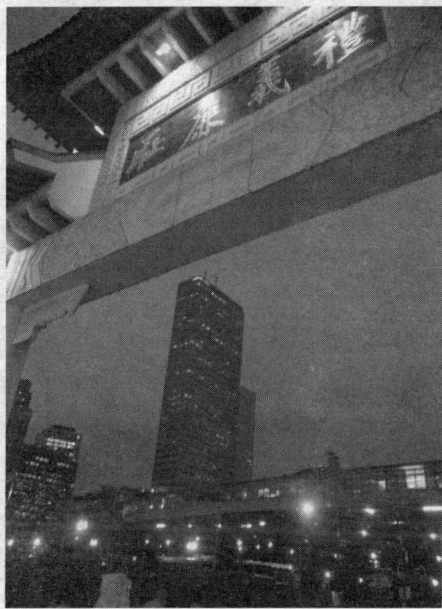

美国波士顿的唐人街的"天下为公"和"礼义廉耻"牌楼

温哥华的中国城

在加拿大温哥华的中国城，我见到斗大的汉字"中华门"、"中华文化中心"、"中山公园"。

华人占温哥华总人口的16%。这里的唐人街规模很大，在北美仅次于旧金山。这里的中文学校，就有30多座。这里大都是老式的二三层楼商铺，沿街而筑。这里的华人大都是老移民。

温哥华的列治文，我见到新唐人街，那里以新移民居多，

在新唐人街的一家中文书店。我很有兴味地踱了进去。这里的书，有来自中国大陆，也有来自香港、台湾。既有金庸的武侠小说，又有琼瑶的言情小说，还有卫斯理的科幻小说。据说，卫斯理科幻小说的作者倪匡先生已经从香港移民到加拿大。

我注意到书店里的畅销书之中，有《WTO与中国》、《进军北京》、《进军上海》之类的书。所谓"进军北京"、"进军上海"，是指如何打开北京市场和打开上海市场。

新唐人街统一广场的二楼，许多家中国小吃店聚集在这里，馄饨、饺子、米粉、面条、小笼包子、油条、豆腐花，五花八门，散发出诱人的葱花香、辣油香。

离统一广场不远，还有规模颇大的中环广场，一望而知那是香港老板开的，因为中环是香港的闹市。那个广场

加拿大温哥华的唐人街

加拿大温哥华的国际观音寺

是个"回"字形的大商场，"回"字的中心是各种各样香港小吃铺，而四周的长廊则是密密麻麻的商铺。此外，还有新时代广场、柏龙广场、新城市广场等等，都是华人的天下。

在列治文市南，我还见到一座规模很大的"国际观音寺"。这是在20年前刚建的，有大雄宝殿、弥勒殿、韦陀殿、千佛殿、藏经楼、"南无阿弥陀佛"壁、七宝如来壁、紫竹林观音壁、净心亭、围廊、释迦池等。站在寺内，我仿佛身处中国南方一般，毫无异国他乡之感。

欧洲中餐馆响起温州话

在去荷兰之前，我就听说这么一个故事：温州盛产螃蟹。一个温州商人，运了一船螃蟹到荷兰。这艘船在荷兰舶岸后，荷兰海关不许螃蟹进荷兰，为的是怕螃蟹会带来什么病菌。那个温州商人无奈，只得把一船螃蟹倒进了海里。没想到，尽管荷兰海关不许螃蟹进荷兰，但是那些螃蟹却从海里游上了岸，还是进了荷兰，而且在荷兰安家落户，生儿育女。几年之后，荷兰各地到处是螃蟹！

有人风趣地说，其实，温州人就是"螃蟹"！

如今，温州人在欧洲名气非常大，甚至到了这样的地步："欧洲人只知有温州，不知有浙江！"

我从小在温州长大，所以对于那特殊的温州话非常敏感。尤其是在外地，耳边传来一句温州话，我会马上寻声望去，寻找我的同乡。果真，在荷兰阿姆斯特丹的一家中餐馆里，我就听见炒菜师傅用温州话叫招待小姐快来端菜。那温州话听起来不大"正宗"。那位炒菜师傅告诉我，他是温州青田人。

在法国"大巴黎"（指巴黎环线外）的一家中餐馆，我刚进门，就听见一位中国小伙子在用温州话打电话。我问老板，他告诉我，他自己是台湾人，而手下的"打工仔"、"打工妹"，全都来自温州。这家中餐馆的招待小姐的温州话，明显带有瑞安口音。瑞安原本是温州专区的一个县，如今已经县改市。瑞安距温州市约一小时车程。我母亲是瑞安人，所以我对瑞安口音非常熟悉。

那位招待小姐告诉我，她确实是温州瑞安人。巴黎的温州人之中，以瑞安人居多。她因为有亲戚在巴黎，"亲帮亲"，所以从温州瑞安来到巴黎。她还告诉我，在"小巴黎"（指巴黎环绕内）的唐人街，那里的中餐馆有几十家，几乎家家有温州人。

意大利的佛罗伦萨，是一座五十多万人口的中等城市。我步入一家中餐馆，就听老板在用温州话叫唤招待小姐。我明白，这又是一家温州餐馆。这位温州老板的温州话也不"正宗"。他告诉我，他是温州市文成县人。文成县在温州市南面，文成到温州市的车程，与青田相似。在意大利的温州人，以文成人居多。

这位温州老板说，四年前，在佛罗伦萨还只有四家中餐馆，现在已经发展到70多家。这些中餐馆，差不多都是温州人开的。意大利的米兰，比佛罗伦萨大，有100多万人口，那里的中餐馆如今多达400多家，大部分也都是温州人开的。

他还告诉我，佛罗伦萨附近，有个叫白郎当的小镇，总共只有11000居民，内中7000多是中国人，而中国人中90%以上是温州人！所以，在那个小镇上，温州话成了"通行语"！他笑着说，温州人在欧洲开设的中餐馆，做的是中国菜，而白郎当镇上的不少中餐馆，做的是道地的温州菜！这是因为那里的温州人很多，都希望在餐馆里能够吃到家乡风味的菜肴。于是，温州的大黄鱼、蝤蛑、花蛤、蛏子之类海鲜，从温州空运到荷兰阿姆斯特丹，再用火车转运到佛罗伦萨。从此，镇上的温州人能够吃到温州菜。尽管如此，温州同乡们还埋怨，运来的温州海鲜毕竟是冰冻的，味道不及在家乡吃的温州菜鲜美！

我问，这么多温州人集中在那个小镇，做什么生意呢？

他说，在意大利的温州人，除了开餐馆之外，主要做两项生意：一是服装，二是皮革。在那个小镇上，温州人开设了服装厂和皮革厂。众多的温州人在那里生产衬衫，生产皮鞋。

伦敦的唐人街

"奇丝妙剪发型屋"、"飞短留长美发屋"，如果这样的招牌出现在国内的城市，你也一定会有一种"新潮"的感觉。然而我却在伦敦唐人街上，用照

伦敦唐人街的"奇丝妙剪发型屋"

伦敦唐人街的"飞短留长美发屋"

国泰民安（伦敦唐人街）

相机拍下这样的招牌。当时我除了"新潮"感之外，还有一种惊讶感，惊讶于英国华人紧跟时代的脉动，"与时俱进"。

在欧洲大陆旅行的时候，我曾经发现，各个大城市几乎都有华人，都有中餐馆，而中餐馆十有七八是温州人开的。我跟他们一讲起温州话，一下子就缩短了彼此的距离。虽说在欧洲大陆也有唐人街，但是没有像伦敦那样的集中，那样的规模。伦敦唐人街是欧洲最大的唐人街。

213

伦敦的唐人街，又称中国城或者伦敦华埠，以800米长的爵禄街为主街，与附近的新港坊、丽人街等几条街道形成一座中国城（China Town）。光是中餐馆，就有上百家。挂着中英文并列招牌的超市、银行、旅行社、律师楼、会计师楼、中药铺、中医诊所、图书馆等等，应有尽有。就连爵禄街的路牌，也是英文（GERRARDSTREET）与中文爵禄街双语标注。

伦敦的唐人街除了规模大之外，还在于地段非常"黄金"。这里离英国首相府唐宁街10号不远，在伦敦商业区索霍（SOHO）区之中。

在到处是洛克式和歌特式建筑风格的伦敦，难得一见中式牌楼。我来到伦敦的唐人街，远远地就看见红色的牌楼正面上方用中文写着"伦敦华埠"，背面上方写着"国泰民安"，两旁的对联是："伦肆遥临英帝苑，敦谊克绍汉天威。"这对联的两个第一字便是"伦敦"。在伦敦唐人街的另外两个入口，也矗立着这样的红色牌楼。

在爵禄街，有一个红柱六角翘檐亭，名曰新港坊凉亭。在街心石上，有一石狮子。

牌楼、凉亭、石狮子，合称"伦敦唐人街三景"。

现今生活在英国的华人，大约25万人。伦敦唐人街是米字旗下最集中的华人社区。在伦敦唐人街，还有一小部分新加坡人、日本人和韩国人。

伦敦最早的华人聚居点是莱姆豪斯（Limehouse）。那是在十九世纪初，来自中国华南地区的劳工和水手来到伦敦，在莱姆豪斯船厂区落户并开设中国餐馆。

大批华人进入伦敦，是在第二次世界大战之后。这批华人主要来自香港。

香港人在当时能够大批进入英国，是因为1842年起香港成为英国殖民地，按照英国规定，所有英联邦以及英国殖民地公民都可以自由地进入或定居于英国。后来由于前往英国定居的英联邦以及英国殖民地公民太多，从1962年起英国收紧、修改了相关的政策。

在第二次世界大战之后定居英国的香港人，由于人数多，无法拥挤在莱姆豪斯，转向爵禄街一带，这样爵禄街逐渐发展成唐人街。

除了许多香港人移民伦敦之外，后来还有中国大陆、台湾和东南亚地区华人移民伦敦。尤其是改革开放以来，中国大陆移民逐渐增多。伦敦的唐人街渐成规模。1985年，伦敦市政府正式承认"伦敦华埠"为唐人街社区。2002年，伦敦华人首次移师到伦敦市中心著名的特拉法加广场举行春节庆祝活动，出席盛会的嘉宾还包括了伦敦市长利文斯通等。此后，伦敦市长几乎每年都出席伦敦华人的春节庆祝活动。

前面已经述及，在欧洲大陆的中餐馆，常可以听见温州话，但是伦敦唐人街的中餐馆却以粤菜为主，因为香港人是这里的"老土地"。不过从20世纪80年代起，中国大陆各地都有人前来英国，于是伦敦唐人街响起南腔北调，这里的中餐馆也就五花八门，既有香港的虾饺、肠粉，也有北京烤鸭、上海的小笼包、四川的水煮鱼、湖南的腊味合蒸、新疆的羊肉串，甚至还

伦敦唐人街的"梁山好汉"餐馆

有臭豆腐、麻婆豆腐、夫妻肺片、口水鸡、羊蝎子、鸭脖子、香辣蟹、麻辣小龙虾，真是应有尽有。

我在新龙凤中餐馆就餐，那是一家正宗的粤菜馆，不仅老板是华人，厨师、服务小姐也都是华人。餐馆里挂着中国字画。在那里拍了照片，如果不说是在伦敦拍的，别人会以为是在中国拍的呢。这跟我在印度的感觉全然不同，在新德里，难得有几家中餐馆，是印度老板开的，厨师、服务小姐也都是印度人，做出来的是印度风味的中国菜。

在伦敦唐人街，我还见到"湾仔阁"、"香港楼"、"特区饭店"，一望而知是粤菜馆；"珍之味"，北京饺子王；"福州菜馆"，做的是闽菜；一家挂着"梁山好汉"大字招牌的餐馆，大约是鲁菜风味。至于门口挂着白底红字的"伦敦人民公社"招牌的，我就猜不透了。

伦敦唐人街的中药铺和中医诊所，据说光顾者不仅是华人，还有许多"老外"。由于英国多雨，患关节炎者众，连"老外"都喜欢到这里针灸，或者做足底按摩。

伦敦唐人街的找换店、兑替店，可以用欧元、美元兑换英镑，但是不能用人民币兑换英镑。

在伦敦唐人街的华文图书专营店光华书店里，我看到正在出售由人民日报出版社出版的我的《"四人帮"兴亡》。通常我在国外的中文书店里，只见到我的香港版、台湾版繁体字图书，这一回头一次看到国外出售我的大陆版简体字图书。

悉尼的"小上海"

在悉尼，当地朋友安排我住在悉尼市西南面的阿什菲尔德，距离市中心约七八公里。

他们为什么安排我住在这里呢？一见到这里的商铺招牌大都是用中英文书写的，那就明白了。起初我以为这里是唐人街，而我的悉尼朋友却解释说，阿什菲尔德是悉尼的"小上海"——这里是悉尼的上海人聚居之地。

在阿什菲尔德大街的中央，我见到挂着"夜上海"、"新上海"、"上海小吃王"、"上海城隍庙小吃"的餐馆招牌。

阿什菲尔德大约有两万居民。这座小城怎么会成为"小上海"的呢？

后来，我在这里结识了澳洲上海同乡会副会长周天豹先生。也真巧，他竟然是我在上海的老邻居。他告诉我，20多年前，他和几个上海同乡看中了阿什菲尔德，觉得这里交通方便，于是在这里开店，卖上海货。这么一来，许多上海人前来买货。渐渐地，前往阿什菲尔德的上海人越来越多。"老乡帮老

悉尼阿什菲尔德是名副其实的小上海

乡"。身在海外，同乡是一股凝聚力。许多上海人开始在这里定居。这样，"小上海"的名气越来越响，街上不仅可以到处听见普通话，而且可以听见"阿拉、阿拉"上海话。

在阿什菲尔德的大街，我见到地产公司、会计公司、旅游公司、华人诊所、银行、酒楼、餐馆、俱乐部、杂货店、电器商店、水果超市、房屋中介公司等等，应有尽有，而且几乎都是中英文招牌，表明是华人开设的。

阿什菲尔德不光是有上海菜馆，不论你要吃四川火锅、湘菜、粤菜以至东北菜，这里都有。在这里的超市，可以买到绍兴腐乳、乌江榨菜、湖南辣酱、上海小磨麻油……

墨尔本的小平菜馆

墨尔本的唐人街位于市中心的中心，占据了市中心黄金地带——或者说是钻石地带，即小伯克街的东边半条街！

像世界各地的唐人街一样，在墨尔本唐人街的街口，有一个中国式的牌坊，令人一望而知那里是唐人街。

小伯克街属于"窄"街。步入唐人街之后，街道两边全是中文、英文对照的招牌。琳琅满目的是中餐馆。此外，还有中文书店、中医诊所、中国工艺品商店、服装商店等等，还有以华人作为主要服务对象、可以用汉语对话的银行、保险公司、律师（移民）事务所、旅行社。不少不会讲英语的华人，在唐人街也能够像在中国国内那样的生活。

在唐人街漫步，我见到醒目的招牌："小平菜馆"。在异国他乡见到以邓小平名字命名的餐馆，我倍感亲切，当即用照相机拍下了"小平菜馆"的招牌。

那天晚上，墨尔本的华文作家们和我在渔乡阁中餐馆晚餐。步入这家规模不小的中餐馆，墙上挂的是中国画、中国菜单，顾客之中，十有六七是华人——也有不少"老外"，他们也逛唐人街，也喜欢中餐和中国商品、中国文化。

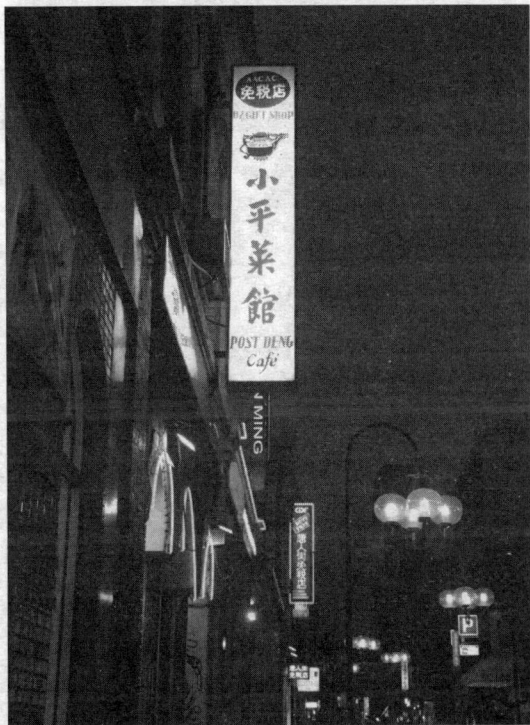
墨尔本的小平菜馆

墨尔本的唐人街，有着悠久的历史。墨尔本建城不久，发现了金矿。在大批淘金者之中，有不少来自中国广东。广东人在小伯克街这一带聚居，逐渐形成了这条唐人街。

华人的聚居区除了墨尔本市中心的唐人街之外，如今墨尔本的利士门、博士山、史宾威等，都成了华人新的聚居地。

尽管华人在墨尔本是少数民族，但是墨尔本的华文作家们很骄傲地告诉我，现任的墨尔本市市长是华人！他们告诉我，如今墨尔本市流行这样的T恤衫，前胸印着："约翰·苏，他是我的兄弟！"在音像店里，澳大利亚全国驰名的"音乐人"（Music Men）说唱乐队推出的"约翰·苏，他是我的兄弟"的歌曲CD，也正在出售。这"约翰·苏"，就是现今的墨尔本华人市长苏震西，他祖籍中国广东顺德，1946年出生于香港。1963年，17岁的他移民墨尔本。

第十一章 走进名牌大学

哈佛先生发亮的皮鞋

对于我来说，哈佛大学可以用"如雷贯耳"来形容。正因为这样，2007年7月我来到美国东海岸的波士顿，第一目标便是哈佛大学。哈佛大学的主要校园区位于波士顿以西数公里的查尔斯河沿岸，从波士顿市中心搭乘地铁到Harvard Square站，十几分钟就可以直达哈佛大学。

哈佛大学与麻省理工学院毗邻。如果说，哈佛大学相当于中国的北京大学，麻省理工学院便相当于中国的清华大学。很巧，北京大学也与清华大学比邻而立。

哈佛大学很大，不光拥有众多的教学楼、实验室，那里好多条街道，商铺、咖啡吧、餐馆、书店林立，都属于哈佛大学范畴。在哈佛大学校园内，有公共汽车。

从古老的校门进入哈佛大学，迎面便是一大片草坪，宁静而清新。红砖、红墙、红楼，与碧绿的草坪相辉映。在草坪之中，有好多棵苍劲而枝繁叶茂的大树，象征着哈佛大学有着悠久的历史。美国是一个历史短暂的国家，而哈佛大学创建于1636年，已经拥有370多年的历史，在美国算是很古老的学校了。

阳光照在翠绿的草坪上。在一棵大树之下，一个穿着T恤、趿着拖鞋的小伙子躺在树荫中，那脑袋斜靠着树干，双手捧着一本厚书，正在那里聚精会神地看着。突然，一只小松鼠在草坪上跳跳蹦蹦，一点也不怯生，奔到我跟前，被我的照相机的镜头"捕捉"。

在哈佛大学的校园里，在一座很普通的办公楼前，我见到一尊铜像被众多的参观者团团围住。在美国，青铜雕像不少，但是像这样被许多"粉丝"包围的情景不多。

在哈佛大学的毕业生之中，曾经有七位当选美国总统，29位获得诺贝尔奖金。然而，这尊铜像，既非出自哈佛大学的美国总统，也非诺贝尔奖金获得者中的哈佛大学校友，而是一位图书馆馆长。"粉丝"们对于这位图书馆馆长的崇敬，似乎远远超出了对于一位美国总统的热情。"粉丝"们排着队，逐个与

哈佛铜像发亮的皮鞋

这位图书馆馆长的铜像合影，然后用手摸一下他的右脚。我注意到，他的右脚的皮鞋，已经被"粉丝"们摸得黄澄澄的发亮，以求获得好运——如果摸脚者是年轻人，定然是希冀自己能够借此进入鼎鼎大名的哈佛大学；倘若摸脚的是年长者，则定然是祝愿自己的子女能够跨过哈佛大学的门槛。

铜像的花岗岩基座上，刻着"John Harverd"，即约翰·哈佛。哦，原来是哈佛的铜像，怪不得引来这么多的"粉丝"。

约翰·哈佛常常被误传为哈佛大学的创始人。其实，哈佛大学的前身是哈佛学院，而哈佛学院的前身叫剑桥学院——"Cambridge College"。1636年10月28日，马萨诸塞海湾殖民地议会通过决议，决定筹建一所像英国剑桥大学那样的高等学府，命名为剑桥学院。当时总共拨款400英镑。1638年剑桥学院在马萨诸塞的剑桥正式开学，最初只有一名教师、九名学生！

约翰·哈佛是英国清教牧师。所谓清教，是基督教新教中的极力主张改革一派。清教徒倡导虔敬、谦卑、严肃、诚实、勤勉和节俭，非常重视教育。在16世纪后期，英国曾经出现声势颇大的"清教运动"。但是，清教徒受到作为英国国教——基督教的排斥，清教徒纷纷出走海外。约翰·哈佛正是在这样的背景之下来到北美洲，进入刚刚建立的剑桥学院，担任第一任图书馆馆长。

1638年9月14日，哈佛病逝，他把自己的积蓄720英镑和400余册图书捐赠给了剑桥学院。对于建立不过两年的剑桥学院，这是一笔难得的捐助。翌年——1639年3月13日，马萨诸塞海湾殖民地议会通过决议，把这所学校命名为哈佛学院。1780年，改名为哈佛大学。

经过300多年的努力，哈佛学院发展为哈佛大学，从最初九个学生一个教师发展到如今的拥有10个研究生院、40多个系科、100多个专业的大型院校。如今，哈佛大学以研究生为主，也包括本科生，正式注册有18000名学位候选人。此外，还有13000名非学位学生在哈佛大学扩展学院学习一门或更多的课程。哈佛大学的教职员工超过14000人，其中包括两千多教授和讲师。正因为这样，在哈佛大学已经成了一座庞大的"哈佛城"，成为美国的知识精英汇萃之地。

印刷工创办宾州大学

一走进宾夕法尼亚大学，我仿佛似曾相识。一幢幢年代久远、由深褐色的砖砌成的大楼，镶嵌着白色的窗框，显得颇为庄重。我在照片上曾经见过这些大楼，因为我的长子是在这里获得硕士学位，他寄来很多在校园里拍摄的照片。正因为这样，对于宾夕法尼亚大学我有一种亲切感。

在宾夕法尼亚州，有两所学校的中文译名相近，很容易混淆：一所是University of Pennsylvania，译为宾夕法尼亚大学；另一所是Pennsylvania State University，译为宾夕法尼亚州立大学。宾夕法尼亚州立大学建立于1855年，而宾夕法尼亚大学则建立于1740年，已经有着260年的悠久历史，是美国最古老的大学之一。

宾夕法尼亚大学坐落在费城西区，斯库尔基尔河的西岸，中译名通常简称为"宾州大学"，而美国人则简称之为"UP"。

宾州大学是美国的名牌学校之一。美国有着4000多所大专院校。在全美大学的"龙虎榜"上，宾州大学排名第七。它也是美国"常青藤联合会"（Ivy League）八所成员大学之一。

如今宾州大学拥有16个学院，22000多名学生，其中12000名为研究生。

那是一个雪后放晴的日子，年已七十有八的杨忠道教授驾车，带我和妻前往宾州大学。杨忠道教授是宾州大学的"老土地"。他曾担任宾州大学数学系主任，在这里工作了将近半个世纪。他的三个孩子，都是宾州大学毕业的。

作者长子在宾州大学

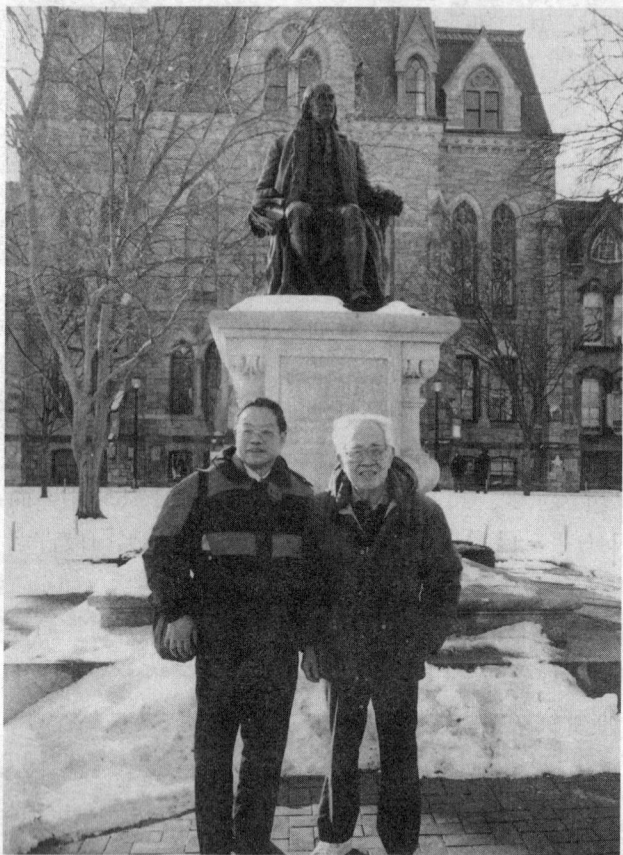
作者与杨忠道教授（右）在宾州大学富兰克林铜像前

当轿车从University of Pennsylvania的拱形校牌下面穿过，校园里静悄悄。那天是星期日，没有上课。

熟门熟路，杨忠道教授把轿车停在数学大楼旁。然后，他带领我们在校园中漫步。

校园中心，米黄色花岗石方形底座之上，高高矗立着一座青铜像。花岗石上，铭刻着一行光辉的名字Benjamin Franklin（1706～1790）——本杰明·富兰克林。

富兰克林是宾州大学的创始人。他是宾州大学的骄傲。

富兰克林是美国著

222

名科学家，也是著名政治家、社会活动家。在美国独立战争时参加反英斗争，并参加起草独立宣言、美国宪法。1731年，富兰克林在费城建立美国第一个公共图书馆。接着，他又在费城创办了宾州大学。

给我印象最深的是，他冒着生命危险揭开了雷电的秘密，发明了避雷针。

富兰克林家境贫困，10岁的时候就开始帮助父母做蜡烛，12岁时进印刷厂做工，当了十年印刷工人。他从印刷厂所印刷的报刊、书籍中学到不少科学知识，并开始在报纸上发表文章。

富兰克林常说："读书是我唯一的娱乐。我从不把时间浪费于酒店、赌博或任何一种恶劣的游戏；而我对于事业的勤劳，乃是按照必要，不厌不倦。"

他曾引用这样一句谚语告诫人们："空无一物的袋子是难以站着得笔直的。"

富兰克林非常爱惜时间，他说："你热爱生命吗?那么别浪费时间，因为时间是组成生命的材料。"

富兰克林在电学、地学、植物学、数学、化学方面，都有许多贡献。

尽管富兰克林声名显赫，可是他一直以自己曾是一个印刷工人而自豪。他为自己写墓志铭，只写"印刷工富兰克林"，只字未提他那众多的荣誉头衔。

在数学楼不远处是物理楼。杨忠道教授告诉我，这座楼也是宾州大学的骄傲所在：

1946年2月15日，在这座楼里诞生了世界上第一台电脑。当时的这台电脑是个庞然大物，占地达167平方米！

古色古香的普林斯顿

我多次来到新泽西州。新泽西州最著名的老牌学府，是普林斯顿大学。普林斯顿大学建校于1746年，就历史悠久而言，在全美4000多所大学之中排名第四，仅次于哈佛大学、威廉玛丽学院、耶鲁大学。

普林斯顿大学最初就建在伊丽莎白港，名叫新泽西学院。后来迁往纽瓦克。最后，迁到新泽西州中部一座名叫普林斯顿的小镇，改名为普林斯顿大学，一直沿用至今。

唐君家离普林斯顿小镇不远。他驾车带我与内子来到小镇。雪后放晴，小镇沐浴在阳光之中。小镇上一排排欧式住宅，在绿树环绕之中，相当漂亮。小镇之东的卡内基湖，已经结成厚冰。

普林斯顿大学就在小镇上。步入普林斯顿大学，不论纪念英国国王威廉三世纳索的"纳索堂"，还是行政大楼、教学楼、图书馆、宿舍，都古色古香，或者哥特式，或者罗马式。这里建筑物的外墙，裸露着灰白色的砖头和砖头间所抹的白色的石灰浆，显得古朴，别具一格。

普林斯顿大学是私立大学，学校的收入除了一小部分来自学费之外，大部分来自捐赠。学校里的一幢幢楼宇差不多都是依靠私人捐款建造的，所以都以捐款者的姓名来命名。

普林斯顿大学校园给我的印象是精致。比起斯坦福大学，比起伯克利加州大学，要小得多。但是普林斯顿大学布局紧凑，每一幢建筑物都精雕细刻。

这里只有6000多名学生，其中研究生1500多名。但是，普林斯顿大学是全美仅次于哈佛大学、耶鲁大学的排名第三的名牌大学。

作者在美国普林斯顿大学

普林斯顿大学是培养政治人物的摇篮。在建校250多年之中，为美国政坛输送了1000多名政治家，其中包括美国总统、副总统、州长等。

这里的图书馆设有东方部，收藏了30万册中文图书。

硅谷中心斯坦福

我来到硅谷之后不久，小儿子便开车带我前往硅谷的"首都"——斯坦福大学（Stanford University）。他告诉我，硅谷的形成跟斯坦福大学密切相关。

斯坦福大学是美国的名校之一，早就如雷贯耳。如今的斯坦福大学，拥有近两千名教师，近两万学生，其中研究生六千名。在斯坦福大学的教师之中，有十四位是诺贝尔奖金获得者。

斯坦福大学拥有七个学院、七十个系。

斯坦福大学树木繁茂，芳草遍地。在校园的西北方，有一棵高大而古老的红木树。据说，当年印第安人常常向这棵大树顶礼膜拜，以求安宁幸福。如今，斯坦福大学就用这棵红木树的图案，作为校徽。

斯坦福大学是以创办者利兰·斯坦福的名字命名的。斯坦福大学是斯坦福在1891年创办的私立大学。

斯坦福，律师出身，后来经商，发了大财，成了美国的"铁路大王"。他曾经当选过加利福尼亚州州长和国会参议员。1885年，斯坦福夫妇携独子前往欧洲旅游。不幸，儿子在欧洲染上伤寒病，死于意大利佛罗伦萨。当时儿子16岁，高中毕业，正盼望上大学。

当斯坦福从痛失爱子的噩梦中醒来，意识到自己的巨额财产已经没有继承人。他决定倾注巨资，兴办一所大学，以纪念自己那位尚未跨进大学校门的儿子。

当时，斯坦福拥有九千英亩的私人农场，这农场就在如今硅谷的中心。斯坦福以这个农场为校址，兴建大学。这里离旧金山大约50公里。这所大学以他的名字命

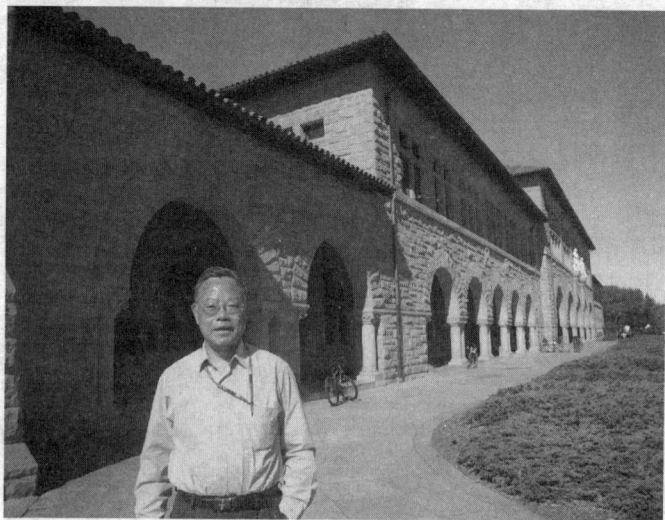
作者在斯坦福大学校园

名，叫做斯坦福大学。于是，在这四周都是果园的地方，冒出了大学校舍。

我注意到，学校里的大楼大都是欧式建筑，饰以浮雕，而窗户则镶嵌着五颜六色的玻璃，非常精美。在斯坦福大学校园中心，最引人注目的是一座高高的米黄色的塔楼，上面是红色圆顶，仿佛一个穿着米黄色长袍的高个子戴了一顶圆形小红帽。塔楼之前，喷水池喷出高高的水柱。这座塔楼共23层，名曰"胡佛纪念塔"。我步入胡佛纪念塔，见到诸多胡佛的照片。

赫伯特·胡佛，是斯坦福大学的骄傲。他是斯坦福大学第一届毕业生，在1929年当选美国第三十一届总统。胡佛出身贫寒，靠着半工半读读完斯坦福大学的课程。毕业后，曾经在1899年来过中国，在河北开滦矿务局担任过工程师。

胡佛纪念塔是为了纪念胡佛而兴建。如今，这座塔楼分为两部分：其中有17层作为斯坦福大学图书馆，其余的楼层则属于"胡佛研究所"。胡佛研究所在美国很出名，人称是美国共和党的"思想库"。美国共和党不少智囊人物出自这里。

常常去伯克利大学

从我所住的阿拉米达小岛，乘坐51路公共汽车，由南向北穿过奥克兰市区，前面就是一座不陡也不高的山。那里有个热闹的街区，叫做伯克利（Berkeley），又译为"伯克莱"。

我在伯克利下车，迎面就是色彩斑斓的广告牌和广告圆柱，上面贴满五颜六色的小张彩色广告。这是美国大学的一道风景线：大学生们要出让旧书、旧电脑以及舞会消息、交换宿舍、寻找工作什么的，就在这进进出出的校门口的广告栏里贴张广告。

走过广告，那便是伯克利加利福尼亚州大学了。由于乘一部公共汽车就能直达，而且那里又有一个中国研究中心，所以这一回在美国，我去得最多的大学，要算是伯克利加利福尼亚州大学了。那里是我的长媳的母校。

伯克利加利福尼亚州大学（University of Californiaat Berkeley），又译作"加利福尼亚大学伯克利分校"，简称伯克利加州大学。加州大学跟加州州立大学（California State University）很容易混淆。其实，加州大学也是州立大学，与加州州立大学一样都是有加利福尼亚州政府主办。但是，加州大学比加州州立大学要高一个档次：加州大学以培养高级教育和人才为主，研究生院颁授博士、硕士学位。通常，加利福尼亚州的高中毕业生，只有百分之十最优秀的学生才能进入加州大学。至于加州州立大学培养普通四年制的大学生，研究生院也只能颁授硕士学位。

加州大学有伯克利加州大学和洛杉矶加州大学。

作者在加州大学伯克利分校

伯克利加州大学是美国的名牌学校，在美国的大学"龙虎榜"上排名第五。在加利福尼亚州，要算伯克利加州大学和斯坦福大学名气最大。

伯克利加州大学创建于1868年，最初的校址在奥克兰，只有学生一百来人，五年后迁往伯克利。如今的伯克利加州大学有14个学院，100个系，三万多学生，其中研究生一万多人。

1993年前，我曾经来到伯克利加州大学。后来，我每一次去美国，都来到这所大学。这所大学建在山坡上，绿树成荫，花草遍地。漫步校园，钟声悦耳。这钟声不是发自那只墙上的写着中文的挂钟，而是从校园中心那萨瑟钟塔顶上悠悠传出。这座钟塔高达100多米，乘电梯上去不仅可以俯视整个伯克利加州大学，而且可以遥望碧蓝的旧金山海湾、那横卧清波的海湾大桥以及对岸旧金山的高楼大厦。

中国研究中心是伯克利加州大学所设的研究机构。旧金山是美国离中国最近的城市之一，旧金山又是华人众多的城市，应当说，在伯克利加州大学设立中国研究中心是非常合适的。伯克利加州大学中国研究中心成立于1957年，已经有四十多年的历史。曾经由魏斐德博士（Dr. Frederic Wakeman）担任中国研究中心主席。研究人员有美国人，有韩国人，有日本人，更多的是中国人。现在的负责人是Lowell D Hmer教授与Hoong Y Lee教授。

中国研究中心的一个个小房间，研究人员们在各自忙着自己的研究课题。有人专门研究中国"文革"中的"红卫兵"运动，有人专门研究刘少奇，有人研究《红旗飘飘》，有人研究《中国青年》，还有人研究中国的"社会主义教育运动"，甚至还有人专门研究中国与坦桑尼亚的关系……

椰林丛中的夏威夷大学

《收获》是我们上海作家协会主办的大型文学杂志。作为上海作家协会的专业作家，我在夏威夷大学的"东西方中心"图书馆里见到了《收获》杂志，倍感亲切！我手持《收获》杂志拍了一张照片，作为纪念。

一到瓦胡岛的火奴鲁鲁市，我就打听夏威夷大学在哪里。我在美国本土的时候，夏威夷大学的朋友就几度来电，跟我探讨有关创作上的一些问题。

火奴鲁鲁市区本来就不很大，而夏威夷大学又坐落在市区，所以我从怀基基出发，乘坐四路公共汽车，大约行驶了20多分钟，就到达玛努阿（Manoa）——夏威夷大学的所在地。

夏威夷大学里处处可见椰林，绿树繁茂，一片热带气氛。楼宇一片浅色，校园显得整齐而高雅，相当精致。

就美国而言，夏威夷大学的规模不算大，但是在夏威夷群岛，这里是最高学府了。夏威夷大学，是夏威夷州的州立大学，是全州惟一招收研究生的大学。

夏威夷群岛本来没有一所大学。夏威夷大学在1907年建立时，最初只有五名学生！

直到1959年夏威夷成为美国的一个州之后，夏威夷经济腾飞，夏威夷大学也迅速发展。如今的夏威夷大学设有九个学院，拥有近三万名学生，其中研究生七千多名。

夏威夷大学地处太平洋中心，许多太平洋沿岸国家的青年前来这里留学。只是学校的学生宿舍有限，不少留学生要在校外自找住处，而夏威夷的房租是相当高的。

在夏威夷大学，我不断遇上黄皮肤、黑头发的学生。但是当我问："Are you Chinese？"（你是中国人吗？）他们大都摇摇头，说自己是日本人。夏威夷的日本人多，日本餐馆多。就连夏威夷的旅客之中，日本人占了1/4。日商在夏威夷的投资，占了夏威夷外资的91％，多达130亿美元。正因为这样，夏威夷大学中的日本学生也多。

我来到夏威夷大学图书馆。那里以整幅墙壁绘着波利尼西亚人生活的油画。

图书馆藏书颇为丰富。有一个书库专门收藏电影拷贝。一排视听机可供查阅、放映电影之用。图书馆里收藏大量的中文图书。

我最有兴趣的是夏威夷大学的"东西方中心"。这个中心的大楼是著名华裔建筑设计师贝聿铭设计的。在大楼一侧，一堵圆弧形的白墙上，写着一行黑色的英文

作者在夏威夷大学东西文化中心

"East-west Center" （东西方中心）。

夏威夷地处太平洋的中心，处于东方与西方之间，正因为这样在这里建立"东西方中心"是非常合适的。1960年，美国国会决定在这里建立学术性研究机构"东西方中心"，专门从事美国与亚洲太平洋地区的文化学术研究与交流。这个中心下设七个研究所，分别研究人口、文化、传播、资源系统、环境与政策、太平洋岛国的发展，还有一个综合研究所。

我步入"东西方中心"大楼，这里有专门研究印度、日本的部门，也有专门研究中国、韩国。

在四楼，在朋友的陪同下，我来到了中国研究部门。一尊中国秦朝的兵马俑（当然是复制品）威武地站在那里，给人一种"中国气氛"。

这里拥有相当丰富的中文研究资料。

夏威夷是离中国最近的美国领土。从架子上的一大排工具书可以看出，他们对中国的方方面面都极有兴趣。我见到了《上海社会团体概览》、《中国公司名录》、《中国县镇年鉴》、《中国行政区划通览》、《北京会馆档案史料》、《中国残疾名人辞典》、《中国高等院校指南》、《中国丝绸辞典》、《中国旅游年鉴》、《中国城市》、《中国武术辞典》、《中国神话》、《中国传说故事大词典》等等。

"东西方中心"订阅各种中国报纸。我看了一下《人民日报》。可能不是航空版的缘故，那里最新的《人民日报》是20天前的。还有台湾、香港的各种报纸以及美国出版的华文报纸。

也就在那里，我看到诸多中国杂志，其中包括《收获》。看样子，杂志运到这里比报纸还要慢一些。

"东西方中心"经常举行东西方学术交流活动，成为美国与亚洲太平洋沿岸国家的学者交流学术的重要场所。这里的会议中心——杰弗逊大楼，每年都举行很多学校交流会议。

美丽的夏威夷，并不是"文化沙漠"。有夏威夷这样的学术重镇，有"东西方中心"这样的研究交流机构，使旅游胜地夏威夷迈入高层次的文化领域。

莫斯科的最高学府

莫斯科大学的旧址在莫斯科市中心红场旁边，克里姆林宫北侧，莫霍瓦亚街与大尼基塔街的交叉口，那里如今是莫斯科大学新闻学系、心理学系以及学生剧院的所在地。莫斯科大学旧校园显得典雅。莫斯科大学最初只有哲学、医学、法律三个系。1812年，莫斯科大学毁于大火。现在的莫斯科大学的旧校园，实际上是1812年之后修建的。

相比之下，在斯大林时代兴建的莫斯科大学新校园，要比旧校大得多，漂亮得多。从1953年9月起，除了新闻系等留在原处之外，莫斯科大学迁往新址。

莫斯科大学新校园坐落麻雀山上。麻雀山离市中心不算远，从红场乘地铁，只消十来分钟就到达这里。由于整座山是个平缓的大山坡，所以上山时没有上山的感觉，仿佛依然在平地上行车。山上是大片大片的草地和林荫道，环境十分优美。莫斯科大学占地大约四千亩。麻雀山几乎成了莫斯科大学的天下。

莫斯科大学的中央大楼巍峨宏伟，远远地就看到了。整幢大楼的外墙，都饰以米黄色的花岗石。大楼中间高、两翼低，呈"凸"形。中间的主楼不仅本身有32层，而且还戴着一顶尖尖的"高帽子"，尖顶是一颗麦穗环绕的红星。主楼高达240米。中央大楼正面长达450米。整座大楼拥有四万多个房间！

莫斯科大学中央大楼的主楼，大部分是作为教室以及办公室，此外，会议厅、大礼堂、电影院、游泳池、食堂、商店、邮局、银行、理发店、咖啡厅、舞厅，应有尽有，形成一个小社会。两翼的侧楼17层，大部分用作学生宿舍。学生宿舍很不错。每间"布洛克"（俄文原意为"联盟"）相当于中国的"两房一厅"，即由两间卧室、一个小厅、一个厕所和一个淋浴洗漱用的盥洗室组成，供两个学生居住。每间卧室大约七平方米的，房间里有一张床、一个书

莫斯科大学

桌、一个书架、一把椅子。早在20世纪50年代，莫斯科大学的学生们就拥有这样的住宿条件，确实已经相当舒服。莫斯科大学允许大学生结婚。这样，学生宿舍的"二房一厅"常常成了洞房。

主楼的第28层，是地球科学博物馆的所在地，既可供客人参观，又是俯瞰莫斯科的极佳场所。在中央大楼两旁，是化学系大楼和物理系大楼，与中央大楼组成一个广场。广场正中是宽大的喷水池。广场上除了矗立着罗蒙诺索夫塑像之外，还有俄罗斯十位著名科学家、文学家门捷列夫、巴甫洛夫、米丘林、波波夫、车尔尼雪夫斯基等的雕像，形成浓重的文化氛围。

莫斯科大学是俄罗斯最高学府，是世界著名大学，列居世界大学排名榜前十名大学之内。莫斯科大学拥有450名教授，其中200多位是俄罗斯科学院院士和通讯院士。莫斯科大学设有30多个院系，500多个专业拥有26000名学生，其中硕士及博士研究生5000名。莫斯科大学的外国留学生近3000名，来自全世界97个国家与地区。

莫斯科大学曾经培养了诸多享有盛誉的作家、科学家、社会活动家。莱蒙托夫、别林斯基、屠格涅夫、赫尔岑、契诃夫这批文学大师，都毕业于莫斯科大学。苏共中央总书记戈尔巴乔夫与他的夫人赖莎，也毕业于莫斯科大学。

在悉尼理工大学

冯博士坐在车右的驾驶位上，我则坐在他的左边椅子上。轿车离开阿什菲尔德向东行进。轿车驶入伊丽莎白大街，远远地就见到一座深褐色的瘦瘦的长方形大楼，楼顶镶着"UTS"三个白色的大字。

冯博士是一个喜欢开玩笑的人。他告诉我，那便是悉尼理工大学的主楼，也是悉尼最难看的一座大楼。

"UTS"，也就是"University of Technology, Sydney"（悉尼理工大学）的缩写。悉尼理工大学是澳大利亚最大和最有声誉的大学之一，建于1965年就读的学生超过27000人，其中有3000多来自70多个国家的海外学生。中国留学生是悉尼理工大学海外学生的"主力"。

悉尼理工大学的规模颇大，总共有九大学院，即商学院、设计建筑学院、教育学院、工学院、人文社会学院、法学院、数学和计算机学院、护理学院、理学院。

悉尼理工大学分为三个校区：以那座深褐色的长方形大楼为中心，形成悉尼理工大学的主校区。此外，在悉尼市中心以北15公里处，有Kuring-gai校区；在悉尼市中心以北7公里处，还St. Leonards校区。

使我发生兴趣的是这所大学的活跃的"侧影"：

悉尼理工大学的机器人足球队赢得2004年国际机器人足球公开赛的冠军;

悉尼理工大学的IT学院由于成功帮助《指环王》《骇客帝国》等欧美大片做后期电脑动画,引起广泛关注。

当然,我也关注这所大学每年的学费——

本科生学费:9000~20400澳元;

研究生学费:9000~25000澳元。

另外,学生的食宿费大约为10000澳元。

自从认识了悉尼理工大学主校区那座标志性高楼——也就是冯博士所说的"悉尼最难看的一座大楼",我每一回从阿什菲尔德前往市区,都要从这座高楼跟前经过。我发现,悉尼理工大学主校区的地理位置非常优越:毗邻中央火车站和唐人街,步行十几分钟,便可到达悉尼热闹非凡的情人港。

冯博士把轿车驶入悉尼理工大学主校区里一个独立的小院。一进小院,就见到几幢古色古香的两层楼房。楼房是用青砖与红砖镶嵌而成,房顶和所有窗户的顶部,都是尖桃形的。冯博士所主持的国际研究院中国部,就在其中一幢大楼内。他带领着我步入大楼,我的讲座就在底层的大厅里举行。

整个讲座时间是两个半小时。我花一小时半作正题演讲。然后,留一小时让听众现场提问,以求与听众互动。

听众的提问非常踊跃,问题五花八门,涉及中国政治的方方面面。也有的问题相当尖锐。我逐一答复,尽可能给予详细的回答。

结束之后,有的听众跟我个别交谈着。我发现,他们虽然身在海外,仍非常关注祖国的命运,祖国的过去、现在与未来,这很使我感动。

作者在悉尼理工大学

台湾首屈一指的大学

来，来，来
来台大
去，去，去
去美国

2001年我在美国费城宾州大学采访数学系主任杨忠道教授时，他的夫人背诵了这首在台湾流传甚广的"民谣"。她就是"来，来，来，来台大"，然后"去，去，去，去美国"的。她告诉我，台湾大学是台湾首屈一指的大学。台湾大学的招生分数线大大高于台湾其他大学，很难考。一旦考进台湾大学，学生们便以为，"半只脚已经跨到美国了"！因为在20世纪50、60、70年代，台湾的大学生在毕业之后都渴望前往美国公费留学，而台湾大学毕业生前往美国公费留学的几率是最高的。

我很想到台湾大学探究一番。

真巧，台北有一条以美国总统的名字命名的大道，叫做罗斯福路。我所住的南海路，正好与罗斯福路交叉。罗斯福路又宽又长，分为四段。与南海路交叉的是罗斯福路一段，沿着罗斯福路往前走，走过二段、三段，来到四段的时候，那里便可以见到台湾大学的校门。作为台湾第一号大学的校门，却是那么的不起眼，大门口有一座半圆形碉堡式建筑，用褐黄色的砖头砌成，看上去有些年头了。在这半圆形碉堡上方，写着"国立台湾大学"六个字，如此而已。

台湾大学确实有些年头了。台湾大学的前身，是日据时期的"台北帝国大学"，建校于1928年。日本当时建立了九所帝国大学，"台北帝国大

台湾大学校门

学"是其中之一。1945年日本投降之后，国民党政府在这年11月15日接收"台北帝国大学"，经改组之后更名为"国立台湾大学"。不过，台湾大学仍把1928年作为自己创办的年份。其中，历史最为悠久的是台湾大学医学院，前身是创立于1887年的日本人山口秀高在台北病院开设的医学讲习所，1899年正式成立总督府医学校，1936年并入台北帝国大学。

台湾大学园艺系的研究生谢小姐陪我和妻参观台湾大学。走进大学校门之后，倒是颇有气派，一条笔直的大道两侧，种着两行高大、笔挺的椰子树。这条大道因而得名"椰林大道"。椰林大道是台湾大学的主干道，一幢幢红棕色的大楼分列于椰林大道两侧。在椰林大道的尽头，则是学校的图书馆大楼。

谢小姐指着那一幢幢红棕色的大楼告诉我，那是文史院，这是土木工程系，这些大楼都是日据时期盖的。这些楼房如果有损坏，往往修理的时间很长，因为所用的砖头必须请工厂按照原样定做，因为这些砖头在现在的建筑市场上已经"绝迹"了。

谢小姐带领我们去校门口旁边的一座希腊式纪念亭。这座由十二根花岗岩罗马柱支撑的石亭，名叫"傅园"，因为纪念亭里安放着台湾大学校长的傅斯年灵柩。

在台湾大学历任的校长之中，傅斯年的任期算是很短的。他在1949年1月正式就任台湾大学校长，1950年12月去世，前后不足两年。然而，他却是给予台湾大学最大影响的校长。正因为这样，台湾大学的学生们一提起校长，第一个要提到的名字就是傅斯年。

在参观了"傅园"之后，谢小姐带着我参观位于椰林大道之侧的"傅钟"。那是一口高悬的铜钟，在傅斯年担任台湾大学校长之前就有了。傅斯年上任之后，要求这口铜钟在上课或者下课时，各敲21下。为什么只敲21下，而不是24下？傅斯年说，台湾大学的学生在一天24小时之中应当有三小时用于思考，所以只敲21一下。从此台湾大学一直遵循傅斯年制定的这一"敲钟规则"，并把这一铜钟称为"傅钟"。

第十二章　叩开名人的门扉

走进意大利诗人但丁故居

在公元1000年的时候，意大利佛罗伦萨还不过是一个农业小镇而已。从11世纪开始，佛罗伦萨日渐城市化。

在公元13世纪，佛罗伦萨诞生了一位著名的诗人——但丁。佛罗伦萨人把13世纪称之为"但丁世纪"。

意大利的但丁、英国的莎士比亚、德国的歌德，合称"欧洲三大诗人"。

在佛罗伦萨旧城一条小巷里，我找到了但丁故居。但丁从出生到37岁时出走前，都住在这座房子里。但丁父母早逝，他与姐姐一起生活。

但丁故居的院子里，矗立着他的青铜塑像。望着他消瘦的面庞，望着院子里一丛丛鲜花，我的脑海里不由得浮现出他的名作《神曲》中的诗句：

"我向前走去，

我一看到花，

脚步就慢了下来。"

在但丁生活的年代，佛罗伦萨"白派"（上层）与"黑派"（苦力）的斗争非常激烈。但丁由于支持"黑派"，遭到迫害，不得不在37岁那年远走他乡。但丁虽然离去，佛罗伦萨的"白派"仍视他为眼中钉，对他进行缺席审判，判处他终生不得进入佛罗伦萨。

激愤不已的但丁，用生命的最后七年时间，写出了名著《神曲》。但丁尖锐地抨击教会的罪恶，讽刺教会的真正上帝是"金和银"而已。《神曲》撩开了文艺复兴的序幕。

恩格斯称但丁为"中世纪末最后诗人"。

博学多才的但丁是用意大利文写出《神曲》，从此有了意大利文。但丁被誉为"意大利文之父"。

在15、16世纪之交，文艺复兴运动从佛罗伦萨开始，逐渐扩展到法国、德国、荷兰、西班牙等国。

佛罗伦萨成为欧洲文艺复兴的发源地，是因为在15世纪，那里成了从欧

作者在意大利但丁故居

洲大陆到罗马的必经之地，交通中心。佛罗伦萨的经济也十分发达，带动文学艺术的发展。这样，佛罗伦萨成了当时欧洲的文化艺术中心。达·芬奇、米开朗基罗等一代艺术大师，集结在佛罗伦萨。他们反对当时的封建神权，主张复兴古罗马、古希腊的优秀文艺传统，打出了"文艺复兴"的大旗。

佛罗伦萨旧城的中心，是著名的米开朗基罗广场。在佛罗伦萨，雕塑家米开朗基罗是与诗人但丁并驾齐驱。以米开朗基罗命名的广场上，矗立着他的名作大卫雕像和力士神厄克勒雕像。这个广场，可以称之为"雕像广场"。广场四周，大理石的雕像林立。广场喷泉前矗立着一尊雪白的海神雕像。此外还有被抢劫的少女沙比雕像、希腊英雄白塞俄和巴陶劳雕像、力士神厄克勒制服人首马身怪物的雕像……那壮美的一尊尊雕像，经过历史的洗涤，益发光彩灿烂。在米开朗基罗广场漫步，得到了艺术和历史的双重享受。

步入奥斯特洛夫斯基纪念馆

1999年由中国人策划、中国人编导，在乌克兰拍摄了20集电视连续剧《钢铁是怎样炼成的》。随着这部电视连续剧在中国的播映，在中国掀起了《钢铁是怎样炼成的》热……

长篇小说《钢铁是怎样炼成的》作者尼古拉·阿列克塞耶维奇·奥斯特洛夫斯基是乌克兰基辅人。在电视剧《钢铁是怎样炼成的》男主角保尔·柯察金的饰演者安德烈·萨米宁的陪同下，我在基辅"拜访"了奥斯特洛夫斯基——我来到了基辅郊区博雅尔卡小镇的奥斯特洛夫斯基纪念馆。

奥斯特洛夫斯基是一位经历坎坷而异常顽强的作家。他年幼时家贫失学，做过小工。他在16岁参加了红军，20岁成为共产党员。在与白匪的殊死战斗中负伤，后来甚至双目失明，全身瘫痪。

他没有躺着等死。他珍惜生命，因为"人最宝贵的是生命，生命给予我们每个人只有一次"。虽然他无法再手持军刀厮杀于战场，他却拿起了另一种武器——笔。

最初，由于他看不见自己所写的字，以至字与字、行与行相互重叠。他渐渐摸索，克服了这一困难，坚持写了下去。到了后来，他连执笔的力气都没有了，他就改为口述，请人代笔……前前后后花费三年时间，他终于写下了长篇小说《钢铁是怎样炼成的》——主人公保尔·柯察金身上，有着他的影子。

1934年，《钢铁是怎样炼成的》由苏联青年近卫军出版社出版，马上在苏联广大读者中引起强烈反响。保尔·柯察金成了当时苏联青年心中的青春偶像。

奥斯特洛夫斯基塑像

纪念馆前，竖立着戴着红军帽、朝前冲锋的保尔·柯察金青铜塑像。塑像后面，是一排赭红色的平房，屋檐下、窗户四周装饰着白色的花纹，显得古朴而大方。

馆长柳德米拉是一位中年妇女，穿着一身黑白相间的衣裙，显得十分高雅。她告诉我，这里是奥斯特洛夫斯基和他的战友修建窄轨铁路的地方。

在纪念馆里，我见到幼年的奥斯特洛夫斯基与他的母亲的照片。充满稚气的奥斯特洛夫斯基，沐浴在温暖的母爱之中。我见到童年时期的奥斯特洛夫斯基的照片。他戴一顶大盖帽，穿着乌克兰特有的圆立领上衣，腰束皮带，足穿长皮靴，好神气。

我还见到奥斯特洛夫斯基成为红军战士之后的照片。尽管他的腰间佩着手枪，但是看上去文质彬彬。艰苦的岁月使他那样清瘦，而双目透着坚毅的光芒。

给我印象颇深的是奥斯特洛夫斯基的工作室：一张简陋的帆布躺椅，他瘫痪后就是躺在这把椅子上进行口述。旁边的一张椅子，则坐着他的助手，进行记录。躺椅后方，是一只老掉牙的收音机，那是当年奥斯特洛夫斯基接受外界

信息的主要通道。奥斯特洛夫斯基就是在这样的小屋里，完成《钢铁是怎样炼成的》。

《钢铁是怎样炼成的》在苏联大量印行，先后印行了3000万册，产生了极其巨大的影响。可以说，在当时的苏联，《钢铁是怎样炼成的》是一部家喻户晓的作品。保尔·柯察金成了广大苏联青年学习的榜样。《钢铁是怎样炼成的》先后被翻译成20种文字，在26个国家发行。

在契诃夫故居

"我早在中学时代就拜读了《契诃夫短篇小说选》，契诃夫是我崇敬的俄罗斯文学大师。"

在雅尔塔，我参观了契诃夫故居。那里已经辟为契诃夫纪念馆。纪念馆副馆长得知我是中国作家，便希望我能够在纪念册上题词，我当即写下了那么一句话。

契诃夫是我心仪已久的俄罗斯著名作家。在乌克兰的雅尔塔，我详细地参观了位于库楚柯伊村的契诃夫故居。

在契诃夫纪念馆的外面，有一堵白色大理石的墙面，上面有五幅雕塑。许多朋友能够当场认出是契诃夫小说《海鸥》、《小公务员之死》、《万尼亚舅舅》、《变色龙》、《套中人》中的人物和故事，表明契诃夫的作品早已为广大读者耳熟能详。他笔下的小官僚、小公务员、小市民之类的形象鲜活的小人物，给了人们难忘的印象。

238

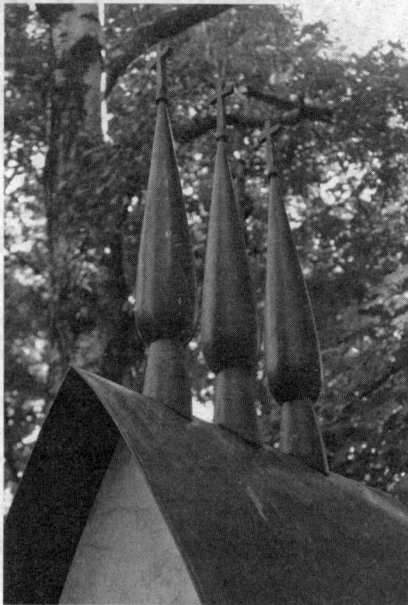

俄罗斯著名作家契诃夫墓碑上方的三个笔尖

契诃夫纪念馆馆长是一位博士，留着契诃夫式的胡子，是研究契诃夫作品的专家。他告诉我，雅尔塔的契诃夫故居是契诃夫晚年最后五年的住所。1904年7月15日，年仅44岁的契诃夫在这里病逝。

契诃夫为什么从莫斯科迁往雅尔塔呢？陪同参观的契诃夫纪念馆副馆长，是一位头发花白的女士。她告诉我，那是因为契诃夫在晚年患肺结核病。在那个年代，肺结核病如同癌症一样可怕。他听从了医生劝告，携母亲和妹妹一起前来在这风景宜人、气候温暖的黑海之滨养病。

契诃夫纪念馆副馆长说，这里本是一

片靠海的荒地，契诃夫倾其所有，在这片荒地上建造了一幢两层白色别墅。契诃夫很喜欢别墅四周的两亩空地，亲手栽种的桑树、枇杷、夹竹桃、冬青、青竹、松树，使这里变成了一个花木葱郁的小花园，契诃夫称之为"永春园"，意即春色永驻。

契诃夫在这里养病，同时也从事创作。他的《樱桃园》、《三姐妹》、《带狗的女人》、《新娘》、《在峡谷里》，就是在这里完成的。其中《带狗的女人》就是以雅尔塔为背景地创作的。因为雅尔塔当时是王公贵族们的休养地，聚居着贵妇人和达官富豪，《带狗的女人》正是当时雅尔塔的写照。

步入契诃夫纪念馆，首先映入我的眼帘的是戴着夹鼻眼镜、留着小胡子的契诃夫大幅照片。1860年，契诃夫出生于小市民家庭。在父亲开设的杂货铺破产之后，他依靠当家庭教师读完中学。出身小市民家庭，使契诃夫从小就溶入小人物的生活圈，为他后来刻画那么多"小"字号人物打下丰厚的生活基础。

1879年，契诃夫考入莫斯科大学学医。在1884年毕业之后，契诃夫成了医生。也就在这个时候，契诃夫开始文学创作。我向纪念馆的副馆长说道："中国的著名作家鲁迅、郭沫若以及英籍华裔女作家韩素音，跟契诃夫一样，都是学医出身，从医生转变为作家。"副馆长说道："这是因为他们以医学医治病者的身体开始，进一步用文学医治他们的灵魂。"她的话，道出了医学与文学之间的深刻关联。

我最感兴趣的当然是契诃夫的书房。我见到墙角挂着一个像小箱子那么大的木壳电话，两个电铃像自行车铃那么大。在一百年前，契诃夫的书房里装有电话，已经算是很先进的了，虽然来电话时那铃声大作震耳欲聋。契诃夫的书桌，紧靠窗口。桌上放着三个烛台，表明那时这座乡间别墅还没有电灯。契诃夫用蘸水钢笔，在这张书桌上写下他最后的作品。

拜谒印度圣雄甘地之墓

在印度德里拥挤杂乱的街区，难得有一大片绿色的净土。那便是莫罕达斯·卡拉姆昌德·甘地（Mohandas Karamchand Gandhi，1869年10月2日～1948年1月30日）的墓园，叫做"甘地园"。

甘地在印度被誉为国父，其声望犹如孙中山在中国。

1999年美国《时代》周刊在评选20世纪风云人物时，评出第一名是爱因斯坦，第二名是美国罗斯福总统，而第三名便是印度的甘地，足见甘地在世界上的影响力。《时代》周刊对甘地的评价是：他以个人之力抗拒专制，是拯救民权和个人自由的象征。

学生时代的甘地

其实甘地是姓，在印度人们习惯于以姓称呼他甘地。

我在美国旧金山海湾大桥之侧，看见矗立着甘地青铜全身塑像：消瘦的甘地光头，赤着双脚，右手持细而长的竹拐棍，披着一条旧而破的罩衣。倘若不是戴着一副近视眼镜，胸前挂着一串长长的花环，定然被以为是乞丐或者盲人。甘地正迈着细细的长腿，风尘仆仆地在印度的大地上前行，向民众传播真理的声音。我每一回从旧金山东湾阿拉米达小岛乘坐渡轮穿越海湾大桥的桥洞，登上旧金山市区的码头，就会见到这座甘地铜像，我总是久久地凝视，投以敬慕的目光。

德里的甘地陵墓在朱木拿河畔，四周是一道用红砂石砌成的围墙。轿车只能停在围墙之外的停车场。当我步入大门，迎面就是笔直的大道和大道两侧高大的树木。

甘地陵园四四方方，四周是用米黄色花岗石砌成的高台，中间成了一个方形的凹地。站在高台上，可以看见凹地正中是一座黑色大理石陵墓，而四周则是绿色的草坪。甘地的墓一如他的为人朴实无华。

按照印度的习惯，我脱了鞋，沿着草坪中间铺了绿色地毯的小路，走向甘地墓。甘地墓四周，有一堵花岗岩矮墙。中间是一个正方形黑色大理石平台，高约1米，长宽约3米。那便是甘地墓。我向甘地墓鞠躬致敬。

其实甘地墓里并无甘地遗骨。1948年1月30日79岁的甘地遇刺身亡。按照印度教的风俗，死者必须在死后24小时内火化，然后把骨灰撒入圣河恒河。甘地遭到暗杀之后，就在这里火化，他的骨灰分别撒在恒河和印度最南端科摩林角附近的印度洋、阿拉伯海和孟加拉湾三个海水会合的洋面上。为了永久纪念甘地，在他的火化地建造了这座陵墓。

在黑色大理石陵墓后面，是一盏方形的长明灯。长明灯昼夜不熄，象征着甘地精神永存。

在陵墓正面的黑色大理石上，刻着印度文："嗨，罗摩！"这是甘地在生命最后一刻发出的呼喊。罗摩是印度史诗《罗摩衍那》里的英雄，"嗨，罗摩！"的意思相当于"哦，天啊！"

我去甘地墓的那天，有许多警察和士兵在那里操练正步走、敬礼，大约有重要外宾光临。通常在每一位重要外国来宾访问印度时，几乎都要到甘地墓献花圈或种植一棵常青树，以表示对这位印度民族独立运动领袖的尊敬。2010年12月中国总理温家宝访问印度时，便到这里向甘地墓敬献花圈。

在甘地墓地出口处有一石碑，刻有摘自甘地1925年所著《年轻的印度》一书中所列的"七大社会罪恶"：

搞政治而不讲原则(Politics without principles);
积累财富而不付出劳动 (Wealth without work)
追求享乐而不关心他人(Pleasure without conscience)
拥有知识而没有品德(Knowledge without character)
经商而不讲道德(Commerce without morality)
研究科学而不讲人性(Science without humanity)
膜拜神灵而不做奉献 (Worship without sacrifice)

甘地在印度通常被称为"圣雄甘地"。"圣雄"（Mahatma）来源于梵语的敬语mahatman, 原意"Great Souled"，即"伟大的灵魂"。1915年，印度著名诗人泰戈尔称甘地为"圣雄"。从那以后，印度人便以"圣雄甘地"来称呼甘地，"圣雄"成了甘地的约定俗成的"专有称呼，因为印度有许多人姓甘地，"圣雄甘地"专指莫罕达斯·卡拉姆昌德·甘地，以至一些外国人以为"圣雄"是甘地的名字。

确实，甘地是印度的民族之魂。甘地以他的思想和道德的力量，带领印度人民摆脱英帝国主义的殖民统治，获得国家的独立，赢得印度人民的尊敬，成为他们心目中的"圣雄"。

甘地出生在一个虔诚的印度教家庭，从小受到的教育就是"仁爱、不杀生、素食、苦行"，影响了他的一生。他13岁依父母之命与一同龄文盲女孩结婚。16岁丧父。19岁远赴英国留学，在伦敦大学获律师资格，归国后在孟买担任律师。后来由于办案的需要而赴南非，当时南非也是英国的殖民地。南非的种族歧视向来严重。甘地作为有色人种遭到了当地白人统治者的歧视。甘地在南非领导了反种族歧视的斗争，这是他首次走上反殖民主义的道路。

1915年，甘地回到印度，领导印度人民反抗英国殖民者，对英国殖民者当局开展"不合作"运动，坚决要求印度自治。甘地成为国大党领袖。

国大党是印度国民大会党的简称。国大党创建于1885年12月，是印度历史最悠久的政党。国大党最初的目标是争取为受良好教育的印度人分享政府权力，没有遭到当局的反对。随着甘地加入国大党，国大党转为反对英国殖民统治、争取印度独立为目标的政党。

但是甘地强调，这种斗争必须是非暴力的。他的"非暴力反抗"的主张，也就是"nonviolent protest"，成为甘地主义的核心。甘地说，真理是神，非暴力则是追求真理、即认识神的手段，甘地认为这是强者的武器。

1920年9月，国大党加尔各答特别会议正式通过了甘地的非暴力不合作计划以及甘地起草的党纲，使"非暴力，不合作"成为国大党的指导思想；争取"印度自治"成为国大党的现实斗争目标；国大党也因此成为一个拥有广泛群众基础、领导印度人民反对殖民统治的现代资产阶级政党。

甘地在印度发动了一场又一场的以和平方式进行的"不合作运动"，对抗英国殖民者，争取印度独立，产生了广泛的影响。甘地成为印度现代民族解放运动的领袖，多次被英国帝国主义当局逮捕入狱。

在甘地的领导下，印度终于迎来独立的曙光。英帝国主义虽然最终同意印度独立，但是提出"蒙巴顿方案"，实行"印巴分治"。甘地坚决反对"印巴分治"，维护印度的统一。然而"蒙巴顿方案"木已成舟，甘地无法阻止"印巴分治"。

由于"印巴分治"，引发印度教徒和穆斯林教徒的宗教仇杀，独立给印度带来严重的混乱。甘地以自己崇高的威望与绝食，感动了广大的印度教徒和穆斯林教徒，平息了各地的大规模的教派仇杀。

出人意料的是，甘地作为印度教徒，最后竟然死于极端主义的印度教徒之手。甘地的传记这样描述甘地之死：

242

> 甘地身材矮小、瘦削黝黑，他披着一件白色亚麻罩衣，缓缓走向露台，并不时停下来答谢群众的问候。聚集的人群给他让开一条路。这时，混在人群里的纳胡拉姆·戈塞用力挤到甘地身边，迅速地弯下腰去，仿佛要按古老的习惯从圣雄的草鞋上拂去尘土，以表示尊敬和恭顺。有那么一瞬间，他跪在老人脚前凝然不动，突然，他飞快地从怀里掏出手枪，对准甘地胸口连射两枪，又朝他的腹部打了一枪。
>
> "嗨，罗摩！"圣雄甘地嘟哝着垂下胳膊，两腿一软栽倒在地。这位印度人民最崇拜的圣哲倒在了血泊中。
>
> 凶手戈塞被当场抓获。因为英国BBC电台记者就在现场，事件发生仅25分钟后，这消息就传遍了全世界。

起先人们不知道凶手身份，都以为是穆斯林派来的。当人们得知凶手戈塞竟然是印度教徒，都惊呆了！印度教的极端分子反对甘地与穆斯林携手的主张，杀害了甘地。

新德里甘地墓

凶手戈塞声称："我尊敬圣雄，他的被害对我绝不是一件乐事。但是，我觉得我应当这样做，因为他包庇了穆斯林。"

印度人民深切怀念圣雄甘地：

甘地遇难两天后，十多万人在德里为他们的圣雄送葬，队伍长达八公里，一路上有士兵保护，路口地带还停放着装甲车。

甘地的遗体上覆盖着印度国旗。他躺在一辆汽车上，在四千名步兵、一千名空军战士、一千名海军战士和一千名警察的护卫下，缓缓驶向拉兹·哈特的一堆篝火前。整个殡仪行列行进了五个小时。下午4时45分，圣雄的儿子拉姆达斯点燃了他父亲身体下面的檀香木篝火。

甘地之死震撼着印度，也震撼着世界。笔者在采访著名钢琴家傅聪时，他回忆说，在1948年印度民族运动的领袖甘地被极右派刺死，消息传来，他的父亲傅雷悲愤交集，三天吃不好饭……因为傅雷"常怀千岁忧"，所以他的心灵常受煎熬，常处于痛苦之中。

在美国斯坦福看蒋介石日记

大约出于对台湾政局不稳定的忧虑，蒋家后人把弥足珍贵的蒋介石和蒋经国日记原件，保存在美国斯坦福大学的胡佛图书馆。得知在那里可以查阅"两蒋"日记，2007年来美讲学的我当然不会放过这一难得的机会。

我曾经多次来过这所被称为"西部哈佛"的斯坦福大学。斯坦福大学那米黄色的石砌大楼，由一大排拱形门组成的长廊，古色古香。美国诸多名人毕业于斯坦福大学，其中包括美国第三十一届总统赫伯特·胡佛，这里的图书馆便以胡佛的名字命名。在斯坦福大学校园里寻找胡佛图书馆很容易，因为高达285米的胡佛图书馆主楼是这里的标志性建筑。然而，我来到胡佛图书馆之后，却被告知，"两蒋"日记收藏在斯坦福大学胡佛研究所的档案馆里。

这个档案馆在地下。我沿着长长的斜坡走下去，在幽暗的灯光下走过长廊，豁然开朗，里面是半个足球场那么大的档案阅览室。在进入阅览室之前，要凭身份证件办理阅览证。得知我要查看两蒋日记，管理员告知一系列注意事项：不得携照相机、扫描仪、便携式复印机入阅览室，因为两蒋日记只准手抄，不得拷贝。手机不能带进去，因为许多手机有拍照功能。另外，就连手提包、笔记本也不许带进去。

蒋氏父子都有记日记的习惯。两蒋日记总共约50册。

我开始查看蒋介石日记，他的日记是用毛笔端端正正写在专门的日记本上，不论他在戎马军营，还是在视察各地，都一天不漏写下日记，就连当天的气温、气候，都一丝不苟记下。他的日记，除了记录每天的行踪、公务、会客之外，也写下自己的思想，各种见解。在他1927年的日记中，差不多在每天的

日记末尾，都要把自己的24字座右铭抄录一遍："立志养气，求贤任能，沉机观变，谨言慎行，惩忿窒欲，务实求真。"

最使我感兴趣的是，按照当时日记的格式，除了每天写日记之外，还要写"本周反省录"和"本月反省录"，蒋介石都认认真真地写下自己的反省感受，有的"本月反省录"甚至有20条之多。另外，还有"下周预定表"和"本月大事预定表"，蒋介石也都一一写上。

我发现，在蒋介石日记中，往往还粘贴着剪报。比如，1945年美国在日本广岛、长崎投下原子弹之后，蒋介石在日记中粘贴了中央社关于原子弹知识以及发展历史的文章剪报。在

蒋介石日记手迹

日本投降之后，美国总统杜鲁门发表关于战后美国外交十二要点的谈话，蒋介石也剪存贴入日记本。

蒋介石日记是蒋介石亲笔写下的，尽管所体现的是蒋介石的观点，但毕竟是中国现代史的重要文献。我曾经写了50万字的纪实文学《毛泽东与蒋介石》，所以着重从国共关系的角度研读蒋介石日记。我查阅了1927年"4·12"政变前后以及红军长征期间的蒋介石日记，特别是细细查阅了1945年8月至10月重庆谈判期间，蒋介石如何在日记中记述他与毛泽东的见面、会谈，他对毛泽东的印象。我还把在北京协和医院查到蒋介石病历，跟蒋介石日记相对照，证实在红军长征前夕，蒋介石以为胜利在望，确实曾经住进北京协和医院检查身体。我将会把这些最新的收获补入《毛泽东与蒋介石》的新版本之中。

我下一次去美国，将会花费更多的时间，"泡"在胡佛研究所的档案馆里。

走进张大千台北故居

早就听说台北有张大千先生纪念馆，设在张大千先生的故居"摩耶精舍"，很想借此能够近距离了解张大千的晚年生活。

张大千生于1899年，原名张正权，又名爰，字季爰，号大千，别号大千居士。台湾人称张大千是台湾画坛泰斗级的人物。其实，张大千出生于四川内江，50岁之前生活在大陆，有着"北齐（白石）南张"之誉。1949年底，50岁的张大千离开中国大陆，云游欧洲、北美、南美、日本，朝鲜、东南亚列国，先后客居香港、印度、阿根廷、美国、巴西。张大千在晚年定居台北，直至离世。

我在参观敦煌石窟的时候，就听说张大千从1941年花费两年七个月的时间，在敦煌临摹莫高窟壁画276幅；20多年前，我在采访梁实秋夫人韩菁清时，她曾送我数百幅照片，其中有一帧她在香港饭局的照片，在她的右面有一留着黑色长须之人，她说那就是张大千；此后，我在采访钢琴家傅聪时，他谈及访问台湾时曾经到"摩耶精舍"拜访张大千。我看见两人在"摩耶精舍"的合影，背后

韩菁清（前左三）参加朋友聚会，前右三为著名画家张大千

245

严家淦先生题写的
张大千先生纪念馆

的石碑上刻着"梅丘"两字,那时张大千眉须皆白,手执齐肩拐杖,一派长者风度;2007年我在访问澳大利亚时,定居悉尼的王亚法先生著有《张大千演义》一书,他跟我说起了台北的"摩耶精舍"……有过那么多次"遭遇"张大千,所以我对张大千及其"摩耶精舍"可谓心仪已久。

张大千晚年故居"摩耶精舍",坐落在台北至善路。张大千在1983年以84岁高龄故世之后,亲属捐出"摩耶精舍",作为张大千先生纪念馆。这个纪念馆归台北故宫博物院管理,参观者必须提前七天办理网上申请手续。我在台北春节前甚忙,春节期间张大千先生纪念馆休息,待春节九天长假结束,我向台北故宫博物院办理网上申请手续,填写之后怎么也无法发至故宫博物院,估计网站管理人员仍在休假之中。我只得打电话向故宫博物院申请,周转了好几个人,总算有人给予回答……

我从台北飞往金门参观,然后再从金门返回台北。由于金门大雾,我推迟了回台北的日期,总算还好,那天总算在中午从金门飞回台北,而预定的参观时间就在当天下午3时,我正好赶上了。

张大千先生纪念馆坐落在外双溪。那一带,傍着青山,溪水奔腾,如同仙境。所谓双溪,顾名思义是由两条溪水汇集而成。其中的内双溪在双溪公园之内,穿过双溪公园就是外双溪了。外双溪一带,乃是豪华别墅地区,诸多富贾达官在此隐居。入口处设有门卫,经我说明是已经登记的张大千先生纪念馆参观者,这才放行。走过几幢红瓦白墙的别墅,便是一幢黑瓦、蔚蓝色大门的别墅。大门之上,挂着张大千先生所书"摩耶精舍"。大门之侧,挂着严家淦题写的张大千先生纪念馆招牌。严家淦是在蒋介石去世之后继任"总统"的人,他为张大千先生纪念馆题写馆名,足见台湾当局对张大千的看重。

我正在张望其他的参观者在哪里,一位黑衣红裙的小姐朝我走来,她自我介绍说,是今天带领参观的志工,名叫江愫珍。她告诉我,今日的参观者别无他人。我实在不好意思,只有我和妻这"两人团"前来参观。她知道我和妻来自上海,很高兴接待我们这两位远客。江小姐的老师是张大千先生的弟子,所以她很热心为张大千先生纪念馆导览，自始至终都极为认真，并不因为参观者只两人而稍有懈怠。我参观金门金城总兵署时，也是由志工讲解、导游，同样一丝不苟。对于台湾志工这种奉献社会的精神，我深为感佩。

江小姐带领我们走进张大千先生的"摩耶精舍"，这是一幢前有精致的花园、水池，中间是两层楼房的"洋"四合院，后有规模颇大的后花园。

前院的水池里，养着或红或白、悠然自得的金鱼。池边是一棵高大的"迎客松"。那两层主楼上，醒目地嵌着蒋经国题写的"亮节高风"四个金色大字。

走进四合院，底楼是客厅、画室、小会客室与餐厅。二楼则是卧室、裱画室和小画室。江小姐说，这里保持张大千生前的布置原状。

我看见墙上挂着一帧张大千在巴西的"八德园"前的照片。江小姐说，作为画家，张大千对于自己的居所总是要求充满艺术气氛，虽然他几经迁徙，但是每到一地，都要按照自己的构想建造居所，他把居所也当成一件园林艺术品进行雕琢。不论是他在四川建造的"梅邨"，美国的"可以居"、"环荜庵"，还是巴西的"八德园"，都各具特色，美轮美奂。尤其是巴西的"八德园"，张大千在1953年购得巴西圣保罗东北慕义镇郊外农场800亩土地，花费很大精力打造出精美的东方园林。江小姐的老师，就是那时候在巴西师从张大千。友人称八德园是张大千所作"立体的画"，是在地上"画"出山水、树木、草虫及人物。张大千在"八德园"创作了大量作品，其中有1968年为国民党元老张群八十华诞所绘大手卷《长江万里图》和1969年所画《黄山图》。很可惜，由于巴西政府要在那里建水库，而"八德园"正处于水库范围，张大千不得不放弃了"八德园"。然而，那个建水库的计划至今仍未实现，而"八德园"由于张大千的离去无人管理，杂草丛生，荒废了。

1972年，张大千回到台湾定居。江小姐说，"摩耶精舍"是张大千先生亲自选址、亲自设计的。"摩耶"二字出自于佛教典故，释迦牟尼佛之母称摩耶夫人，据传腹中有三千"大千世界"，张大千就用"摩耶"命名自己的居所。张大千当时走遍台北，看中有山有水的外双溪，而且选中外双溪分流之处，买下这里578平方米的地皮。"摩耶精舍"自1976年始建，1978年完工，又成为一幅"立体的画"。

我很有兴味地参观张大千的画室。画室足有半个篮球场那么大，而画桌有两张乒乓球台那么大。长髯垂胸的张大千（蜡像）正在执笔作画，他的身旁蹲着一只猿猴（标本）。张大千喜欢猿猴，是因为传说他的母亲在他降生之前，夜里梦见一老翁送一小猿入宅，所以张大千自诩黑猿转世，所以在"摩耶精舍"的后院养了几只猿猴，常以饲猿、戏猿为乐。江小姐说，猿猴蹲在张大千身边看他作画，这有几分艺术夸张，猿猴性野，难以管教，平常关在铁笼里，不可能如此乖巧安静地坐在画案之上。

故居画室中的张大千蜡像

本来，室内是不允许摄影的。蒙江小姐照顾，我得以在画室与"张大千"合影。

画室的挂钟时针永远停在8：15，象征张大千在1983年4月2日8：15去世。

张大千有大、小两个会客室，大会客室供张大千会客，小会客室则是夫人会客之所。在大会客室，我见到墙上挂着一张历史性的照片，即张大千与毕加索的合影。这张照片是张大千1956年访问法国时，在尼斯港的"加尼福里尼"别墅拜访著名画家毕加索时拍摄的。当时法国报纸把张大千与毕加索的会晤称为"世界艺术界的峰会"、"中西艺术史上值得纪念的事件"。毕加索高度评价了中国艺术，称赞张大千是一位真正的艺术家，并说："这么多年来，我常常感到莫名其妙，为什么有这么多中国人乃至东方人来巴黎学艺术！这不是舍本逐末吗？"

在四合院的南侧，是张宅餐厅，安放着一张大圆桌，四周12把椅子。张大千不仅好客，而且是美食家。张宅常常高朋满座，张大千在此设家宴款待客人。兴之所至，张大千还会下厨"露一手"。餐厅的墙上，贴着张大千在1981年宴请张群时的菜单：干贝鸭掌、干烧鳇翅、葱烧乌参、粉蒸牛肉、绍酒焐笋……我在张家后院还看见泡菜坛、烤炉，足见张大千对于美食的喜爱。

在张宅后院，依山临溪，梅树满园，张大千称之为"梅丘"。张大千喜爱梅花的高洁。张大千离世之后，便安葬于此。张群为之题字："大千先生灵厝"。

在后院，还养着青鸾、猿猴、仙鹤、画眉，张大千揣摩于胸，下笔于纸，故栩栩如生。

参观张大千故居，我仿佛走近张大千，知大师之另类性格，识大师之人生道路。

寻访胡适生命的终点

这是胡适先生的墓。

生于中华民国纪前二十一年

卒于中华民国五十一年

这个为学术和文化的进步，为思想和言论的自由，为民族的尊荣，为人类的幸福而苦心焦虑，敝精劳神以致身死的人，现在在这里安息了！

我们相信，形骸终要化灭，陵谷也会变异，但现在墓中这位哲人所给予世界的光明，将永远存在。

我细读着斜倚在胡适墓前、用金字刻在黑色大理石上的墓志铭，见到末

台北的胡适故居

尾署"中央研究院胡故院长适之先生治丧委员会立石中华民国五十一年十月十五日"。

其实，这别具一格的墓志铭，是由台湾学者毛子水摹仿胡适的白话文口气撰稿，金石名家王壮为之书写。

得知胡适安葬在"中央研究院"旁的胡适公园里，我以为很方便，因为"中央研究院"就在台北南港，从家门口乘坐内湖捷运就可以到达终点站——南港。然而，到了南港站才得知，还要换乘两部公共汽车才能到达"中央研究院"。在1957年至1962年胡适担任"中央研究院院长"的时候，就一再抱怨僻远的"中央研究院"的交通太不方便。如今50来年过去，交通已经大有改善，但是仍感不便。难怪当我步入"中央研究院"时，看到停车场满满当当的是摩托车，显然年轻的科技人员来此上班，最便捷的交通工具算是摩托车了。

我从侧门进入"中央研究院"，见到一条马路旁立着"适之路"路牌。胡适原名嗣穈，学名洪骍，字希疆，后改名胡适，字适之，这"适之路"显而易见是以胡适的字适之命名的。据胡适自云，当年他是从达尔文学说"物竞天择适者生存"中取了名适与字适之的。

"中央研究院"里，有许多研究所，大体上是一个研究所一幢楼。中央研究院于1928年在南京成立。1949年有的研究所随蒋介石政府迁往台湾，在台北"复所"。1954年"中央研究院"在台北南港"复院"，"院长"为朱家骅。1957年12月，从美国归来的胡适接替朱家骅出任院长。就规模而言，台湾的"中央研究院"无法与中国科学院相比，中国科学院有的一个研究所，要比整个"中央研究院"都大。

我一打听，胡适公园就在"中央研究院"正门旁边。在那里附近，我看见一座胡适名字命名的"胡适国民小学"。走过拱形大门，就看见"胡适公园"四个大字。公园里游人寥寥，格外幽静。迎面是一座小山，胡适墓建在山坡上。墓呈长方形，正对着山下的"中央研究院"，仿佛这位院长在驾鹤西去之后，依然日夜关注着眼前的"中央研究院"。

墓碑上刻着"中央研究院院长胡适先生暨德配江冬秀夫人墓"。胡适与江冬秀的婚姻是由父母作主定下的。订婚后，胡适到上海读书，留学美国，一去十多年，直到1917年回家结婚，从未见过江冬秀一面。江冬秀是小脚女人，文化粗浅。胡适与江冬秀结婚之后，厮守终身，人称"胡适大名垂宇宙，夫人小脚亦随之"。虽说胡适也曾传出绯闻，毕竟没有发展到导致他跟江冬秀婚姻破裂的地步。胡适当"中央研究院"院长时，曾经不准研究人员在研究院宿舍打麻将，认为研究人员必须专心致志于学问。然而，偏偏江冬秀爱打麻将，虽说她不是研究人员，但是客人来访见到之后，诸多不便。胡适劝夫人不要再在家

台北胡适墓

里打麻将，正好江冬秀嫌南港太冷清，便搬到台北城里住。1962年2月24日，胡适在参加"中央研究院"第五届院士欢迎酒会时，突发心脏病去世，终年71岁。在胡适去世后13年，江冬秀去世，终年85岁，与胡适合葬。

在胡适墓的上方，刻着蒋介石的亲笔题词："智德兼隆"。在胡适追悼会上，蒋介石的挽联更为精彩："新文化中旧道德的楷模，旧伦理中新思想的代表。"这一挽联可以说生动勾画出胡适的形象与自身的矛盾。

胡适去世之后，南港士绅李福人捐出面积达两公顷的私地，用作胡适墓地，后来扩大为胡适公园。后来"中央研究院"一些院士去世之后，也安葬于此。

胡适故居就在"中央研究院"。我来到那里，路口竖立着"胡适纪念馆"的牌子，旁边写着胡适名言："大胆的假设，小心的求证。"走过绿藤缠绕的长廊，面前就是胡适故居。门口挂着胡适纪念馆公告，规定的开放时间是星期三和星期六，而那天是星期二，很遗憾不能入内参观，只能以后有时间再来。

胡适故居不大，日本式平房，总面积为165平方米。与张大千故居相比，天差地别。张大千作为名画家，收入颇丰，而胡适去世时，据说身边仅135美元！

蒋介石为胡适墓题词

面对胡适故居，面对胡适的墓，面对胡适生命的终点，我追寻胡适的人生脚印，感叹连连……

当蒋介石从中国大陆败退台湾之后，力邀在美国普林斯顿大学葛思德东方图书馆担任馆长的胡适回台湾，出任"中央研究院"院长。1957年冬，为了安顿胡适的生活，蒋介石关怀备至，拿出自己的《苏俄在中国》一书的版税，为胡适建造此屋（"中央研究院"追加了部分款项）。1958年2月，胡适住宅动工。1958年4月10日胡适正式出任"中央研究院"院长，同年11月5日迁入这一新居，直至去世。由于胡适这一住房在台湾属于"公配居"，产权并不属于胡适。在胡适去世之后，改为胡适纪念馆。

蒋介石十分看重胡适，在1938年至1942年胡适曾经担任蒋介石政府的驻美大使。蒋介石还曾经希望胡适出任外交部长而被胡适所谢绝。1948年蒋介石"竞选"总统时，无人愿意与之陪衬，蒋介石曾经希望胡适出面"竞选"，甚至考虑过胡适当空头总统而蒋介石当掌握实权的行政院院长的"胡蒋体制"……足见蒋介石对胡适这位洋博士的高度信任。

然而，胡适是一个独来独往、我行我素、自视清高、不受羁绊的自由主义者。这位五四新文化运动的主将、英国进化论大师赫胥黎与美国实用主义鼻祖杜威的忠实门生，毕生宣扬自由主义，提倡怀疑主义，怎么能受得了蒋介石的独裁、专制的统治，怎么能够接受蒋介石的"一个党、一个主义、一个领袖"呢？胡适曾经多次尖锐批评蒋介石，甚至支持台湾的雷震等人组建"反对党"反对蒋介石。正因为这样，胡适与蒋介石貌合神离。

胡适早在1929年就遭到国民党的批判，国民党中央机关报《中央日报》等斥责胡适"反党"，要"严惩竖儒胡适"、"查办丧行文人胡适"、"缉办无聊文人胡适"，这些批判文章结成《评胡适反党义近著》一书出版。1957年胡适在台湾又遭批判，那里开展了清算胡适"思想毒素"的运动，蒋经国所领导的"国防部总政治部"印发了《向毒素思想总攻击》一书，向胡适发动了总攻击。

胡适

作为自由主义者的胡适，也遭到来自海峡彼岸的批判。1954年10月16日，毛泽东在《关于红楼梦研究问题的信》中说："这个反对在古典文学领域毒害青年三十余年的胡适派资产阶级唯心论的斗争，也许可以开展起来了。"这封信在《人民日报》以"编者按"形式发表之后，中国大陆掀起了批判胡适"资产阶级唯心论"的高潮。胡适的次子胡思杜没有随胡适到美国而留在大陆。在这场批判胡适思想的运动中，胡思杜也不得不在《中国青年报》上发表了《对我父亲——胡适的批判》，宣称"从阶级分析上我明确了他是反动阶级的忠臣、人民的敌人。"

胡适不光是学者，也是诗人。他的《老鸦》一诗，恰如其分地写出他的心境：

我大清早起，
站在人家屋角上哑哑的啼
人家讨嫌我，说我不吉利；——
我不能呢呢喃喃讨人家的欢喜！

天寒风紧，无枝可栖。
我整日里飞去飞回，整日里又寒又饥。——
我不能带着鞘儿，翁翁央央的替人家飞；
不能叫人家系在竹竿头，赚一把黄小米！

这首出自胡适笔下的白话诗《老鸦》，是胡适早年从美国归来时自己心境的写照。他"天寒风紧，无枝可栖"，却"哑哑的啼"，对当时的社会提出种种批评，却被人家"说我不吉利"。倘若把这首小诗放大，延伸到胡适的一生，延伸到国共双方的严厉批判，也是如此。

胡适出生于上海，幼时随父去台湾两年，而祖籍安徽绩溪。不久前与安徽教育出版社领导相聚，得知该社出版了44卷《胡适全集》，这连台湾都未曾以这样的规模出版过。胡适先生倘若九泉之下有知，"哑哑的啼"居然在海峡彼岸的故乡出版，当会含笑以谢。我不由得记起一句格言："用笔写下来的，用斧头砍不掉！"

张少帅台北幽禁处

在台北，如果问幽雅路在哪里？一百个人里头恐怕有九十九个人答不上来。司机张先生在台北开了十几年车，也不知道幽雅路在哪里。平日开车几乎不用GPS的他，那天也不得不打开GPS，按图索骥，终于找到了短短的只有820米的幽雅路。

幽雅路坐落在台北阳明山区，或者更准确地说是在大屯山区。大屯山旧名"大遯山"，是由十几座火山锥所组成。这是一群死火山。其中的最高峰是海拔1120米的七星峰，另一座半圆似钟的死火山叫纱帽山，在七星山之南、纱帽山之东的一座死火山原名草山，因为蒋介石崇拜明代著名哲学家王阳明，改名阳明山。由于阳明山最出名，所以人们也就把那一带称为阳明山公园。幽雅路就在阳明山前、大屯山的一座火山锥的半山腰上，淹没在浓密的山林之中。

幽雅路原本是一条山野小道。在日本占领台湾之后，看中北投以及附近的温泉，于是这条山野小道被拓宽，沿着山坡建设了高级宾馆和日式住宅。1945年台湾光复之后，这条山间马路由于"沿途景致清幽雅丽，能抚人躁动之心"，被命名为幽雅路。

短短的幽雅路上，拥有三座台北市的"市定古迹"：其一是幽雅路32号，是创建于大正十年（1921年）的佳山旅馆，是台湾现存规模最大的日式单栋木造别庄之一；其二是幽雅路21号，是创建于昭和九年（1934年）的吟松阁，是台北市目前仅存的一幢日式全木结构旅馆；其三是幽雅路上一条名叫杏林巷的小巷，巷里有多座私家寺院，巷口有日治时期所建佛教石窟，供奉不动明王。

然而，我去幽雅路的目的，并不是寻访密林之中的那三座台北市的"市定古迹"，却是直奔34号。在34号大门口，门的上方高悬横写的"禅园"两字，门的下方有一块牌子上则竖写着一行字："张学良少帅旧居"。

我所要寻访的，正是当年幽禁张学良将军的处所。这幽雅路之幽，其实应当是幽禁之幽——虽说在囚禁张少帅之前，这里已经取名幽雅路。

走进34号大门，迎面就是一条向下的石阶路。沿着小路向下，在绿树浓阴之中，在山坡之上，散落着一组青瓦、砖墙、铺着木地板的日式建筑。这里是北投地热谷大屯山凹的制高点，面对着淡水河口的那山形如观音的观音山。遥望山下，近处是北投的楼房，远处是台北市区，可谓美景尽收眼底。

"禅园"是1981年才取的名字，并非原名。这座建于20世纪20年代的日式的庭院，浓缩着台湾色彩斑驳的历史：

少帅张学良台北北投软禁处所

建成之初，这里叫"新高饭店"，是日本商人聚会之所；

后来被日本军方看中，这里成为"日本军官俱乐部"；

到了第二次世界大战期间，这里成了日本的自杀式飞机驾驶员那"神风特攻队"的招待所，他们在出征赴死、报效天皇前，来到这里尽情寻欢作乐，享受人生最后的"幸福"；

台湾光复之后，这里一度成为台湾官方的招待所；

此后，这里成为张学良将军和赵四小姐的囚禁地；

1981年，这里被改建为禅园花园景观餐厅，做蒙古烤肉自助餐，直至今日。另外，当年看守张学良将军的特务们所住的房子，则成了翡翠轩茶坊。尤其是在夜幕降临之后，这里成了观赏台北夜景的好处所。

我在走下石阶路时，首先见到的是翡翠轩茶坊。那幢日式房子在禅园花园景观餐厅之上。当年特务们住在这里，便于居高临下监视张学良将军的一举一动。

照片两侧是于右任赞扬张学良的题词

　　我走向禅园花园景观餐厅，那里才是真正的"张学良少帅旧居"。我来到禅园花园景观餐厅门口，那里醒目地挂着一帧"帅哥"与"美女"面对面坐在一对藤椅上的照片。那"帅哥"就是张学良，那"美女"就是赵四小姐。照片的说明词写道："1947年，张学良和赵一荻在台湾住所，这是他被押至台湾后莫德惠前来探访时拍摄的照片。"

　　莫德惠，国民党中央委员。他是东北社会贤达，曾经得到张学良之父张作霖倚重，出任奉天财政厅长代理省长、北洋政府农工商总长，也深得张学良信任。莫德惠同时也得到蒋介石信任。所以张学良在被囚禁期间，不论在大陆还是在台湾，莫德惠都得以探视张学良。莫德惠拍摄的张学良与赵四小姐1947年在台湾的照片，是极其珍贵的历史照片。

　　照片上的张学良，只有46岁，而赵四小姐年仅35岁。这张照片表明，张学良和赵四小姐早在1947年就已经被囚禁在台湾——实际上他们是在1946年被秘密押往台湾。照片的说明词只是说"1947年，张学良和赵一荻在台湾住所"，很多游客误以为是在禅园拍照的，实际那是在新竹。

　　关于张学良的行踪，在蒋介石时代一直是"党国"的高度政治机密。直到蒋经国去世之后，张学良这才在台湾公开露面。随着时间的推移，张学良的秘密囚所，这才逐渐曝光，浮出水面……

　　1936年12月12日，当时任"西北剿匪副总司令"的东北军领袖张学良和当时任"国民革命军第十七路总指挥"的西北军领袖杨虎城联手，在西安发动兵谏，扣留了"国民政府军事委员会委员长兼西北剿匪总司令"蒋中正，要求"停止剿共，改组政府，出兵抗日"，这便是名垂史册的西安事变。

在中国共产党的积极参与下，西安事变得以和平解决。1936年12月25日张学良亲自送蒋介石回南京。

1936年12月31日，国民政府军事法庭对张学良进行审讯，判处10年徒刑。

1937年1月4日，国民政府委员会议一致决议通过：张学良所处10年有期徒刑，特予赦免，仍交军事委员会严加管束。

这"严加管束"，其实就是软禁。从此，张学良开始了漫长的幽禁生涯。中国共产党坚决要求释放张学良。蒋介石对张学良的行踪，严加保密。从1937年至1946年，张学良不断处于转移之中，在中国大陆的秘密囚禁地，先后多达11处：张学良最初关押在南京太平门外孔祥熙公馆，此后被转移至浙江奉化雪窦山、安徽黄山、江西萍乡、湖南郴州苏仙岭、湖南沅陵凤凰山、贵州修文阳明洞、贵阳黔灵山麒麟洞、贵州开阳刘育乡、贵州息烽集中营、贵州桐梓无门洞小西湖。张学良原配夫人于凤至因病去美国就医，张学良在囚禁生涯中一直由赵四小姐——赵一荻陪同。

1946年10月17日，张学良和赵四小姐从贵州桐梓被押送到重庆。这时候，张学良显得很高兴，因为特务头子告诉他，要从重庆乘飞机前往南京，蒋介石将在南京召见他和杨虎城，宣布他和杨虎城一起恢复自由。

10月19日，张学良和赵四小姐在重庆登上专机，负责押送的是军统局重庆办事处主任张严佛。专机中途在武汉落地加油。专机再度起飞之后，却没有在南京降落，而是飞越台湾海峡，降落在台北松山机场。这时，张学良方知到了台湾。

其实，事先张严佛就接到南京保密局局长郑介民、副局长毛人凤的电报指示，要把张学良从重庆押往台湾。为了避免在押解途中发生意外，就骗张学良说是飞往南京。

张学良一到台北松山机场，就有专车等候，把他和赵四小姐立即送往新竹县五峰乡井上温泉。军统局事先在那里安排好禁之所，并配备了看守特务和宪兵。

军统局是根据蒋介石的指令行事。蒋介石早在1946年10月19日就把张学良秘密转移到台湾，原因是1946年1月10日至31日，政治协商会议在重庆召开，中国共产党代表周恩来在会上指出，应当立即释放张学良、杨虎城两将军。此后，随着1946年12月12日——西安事变10周年纪念日的临近，全国要求释放张学良、杨虎城两将军的呼声越来越高。为了避人耳目，蒋介石在西安事变10周年纪念日之前，指示军统局把张学良秘密押往台湾。

蒋介石已经把张学良在中国大陆转移了11个囚禁所，而在1946年10月19日决定押往台湾，这也表明，蒋介石早在那个时候，已经做好了日后退守台湾的打算。

张学良台北北投软禁处在半山腰

据当时看管张学良的军统特务张严佛后来回忆："张学良被幽禁在台湾新竹县井上温泉山区。这是一个风景区，树木参天，峰峦起伏，当地多数居民为高山族，离新竹市约五六十华里。那时，张学良和赵四小姐住在一起。军统局负责看守他的刘乙光指挥的看守人员，有特务队员十余名，另有武装宪兵一个连。生活方面，据说蒋介石指示尽量照顾他，还说是叫他读书修养。因此，张学良表面上可以到附近十华里或更远一点范围内散步、钓鱼，平时可以打网球、游泳或做其他运动。他经常可以通信（与外界要被准许的），并准许接见和接受送给他的烟、酒、日用品、食物。除有时由蒋介石、军统局派人陪他讲学、读书之外，他经常订阅《大公报》、《中央日报》及台湾当地报纸，他自己以及军统局替他买了不少的线装书和中外书籍。饮食方面，烟酒等不受限制。我看守他一个月中，和他一起吃饭，大概吃的和过去差不多，可以听他自己选择。据毛人凤、刘乙光平时和我谈起张学良的生活饮食起居、接见通信以及所谓修养读书，和他同案但不关押在一起的杨虎城将军则完全两样，杨将军备受精神虐待，对张学良表面上较宽。"

1946年12月15日，台湾省主席陈仪前往新竹看望张学良。张学良依然充满忧国忧民的情怀，对陈仪讲述了关于中日历史症结及对未来发展的看法。张学良在日记中写道："彼对中日问题，有深刻认识，特殊见解。言到吉田松阴对日本尊王、吞华思想之提倡，伊藤博文、后藤新平吞华之阴谋，被认为日本侵华思想一时难为消除，美国亦将上日本人的当。并言到30年后中日恐成联邦，但如中国人自己不自强，恐大部分政权反落到日人之手。"这清楚表明，在西安事变10年之后，张学良仍对日本军国主义的复活保持高度的警惕。

禅园花园景观餐厅门口墙上所挂的张学良和赵四小姐1947年在台湾的照片，实际是在新竹县井上温泉囚禁处所拍摄的。那年5月，莫德惠获准前去探视张学良，拍摄了这张照片。从照片可以看出，那是一幢日式房屋。这幢黑瓦日式平房，约150平方米。

1949年1月21日蒋介石宣布下野，李宗仁任代"总统"。李宗仁立即安排与中共和谈，并发表了八项主张，其中有"释放政治犯"，提出恢复张、杨自由。1月25日，张学良从看守刘乙光给的《申报》中，读到八项主张。张学良在日记中记下："23日《申报》载，政府明令，余及杨虎城，恢复自由。"

然而，军统局根本不把代"总统"李宗仁放在眼里，毛人凤等居然宣称"不知张、杨在何处"！

由于莫德惠曾经对《大公报》记者言及张学良关押在台湾新竹，一时间媒体据此爆料。军统局于1949年2月2日凌晨3时把张学良从新竹押往台北松山机场，乘专机飞往台南冈山镇机场，转移到高雄要塞。直到风头过去，才于1950年把张学良重新押回新竹井上温泉，直至1957年10月被转移至高雄市西子湾。

张学良在新竹县井上温泉住了9年的黑瓦日式平房，在1963年被台风冲毁。随着台湾开放大陆游客赴台，新竹县政府为了吸引大陆游客，仿照那幢黑瓦日式平房原貌重新复建，但是担心原址地势太低，容易再遭水患，改在附近高处建造。这幢仿建的张学良因禁所于2008年12月底开幕迎客。

随着时光的流逝，张学良已经不再是那么敏感的政治人物。自从蒋经国被委任为"国防部总政战部主任"，负责"管束"张学良的保安处也归于蒋经国管辖。蒋经国对张学良颇为尊重。再说，张学良患眼疾，需要治疗，台北的医疗条件比高雄好，于是在1960年，张学良获准从高雄市西子湾迁往台北，软禁于幽雅路34号。正因为这样，如今那里挂上了"张学良少帅旧居"的牌子。

幽雅路34号的日式黑瓦平房，倒是原物，只是1981年改为禅园花园景观餐厅以来，里面的格局完全改变了。我走进这家餐厅，觉得进深太深而显得幽暗。我在木地板上漫步，发现张学良的幽禁之地，完全商业化了。餐厅中最主要的一间包房，名叫"汉卿厅"，以张学良的字汉卿命名，那里原本是张学良的主卧室。当年张学良的客厅，如今成为蒙古烤肉的自助餐厅，而当年张学良的观景阳台，如今成为情侣座餐厅。

在"汉卿厅"的正墙上，挂着莫德惠在1947年拍摄的张学良和赵四小姐的那张照片，放大到办公桌的桌面那么大。照片两侧，是于右任先生赠给张学良的一对对联：

养天地正气
法古今完人

张学良的主卧室里不见大床，代之以一张硕大的10座圆餐桌。这里专门供应"少帅台湾宴"，所有的菜肴都与张少帅相关。比如冰糖炖猪蹄这道菜名曰"铁蹄忆军旅"，因为"少帅喜欢台湾的猪蹄，忆经西安军旅之日，能以黄豆、冰糖炖猪蹄配饭，就是高级享受了。"而"银耳养颜羹"则象征着赵四小姐的"美容圣品"，就连玫瑰普洱茶，那"普洱的浓厚余味象征着少帅的温和稳重，而玫瑰的香甜则暗藏着赵四小姐的似水柔情"……

由于"汉卿厅"里的"少帅台湾宴"，一次只能开一桌，所以要品尝"少帅台湾宴"必须提前三天预订。这里的食客以大陆旅游团居多，尤其是张学良的东北老乡对他怀有深厚的感情，总希望一睹当年张学良在台北的幽禁之处，希望在"汉卿厅"里一尝"少帅台湾宴"。

禅园里吸引众多游客的是张学良图片展。那里原本是一条长长的走廊，餐厅的主人把走廊两侧挂满张学良的图片。图片展示张学良在长期的囚禁中的三大爱好，即养兰花、迷京戏、打国牌（麻将）。

蒋经国常常到幽雅路34号看望张学良。蒋经国指示，对张学良不再"严加管束"，而是比较宽松，允许张学良的老朋友前去看望，也允许张学良外出看望朋友。这时，张学良乘机向蒋经国提出，幽雅路34号过于僻远，老朋友们也都年事已高，前来看他甚不方便，能否另迁他处？蒋经国答应了。于是，张学良选中北投复兴三路70号，在那里自己花钱建造了一幢别墅。那里环境幽静又离市区不远，成为张学良在台湾的最后住所，只是那里至今尚未对外开放。虽说张学良在新居中仍处于被监视的状态，但是他的"自由度"比过去增加。

张学良晚年交往最多的是张群、张大千和王新衡。张群乃国民党元老，与张学良有着几十年的交情。王新衡是蒋经国在莫斯科中山大学留学时的同学，担任过国民党特工，曾任保密局上海站站长，后来从商，担任台湾的亚洲水泥公司董事长。至于画家张大千，跟张学良原本素昧平生。1930年张学良任国民政府陆海空副总司令，常去北平买名家书画。一天他花重金购得明末清初著名画家石涛的一幅山水画，后来方知是赝品，伪造者青年画家张大千。张学良非但没有责难张大千，反而欣赏他的才华，与张大千有了许多交往。张学良与张群、张大千和王新衡轮流坐庄，每月宴请一次，人称"三张一王"。

在蒋介石、蒋经国先后去世之后，1990年起张学良得以恢复人身自由。1995年张学良和赵一荻离台，侨居美国夏威夷。

张学良是于2001年10月14日下午2时50分，在美国夏威夷首府檀香山史特劳比医院病逝，享寿100岁。

1990年，张学良曾为东北大学校友会题词：

不怕死，不爱钱，
丈夫决不受人怜，
顶天立地男儿汉，
磊落光明度余年。

这首诗是张学良一生的写照。

第十三章 不同特色的宾馆

美国的连锁宾馆

我去美国，除了在旧金山住在小儿子家中之外，在其他城市"漫游"，则住各种各样的宾馆，从最普通的唐人街的华人宾馆，到五星级的大酒店。

美国的很多宾馆是连锁店。连锁，是美国商业的一大特色。所谓连锁，用同一品牌、同一模式经营，充分发挥品牌的优势。我在纽约所住的Comfort Inn、Sheraton，都是美国相当普遍的连锁宾馆。Comfort Inn是三星级的连锁宾馆，似乎更加普及些。我在费城、水牛城、波士顿，住的都是Hyatt宾馆。Hyatt宾馆的中译名为凯悦宾馆，是四星、五星级的宾馆连锁店，也比比皆是。在华盛顿所住的Marriott宾馆，中译名为万豪酒店，也是名牌连锁宾馆。这些宾馆不仅遍布美国，而且遍布全世界，在中国也有许多连锁店。

例外的是在洛杉矶所住的Lincoln Plaza Hotel，即林肯豪华大酒店，这是在洛杉矶蒙特利市华人地区1984年兴建的宾馆。周围大都是一、两层的房子，而林肯豪华大酒店是七层大楼，显得非常突出。从窗口望出去，视线没有障碍，十分开阔。虽说别的城市也有林肯酒店，那只是同名而已，并非连锁店。

美国的宾馆跟中国宾馆不同的是，没有拖鞋，没有牙刷、

在波士顿所住的HYATT宾馆

牙膏，这是务必记住的。倘若不自带牙刷、牙膏，就会给生活带来不便。不过，沐浴液、护肤液、洗发液，倒是齐备的。另外，通常在卫生间里还会放一小块肥皂。

美国宾馆的客房里，通常都有吹风机、电熨斗、熨衣架。我习惯于用开水泡茶。在旅行中，我总自备茶叶。不过，美国人习惯于喝冷水，大多数美国人还喜欢在冷水中加冰块。客房里往往放着免费供应的矿泉水。我在美国宾馆里，通常找不到那种中国宾馆里常见的电热水杯，却只有电咖啡壶。虽说客房里总是放着好几袋免费的咖啡，我很少享用，倒是喜欢用那电咖啡壶烧开水，每一回只能烧一杯开水。我一杯又一杯地烧，虽说麻烦，毕竟总算勉强满足了中国人喜欢喝开水的习惯。

中国的星级宾馆，一般是含早餐的，而美国的宾馆，即便是五星级的，也通常是不包早餐。在宾馆里，设有餐馆。当然，五星级宾馆的早餐不便宜，很多旅客在宾馆商场买瓶牛奶或者橘子水，再买一两块面包或者蛋糕，作为早餐。

旅途之中，我总带着万能插座。这是因为美国的电插座与中国不同，美国的电插头是一圆两扁，这两扁片是平行的，而中国的电插头是三扁片，其中两片呈"八"字形。很多中国旅客由于不知道这一细节的差别，到了美国宾馆，手提电脑无法接上电源。

另外，美国的电压是110伏，而中国的电压是220伏。中国的充电式电动剃须刀到了美国无法充电，转不动了，也给男士们增添了额外的麻烦。

在美国住宾馆，我注意到两个细节：

一是我在洛杉矶的林肯豪华大酒店住了多日，尽管那个客房一直是我和妻居住，服务小姐还是每天更换被套、床单和枕头套——通常，中国的宾馆是不会这样每天换洗的，除非换了客人。

二是美国宾馆的防范意识很强，这一点不错。如果你在一家宾馆住下，友人只知道你住在这家宾馆而不知房号，打电话到总台，总台问清打电话者的姓名，然后致电告知你，你表示愿意接这人的电话，总台才把电话接进来。总台从不轻易把客人的房间号码告诉来访者。此外，在你办理入住手续的时候，总台也从不当面告诉你房间号码，而是把房门钥匙交给你时，指了指卡片上所写的房号，以防别的不相干的人知道你的房间号码。

莫斯科的宇宙宾馆

宾馆的大门口，写着"KOCMOC"和"COSMOS"。"KOCMOC"是俄文，"COSMOS"是英文，译成中文就是"宇宙"。

宇宙宾馆是莫斯科知名度很高的四星级宾馆。到达莫斯科之后，我便下榻于这家宾馆。我给俄罗斯朋友打电话，一说住在"KOCMOC"，他们就知道在什么地方。

宇宙宾馆颇有气派，主楼是一幢浅褐色的弯月形"超级"大楼。用"超级"来形容这幢大楼，一点也不过分：大楼共24层（不包括地下两层），每层中间是过道，过道两侧各有50间客房。也就是说，每层拥有100间客房。除去大堂、餐厅、商店、夜总会、保龄球场、桑拿浴室、室内游泳池之外，这幢大楼里的客房共1777间。这"1777"的数字，是由于俄罗斯人喜欢"7"，把"7"看成是吉祥的数字，诚如中国人喜欢"8"一样。

从莫斯科宇宙宾馆可以望见旁边的宇宙飞行纪念碑

在"1777"间客房中，有48间是套房外，其他全部是双人间。所以，这是一家同时可以容纳3500多名旅客的大宾馆。这家宾馆有着"联合国"的美誉，因为这3500多名旅客来自不同的国家。在大堂里，我常见到不同肤色的旅客在用不同的语言交谈着。

宾馆大堂、餐厅的四壁，挂着各种宇宙星云的油画，仿佛在营造一种"宇宙"的气氛。

宇宙宾馆不论是大楼的气势，还是四周的景观，都堪称一流。大楼前，还有喷水池、宇宙女神塑像等等。

我在宇宙宾馆住了一个多星期。俄罗斯宾馆跟欧洲宾馆、美国宾馆一样，是不供给旅客牙刷、牙膏、拖鞋的，所以我们从上海出发时都带好了这些生活必需品。

俄罗斯宾馆同样没有开水。我从上海带来了电热壶，可以自己烧开水。所幸住过俄罗斯宾馆的朋友事先提醒，尽管俄罗斯用电也是220伏电压，但是插座跟中国不同，是两个圆孔，必需自备双眼圆形插头。不然，中国的电器在俄罗斯就无法使用。

美国是用一大一小的扁片插头，而且电压是110伏。俄罗斯则又用圆孔插座。这种各国自搞一套、互不接轨的做法，对旅行带来了很多麻烦。

不过，俄罗斯宾馆的枕头特大，方形，又软又舒服，几乎家家如此。

在俄罗斯，三星级以上的宾馆，都免费供应早餐。当然，这"免费"其实早就计算在房费之中。

宇宙宾馆的早餐，是自助西餐，供应的食品相当丰盛。不过，这家有着"联合国"之称的宾馆，由于旅客众多，用餐时间又十分集中，所以餐厅里有时显得拥挤。

一天，我和妻正在吃早饭，餐厅的一位服务小姐走近我们，俯下身子，仿佛要为我们收拾盘子似的。她压低了声音，悄悄用英语对我说道："只要十美元！"这时，我才注意到，她的左手拿着一块白色的餐巾，右手撩起餐巾的一角，露出一盒黑色的鱼子酱。当我看清楚了，她迅速地用餐巾把鱼子酱蒙上。

我知道，俄罗斯的特产，最出名的莫过于鱼子酱。一粒粒透明晶亮的鱼子，看上去像一粒粒小小的鱼肝油胶丸。黑色的鱼子酱，要比红色、黄色的鱼子酱更为名贵。前几天在莫斯科的商店里，我见到冰柜里放着一盒盒黑色的鱼子酱，看上去比皮鞋油的盒子略大一点，每盒要卖32美元。至于红色、黄色的鱼子酱，则每盒卖25美元。由于鱼子酱实在太诱人，价格又昂贵，在莫斯科甚至有人在润滑油中掺入滚珠冒充鱼子酱。我朝她摇了摇手，她迅即离去。

底层大堂之侧，便是夜总会。那里的赌场是完全公开的，各种赌具、各种赌法，五花八门。在夜间，三三两两袒胸露臂的妓女们，就在那里向旅客们暗送秋波。台湾作家龙应台便曾这么写及："我不必告诉你在莫斯科宇宙大饭店里妓女如何如何地来往穿梭，或者年轻的俄罗斯作家如何嘲弄地说：'你们真奇怪，你们还用"相信"这个字眼。'"

住了11家欧洲宾馆

在欧洲一口气跑了10个国家，前后竟然住了11家宾馆。这样，我对于欧洲五花八门的宾馆，算是有了一点感性的认识。

在国内，一走进宾馆，大堂里总是挂着一块文凭大小的铜牌，上面刻着几颗星——宾馆的星级标志。这标志是经国家有关部门评定后颁发的，所有的铜牌是一样大小的。在欧洲，我发现宾馆的大堂里并没有这样的铜牌，有的五星级大宾馆甚至上上下下、里里外外见不到任何星级标志。然而，也有不少宾馆，却在外墙上醒目地标着几颗星。有的宾馆甚至把星做成霓虹灯，光彩夺目，夜间老远就看到。

我不知道欧洲宾馆的星级是怎么评定的。在我看来，有的标着四颗"★"

作者在荷兰阿姆斯特丹金郁金香宾馆

的欧洲宾馆，还不如中国的二星级宾馆。有的标着三颗"★"的宾馆，还不如国内有些招待所！

我在荷兰阿姆斯特丹所住的金郁金香宾馆（GOLDEN TULIP），从里到外不标一颗星（实际上是四星级宾馆）。金郁金香宾馆坐落在高尔夫球场旁，处于茵茵绿草的包围之中。这个宾馆的设计别具一格，呈镰刀形——那镰刀把就是大堂，而几十间客房以镰刀形排列。走过长长的、弯曲的、铺着花地毯的走廊，我来到所住的房间。打开房门，那标准间有40来平方米，房间里有三人长沙发以及三把单人坐椅，宽大的写字台，圆形咖啡桌。光是那个卫生间，就有巴黎那个宾馆的房间那么大。我最喜欢房间整墙落地窗。透过一尘不染的硕大的窗玻璃，室外翠色可餐的大片草地尽收眼底。

在德国科隆，我住在著名的科隆大教堂附近。那家宾馆叫"美客酒店"（MERCURE HOTELS），三星级。在欧洲，到处可见"美客酒店"那绿底玫瑰红色的标志。这家宾馆拥有四百家连锁店。这家宾馆的卫生间，不仅地上铺着米黄色花纹的大理石，连四墙也都铺着大理石，与盥洗台面的大理石色调一致，浑然一体。这种大理石在国内每平方米价格在千元之上。如此豪华的卫生间，是少见的。我住的房间临街。清早，我拉开窗帘，见到两个穿橘红色马甲的男人，正在手持扫帚清扫落叶，然后打开垃圾筒，取出装满了垃圾的塑料

在德国滴滴湖住的酒店像童话里的房子

袋，然后换上新袋。

欧洲的宾馆都包早餐，而早餐则都是自助西餐。餐厅通常在宾馆的底楼，也有的安排在一楼（也就是中国的二楼）或者地下室。

我很喜欢在德国滴滴湖所住的宾馆。那家宾馆不大，电梯也只能容两人，而且我住的是顶层，外墙是倾斜的。但是，步入房间，木门、立柜门、木床，全都是木头本色，连一个个木栅子都不加修饰，给人一种的贴近自然的亲切感。这里的灯罩，是用麻袋一样粗犷而厚实的布做的，显得古朴。灯光柔和，安谧幽静。住这家三星级宾馆，大有安居如家的感觉。

我在德国斯图加特住的诺福特（NOVOTEL）宾馆，是国际性的连锁宾馆。这个集团在54个国家开设了300多家宾馆，统一名称，统一标志，统一管理，统一服务。在欧洲，宾馆所供应的早餐，在我所见，以这家宾馆最好。我所住的客房，是家庭式的，即一张双人床，另加一张单人床。这种家庭式的客房，最适合父母带孩子客居。在中国，要么双人房，要么单人房，这样的家庭式三人房并不多见。其实随着家庭式旅游的增多，家庭式客房的需要也日增。

268

欧洲人习惯于喝冷水。在奥地利、荷兰、德国，自来水达到饮用水的标准。特别是瑞士，从自来水管里流出的是阿尔卑斯山纯净的雪水。所以在这些国家，直接喝自来水就可以了。在冬日，如果嫌水太凉，从热水管里放热水饮用也行——尽管从热水管中流出的只是热水，并非沸水。然而，这热水却无法泡茶。不过，在奥地利，在荷兰，在德国，我发现客房里放着电热杯，我只消往里灌进冷水，用电加热，也就可以把水煮沸。这有点像香港的宾馆。

令人遗憾的是，法国、意大利的自来水质量不佳，不能直接饮用，而那里的宾馆客房里却不见电热杯！有的中国旅客饮用那里的自来水之后，往往泻肚。为了旅途安全，我就从超级市场买矿泉水喝，或者在就餐的时候从餐厅冲咖啡的炉子里往所携带的"太空杯"装点开水。

我在意大利威尼斯所住的"维也纳宾馆"（HOTEL VIENNA）是由中国人管理的宾馆。在这所宾馆，吃到唯一的一顿中式早餐，有稀饭，有馒头，有咸菜，有豆腐乳，感到异常亲切。

入住朝鲜特级宾馆

我来到平壤，见到一条静静流淌的大江。那便是著名的大同江，平壤的母亲河，以"Л"形横穿平壤市区，把平壤分为东西两部分。巴士驶过架在大同江上的大铁桥，便进入一个江心小岛。大铁桥刷了灰漆，看上去很像上海外滩古朴的外白渡桥。

小岛的形状如同羊角，因而得名羊角岛。那座大铁桥也因此叫做羊角桥。

羊角岛上总共只有三座大型建筑物，即平壤国际电影会馆、羊角岛体育场和羊角岛宾馆。其中，最醒目的是羊角岛宾馆，不论是在大同江对岸还是羊角桥上，远远地就能看见高达47层的大厦——羊角岛宾馆。我在朝鲜期间，就住羊角岛宾馆的第25层。

羊角岛宾馆是特级宾馆。朝鲜的宾馆不分星级，特级宾馆相当于五星级。特级宾馆用来接待外宾。在平壤，总共有三座特级宾馆，即羊角岛宾馆、高丽饭店和妙香山宾馆。高丽饭店位于大同江西岸的平壤闹市区，与羊角岛宾馆隔江相对。妙香山宾馆则位于离平壤两个多小时车程的妙香山。通常，外国游客都被安排住在羊角岛宾馆，因为小岛处于江中心，前往平壤市区的唯一通道是羊角桥。只要在羊角桥派人站岗，很容易阻止岛上外宾外出以及岛外平壤百姓上岛。也正因为这样，我在羊角岛宾馆吃早餐时，从未有人向我收取早餐券，因为外面的朝鲜百姓不可能进入羊角岛宾馆，所以进入餐厅的必定是住店的外国客人。

羊角岛宾馆建于1995年。有客房1001套，床位1963张。其中特等客房10套，一等客房23套，二等客房90套，三等客房878套。

特级宾馆都拥有自己的发电设备。虽然平壤经常因电力不足而停电，特级宾馆可以不受影响。特级宾馆的房间里，装有中央空调。一级宾馆就没有这些设

坐落在大同江中的小岛形似弯曲的羊角，得名羊角岛

备。比如西山饭店是一级宾馆，坐落于平壤郊区西山上，是一座30层的大厦，客房间内只有电扇，没有空调。

羊角岛宾馆的大堂地面铺着大理石，挂着大吊灯，还算是有点气派。大堂之侧，有八部电梯，其中两部是景观电梯，从电梯里透过玻璃可以看见外面的景色。

走出电梯，走廊相当宽敞。步入客房，我见到彩电、冰箱、沙发、浴缸，一应俱全。令我特别满意的有三：

一是原先听说朝鲜宾馆里没有开水，旅客只能喝从自来水龙头流出的冷水。这是朝鲜人的生活习惯。他们在家中也一直是喝冷的自来水。正因为这样，这次我去朝鲜，跟诸多中国旅客一样，从中国带去了好多瓶矿泉水。没想到，如今朝鲜为了适合中国旅客的生活习惯，也作了改进，在客房里放了一个热水瓶，服务员每天往瓶里灌满开水。这么一来，我在朝鲜每天都能泡茶、喝茶。

二是由于晚间不准外出，我只能呆在客房里看电视。听来过朝鲜的朋友说，朝鲜全国只有两三个电视频道，非常单调，何况朝鲜语又听不懂。如今，朝鲜方面也作了改进，在专供外宾居住的特级宾馆开通了卫星电视频道，这样我在羊角岛宾馆不仅可以看到中国中央电视台各频道，而且还能看到英国BBC、日本NHK以及俄罗斯电视台和中国香港凤凰卫视。我注意到，没有韩国

羊角岛宾馆地下一层的"平壤娱乐场"就是赌场

台。这是因为韩国台的韩语与朝鲜语完全一样，就连打扫房间的普通的宾馆服务员也听得懂，势必会造成诸多"麻烦"。朝鲜的老百姓只能收看朝鲜国家电视台那两三个频道。

三是床单、洁具、浴缸都非常干净。朝鲜人很爱干净，所以每天的清扫工作很认真。

我的房间窗口面对宽广的大同江。江面上不见一艘游艇，也不见一艘轮船，不闻一声汽笛，也无一声马达轰鸣。每当夜幕降临，由于电力不足，市区灯光暗淡，除了大同江畔高高矗立的"主体思想"塔装饰着稀疏的景观灯之外，连路灯都难得一见。千家万户都早早入眠。入夜，客房里真的寂静得掉下一根绣花针都听得见。

平壤羊角岛大酒店

271

在宾馆里可以用固定电话打国际长途，打往中国要先拨"600086"。由于我们是外宾，所以国际长途电话价格不菲，一分钟要20元人民币之多。

客房里的电冰箱很大，比通常的五星级客房的电冰箱都大。即便朝鲜电力紧张，仍24小时在制冷。我打开冰箱一看，里面空空如也。通常，在别的国家的五星级客房里的冰箱，总是放满食品、饮料，供客人取用然后结账。物资匮乏的朝鲜无食品、饮料可供应，这一电冰箱形同虚设，反而浪费了不少电力。

步入卫生间，我发现两大"朝鲜特色"：

一是没有地漏，因此洗澡时必须小心翼翼，千万不能把水溅到地面上来。

二是所有的下水管，全都是铜管，而不是通常的塑料管。这表明朝鲜盛产铜。

初入羊角岛宾馆，在乘电梯下楼时，总是习惯于摁"1"。其实"1"是地下一层，"2"才是大堂。我因摁了"1"而误入地下一层，见到那里挂着用中文、英文、朝文三种文字标明的招牌："澳门餐厅"、"金泉岛桑拿"、"埃及皇宫卡拉OK"。

我还见到一个大门紧闭的屋子，墙上挂着"平壤娱乐场"五个大字。我用照相机拍了一张照片。闪光灯闪过之后，保安马上奔了过来，大声吼叫："不许拍照！"原来，那"娱乐场"便是赌场的雅称。我推开紧闭的大门，里面灯火辉煌，装潢极其考究。迎面的一个房间，大约50平方米，放置着一排排老虎机。进入里面的一间，那房子很大，大约有三四百平方米，安放了好多张墨绿色的长方桌子，很多人围坐在长方桌四周，正忙于赌博。

台湾的五星级旅馆

2003年我和妻到台北，由于接待部门是台湾企业，安排我们住在长荣集团属下的台北长荣桂冠酒店。

在台湾，要么叫饭店、酒店，要么叫旅社、旅馆，几乎不用"宾馆"一词，而在大陆则到处是宾馆。记得，台湾"开禁"之初，台湾作家谢武彰先生来到上海，接待单位安排他住宾馆，他大为惊讶。原来，在台湾早年也叫宾馆，比如"中兴宾馆"便是蒋介石的行宫以及招待贵宾的地方，后来由于不少宾馆有着不正当的活动，使"宾馆"蒙尘，成为色情场所的代名词。正因为这样，如今台湾没有叫"宾馆"的了。

长荣桂冠酒店地处台北闹市，在松江路与长安东路的交叉口。长荣桂冠酒店是台北商务五星级饭店。我不明白这"商务五星级"是什么意思。长媳解释说，五星级饭店必须有游泳池，长荣桂冠酒店没有，所以定为"商务五星级"饭店。

一进长荣桂冠酒店，大堂四壁贴着米黄色大理石，给人一种豪华而温馨的感觉。由于长荣集团不仅拥有航空公司，也拥有航海公司，所以酒店里处处可见轮船图案以及轮船模型。酒店总经理非常客气，亲自带领我来到电梯，告诉我怎么使用电梯。原来，这家酒店的电梯与众不同，只有把房间的电子钥匙在电梯里刷一下，电梯才开到你房间所在的楼层。这是长荣桂冠酒店采取的安全措施之一。这么一来，外人乘电梯，只能来到二楼餐厅，无法上客房。

我住在1501房。我刚进屋，服务生就把我的行李用小车推了进来。

这是一个大套间，有会客厅，写字间，卧室和卫生间。我一进门，就见到书桌上放着一封英文信，信封上写着我的英文名字"Mr. Yonglie Ye"，那是一封由总经理签署的欢迎信。桌子上放着一大沓信纸，每张信纸上都印着我的英文名字"Yonglie Ye"。

书桌上还安放着"四合一事务机"，给我带来很大方便。所谓四合一，就是兼具影印、传真、列印、扫描四项功能。"影印"，大陆叫复印；"列印"，大陆叫打印。

台湾的常用电压是110伏，而大陆的常用电压是220伏。这里备有"220伏"与"110伏"两种不同电压的插座，给旅客带来方便。

客厅里安装着50英寸的宽屏彩色电视机，小圆桌上放着鲜花和水果。屋里铺着花地毯。

最使我感到惊讶的是，卫生间里的洗脸盆、龙头，全都金光闪闪。据长子告诉我，这家酒店为了显示自己的豪华，特意镀上18K黄金。

我还未参观完客房，服务小姐就前来问讯："叶先生，您喜欢看什么报纸？"

我随口答道："《中国时报》、《联合报》。"

此后，每天清早六时多，我一打开房门，就会见到房门把手上挂着一个墨绿色的布袋，里面放着两份当天的报纸——《中国时报》和《联合报》。台湾的报纸大都有20多个版。对于喜欢看报的我，翻阅这两份台湾最有影响的报纸，成为每天必做的早课。

我和妻从台北乘高铁前往高雄。上了出租车，一说去"汉来"，司机就明白了。"汉来"，就是高雄汉来大饭店，在高雄是首屈一指的五星级饭店，几乎家喻户晓，所以只要说"汉来"就够了。2008年5月20日，马英九在台北举行"总统"就职典礼之后，晚上就在高雄的汉来大饭店宴请各方来宾，足见高雄汉来大饭店在台湾地位的显赫。

汉来大饭店有555间客房、一千个停车位、一千多工作人员，是高雄最大的饭店。知道我要去高雄，我的长子事先给我订好了汉来大饭店的客房。

出租车沿着博爱一路向南行。透过出租车的车窗，我见到高雄的市容整齐，街道宽广，高楼大厦远比台南多。汉来大饭店是一幢40多层的高楼，坐落在高雄市成功一路与新田路口，那里是繁华的商业区，交通极为便捷。

我走进汉来大饭店大堂，一报我的姓名，总台小姐就很客气地给我电子钥匙，告诉我安排在3935房。另外，总台小姐还给我和妻四张船票，其中两张是游览爱河的船票，两张是游览高雄港的船票。她说，这些船票是汉来大饭店免费赠送的。

我乘电梯上了39楼，进入3935房，才知道总台小姐给我和妻安排了最佳客房。汉来大饭店楼高186公尺，总共42层。就客房而言，39楼是最高的了，因为四十楼是商务俱乐部以及饭店管理部门办公室，41、42楼是餐厅。汉来大饭店拥有20家中西餐厅。

3935房不仅位于最高层，而且景观极好。我透过宽大、明亮的窗，可以居高临下俯视高雄港。我见到高雄港的波光粼粼的海面，见到一艘艘货轮的黑色剪影，我也见到高雄市区鳞次栉比的高楼和窗下停车场上密密麻麻的轿车。

我和妻下楼，走出汉来大饭店大门，一转弯，便见到汉神百货公司。原来，汉神百货公司与汉来大饭店共用一幢楼，其中地上七楼至地下三楼是汉神百货公司。我们漫步于汉神百货公司，见到百货商品琳琅满目，应有尽有。尤其是地下三楼，是很大的食品商场与饮食大厅。在这里，既可以买到各种水果、食品,又可以在各种特色的餐馆就餐,非常方便。

傍晚时分,我们又回到汉来大饭店。从窗口看出去,夕阳西下,染红了整个高雄港,码头和高楼都镶上一层金色的轮廓。我赶紧拿出照相机,拍下这美丽动人的瞬间。

在日月潭,我住的是"涵碧楼"。

在绿树掩映之中,我见到涵碧半岛山坡上有一幢漂亮的七层大楼,那就是涵碧楼。"涵",浸泡之意。"涵碧楼",也就是沉浸在一片碧波之中的楼房。用涵碧楼命名日月潭畔的这幢波光潋滟的美宅,妥切而传神。

涵碧楼原本是戒备森严的禁区,因为涵碧楼当年是蒋介石的行馆,四周布满警卫。蒋介石是很会享受的,他选择了台湾顶尖的佳景胜地日月潭,又在日月潭选择了顶尖的伸进湖中的涵碧楼半岛,建造"总统"行馆。

斯人已经远去。如今的涵碧楼,不再是铁腕人物独霸的禁区,而是比五星级宾馆更豪华的"六星级"饭店,甚至有人称之为"七星级"饭店。虽然这里的客房价格平均是每天13000元新台币,相当于人民币2800多元,是附近旅馆价格的五倍以上,创台湾观光酒店房价的最高纪录。最贵的总统套房,一晚的房价为52000元新台币。我的长子、长媳一定要安排我们在这里住,事先预订了套间。

274

今日涵碧楼,已经不是当年的蒋介石行馆。在1999年"9·21"地震中,旧的涵碧楼受到严重损害,推倒之后,2001年新建的涵碧楼落成

他们说,住涵碧楼尽管贵,但是"贵得有理",值!

今日涵碧楼,已经不是当年的蒋介石行馆。在1999年"9·21"地震中,旧的涵碧楼受到严重损害,推倒之后,耗资18亿元新台币、历时一年半进行重建。

新的涵碧楼是由世界著名建筑设计师Kerry Hi设计,气势不凡。

涵碧楼是日月潭畔的明珠。我来到位于山坡之上的涵碧楼,第一印象就是用粗厚的褐色木栅,组成方形门厅,显得别具一格。一进门,迎面就是一条长长的"水廊"——那是浅浅的底部铺了黑色大理石的长廊水池,水面与地面持平,看上去明净似镜,我真佩服设计师别具匠心的构思。

涵碧楼的总经理曾说,他希望从客人踏进饭店的那一刹那起,就处于"时时感受无微不至的服务,处处发现别有洞天的

涵碧楼位于风景如画的日月潭畔

惊艳"的情境中，客人的情绪始终处于一种喜悦与兴奋状态。

大楼内的长廊，线条简洁，而深咖啡色方木柱又显得古朴。就连底楼一条通往日月潭的短廊，两侧摆设着古色古香的圆瓶，也令人赏心悦目。

七层大楼面对烟波浩渺的日月潭。整幢大楼只有96个房间，其中有一部分是套间，所以实际上只有70套客房而已。每个房间的面积是24坪，也就是80平方米。平均每个房间的建筑成本为1500万元新台币（不含土地）。另外，还有七幢独栋别墅，每栋面积120坪，也就是近400平方米。别墅四周不仅有独立的花园，而且有单独的游泳池。

这次，我们四人住的是大套间，面积达160平方米。涵碧楼的经营理念是：客房的套数宁可少些，但是面积要大，要有一种舒适感。他们说，要让客人来到这里，不仅欣赏湖光山色，而且在这顶级的旅馆里，得到极致的享受。

步入客房，不论是客厅还是卧室，都铺着宽幅的深褐色从印尼进口的原木地板。客厅的门外，是宽大的阳台。阳台之侧，是大片芳草与成丛的鲜花。

确实，对于我这样起码住过几百家旅馆的人来说，涵碧楼给我留下的印象是最深的。涵碧楼定位于高档消费，走的是高价休闲酒店路线，尽管房价近乎天价，但是客人们还是不断慕名而来。

从涵碧楼望出去，日月潭波光粼粼，远处正对青龙山以及山顶上的慈恩塔。

坐楼观水，宁静致远。身在楼中，心在水中。

台中汽车旅馆探秘

长子一家陪同我和妻前往台中，长媳告诉我，台中的汽车旅馆要比任何五星级宾馆都考究。

汽车旅馆——"MOTEL"，有什么稀奇？MOTEL的原意是"Motor Hote"，早在1925年，美国就有汽车旅馆。那是因为随着汽车的普及，需要既能停车又能休息的旅馆。最初的汽车旅馆仅提供停车场所，旅客在自己的汽车里过夜。后来，成为一种附有停车场的旅馆，便于驾车族住宿，客人不再在汽车里睡觉，而是住宿在客房里。所以在美国汽车旅馆大都在高速公路附近。由于汽车旅馆需要较大的停车场，所以汽车旅馆通常在城市的郊区。汽车旅馆也供无车的旅客居住，是很普通的大众化的旅馆。我在美国、澳大利亚都住过汽车旅馆。如今，在中国也有MOTEL连锁店，中文名字叫"莫泰"，其实莫泰只是普通的旅馆而已，并无停车场，非真正意义上的汽车旅馆，莫泰的绝大多数旅客不是驾车族。通常，MOTEL连一颗星都没有。在台湾，把汽车旅馆译为"摩铁"。这"摩铁"怎么会比任何五星级旅馆都考究，甚至被称为"超六星级酒店"？

长媳告诉我，她和我的长子也从来没有住过台湾的汽车旅馆，只是听说台湾的汽车旅馆如何神秘和奢华，便想借我和妻来台的机会，去汽车旅馆一探究竟。在台中，顶级的汽车旅馆首推沫兰汽车旅馆。香港凤凰卫视台长刘长乐带队的大陆房地产开发商一行（台湾媒体冠以"大陆富豪团"称号），住的就是这家汽车旅馆。台湾好几部爱情电视剧也在这里取景，使沫兰汽车旅馆名声大振。她预定了那里的特大套房——总统套房，面积达100坪，亦即330平方米，足够全家七口居住。这个特大套房里面设有游泳池，为此长媳在出发前给每个人都准备了游泳衣。特别是喜欢游泳的小孙女，更是巴不得马上住进汽车旅馆。不过，由于汽车旅馆的客房非常紧张，尤其是100坪的特大套房，很难订到。沫兰汽车旅馆告知，十来间100坪的特大套房全部客满，只有其中一间在晚上十时退房，经过清扫之后，最早在晚上十时半才能入住。

长媳驾车，从台北来到台中。在参观了台中的台湾美术馆、逢甲夜市之后，夜幕如黛，我的小孙子和孙女都显现疲态，急于进旅馆休息。长媳说，那就到沫兰汽车旅馆碰碰运气，先找一间小一点的套房住下来，到了晚上十时半再搬进100坪的特大套房。

于是，凭借GPS的指引，在浓重的夜色之中，驱车前往台中市西屯区市政路。沿途，我见到好几处闪耀着"MOTEL"字样的汽车旅馆招牌。长媳告诉我，在台湾的台北、高雄、基隆、台南、花莲也都有汽车旅馆，其中以台中、台北最多。

终于见到灯箱招牌上写着"沫兰"两字，下方是一个箭头，标明"入口"两字。后来我才知道，台湾汽车旅馆跟一般的星级酒店的最大不同就在于没有豪华的大门和气派的大堂，更没有旅客登记住宿的摆着长长柜

汽车旅馆的汽车入口处

台的总台。因为台湾汽车旅馆非常讲究私密性。那入口处如同停车场，有一间小屋，屋里只有一、两位收费小姐，那就是总台。顾客全都是"有车阶级"，只消在入口处停下来，把前座的侧窗摇下一半，不必出示任何身份证件，把信用卡给收费小姐刷一下就行。至于汽车后座坐着谁，收费小姐不看也不问。这里的通行证就是钱。如果不付钱，想进去参观一下，没门！

台湾汽车旅馆是按照房间的大小、时段的不同付费。所谓"时段"，是指以两小时或者两个半小时为一时段计算，因为来这里住宿的旅客很少住满24小时的。午夜12时之后的价格最贵。白天的价格比夜晚便宜。一般而言，每两小时收费在2500元新台币以上，而过夜的房间往往收费在新台币1万元以上，至于特大客房更贵。收费小姐告知，目前唯一空着的是一间25坪客房，长媳租两个半小时暂且歇个脚，打算到时间之后搬到预定的100坪的客房里去。

收费小姐只报了一个房间的号码，并没有给房门钥匙。轿车朝里驶去，如同进入公寓的停车场，一个个车库都紧锁着金属的卷帘门，车库之上有一个发光的号码，那是房号。其中一个车库门正在徐徐向上卷起，一看号码，正是我们所定的房号。

轿车进入车库，摁一下电钮，车库门徐徐下垂，关紧。车库与客房相通，此刻客房的门已经自动打开。除了在入口处跟收费小姐隔着车窗见过一面之外，进入汽车旅馆没有遇见任何服务生。这里最讲究绝对秘密，不允许安装监视器。最令人惊奇的是，进入这里，手机被屏蔽，外面的电话打不进来，以排除"干扰"。

下了车，全家老小好奇地进入客房。给我的第一印象就是大而豪华。虽

然25坪在沫兰汽车旅馆里算是小的，但是远比一般的旅馆客房要大。房大床也大，两米多宽的双人床。46英寸的高清液晶电视，大空调，大沙发，大吊灯，大冰箱。最出人意料的是，卫生间很大，大约与卧室一样大。卫生间的墙壁以及地面都铺着米黄色大理石，其中的大理石方形浴池最为引人注目，大约有四平方米。

台湾的汽车旅馆以"精品、时尚、休闲"作为自己的特色，不惜工本豪华装修。正因为这样，台湾的汽车旅馆又称"精品旅馆"。台湾汽车旅馆风情万种，风格各异，既有东方风情式的，也有印度尼西亚婆罗风格，欧洲的法式浪漫风格，还有巴黎红磨坊、圣殿梵蒂冈、挪威森林、蓝白希腊、神秘埃及以及墨西哥和美式风格。还有模仿美国大片《泰坦尼克号》（台湾译为《铁达尼号》）邮轮头等舱的风格，一切装饰、家具全是1910年英国款式。也有以"夜上海"为主题的，房间里用的是20世纪30年代上海风格家具，墙上挂着胡蝶、周璇等电影明星海报。

不过，在套房里，卫生间与卧室之间只有一道全透明的玻璃门，在卧室可以清清楚楚看浴池，就连在卫生间另一端的厕所也是视线无阻挡的。不言而喻，这样的客房只是为两人世界准备的，显然不适合于全家老小来此。虽然大家都急于想洗个澡，可是谁都无法在那个漂亮、宽敞、安装了按摩喷头的浴池里洗澡。无奈之中，我们在小憩之后，告别了沫兰汽车旅馆，改为入住台中五星级的长荣桂冠酒店。

不过，这一次未能一觑100坪的汽车旅馆的面目，似乎心犹未甘。回到台北之后，得知那里也有好多家沫兰汽车旅馆连锁店。长媳说，白天也许人少，全家到那里看看。于是，驱车前往台北的一家沫兰汽车旅馆。

没想到，上午十时多，那家沫兰汽车旅馆的100坪特大房还是客满，只有一间45坪的客房空着。收费小姐说，45坪的房间跟100坪的房间的区别，只是在于100坪的房间有一个室内游泳池。于是我们全家就到这45坪的客房里去。

跟台中不同的是，台北的这家沫兰汽车旅馆的私密性似乎更强，轿车从入口处进入之后，便朝地下通道驶去。地下通道黑幽幽的，曲里拐弯的，只有几盏闪射着紫色光芒的小灯。打开轿车的前灯之后，才看见地下通道两侧全是紧闭的车库的门，如同进入地下车库。拐了两个弯，见到一扇已经打开的车库的门，一看房号，果然就是我们所订的客房。

轿车进入车库之后，照例关上车库的门。在台中，车库是与客房直接相连，而这里不同，迎面是一个电梯。打开电梯的门，很奇怪，电梯格外的小，只能容纳两人，倘有"第三者"，就显得拥挤。

走进电梯，我不知该上第几层，却见到电梯上已经自动亮着蓝色的3字。也就是说，客房在第三层。我试着摁别的楼层的电钮，都无反应。显然，这部电梯只能停在第三层，而不能停在别的楼层。这电梯的轿厢两面有门，进来的是轿厢前门，到了第三层，自动打开的却是轿厢后门。

一走出电梯，迎面就是一道门，打开之后，出现在眼前是比台中住过的沫兰客房差不多大了一倍，达150平方米。由于是白天，所以看得更加清楚。这套客房，分为四个部分，即小花园、客厅、卧室和卫生间。

小花园其实同时也是宽大的阳台，铺着木地板，长方形的阳台一面是卧室的玻璃墙，另一面则是四五米的高墙，阳光可以从顶部照进来，而高墙使阳台内成为隐秘的世界。在墙根，种着

汽车旅馆的室外阳台

279

一排绿色的热带植物，令人赏心悦目。花园的一角，放着一张米黄色的八爪章鱼椅。

客厅里铺着黑白相间的羊毛地毯，一圈沙发围着一个黑白各半、状如太极的圆形茶几。客厅与卧室相通，中间只隔着一个矮柜，上面放着一黑一红两个硕大的花瓶。卧室里照样是大床，大电视机。在床头，我看见一个有线的电视遥控器。细细一看，上面还有调节灯光的按钮，分别是"景观"、"浪漫"、"阅读"、"舒适"、"晴空"。摁动不同的电钮，可以调节屋内的二十来盏大吊灯的光线，产生不同氛围。

这里的卫生间也很大。方形的四周砌着白色大理石的浴池，像个小游泳池。可以用粗大的水龙头放水进来洗澡，也可以淋浴——跟普通淋浴不同的是，强大的水流是从天花板上一个像26英寸电视屏幕那么大小的长方形喷头喷下，如同下雨一般。摁一下按摩键，浴池里的水顿时上下翻滚。浴池边沿的大理石上，放着一捧红色的玫瑰花瓣和一盒"SPA泡澡精油"。最特殊的是，在浴池的墙壁上，安放着一个液晶电视屏幕，可以一边泡澡，一边欣赏电视。对于小孙女来说，这浴池是不错的游泳池，在放满水之后，便扑通扑通游了起来。

汽车旅馆里的八爪椅

汽车旅馆有住也有吃。在客房里，我见到印刷精美的菜单。只要打电话订餐，服务生就会把菜馔用小车推来，放在客房门外，并不与客人见面。甚至在凌晨四时，拨一个电话，各式冷盆热炒立即送到，条件只有一个——刷卡付钱。这里不认人，只认钱。这里的一句"名言"是："花钱买享受！"

自从见识了台湾的汽车旅馆之后，我才明白，几乎天天走过的街口那个两人多高、由四个英文字母堆成的"We-go"广告牌，原本以为是说"我们去"后面那家百货公司的意思，其实那是一家汽车旅馆的标识。"We-go"音译为"薇阁"，是台湾最老资格的汽车旅馆。那是在2000年，在距离桃园火车站5分钟车程的万寿路上，出现了"We-go"标志——台湾第一家汽车旅馆薇阁。薇阁的老板许调谋原是桃园县的建筑商，到日本参观了豪华的汽车旅馆，得知获利丰厚，便花费巨资在桃园创办薇阁。在很短的时间里，许调谋就收回了成本。其中的原因如许调谋所说："传统的旅馆住宿，总是以一天24小时来计价，但是客人却很少住满24小时，如果能将客人未满的剩余时间分享出来让其他客人来分担价格，如此一来就能让更多人享受顶级设备。我是引进国外分时度假的观念，转化成时间分享的模式，把一天分割成好几个时段，每天午夜以前，以两个小时为单位，只接受'歧口'（休息）的客人，过了午夜十二点，才接受过夜的客人。"

就汽车旅馆的消费群体而言，随着台湾经济的起飞，私家车日渐普及，而且社会风气日渐开放，形成了有车、有钱、有闲的阶层。汽车旅馆的顾客以情侣居多，所以汽车旅馆格外强调私密性、两人世界。其中有三成是夫妻，因为在家中住腻了，换一个浪漫、豪华的环境也享受，毕竟那样华丽的装修不是家家都有的，在汽车旅馆可以体验"世外桃源"的浪漫。许调谋投资4.3亿新台币，在台北市中心区林森北路上改装旧旅馆建成薇阁林森馆。此馆只有87个房间，但1年就有36万人次的情侣光顾，平均一天就有1000位男女到薇阁约会，难怪薇阁赚翻了。尤其是在情人节，汽车旅馆前往往大排长龙，顾客盈门。

在汽车旅馆的消费群体之中，也有像我们这样全家前往。一位汽车旅馆业者说："几个有游泳池的房间，甚至还有爸妈带着小朋友来戏水的！比起外面的公共泳池虽然小了点，但是干净，水深和大小也刚好满足一家人的需求。非典期间，很多家庭不能去公共场合，干脆合家来汽车旅馆出游，大人在房间里唱歌，小孩在楼下的泳池戏水，买几个钟点就能让宾主尽欢，很值得！"

还有的出差者，不愿住五星级酒店，觉得汽车旅馆新鲜，也住进汽车旅馆。

汽车旅馆的管理人员并不多，而大量雇佣的是清洁工，因为频繁地两、三小时就要换一次房客，客人一走就得清扫，何况房间大，清扫工作量也大。为了加快周转，在设计汽车旅馆的浴池时，为了加快泄水速度，安装了两个泄水孔，以便能够迅速放水、清洗，迎接下一拨客人。

汽车旅馆经常爆出桃色新闻。尽管汽车旅馆本身不设置监视系统，狗仔队却往往用摄像机对准入口处，一旦有政要、明星携"小秘"进入汽车旅馆，马上就成为台湾的热点新闻。台湾的"立法委员"以及影视红星，都曾因此栽了大跟斗。其中最"著名"的新闻，就是2009年11月13日，国民党"立法委员"吴育升携钢琴女郎孙仲瑜秘密进入汽车旅馆开房间，这婚外情被媒体曝光，吴育升不得不在11月18日召开记者招待会，承认错误，并向民众表示深深歉意。

汽车旅馆丰厚的利润引无数老板竞折腰。如今，台湾的汽车旅馆竟然已经多达九百多家，除了沐兰、薇阁之外，天堂鸟、伊甸风情、爱摩儿（imore）、G点、绿绎、薇风、湖水岸、薇薇、舒活，遍地开花，每一家都是上亿元新台币的投资。汽车旅馆的总统套房甚至达四百平方米，还附设随扈房。这样的总统套房每夜租金在三万新台币以上。

汽车旅馆在台湾形成了特殊的"摩铁文化"。台湾的汽车旅馆老板准备在大陆投资，把连锁店开到大陆来，把"摩铁文化"也推广到大陆来。虽说台湾的汽车旅馆跟色情脱不了干系，但是老板说，带"小秘"到这里是你顾客的事，我的旅馆是干净的，因此相信在大陆也能够开张汽车旅馆，因为这旅馆本身是"干净"的，并不违背大陆的相关法律。

在北京住四合院

用北京话来说，我对北京"忒熟"了。这倒不是因为我在北京上过学，而是由于经常出差北京。一趟趟进京，这回住东城，下回住西城，住遍北京城的各个角落，也就对北京"忒熟"。

不过，这一回北京之行，给我留下不可磨灭的印象。那天，我刚走出首都机场，上了接待单位的车，他们并不马上告诉我这回住什么地方——后来我才明白，他们要给我以"惊喜"。车子驶入繁华的王府井大街，从一座座高高耸立的大宾馆前驶过，拐入一条胡同。

如果说大街是北京的主动脉，那么胡同便是微血管。胡同，在南方叫巷，在上海叫弄堂，都是"小的街道"的意思。据说，胡同本是蒙语，原意是"井"，因为有井也就有水，有水就有人家，有人家就有胡同。不过，进入北京的胡同，两侧是一堵堵长长的、灰不溜秋的院墙和一扇扇黑漆大门，几乎见不到一扇临街的窗，那的景象跟上海的弄堂截然不同。

车子在胡同里七拐八弯，在一处极为幽静的地方停住。我一走进大门，吃了一惊，里面是偌大的四合院！原来，这里是一家不对外营业的招待所。我很高兴能有机会住四合院——我在北京住过那么多宾馆、招待所，却是头一回住四合院！

从明朝起，北京就兴建了诸多四合院。诚如窑洞是延安的特色民居、石库门房子是上海的特色民居，四合院成了北京的特色民居。只是四合院全是平房，又有一个大院子，占地面积很大，在北京早已成了拆除的对象，所以现在北京的四合院已经越来越少。

这里没有跳跃着红色数字、上上下下的电梯，也没有光洁似镜的大理石地面和闪耀着金属光辉的铝合金门窗，却洋溢着浓浓的北京乡土味。步入这家招待所，迎面便是一个很大的前院。院子里有假山，有喷水池，有曲曲折折的长廊。王府井多王府，这里原本就是一座王府，所以颇有气派。

那假山四周有好几棵百年老树。山上，有石桌石凳，桌上刻着象棋棋盘。倘若在夏日，这里树荫覆盖，清风徐徐，是"杀一盘"的绝好所在。只是眼下天寒地冻，不是"厮杀"的时候。

假山之下有洞。洞口石碑上刻着"无×洞"字样，估计中间那个已经看不清的是"底"字。假山之侧的喷水池，也因气温降至零下十摄氏度而"休闲"不喷。据告，这喷水池当年是鱼池，喷水管是后来安装的。

前院的四周，砌着一圈青灰色的围墙。在这凝重的青灰色衬托之下，前院的彩色长廊，显得格外耀眼。长廊地上铺着平整的方砖。我慢慢在方砖上踱着，仰首而望，梁上一幅幅彩绘映入眼帘。一步一画，画画皆不同，或青竹，或牡丹，或飞鸟，或山水，长廊成了画廊。

穿了一身绿色西装的招待小姐，领着我来到前院的客房。客房很少，一溜六间而已，全是雕花木窗。这些木窗当年是贴着糊窗纸的，如今被装上双层的玻璃，以挡室外逼人的寒气——在宾馆大楼里，客房外是走廊，走廊也有暖气，而这里直对巨大的前院花园。我被安排住在正中一间。据云，这里原本是一间很大的会客厅，是王府的晤客之处，如今被分砌成六间客房。

我走进客房，那房间长条形，隔成三个小间。外间放着一套沙发、茶几、电视机之类，算是客厅。里屋放着床、大衣柜之类，算是卧室。最里面则是一个卫生间，安装着卫生"三大件"……这一切，包括地上铺着的化纤地毯，都显然是"后来之物"。我注意到在客厅和卧室之间，有一个巨大的"门"字形的木隔扇。这隔扇一望而知是当年的原物。这隔扇是镂空木雕，非常精细，雕着梅花鹿、松针、仙鹤、长滕之

作者在北京胡同

类。如果把这木隔扇拿出去"竞拍"的话，肯定可以卖大价钱！

招待小姐领着我又走过一条曲里拐弯的长廊，走过小跨院，来到后院。那里是当年王府主人所住的内宅，如今改成餐厅。这是典型的四合院，一圈平房围绕着四四方方的院，窗户全都对着院子，后墙不开窗，仿佛成了一个与外界隔绝的独立王国。坐北朝南的曰"正房"，是主人卧室；东西曰"厢房"，是妾或者晚辈所住；坐南向北的曰"倒座"，通常作为客房。北京人的方向感比上海人强，我想这跟他们从小就说"南屋"、"北房"之类大有关系。我身临其境，这才明白"后院起火"的含意——后院才是真正的"核心"所在。

至于从前院到后院所途经的小跨院，也有一间间房子，曰"耳房"。据云，那里过去是男仆们所住或者是堆杂物的所在。如今，全都改建成客房。

我在这四合院里住了四天。这里格外幽静，古色古香，平步而入，平步而出。从外面看过去，灰墙加黑门，显得单调，而院内红柱、绿窗、彩廊、青瓦相映，大门、影壁、墀头、屋脊的砖面上还刻有种种精美的浮雕，给人以古朴的美感。

我在院子里散步，举目四望，高楼林立，这四合院仿佛成了高山群落中低凹的盆地。尤其是在寸土尺金的王府井，能够保留这样硕大的四合院，真不容易。

这家四合院招待所给我的印象，比北京任何星级宾馆都深。如果要我给这四合院招待所评"星级"的话，我要给它评"六星级"！

我不由得想到，近年来北京旅游部门推出"到胡同里去"的旅游新项目，让外宾坐三轮车在胡同里漫游，深受外国游客欢迎。其实，这样的四合院招待所倘若向外国客人开，恐怕会排起长队。这里用得着一句格言："越是中国的，也就越是世界的。"

海南亚龙湾"星"光灿烂

在中国，五星级、四星级宾馆如此高密度地一家挨着一家云集于一条马路的两侧，"星"光璀璨，恐怕非三亚的亚龙湾莫属。

那条马路，是亚龙湾的主干道，叫亚龙湾路。这条马路静悄悄，两边除了一棵棵椰子树之外，清一色全是豪华大宾馆。在马路边上，竖立着蓝底白字的指示牌，密密麻麻写着一连串大酒店的名称。

自西向东，拥立着十六家"星"光闪闪的大宾馆：希尔顿、万豪、喜来登、高尔夫球会、凯莱、红树林、五号别墅、天域、皇冠假日、天鸿、金棕榈、仙人掌、环球城、海底世界、康年·爱琴海、假日酒店。此外，还有丽思·卡尔顿、铂尔曼、香格里拉、美爵等高星级大宾馆正在兴建之中，抢滩登陆亚龙湾，加入这"星"光大合唱的队伍。

亚龙湾的豪华宾馆不仅多，而且大，好多家都拥有五六百套客房。据统计，亚龙湾目前已经拥有七千多套客房，很快就要向"万套客房"进军。这里如今每年接待的旅客已经达到数百万之多。除了通常的客房之外，好多酒店还另建别墅，供游客度假之用。比如，"丽思·卡尔顿"酒店除了设有417套客房，还有33座含有私家泳池的别墅。

海南三亚亚龙湾希尔顿大酒店

亚龙湾天生丽质，东、北、西三面环山，南面捧着一个弯月形的海湾。这里海滩的沙，格外的细，格外的白。这里的海水，明净见底，可以看见十米深处的游鱼！

我发现，这些大宾馆确实"大"。就拿我所住的喜来登酒店来说，是世界著名的连锁酒店，我在纽约住过纽瓦克的喜来登酒店，占地面积不及亚龙湾喜来登酒店的十分之一。就拿大堂来说，亚龙湾喜来登酒店的大堂有足球场那么大，这是别的喜来登酒店所无法相比的。客房也大，起码有60平方米，而且还有很大的阳台。就连底楼的走廊也有十来米宽。我来到邻近的希尔顿酒店，那里的情形跟喜来登酒店差不多，什么都"大"。

这些大宾馆的建筑风格，不仅彼此不同，而且跟自身的连锁店也不同。比如，亚龙湾的喜来登酒店装饰着褐色的方木梁、方木柱，这是其他喜来登酒店所见不到的风格，在我看来，倒是跟台湾日月潭涵碧楼的建筑风格有些相近。希尔顿酒店则以米黄色的外墙，配以灰蓝色的屋顶，形成自己特殊的风格，跟其他希尔顿酒店连锁店全然不同。亚龙湾的万豪酒店（Marriott），是以天然原石与暖色调木质材料相间装饰，也与万豪在世界各地的连锁店不同。

亚龙湾兼容并蓄，海纳百川：

环球城大酒店那非洲城堡式的建筑，不同于众，是亚龙湾唯一的非洲主题酒店；

红树林度假酒店展现东南亚海岛风情；

五号度假别墅是由一幢幢巴厘岛式的别墅组成；

仙人掌度假酒店以墨西哥建筑风格装修，体现玛雅文化特色；

天域度假酒店则是美国夏威夷式建筑；

华宇皇冠酒店处处洋溢着浓郁中国风格建筑，被誉为亚龙湾内的"紫禁城"。

我一边欣赏不同风格的亚龙湾各家高星级酒店，一边突发奇想：如果你不怕麻烦的话，在亚龙湾住宾馆，不妨一天"搬"一次，多住一家新宾馆，多一份新鲜感。

吃不胖的零嘴
AT FREE - KEEP AWAY WEIGHT GAIN

台灣蜜餞
AIWANESE PRESERVED FRUIT

刨
SHAVE

牛肉
BEEF J

豬肉
PORK J

第十四章 饮食文化趣闻

美国的生食文化与快餐王国

记得，十几年前，我的长子刚从上海来到美国留学，我在给他的信中问及："美国的饮食是否习惯？"他的回复很风趣："在美国，天天吃'兔子草'！"他所说的"兔子草"，就是在美国生食蔬菜。作为在中国吃惯熟食的人，初来美国，天天吃生菜，很不习惯。

后来，我去美国，一开始也不习惯于像兔子那样生食蔬菜。慢慢习惯了，反而觉得生食蔬菜别有风味，而且操作简单，只消把蔬菜切小，用酸酸甜甜的粉红色的千岛汁一拌，再浇点色拉油，就能吃了。

我细细一想，也就想通了：吃水果，人人都生食。谁吃煮苹果、炒香蕉、炖西瓜？既然水果可以生食，为什么蔬菜就不能生食？西红柿、黄瓜，不也算是蔬菜，不也常常生食？

大约正是因为美国人喜欢生食，怪不得美国的厨房大都是开放式的，与客厅连在一起。美国人不用油炒菜，更不用说油炸食品了。当然，这并不是说美国人不喜欢吃油炸食品，肯德基那油炸鸡腿、麦当劳的油炸薯条，都是美国人的最爱——但是他们不在家里油炸这些东西。我也注意到，即便在麦当劳，那巨无霸里，夹着牛肉饼，也夹着生菜。

生食的最大优点，那是就营养学而言，生食蔬菜能够更好保护维生素等营养成分。不少维生素在受热时会遭到破坏，也就失去营养价值。

在美国的超级市场里，可以买到一盒盒、一袋袋已经切好的现成的生菜，回家之后拌点色拉酱就能吃，非常简便。

美国人喜欢生食蔬菜，而日本人则喜欢生食海鲜。在日本，我很喜欢吃生鱼片。生食海鲜，格外鲜美。

从旧金山到圣地亚哥，我路过一座名叫圣贝纳迪诺（San Bernardino）的小城。在那里，我用照相机拍下了这样一幅奇特的画面：蓝天之下，高高的旗杆上飘扬着星条旗，然而，就在星条旗之下，挂着一面红色大旗，那旗帜中央是一个黄色的"M"。

星条旗与麦当劳之旗

谁都知道，那个两个拱形的"M"，是麦当劳（McDonald's）的商标。然而，一家快餐店的"店旗"，居然与国旗一起在同一根旗杆上飘扬，实属罕见。不过，据美国朋友告知，在美国，任何公司如果要挂自己的旗帜，必须同时挂美国国旗，所以出现麦当劳的"店旗"与星条旗一起飘扬的"镜头"。

如今，麦当劳已经在全球121个国家开设了连锁店，平均每八个小时就有一家新店诞生！麦当劳已经成功地建立起全球化的"麦当劳快餐王国"。

圣贝纳迪诺人最为津津乐道的是，麦当劳当年从这里发家。

那是在1940年，一对犹太人兄弟理查德·麦当劳（Richard McDonald）和莫理士·麦当劳（Maurice McDonald），在圣贝纳迪诺开设了一家餐馆，店名就叫麦当劳。当时，汽车进入美国家庭。人们在驾车时，喜欢在路边的餐馆买方便食品，在车内就餐。这种公路边的餐馆，便叫"汽车餐厅"。麦当劳兄弟所开的，就是这种"汽车餐厅"，供应汉堡包、薯条、牛排、汽水。

到了1952年，麦当劳兄弟开始设立连锁店，并设计了红地黄色的双拱门的招牌作为连锁店的共同标志。到了1954年，麦当劳的连锁店已经发展到十家，全年的营业额达到20万美元。在麦当劳兄弟看来，他们的事业已经到达巅峰。浓重的乡土观念，使他们只围于小小的圣贝纳迪诺及其周边。20万美元的年营业额，早就使他们心满意足了。他们并没有打算把麦当劳扩大到更大的范围的宏大意愿。

就在这个时候，一个52岁的混乳机推销员的到来，改变了麦当劳快餐馆的命运，以至如今人们把此人称为"麦当劳之父"，却把创业者麦当劳兄弟摆在一边。

此人名叫雷·克罗克（Ray Kroc）。克罗克是一个郁郁不得志的人。他出身贫寒，没念完高中就去当兵，然后到乐队里弹钢琴，借以糊口。从1929年起，克罗克改行当推销员。他推销过纸杯，做过房地产公司业务员，后来改行推销混乳机。

克罗克在麦当劳快餐馆观察了三天。多年的推销员生涯造就他见多识广，富有商业头脑。他以为，麦当劳完全可以做大做强，把连锁范围扩大。麦当劳兄弟却摇头。于是，克罗克决意又一次改行，改为麦当劳快餐店连锁店的"推销员"。他向麦当劳兄弟提出，购买推销麦当劳连锁店的经销权。他们谈定了条件：向每个连锁分店收取占营业额1.9%的许可费，麦当劳兄弟收取0.5%，1.4%给克罗克。

1955年3月2日，克罗克创办了麦当劳连锁公司。克罗克用科学方法管理麦当劳。他严格规定，一磅牛肉做十个汉堡包，其中肥肉不能超过百分之十九。小圆面包的直径为3.5英寸，洋葱为1/4盎司重。每种烹调食品都有标准时间，如果超过了标准时间，所烹调的食品就得扔掉……这样不仅保证了麦当劳各连锁店的食品质量，而且千店一味，保证产品口味、大小一样。

克罗克

推销员出身的克罗克，充分显示他那推销的才干。才五年功夫，克罗克在美国各地建立了228家麦当劳餐馆。克罗克从此大展宏图，把麦当劳快餐馆开遍全美国，开遍全世界！他成为美国的亿万富翁，拥有三亿二千万美元的快餐巨头。从此，麦当劳成为世界快餐业的霸主。

移民国家的"移民餐馆"

远远的，就看见大门顶上横卧着一只巨大无比的辣椒。进门时，我注意到大门的把手也是一对铜辣椒。

这是旧金山东湾的一家墨西哥餐厅。周末，小儿子带着我、妻、儿媳一起去这家餐馆。他总是说，别去中餐馆，爸爸、妈妈来美国应该尝尝各国餐馆的不同风味。

入座之后，我发现每人面前放着一张塑料垫，上面印着一个鲜红的大辣椒，就连菜单、餐巾纸、杯垫上，也都印着红辣椒。我问小儿子，这里的菜是不是以辣为特色？他摇头。他说，墨西哥的菜有点辣，但是由于美国人不大喜欢吃辣，所以在美国开设的墨西哥餐馆的菜并不很辣，但是为了显示自己的特色，餐馆以红辣椒作为商标，让顾客吃过一次就牢牢记住了。果真，这家餐馆的菜有点辣，却并不太辣——我能吃辣，不在乎辣，而妻怕辣，也能接受这墨西哥餐馆的"微微"辣味。

旧金山的上海美食

290

至今，我已经不大记得这家墨西哥餐馆的菜跟美国菜有多大的区别，但是那红辣椒标志以及大门上方的硕大辣椒却确实给我留下难忘的印象。

美国是个多民族国家，是个移民国家。有人曾经这么形象地加以形容："在纽约的地铁里，一排女人坐在那里，伸出的大腿的颜色各不相同。"确实，这就是美国的写照。每个民族有着自己的饮食习惯，于是在美国就有着形形色色的餐馆。

旧金山的日本人很多，以至形成一座"日本城"。我喜欢日本餐馆的生鱼片。旧金山一家名叫"濑户川"的日本餐馆，非常"正宗"，不仅老板、厨师是日本人，所有的侍者也都是日本人。所用的盘、碗，或者方形，或者浅浅的，正宗的日本货。连芥末、调料，都从日本运来。这里的生鱼片非常新鲜。我在夏威夷，也喜欢去日本餐馆。这是因为夏威夷的日本人多，日本餐馆也多，而且"正宗"。

旧金山的越南人也多。我喜欢在越南随意吃一碗海鲜米粉。在越南餐馆的菜单上，我见到一道名叫"火车头"的菜。后来才知道，那也是米粉，只是分量特别多，用"火车头"来形容。

韩国人喜欢聚居，形成韩国城。韩国餐馆的酱菜实在太咸，但是韩国的烧烤很不错。

旧金山的华人众多，中餐馆比比皆是。我发现，在中餐馆的顾客中，美国人很多。这表明美国人也喜欢中餐。

俄罗斯餐风味

俄罗斯人和乌克兰人爱喝中国茶。俄文中的"ЧАЙ"（念作"恰依"），便来自汉语中的"茶"。中国是"茶的祖国"。

在俄罗斯、乌克兰街头，随处可以看见写着"КАФЕ"的咖啡馆。咖啡馆不只是喝咖啡，而且也可以喝茶。有的除了挂"КАФЕ"招牌之外，也挂一块"ЧАЙКА"（茶馆）招牌。

俄罗斯很多人喜欢喝茶，就连首任总统叶利钦原本喜欢咖啡，后来一坐下来，总是对别人说："请给我一杯茶。"跟俄罗斯朋友、乌克兰朋友一起喝茶，他们的喝茶方式连我这个来自"茶的祖国"的人都感到陌生。

我喜欢喝绿茶。平日，我随手抓一撮绿茶往茶杯里一放，再冲上开水，就喝茶了。可是，俄罗斯人、乌克兰人喝茶，"设备"比我多，"程序"也比我多。

他们不大喝绿茶，而是喜欢红茶。他们把茶叶放入俄罗斯式的小茶壶，倒入开水，沏成浓茶。然后从小茶壶中倒一点浓茶到杯子中，再拧开俄罗斯式茶炊的龙头，冲入沸水稀释。俄罗斯式茶炊是一种金属壶，通电后能够不断加热开水至沸。这种茶炊做得很精致，有的是用不锈钢做的，有的表面镀银，成了很漂亮的俄罗斯传统工艺品。

照理，经过稀释之后，就可以喝茶。然而，他们往往还要拿起小匙，加入"添加剂"。

最常见的"添加剂"是方糖，他们喜欢喝带甜味的红茶。

有的"添加"果浆。不过，这果浆不是像方糖那样溶进红茶，而是留在茶匙上，然后用匙舀茶，慢条斯理地品味。

有的"添加"柠檬，更加开胃。

有的"添加"牛奶——简直把茶当成咖啡来喝！

还有的甚至"添加"白兰地！这大约由于他们平日喜欢喝酒，就连喝茶时也要加入酒。

当然，也有人喜欢"添加"冰块。

还要顺便提一句，眼下在俄罗斯、乌克兰最畅销的中国茶，既不是绿茶，也不是红茶，却是减肥茶！虽然俄罗斯、乌克兰的胖子不及美国多，不过那里冬日太长，长期"固守"于室内，又喜食油腻食品，容易发胖。来自中国的减肥茶，理所当然受到了"热烈欢迎"。一盒150克的中国减肥茶，售价为五美元。

在俄罗斯吃过多次正宗俄罗斯餐，我渐渐悟明总是"四部曲"：

第一道是凉菜。跟美国一样，这凉菜就是生菜，再拌一点色拉，就可以吃了。他们那里的蔬菜，只施化肥，所以很干净，可以直接食用。最常见的生菜，是圆白菜。

第二道菜是热汤。这汤，通常是红色的，因为汤的主料是红甜菜或者番茄酱。汤的味道总是酸酸的，上面总是浇上一勺酸乳酪油。汤上漂着绿色的葱花或者香菜。汤里有时放了肉末、洋葱头、胡萝卜、小豌豆。

第三道则是主菜，往往是一大盆，放着炸牛排、炸鸡腿、炸鱼块、烤羊肉串以及炒鸡蛋、土豆泥之类。通常，还放着几片圆白菜叶，有的放一小团米饭，有的放半截煮玉米。

第四道是冰淇淋或者甜点心、水果。水果通常是西瓜、哈密瓜、橙、草莓、樱桃。此外，还有一种样子像梨、味道像苹果的"苹果梨"，是根据俄罗斯生物学家米丘林的杂交学说用苹果和梨杂交而成。

主食是面包。切好的白面包和黑面包放在餐桌上的小竹篮里，供顾客随意选用。

记得，苏联电影《列宁在十月》中，有一句台词："面包会有的！"到了俄罗斯之后，深切感到面包对于俄罗斯人的重要，犹如米饭对于中国人的重要。在俄罗斯街头，隔三差五可见面包房，那是俄罗斯人购买主食的所在。

白面包是用小麦粉做的，俄罗斯人在吃白面包时喜欢在上面抹一层黄油。

黑面包是用黑麦粉做的，很香，很韧，含有丰富的维生素，营养价值高。黑面包吃起来有点酸味，起初我不习惯，慢慢地也就习惯了，反而觉得黑面包嚼多了有点甜。

除了面包之外，我发现俄罗斯人喜欢吃土豆，所以吃俄罗斯餐，必定有土豆。据说，俄罗斯每年人均土豆消费量为100多公斤！土豆因此获得了俄罗斯"第二面包"美称。

我不由得记起赫鲁晓夫的"名言"："共产主义就是土豆烧牛肉。"这表明，俄罗斯人是何等看重土豆。

这回我在俄罗斯，却一直没有机会吃到"土豆烧牛肉"这道"共产主义名菜"。朋友们开玩笑地说，苏联解体了，共产主义不存在了，"土豆烧牛肉"也没了！

不过，在俄罗斯，我倒是天天可以吃到土豆。俄罗斯朋友笑称，面包、土豆、胡萝卜、洋葱头、圆白菜，是他们餐桌上的"五常委"。

此外，餐桌上通常还放着酸黄瓜、咸鱼丁、干酪之类。

俄罗斯的名菜是鱼子酱。一粒粒比豌豆略小，晶莹剔透，看上去像一颗颗玻璃珠或者鱼肝油丸。有的红色，有的淡黄色，有的紫黑色。紫黑色更加名贵。

鱼子酱是用新鲜的大马哈鱼鱼子腌制而成。由于名贵，在商店里是论克出售。

我第一次吃鱼子酱，觉得有一点点腥，又有一点点咸。渐渐习惯了，觉得味鲜，看上去又漂亮。我注意到，俄罗斯人喜欢在面包上抹了黄油之后，再撒上几颗鱼子。也有的鱼子酱是放在蛋糕之上作为点缀。

在俄罗斯用餐，除了西餐的"左叉右刀"之外，还有诸多讲究：

有一回，我在餐桌上敲碎煮熟的鸡蛋，朋友们就提醒我，这是"违规操作"。正确的"操作"是左手持蛋，右手用餐刀刀背轻轻敲碎鸡蛋蛋壳，再用手慢慢剥除蛋壳。也可以用刀敲碎煮鸡蛋的大头，然后伸进小匙，一匙一匙地"挖"着吃。

俄罗斯热汤往往是装在浅盆里的，要用小勺由里向外一勺一勺地慢慢地舀着喝。喝汤时，是用匙尖把汤送入嘴里。

用餐刀切肉片时，切一块吃一块，但是菜叶不能用餐刀切，只能用叉弄碎。面包只能用手掰，不可用刀切……

在日本吃松阪牛肉

松阪因多松树而得名。松阪是日本的一座小城市，人口为17万。然而，松阪享有高知名度。内中的原因，是松阪的牛肉闻名日本，甚至在世界上也相当有名气。

在松阪吃松阪牛肉，不言而喻是最正宗的了。

远远的，我就见到黑底招牌上"松阪牛"三个红色大字，旁边有两个略小的红字是"名产"。店旁挂着两块巨大的红色布幔，上面画着两个黑色的牛头。未入其店，已经给人一种大名鼎鼎之感。

走近了，在大门口上方，我见到挂着一个用稻草扎成的牛头，上面写着日文："千客万来"。大门右侧的玻璃橱窗里，放着松阪牛模型。那是一头黑色的牛，看上去跟中国的牛有两点不同，一是从颈部到臀部，一条直线到底，显得很壮实，不像中国的牛肥胖，腰部是往下弯的；二是四肢粗而短。松阪牛模型旁边，放着三重县知事授予这家店的奖牌。

这是一家自助餐厅，每人的餐费是8000日元，相当于560元人民币。倘若在中国，由于松阪牛肉的进口税很重，松阪牛肉比日本还贵许多。

293

步入店堂，见到里面安放着一排排长桌，桌上是一个个用液化气烧热的烤炉。每人发了一个印有"名产松阪牛"字样的一次性纸质围单。

在松阪牛肉自助餐厅菜馔丰富，有松阪牛肉，也有猪肉、鱼片、鲜虾、鸡

烤松阪牛肉

块、鸭块以及诸多素菜，还有牛奶、茶、果汁等饮料，但是顾客们的"主攻目标"都是松阪牛肉。服务生刚刚端来一大盆松阪牛肉，转眼之间就见底了，服务生马上再端来一大盆。

这里供应的松阪牛肉是生的，切成薄片。我细细观察松阪牛肉，发现牛肉红白分明，条纹清晰，如同大理石的花纹一般。放在烤炉的铁丝网上吱吱一烤，一股香味扑鼻而来。经过烘烤之后，松阪牛肉味道鲜美，入口即化。松阪牛肉名不虚传，可以说，在我吃过的牛肉之中，松阪牛肉最为美味。

我原本以为，松阪牛是产于松阪的牛的品种。到了这里才明白，松阪牛不是牛的一个品种，而是牛肉等级的一种表示。所谓"牛肉等级的一种表示"，是指日本的牛肉依据肉质不同分为A、B、C三档，而每档又分五个等级，总共划分为十五个等级。在十五个等级的牛肉中，以A5级为最高级别，A4稍次。松阪牛肉的品质，必须是A5或者A4，也就是顶级的牛肉。所以，松阪牛是日本牛肉"精品中的精品"，"肉类中的艺术品"。

顺便提一笔，在日本吃和式料理时，服务生常在我的面前放十来个小盘子，每一个小盘里放一样菜。这是因为日本菜的特点是追求"味道纯正"，尽量不把不同的菜放在一个盘子里，以防"窜味"、"混味"。即便吃日式便当（快餐），那便当盒里也有三四个小格子，以放不同的菜。

泡菜——韩国的名片

在路过光州的一家韩国餐馆时，我惊讶地发现，那硕大的一个个招牌字，竟然是写在一个个泡菜瓮上！

在全罗道内藏山，我还看见一家餐馆，居然把一个个泡菜坛嵌在墙上。

在世界上，虽说好多国家也食用泡菜，中国也有知名的四川泡菜、湖南泡菜，但是对泡菜的爱好达到如痴如醉的国家，唯有韩国。

2009年11月9日，2700名韩国志愿者在首尔一所学校的操场上摆开阵势，人人动手制作泡菜。如此众多的"泡菜迷"一起做泡菜，创造了世界吉尼斯纪录。

泡菜甚至成了韩国的"名片"。一群韩国的"泡菜迷"们发布了《泡菜宗主国宣言》，宣称："泡菜，是显示祖先智慧的传统食品，与米饭相配是我们民族的最重要食品。"接着发出感叹道："然而，近来因外来食品的涌入，在我们的餐桌上泡菜日渐被疏远，这不能不令人着急。"宣言最后说："我们向世界郑重宣布，大韩民国是泡菜的宗主国，同时我们庄严宣誓，为了让泡菜作为韩民族的骄傲进一步发展成全球性食品，将竭尽全力研究和发展泡菜。"这篇《泡菜宗主国宣言》最后发出了呼号："大韩泡菜万岁！"

非常巧，当我来到韩国西南部的名城光州的时候，正好那里在举行一年一度的"光州辣白菜文化庆典"。发酵辣白菜，也就是泡菜。为泡菜举行如此盛大的庆典，使我有机会亲身感受韩国人对于泡菜的高度热情。

"光州辣白菜文化庆典"在光州市中心的光州体育场举行。这座可以容纳几万人的体育场，那天

韩国餐馆的外墙上砌着泡菜缸

不是挤满球迷，而是涌来众多普通的市民。"辣白菜，千年的美味！"是庆典的主题词。

作为"光州辣白菜文化庆典"的标志物，竟然是一棵高高矗立的辣白菜（泡菜），这在世界上恐怕绝无仅有。在巨大的欢迎标语上，画着做辣白菜的一系列辅料的形象：大葱、辣椒、洋葱、黄瓜、茄子、大蒜、萝卜。

"光州辣白菜文化庆典"原本叫做"光州辣白菜庆典"，已经举办多年，最近加上了"文化"两字，以提高泡菜的文化层次。"辣白菜是一种文化"的标语，贴满光州体育场。

由于加强了泡菜的文化含义，所以庆典开展了一系列"辣白菜研讨会"活动，其中有"共同分享充满爱的辣白菜"会议，光州市长朴光泰、光州辣白菜文化节促进委员长金成勋都出席了会议。此外，还有"韩国辣白菜协会"、"世界辣白菜协会"、"韩食世界化促进委员会"的成员们也出席了会议。

电影《食客Ⅱ——辣白菜战争》的主要演员金正恩、金钜、王智慧等明星，也作为"光州辣白菜文化庆典"的宣传大使，为庆典造势。

光州体育场用近千平方米的面积，设立"辣白菜博物院"，供市民参观。这个博物院分为"世界辣白菜研究所宣传馆"、"世界健康食品发酵馆"、"调味料和香辣料探秘馆"、"世界饮食文化馆"、"八道辣白菜文化馆"，所有的展品都紧扣主题——"辣白菜文化"。庆典还准备出版《国际泡菜学术论文集》、《泡菜产业目录集》。韩国人浓得化不开的泡菜情结，真令我感动。

"光州辣白菜文化庆典"的种种活动中，有一项"外国人做泡菜"活动。我们这群外国人也就成了嘉宾。

一踏进"腌制泡菜体验馆"，我就见到一大排桌子上，已经放好一个个圆盘和一份份泡菜的原材料。一位身穿蓝衣红裙的韩国小姐正在迎候大家。她开

始讲解泡菜的基本知识，另一位小姐担任汉语翻译。

她说，韩国的泡菜有着三千多年的悠久历史。你们中国也很早就有泡菜，《诗经》里出现的"菹"字，在中国的字典里被解释为酸菜。韩国人认为，这是世界上首次有文字记载泡菜的文献。

她说，韩国有着漫长的冬季，往往吃不到新鲜的蔬菜，因此腌制蔬菜就成为保存蔬菜的重要方法。最初是腌制萝卜。在中国明朝的时候，大白菜传入"李氏朝鲜"，腌制大白菜日渐盛行。由于腌制之后的大白菜总是沉在水中，所以当时叫做"沉菜"。后来这名字演变成"泡菜"。

她说，到了16、17世纪，辣椒从美洲传入"李氏朝鲜"，由于辣椒能够去腥，很快就被用作制作泡菜的作料，所以在光州也叫做"辣白菜"。

她说，如今韩国家家户户都会做泡菜。我们要向外国普及泡菜，所以开展"外国人做泡菜"活动……

接着，她介绍一位身穿白色工作服的中年男子出场。他的工作服上缝着韩国的太极标志。他是光州食品协会的会长，亲自出马，为大家示范泡菜的制作方法。

会长手上戴着透明的塑料手套，拿起把一棵已经劈成两半的大白菜说，大白菜要先洗干净，晾干。

我原本以为，泡菜就是用盐腌而已。然而，会长又指着面前的一大堆小碟子说，做泡菜要加许多佐料，有青葱、青蒜、韭菜、姜泥、松子、新鲜鱿鱼、虾皮、虾酱、苹果泥等等，此外辣椒也是不可少的。

会长接着进行示范，把各种各样的作料涂抹到每一片菜叶上。他打比方说，涂抹时的动作要像母亲为婴儿擦拭身体一般细腻！

会长仔仔细细在每一片菜叶上都抹了佐料之后，小心翼翼放入瓮缸里，层层码好。他说，泡菜的腌制过程，也就是乳酸菌把蔬菜中的糖分转化为乳酸。泡菜贮存得愈久，味道就愈好。

接着，我们这批中国嘉宾来到那一大

光州食品协会的会长讲解泡菜做法

排桌子前，开始按照会长的示范动作做泡菜。我让妻加入"外国人做泡菜"的队伍，而我拿着照相机忙于拍照。我发现，韩国的电视台把镜头对准了这批中国嘉宾，我则把电机摄像机也一起拍进画面。

我在光州体育场漫步，发现韩国泡菜品种甚多，有白菜泡菜、萝卜泡菜、小葱泡菜、鱼酱泡菜、肉汁泡菜、牡蛎泡菜、海蜇泡菜、鱿鱼泡菜等等。据说，各种各样的泡菜已经多达数百种，令我眼花缭乱，目不暇接。内中，甚至还有掺了人参的泡菜。泡菜的"衍生物"，诸如泡菜水饺、泡菜烧卖、泡菜汉堡包、泡菜三文治、泡菜比萨饼、泡菜寿司……五花八门，奇招迭出，彰显韩国这个泡菜王国把简简单单的泡菜发挥得淋漓尽致，凡是能够用上泡菜的地方都"泡菜化"了！

手把手教做泡菜

韩国还生产了专门用来贮藏泡菜的冰箱，便于在夏日使泡菜保持味道鲜美。

韩国人还反反复复强调泡菜的优越性，诸如含有众多的维生素，可以开胃，增强食欲，帮助消化，防止便秘，降低血脂，甚至可以防癌等等，反正泡菜既是"味道好极了"，又是"营养丰富极了"，还是防病治病的"万应灵丹"。

那个晚上，我住在光州。我打开电视机，真是无巧不成书，居然在光州新闻节目中看到了下午拍摄的"中国贵宾做泡菜"的报道。

我在韩国旅行，无日无一餐不与泡菜为伍。不过，我从一家韩国餐馆老板那里得知，如今韩国市场上的泡菜，大都来自中国山东。这是因为山东盛产胶东大白菜，价廉品质高，而且中国劳动力便宜，所以韩国也就大量从中国山东大量进口泡菜。小小泡菜，居然也折射出时代的光芒：作为"世界工厂"的中国，就连韩国的泡菜市场也去占一席之地，分一杯羹。

经过"泡菜王国"的"浸泡"和熏陶，我和妻居然都受到感染，喜欢上泡菜。不过，我不喜欢加了那么多佐料以及辣椒的韩国泡菜，只爱用大白菜、萝卜、胡萝卜那样绿、白、红三色清清爽爽的泡菜。回到上海之后，妻按照韩国人教的方法自己动手做泡菜，居然也做成功了。虽然没有像韩国人那样无泡菜不动筷，但是在餐桌上摆一小碟泡菜作为开胃菜，我总是吃光的。

领教印度咖喱

在美国旧金山硅谷，我很容易判断哪家住着印度人：只要从厨房的排烟器里排出一股咖喱味儿，那一家准是印度人。

咖喱，已经成了印度饮食文化的符号。

在印度，差不多每一家餐馆都飘着一股咖喱味儿，每一道菜都要加一点咖喱，诸如咖喱鸡、咖喱鱼、咖喱土豆、咖喱菜花、咖喱汤直至咖喱饭。

在印度，82%的人信奉印度教，而印度教徒是不吃牛肉的；12%的人信奉伊斯兰教，而伊斯兰教徒是不吃猪肉的。这么一来，除了素食的印度人之外，能够被普遍接受的是羊肉。然而羊肉有一股羊臊味。

怎样去除羊臊味呢？据说，佛祖释迦牟尼发明了咖喱，用咖喱的辛辣与香味可以"遮掩"羊肉的臊味，这便是咖喱的起源。这一传说是否可靠，不得而知，因为佛教是不吃荤的，佛祖释迦牟尼怎么会去发明咖喱去除羊肉的臊味呢？不过，尽管咖喱的"发明权"不见得属于佛祖释迦牟尼，但是咖喱最初是用来去除羊肉的臊味，这却应当是可靠的。

咖喱起源于印度，这一点举世公认。咖喱（curry）是从"kari"演化而来，在泰米尔语中"kari"是"酱"的意思。印度的咖喱以丁香、小茴香子、胡荽子、芥末子、黄姜粉和辣椒等香料调配而成。

虽说我在中国有时候也吃咖喱土豆或者咖喱鸡，可是到了印度却不敢领教那里的咖喱，主要是印度的咖喱与中国咖喱不同，特别的辣，味道特别重，而平时习惯于清淡口味的我，对辛辣敬而远之，因此对印度咖喱也敬而远之。正因为这样，在从上海飞往新德里时，空姐在送上航空餐的时候，特地问了一句："要

印度厨师

中国咖喱的，还是印度咖喱的？"也就是说，印度咖喱太辣，进入中国之后，中国人进行了"改造"，减少了其中的辣椒等辛辣成分，做成了适合中国人口味的"中国咖喱"。我平时在中国所吃的咖喱土豆、咖喱鸡，所加的是"中国咖喱"，所以能够接受。

印度的西红柿

其实除了"中国咖喱"之外，还有"日本咖喱"、"泰国咖喱"、"英国咖喱"、"马来西亚咖喱"之类，也都是对印度咖喱进行"本土化"之后形成的不同品种。

不过，我来到印度，我所面对的，只能是印度咖喱，别无选择。

据说，即便是在印度生活了几十年的许多老华侨，也普遍反映印度菜太香太辣，他们仍不习惯于咖喱。

大约像我这样"敬畏"印度咖喱的外国人不在少数，所以印度的星级宾馆大都设自助餐——不光是通常的那样早餐是自助餐，连中餐、晚餐也都是自助餐。自助餐的优点是选择余地大。

四星、五星级宾馆的餐厅很大，可以容纳上百人同时用餐。自助餐的菜肴品种很多，为了适合外国人的口味，菜大都不加咖喱。当然，为了体现印度特色，也总有一些印度菜，加了印度咖喱，诸如咖喱土豆、咖喱鸡之类。我在选菜时，一看到深黄色、有股咖喱味的菜，就避开了。不过也有的时候不小心，把加了咖喱的菜夹进盘子里，只能硬着头皮"品尝"印度风味。

自助餐的主食有米饭、面条。印度是产粮大国。印度的大米米粒饱满纤长。印度米饭像蒸出来的，不像煮出来的，一粒一粒清清楚楚。但是质地松软，没有嚼劲。印度的面条不错，但是往往拌以咖喱，由于看上去像拌了酱油，我好几次中了"埋伏"。

我最喜欢的主食之一，就是印度飞饼，很香。不过我很奇怪，这飞饼总是很多地方被烤焦成黑炭。印度人说，这样才好吃。

在上海，我就吃过好多次印度飞饼。不过，上海的印度飞饼是从东南亚印度移民传过来的，在平底锅里摊平时加了许多油，已经不是印度原汁原味。如今来到印度飞饼的故乡，那飞饼薄薄的，有韧性，印度人叫"加巴地"。做飞饼时，先是在平底锅里摊平，等七分熟的时候，用手抓起来，迅速"飞"到一个只有炉火、没有锅子的火炉上，很快就烤熟。

在自助餐台上，还放着一种又薄又脆的饼，很好吃，但是觉得太咸。我不知道印度人为什么把这种薄饼做得那样咸？后来才知道，这种饼叫"帕帕"（PAPAD），是掰碎了和在饭里吃的，所以味道咸。

印度菜跟中国菜最大的不同，还在于印度菜是打成酱状，原因印度人很多人吃素，把蔬菜打成酱，便于拌在饭里或者夹在饼里、馒头里。这种酱状的菜，如果不看菜牌，简直不知道是什么菜。我好几次误踩"地雷"，也是因为这种酱状的菜里加了咖喱，看不出来。后来我发现，印度人常把土豆打成白色的"泥"，跟绿色的豌豆相拌，做成酱状的菜。这种菜绝无"地雷"，很适合我的口味，而且几乎每一家自助餐厅都有这道菜。

在自助餐厅，最多的荤菜是羊肉、鸡肉、鱼和鸡蛋。猪肉几乎绝迹。偶然有一次在吃自助早餐时，发现有猪肉的培根，我夹了好几块。

在台湾品尝小吃

我还在高雄的时候，长媳就从台北给我打电话："爸爸，明天你最好在下午六时前回台北，我已经预订了台南担仔面的座位，过了六时半，他们就不留座了。"

听完电话，我有点困惑：台南担仔面有什么稀罕的，需要事先订座，而且还过时不留座？

对于台南担仔面，我很熟悉，在上海我家附近，就有一家台南担仔面，八元人民币一碗。此外，在上海的永和豆浆店、集集小吃店、食全食美店这些台湾小吃店里，也都能够吃到台南担仔面，价格都在十元人民币之下。

翌日下午，我和妻从高雄乘飞机回到台北。傍晚，长子与长媳都下班了，便一起去吃担仔面。在台北，到处都有担仔面，我原本以为就在家附近去吃担仔面，长子却要我和妻上车，由长媳开车，前去吃担仔面。

长媳对这一带熟门熟路，领着我们沿着小路往前走，便见到一个华丽的红色牌楼，上书"华西街观光夜市"七个金色大字。在离牌楼不远处，便见到"台南担仔面"斗大的招牌字。在这小店林立的地方，台南担仔面店算是大铺号了。

走过这家台南担仔面店的店堂，里面是餐厅。我一步入餐厅，感到惊讶，因为迎面是一盏盏水晶吊灯，一个个插满鲜花的玻璃花瓶，所有的椅子都蒙着布套，而桌上铺着雪白的桌布，显得豪华而又干净，这是在一般担仔面店所未曾见到，倒是像五星级饭店。这里所有的餐具，都是镶金边的高档瓷盘。这里虽然名为担仔面店，其实主要倒并不是吃担仔面。服务小姐端上来的，是一道又一道海鲜，尤其是鲜虾，鲜红色，嫩嫩的，大大的，仿佛刚从海里捞上来的。经过长时间炖煮的海参，入口即化。这里也供应油炸排骨之类肉食，但是也制作格外精美，脆脆的。在各种点心之中，台南的粽子别具一格。据说，这种粽子是把糯米先煮熟，拌以各种辅料，包上粽叶，再加热而成，味道跟我们在中国大陆所吃的粽子截然不同。当然，其中的一道主要的点心（请注意是点心），是担仔面，然而那碗小小的，金黄色的面条上面，铺着一层厚厚的香气四溢的肉燥，面汤是乳白色的，格外鲜美。

不言而喻，这家台南担仔面店在台北首屈一指，所以顾客盈门，座无虚席。倘若不预订，难以有位。

台南有这样的小吃

餐毕，在长媳带领下，漫步华西街观光夜市，这里五花八门的小吃应有尽有，内中有许多蛇肉店吸引了观光客。店主抱着粗大的蝮蛇在门口招徕生意。这里灯红酒绿，直到夜深仍人不静。

在台北，除了华西街夜市之外，还有士林、公馆、师大、饶河街、辽宁街、宁夏路等十大夜市，而夜市的主角，便是小吃店、小吃摊。在吃了台北的台南担仔面的翌日，长媳说，带你们到深坑去看看。

深坑，台北市南面台北县的一个乡。那天，我和妻带着小孙女，随长媳驱车前往深坑乡。

深坑有山有水，是个山清水秀的好地方。一条清溪穿镇而过，溪上有一座桥，居然以蒋介石的名字命名，叫做"中正桥"。然而，台北人从市中心赶往深坑，大都不是为了游山玩水，却是为了到这里吃豆腐。

在中正桥桥头，有一棵亭亭如盖的大树，看上去起码有上百年的历史。就在大树底下，有一爿店，店名就叫"大树下"，招牌上还特地注明"老店"。这家"大树下"老店，专做"豆腐三吃"的生意。我打听什么叫"豆腐三吃"，老板娘告诉我，那就是红烧豆腐、臭豆腐和豆腐羹。不过，在这"豆腐三吃"之中，最出名的要算是臭豆腐，当即买了几串，味道醇美，臭中带香，别具一格。

在台湾，政治人物成了菜名

从"大树下"开始，一条长长的小街，竟然从头至尾都弥漫着臭豆腐的气味。这是一条"豆腐专业街"，从豆腐、豆腐干，到油豆腐、臭豆腐，琳琅满目。这边挂着"豆腐娘"的大字招牌，那边则是"黑豆豆腐"的广告。这里是一口大铁锅冒着热气，上面漂着白色的豆腐和红色的辣椒，那里是一串串麻辣臭豆腐摆满铺子，散发出阵阵"臭气"，而招牌上却写着"香豆腐"。在世界上，恐怕找不出第二条这样的"豆腐专业街"。

长媳对于台湾的小吃非常熟悉，又带我们去吃台北最有名的牛肉面——老张牛肉面。

长媳说，老张牛肉面有名，是因为在台北举行"牛肉面节"的时候，这家店获得的票数最高，于是成了台北牛肉面的第一块牌子。

台北居然还举行过"牛肉面节"，足见台湾人爱吃牛肉面。正因为这样，台商"康师傅"方便面风靡大陆的时候，最畅销的便是牛肉方便面，足见台湾人做牛肉面确实有一手。

长媳驾车来到台北市中心的忠孝东路，拐入杭州南路，再进入一条小巷——永康街。真是"酒香不怕巷子深"，老张牛肉面店就在这条巷子里，许多顾客慕名来此。

一看菜单，老张牛肉面的品种好多，有红烧牛肉面、麻辣牛肉面、茄汁牛肉面等等，我点了红烧牛肉面。没一会儿，牛肉面就上来了。果真名不虚传，这家店的牛肉面以牛肉为主，放了很多牛肉，酥而不腻，仿佛顾客到此是为了吃牛肉，而不是吃面。大约注意力全在牛肉之上，反而没注意这里的面条有什么特色。只是吃惯清淡的我，觉得口味重了点。

台湾小吃价廉物美，丰富多彩。五花八门的小吃，令人目不暇接。

当我在台北第一次见到"蚵仔煎"的招牌的时候，不知蚵仔煎为何物。走近一看，所谓的"蚵仔"，一眼就认出来了，那就是牡蛎，香港人叫"蚝"、"蠔"。小时候常常生吃牡蛎，用胡椒粉、酱油蘸着吃，味道极其鲜美。正因为我熟悉"蚵仔"，所以当即点了一份"蚵仔煎"。原来，所谓"蚵仔煎"，就是用鸡蛋、山芋粉煎牡蛎，做成蛋饼，味美而嫩。

台湾各地除了有着本岛特色的小吃之外，还引进岛外的各种小吃。长媳带我们去台北市中心著名的上海风味小吃店"鼎泰丰"。看见红底白字的"鼎泰丰"招牌下，有那么多人排队，就可以知道"鼎泰丰"是如何深受台北市民的欢迎。

"鼎泰丰"供应小笼包、蟹粉小笼、小笼汤包、虾仁烧卖、鲜肉粽子、豆沙粽子之类典型的上海小吃，连我这个上海人吃了也觉得味道正宗，难怪"鼎泰丰"成为台北的上海小吃第一块牌子。

101大楼上的世界最高餐厅

台湾《联合报》主笔陈晓林先生、台北世贸中心总经理武之璋先生宴请我和妻，地点选在台北最高楼101大楼第85层的"随意鸟地方高空观景餐厅"。那里号称"世界最高的餐厅"。

那天傍晚，司机张先生送我和妻来到台北信义路的诚品大厦，我和陈晓林先生相约在底层大堂碰头。

诚品大厦就在台北101大楼附近，一抬头我就见到矗立在不远处的101大楼。这一回来台湾，我曾经多次走过101大楼，那都是在艳阳的时候，给我的视觉印象是高大壮观。眼下华灯初放，101大楼里的灯光从窗口射出来，看上去像一个个小方格，整幢大楼在将暗未暗的天空衬托下，给我的视觉印象是秀丽端庄。我拿出照相机，拍了好多张黄昏时分的101大楼照片。

101大楼的外形像一长串竹节，据说寓意是"节节高升，生生不息"。每一个"竹节"共八层，因为八意味着"发"，是中国人的吉祥数字。

入夜之后，101的外墙会打上灯光，以彩虹七种颜色为主题，每天更换一种颜色，如星期一是红色、星期二是橙色……

陈晓林先生来了。2003年我住在台北长荣桂冠酒店时，他曾经来看望过我。他依然是那样步履匆匆。他担任台湾《联合报》主笔，《联合报》很多重要的社论都出自他的笔下。一见面，他就告诉我，今天马英九的"特别费案"二审宣判无罪，他刚刚在报社赶完关于这一事件的社论，就直接从报社来此。他还说，今天还有一位姓武的朋友知道你来了，一起跟你见面。说着，他带着我去诚品咖啡店，武先生已经在那里了。武先生的头发有点花白，看上去六十开外。他让我们上了他的轿车，才几分钟，就到达101大楼的地下车库。然后，我们乘电梯先上一楼，在那里办好订座手续，这才被允许前往60楼。在60楼再换另外一部电梯，这才到达85楼。电梯的上升速度非常快，最快速度可达每分钟1010米，相当于时速60公里。据说为避免电梯高速行驶时气压变化引起的不

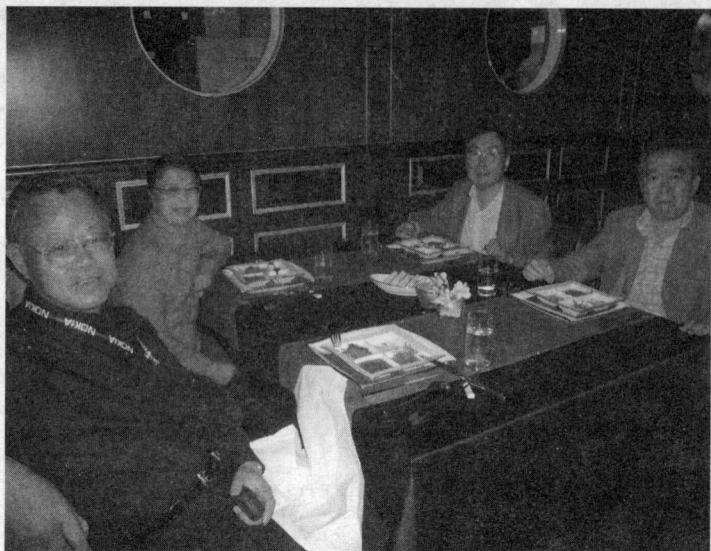

叶永烈夫妇与台湾《联合报》主笔陈晓林先生（右二）、台北世贸中心总经理武之璋先生（右一）在101大楼

适，电梯还特别安装了舱压调节设备。倘若没有在85楼定位，客人只能上四楼的餐厅用餐。

台北101大楼楼高508米，地上101层，地下5层，是目前全世界最高的摩天大楼。据说，101这个数字，除代表楼层高度101层楼外，也代表了超越满分（100分）、再上一层楼的吉祥意涵；此外，0与1是二进制的两个数字，而二进制是电脑技术的基础，所以101也象征着大楼是用高科技全副武装起来的。

85楼离地面370米。据称，在这样的高度开设的餐厅，是世界上最高的餐厅！我在上海最高楼金茂大厦出席过宴会，那餐厅设在第58层。不过，上海金茂大厦在第88层也开设了餐厅。究竟是台北101的85楼高，还是上海金茂大厦的88楼高，就不得而知了。

在台北101的85楼，开设了两家餐馆，一家是台菜餐馆，叫"欣叶"。另一家是"随意鸟地方高空景观餐厅"，西餐馆。我们所订位的是"随意鸟地方高空景观餐厅"。不过，这家餐厅的生意很好，靠窗口的座位早已客满，我们只得坐在当中的餐桌旁。

整个餐厅的灯光显得暗淡。据说，这是便于透过宽大的玻璃窗观光夜景。然而，每一张餐桌上方的施华洛士奇水晶吊灯，价格达30万元新台币。

服务小姐送来大红色的菜单，在晕暗的灯光下，我看了一下，每客西餐的价格如下：

时常套餐1580元新台币
头等套餐3280元新台币
院长套餐3860元新台币
总统套餐5680元新台币

显然，这里的价格比台北其他西餐馆要昂贵得多，这倒不是菜肴本身昂贵，而是因为所在的环境非同一般。因为这样的"高空景观餐厅"，这样的"世界最高餐馆"，是台北屈指可数的豪华消费场所。这里就连矿泉水，也不用台湾生产的，而是从意大利进口的巴娜天然矿泉水。

　　每种套餐，有不同的菜，比如，开胃冷菜，就有六种，以备顾客按照自己的口味挑选。

　　我们点好了菜之后，乘着服务小姐去作准备工作，陈先生和武先生便陪着我和妻走到不同方位的玻璃窗前，俯瞰台北灯火辉煌的夜景。我看到了就在101跟前的君悦酒店，诚品大楼，台北市政府，台北世界贸易中心，"纽约，纽约"饭店，一个巨大的方形建筑，显然是国父纪念馆。我也见到基隆路上过江之鲫般川流不息的车辆。看得出，台北之夜是相当繁华的。

　　入座之后，武之璋先生取出两本厚厚的新著送给我。其中一本新著是《策马入林》，这"马"乃马英九也。另一本是《2·28真相解密》。我非常感谢武先生送我这两本好书，因为不论是马英九，还是"2·28事件"，都是我所关注的。

　　我们边聊边吃。服务小姐送来餐前面包和欧式开胃拼盘之后，开始上热开胃菜，诸如番茄烩干贝鲜虾、香煎明虾、香葱小龙虾之类。接着上来的是主菜，我点的是鲜蒸深海鱼，武先生点的是烤美国小牛排。此后还有来自日本北海道的蟹以及餐后甜点。最后是水果茶和冰淇淋。

　　据说，在这高空餐厅的上方，在88层至92层，挂着一个直径5.5米、重达680吨的巨大钢球，叫做"阻尼器"。这是因为台北101大楼太高了，遇风会晃动。钢球来回摆动，可以减缓101大楼的晃动。不过，即便如此，101大楼仍在不停地摇晃着。难怪我在85层的高空餐厅拍摄夜景时，考虑到曝光时间比较长，我屏着呼吸、倚窗而拍，尽量使照相机不会抖动，但是由于大楼在摇晃，所以拍摄的夜景总还有点模糊。其实，高楼在摇晃是正常的，表明高楼具有刚性，只是这摇晃的幅度不能太大。

　　台湾朋友告诉我，101大楼最初的规划是建70层，得以立项。然而，后来增加到101层，对不远处的松山机场构成了威胁。松山机场不得不让飞机改变飞行路线，绕开101大楼飞行。

　　在"世界最高的餐厅"结束了晚餐之后，告别了陈晓林和武之璋先生。我的长子、长媳带着我的小孙女开车来101大楼。我们在101的底楼逛商场。这里的商场彰显一派豪华气度。

　　当我上车前回眸仰望夜幕下的台北101大楼，那自下而上的璀璨的灯光，如同一把天梯，直上云天。毋庸置疑，101大楼确确实实成了台北的新地标。

第十五章　在外国过"洋节"

最热闹的是圣诞节

我七次去美国，在美国过了五个圣诞节。

美国一年一度的圣诞节，犹如中国一年一度的春节。

圣诞节的气氛，早早就开始了。家家户户忙着在大门上挂起花环，在门口、在客厅，安放圣诞树。

在街道两侧的灯柱上，挂起了大花环。

在城市的广场，竖起了高大的圣诞树。我在旧金山市中心的联合广场，见到高达十几米的圣诞树。到了纽约洛克菲勒广场，见到的圣诞树是世界上最高最大的，高达30多米，是从巴西空运来的。

中国人视红色为吉祥色，所谓"大红灯笼高高挂"。美国人也喜欢红色。圣诞老人红衣红帽。每个圣诞花环，都飘着红布带。一棵棵树干上，被扎上红布带。

一盆盆火红的圣诞花，给节日增添了红色。

各个商场抓住商机，到处摆满圣诞礼物。

圣诞卡像满天飞舞的雪片，飞向四方——不过，如今通过电子邮件递送的圣诞卡更加便捷，邮递员总算略微透过一口气来。

在圣诞节那天，我听到的最多的问候语是"Merry Christmas！"圣诞节是基督教创始人耶稣的诞辰。圣诞节——

艳丽的圣诞花

Christmas，是由基督（Christ）和崇拜聚会（mass）两个字组成。

美国人喜欢旅游。乘圣诞节长假，全国6000万人出游！这6000万人之中，5000万人在高速公路上——乘坐轿车。还有1000万人乘坐飞机以及火车。

圣诞节前夕，商场里人山人海。圣诞节那天截然相反，除了超级市场之外，商店全都关门。许多餐馆也关门。商场前的停车场空空如也。

圣诞之夜，我们驱车漫游阿拉米达小岛。小岛上有一条居民街，年年以装饰彩灯出名，远近都赶来观看。我们也来到那里。那儿纯粹是一条居民街，没有一家商店。家家户户都用彩灯装饰。有的用彩灯把圣诞树打扮得溢光流彩；有的家门口布置着圣诞老人与拖雪橇的狗以及欢奔的小鹿；有的把满院的树全都挂满彩灯，仿佛果实累累；有的用彩灯勾出整幢房子的轮廓线……

我最喜欢其中的一家，一片蓝色灯光，仿佛皎洁的夜色，一轮白色弯月挂在窗前，一座圣诞老人塑像正笑嘻嘻地站在庭院里，笑迎客人，显得格外宁静而温馨。我们在一家门口拍照。女主人看见了，从屋里跑出来，高兴地跟我们握手，一起合影。

圣诞节的翌日，各商场再度人潮汹涌。这是因为按照美国习惯，各商场在这天大减价。旧金山联合广场四周的大商场，在上午九时才开门，但是清早七时门口就已经排起了长队。美国商场的打折，是动真格，在原价上打对折或者六七折，绝不玩那种先涨原价然后打折的骗人把戏。于是，从商场里出来的人，差不多都大包小包，脸上挂着笑容——这是一年之中最便宜的一天。

在我到达埃及的日子——1月7日，开罗到处堵车，那天是星期四，政府机关不办公，连银行也休息。

这是怎么回事呢？

一打听，令我非常惊诧：埃及人在过圣诞节，全国放假一天！

圣诞节不是12月25日吗？我在美国度过5个圣诞节，都是在12月25日。埃及人怎么会在1月7日过圣诞节？！何况，埃及这个圣诞节，不是"民间版"的，而是"官方版"的。

就节假日而言，埃及确实有点与众不同：

大多数国家都是在星期六、星期日休息，而埃及却是在星期五、星期六休息。原因是星期五是伊斯兰教教徒的斋日，他们在这一天要"日出禁食，日落进食"，所以不便于上班，也就把这一天列为休息日。2008年11月，埃及行政发展部长达尔维什明确宣布，埃及公务员每周享有两个休息日，即星期五和星期六，埃及公务员的工作时间每天不少于7小时，每周不少于35小时，上班时间可以从上午8时到下午3时或从上午9时到下午4时。

全世界大多国家都规定元旦休假。在埃及，政府规定元旦那天不休假，却在1月7日那天休假。为什么要在1月7日休假呢？因为"元月7日为科普特教圣诞节"。

所谓"科普特"，是指科普特人。在埃及，87%是阿拉伯人，信仰伊斯兰教，但是还有12%是科普特人，信仰基督教。科普特人是阿拉伯人占领埃及之前生活在埃及的民族。另外，埃及还有贝都因人和努比亚人，占总人口1%，大都信仰犹太教。

在埃及街头，区别阿拉伯妇女与科普特妇女很简单：18岁以上的阿拉伯妇女必定包裹头巾，而没有包裹头巾的则是科普特妇女。

开罗是"千塔之城"，清真寺比比皆是，但是间或可以看见屋顶竖立着十字架的基督教堂。

基督教是在公元一世纪后期传入埃及的。埃及的基督教徒以1月7日为圣诞节，有着几种不同的解释：

连狗熊都戴上圣诞节红帽

其一，西方的圣诞节是指基督教的先知耶稣诞生的日子，即12月25日。然而，耶稣的母亲玛利亚是一个没有结过婚的贞洁少女，是受天孕而生下耶稣，她怀孕后就受到很多人的诽谤和猜测，所以12月25日耶稣出生时没有被家族所接受，直到1月7日才被家族正式接纳。科普特人以耶稣被正式接纳的日子——1月7日作为圣诞节。

其二，据说《圣经》上没有记载耶稣到底生于哪一天，所以信徒们产生了分歧。大多数人认为是12月25日，少数人则坚信为1月7日，埃及的基督徒就是这少数派观点的拥戴者，所以他们将圣诞节定在了1月7日这一天。

其三，目前大多数国家以及天主教、基督教和一部分东正教会都采用了格利高里历，圣诞节在12月25日，而埃及教会使用儒略历，根据这个历法圣诞节在公历的1月7日。

不管怎么说，反正埃及以1月7日为圣诞节。也真巧，我在埃及的圣诞节那天，来到埃及。在我到达的前一天——1月6日晚上，是埃及的平安夜。基督教徒们换上崭新的衣服，到基督教堂去做礼拜。当午夜的钟声响过之后，基督教徒们回到家里与亲人团聚，吃一顿特别的圣诞餐。饭后，开始走亲访友……

感恩节是团聚的节日

中国人不过感恩节，所以我最初并不知道感恩节对于美国人是多么重要。

据说，1620年9月6日，120名英国人离开了英格兰的普利茅斯，经过两个多月的海上历险，终于在11月底到达美国新大陆的马萨诸塞。这批英国人已经筋疲力尽，上岸后又遭遇严寒、饥饿和疾病，有一半人死去。就在这时，善良的美洲土著印第安人向他们伸出援助之手，教他们适应环境以及种植庄稼。这样，这批新移民得以平安度过了1621年。为了庆祝他们到达美洲后庄稼丰收，为了表示对于印第安人的感谢，从1621年12月13日开始的三天里，他们举行了盛大的欢庆活动。这种庆祝活动年复1年地持续下去，后来就演变成了感恩节。

如今，在美国人心目中，感恩节是仅次于圣诞节的重要节日。圣诞节是固定的，每年的12月25日；感恩节却是"浮动"的，即在11月第四个星期四。后来我明白，感恩节"浮动"的原因是为了使感恩节永远是星期四，由于美国规定感恩节休假两天，这样再加上星期六、星期日，便可以休假四天，成为美国人难得的"长假"。

在美国人之中，96%是基督徒，他们在感恩节感谢上帝，感谢上帝保佑美国五谷丰登。如今的感恩节，已经发展成为美国人合家团聚、祝福未来的重要

戴维做这么一桌菜不容易

节日。感恩节这一天，美国人都尽量从天南海北回到自己的家中，一家人围坐在一起，吃火鸡，饮苹果汁，尝玉米糖，沉浸在其乐融融的家庭亲情之中。所以，如果说在美国圣诞节相当于中国的春节，那么美国的感恩节也就相当于中国的中秋节。

火鸡是感恩节的主菜。每年，纽约感恩节大游行，在队伍最前头"领衔"的，便是硕大无朋的火鸡模型彩车。对于美国人来说，感恩节的餐桌上如果没有大火鸡，就像迪斯尼乐园没了米老鼠一般。

我在美国朋友戴维家过感恩节，他在三天前就从超级市场买来火鸡。美国超市里出售的是冰冻火鸡，毛已除尽，一个火鸡起码有七八只普通鸡那么大。火鸡化冻之后，戴维洗净火鸡，在火鸡的肚膛里塞进各种香料、作料。最关键的技术是在烤炉里烤火鸡。火鸡个头那么大，肉那么厚，想把火鸡烤熟、烤透而又不能烤焦，真不容易。戴维告诉我，要花费很长的时间，慢慢地烤火鸡，烤炉一边烤，一边缓缓转动火鸡。每隔一段时间，要在火鸡的外皮上涂作料。我见到火鸡身上插了一根粗粗的电子温度计，戴维告诉我，这温度计测量火鸡膛内的温度，只有膛里也达到需要的温度，才表明火鸡里里外外都熟了。

我看着戴维从烤炉里取出蜡黄色、香喷喷的火鸡，用刀切成薄片，再浇上卤汁和盐花。他说火鸡肉特别鲜美。在我看来，火鸡肉有点粗，而且太油腻，不如鸡肉。不过，戴维这"家庭主男"的手艺确实不错。这么大的火鸡，烤得那么好，不焦不生，真不容易。

亲历美国的国庆节

我在美国度过五个圣诞节，而过美国的国庆节则是头一回。

2007年7月4日那天，小儿子和儿媳都在家休息，因为这一天是美国的国庆节，是美国的法定假日，按照规定放假一天。在美国，放假一天就是一天，并没有把周日、周末调休，连在一起形成"黄金周"。

美国人怎样度过国庆节呢？

那天，吃过早饭之后，小儿子、儿媳驾车，带着我和妻从阿拉米达小岛，驶往阿拉米达大岛。沿途，我见到星条旗骤然增多，很多居民在家门口挂起与房子不很相称的颇大的星条旗，有的插在门口，有的挂在窗口，也有的挂在阳台的栏杆上。

路过海边公园的时候，我见到往日游人无几的公园忽然热闹起来，在草坪上，父母领着孩子，在那里铺上一块塑料布，上面放着食品，看样子在那里野餐，享受着阳光、海风。

阿拉米达大岛最热闹的地方，是商业区，那里集中着超级市场、服装市场

草帽上的星条旗

挂满星条旗的轿车

美国国庆挂满国旗的公共汽车

一身星条旗的美国人

以及许多家餐馆。我们在那里停好车，便进入超级市场。我见到超市在"头版头条"的显著位置，摆放着大大小小的星条旗，供人们选购。其中最畅销的是纸做的小星条旗。男人们在草帽上插一面星条旗，女人在长发上插一面星条旗。征得他们的同意，我拍摄了好几位头戴星条旗的男人和女人。

在超级市场，我还见到正在出售星条旗帽。这帽子高高的，印成星条旗样子。

就在这时，听见外面传来一阵阵喧哗声，我便离开了超级市场。一出门，见到马路两侧，人声鼎沸，原来正在进行国庆游行。连这样的海岛上，也有国庆游行？我拿出照相机，赶紧跑了过去。

美国这种国庆游行，跟中国天安门前那方块队形的非常严肃而又严格的国庆游行完全不同。美国的国庆游行很随意，很轻松，完全是自愿、自发的，事先并无统一的方案，也没有进行过排练。各种彩车按规定时间集合之后，松松散散地行驶，绕大岛行驶一圈，就算是国庆游行。各种彩车谁先谁后，随意排列，连彩车的装饰也很随意。

所有的彩车的共同装饰品，那就是大大小小的星条旗。有的把星条旗折成蝴蝶状，挂在车上。一辆敞篷轿车夹杂在游行队伍之中，车前车后飘满星条旗。一辆公共汽车也加入游行队伍，车上挂满不大不小的中型星条旗。

好多孩子坐在游行彩车上，手持用纸星条旗做成的风铃，迎风飞速旋转。

马路两侧，站着、坐着观看游行的人们，大多数人手持星条旗，或者把星条旗插在帽子、头发上。其中有一位中年男子，全身由星条旗"武装"起来，坐在马路边：他头戴星条旗高帽，身穿星条旗T恤和星条旗短裤，手持星条小旗，只差一双星条旗鞋子了。我跟他一起合影，他很高兴摆好了拍照的姿势。

我在马路边走着，见到一位小姐站着跟别人说话，她的从家里带来的帆布折叠椅子正

星条旗椅子

空着。我一看，那竟是一把星条旗椅子！我拿起照相机拍摄星条旗椅子，那小姐冲我一笑，一副得意的神态。

我总算开了眼界，美国人是这样欢庆自己的国庆。据说纽约的国庆节游行长达数公里，成了星条旗的海洋，非常壮观，可惜我没有亲眼看到。

"同性恋自由日"

美国无奇不有，同性恋大游行就是奇事之一。

每年6月的最后一个星期日，旧金山会进行"男女同性恋自由日"的大游行。在2007年，6月的最后一个星期日是24日。出于好奇，我很想一看究竟。这天，小儿子和儿媳都休息，就驾车陪我和妻前往旧金山市中心去观看同性恋大游行。半途，路过阿拉米达军港，我们去参观"黄蜂号"航空母舰。当我们驱车来到旧金山市政厅（CityHall），已经是上午11时半了。同性恋大游行是从上午十时开始，这时候高潮已经过去，好在游行队伍仍集中在旧金山市政厅广场。

此时的市政厅广场，看上去像集市，到处搭满临时的帐篷。临近中午，同性恋者们饥肠辘辘，在帐篷前排起长队，小商小贩在忙着出售快餐。写着"BBQ"字样的烧烤铺，一阵阵黑烟直冲蓝天。

在拥挤的人群中，男男女女同性恋者们，脸上涂着各种油彩，穿着各种各样稀奇古怪的衣服，当众接吻，任你拍照。尤其是一群女同性恋者，背上系着一根根橙色或者蓝色的长条气球，看上去像孔雀开屏似的，招摇过市。不少男同性恋者裸着上身，露出图案各异的青色文身。同性恋歌星则在那里用尖叫般的摇滚歌声为同性恋者们助威。

这么多同性恋者在光天化日之下，惊世骇俗，出双入对，向路人炫耀着，

欢庆自己的节日。旧金山也因此博得"同性恋之都"的称号。

我注意到，旧金山市政厅前的警察，也猛然增多。

在旧金山的同性恋大游行之中，我见到了旧金山市的市长 Gavin Newsom 的身影。在旧金山，同性恋得到了市政厅的认可，市政厅给同性恋者举办集体婚礼并发放"家庭伴侣证书"。

同性恋其实在美国备受争议，在世界各国也都如此。我不想对同性恋大游行本身进行评论，但是目击旧金山同性恋大游行，让我看到的是美国的民主政治，看到的是对于人权的尊重。

旧金山同性恋游行者